双葉文庫

# エスパーニャのサムライ

## 天の女王

鳴神響一

JN250113

# 目次

《登場人物》

小寺外記《こでらげき》――慶長遣欧使節団に支倉常長《はせくらつねなが》の秘書役として加わった仙台藩士。洗礼名パウロ・カミルロ

瀧野嘉兵衛《たきのかへえ》――慶長遣欧使節団に警護役として加わった山城国出身の武士。洗礼名トマス・フェリペ

ベラスケス――17世紀を代表する宮廷画家。サルバティエラ伯の紹介でフェリペ4世の肖像を描き気に入られる

ルシア――ベラスケスの妹。イサベル王妃の侍女

タティアナ――マドリード一の歌姫

カルデロン――劇作家。親しみやすい戯曲と大掛かりな演出で、貴賤を問わない人気を博す

サルバティエラ伯爵――大臣。元セビーリャ市長で外記や嘉兵衛とも親交がある

ホカーノ神父――異端審問所長官

ロンバルデーロ――異端審問所捕縛隊長

野間半兵衛《のまはんべえ》――慶長遣欧使節団に加わった尾張の商人。エル・デルフィン
海豚号船長。洗礼名フランシスコ

フェリペ4世――スペインアブスブルゴ（ハプスブルク）家の王。政治能力に
乏しいが絵画に対しては抜群の審美眼を持つ

イサベル王妃――フェリペ4世の后。仏ブルボン家から嫁ぐ。
母マリー・ド・メディシス、兄ルイ13世

オリバーレス伯爵――首席大臣。フェリペ4世治下で権勢を振るうバリド寵臣。
グランデ大貴族の称号を持つ

# 序章　わたしとリディアの小さな冒険

## 1

リディアが指定した《ロラ・カセロラ》は、グアダルキビール川の運河であるコルタ・デ・メルリーナの岸辺に連なる古い街の一画にあった。アンダルシアの州都セビージャの西側に位置し、日本人観光客のあまり訪れない地域である。アンダルシアの人間はセビーリャをセビージャと呼ぶ。

五月はアンダルシアのもっとも快適な季節である。《ロラ・カセロラ》を目指して石畳の道を歩いていると、さわやかな夜風に乗って家々のパティオ（中庭）から咲き誇る花々の香りが漂ってくる。

マドリードに居を構えて三年のわたしにとって、セビージャはフラメンコを観るために通う街だった。それほど詳しいわけではなく、このカフェ・レストランも初めて訪れた。ペドロ・アルモドバル監督の映画に出てくるような明るいモダンインテリアは、わたしの好みに合った。ステージはないが、時にはフラメンコのライブも上演されるらしい。

若い男性店員に案内されて、運河に向かってガラス窓が全面にひろがった店の奥に入っていった。リザーブしてあったのは、窓際のとても眺めのよい席だった。

まだ十時半をまわったところだった。窓の外には運河の暗闇越しに、対岸に続くコンドミニオ群の温かい灯りが揺れている。

リディアはセビージャ大学の美術学部に通ってインダストリアル・デザインを勉強するかたわら、この街のタブラオ（フラメンコ酒場）で踊っている。

彼女は二十代半ばくらいだろうか。多くのタブラオでは、時間が遅くなるほど大物の踊り手が出演するのがふつうである。リディアは駆け出しではないにせよ、大物にはほど遠いポジションなので、ステージの跳ねる時間も早い。

だが、わたしは彼女のフラメンコが大好きだった。清楚《せいそ》なエレガンシアと言えばよいのか、優美できれいな踊りは、ほかのバイラオーラ（女性の踊り手）には見られないものだった。

好む店で人柄がわかると思う。《ロラ・カセロラ》がリディアの馴染《なじ》みの店だとすると、彼女は思った以上に明るくさっぱりした性格のような気がする。

また、たいていのすぐれたバイラオーラはステージで見せるような悩ましいセクシーさはオフでは見せないものだ。恋多き女は少なくないが、どの女も意外とあっけらかんとしている。

約束より十分ばかり遅れて、リディアが若草色のワンピースの裾《すそ》をふわりとなびかせ、タイル敷きの床をさっそうと進んできた。

ほんのわずかの間だが、わたしは薄手の布地に包まれた均整のとれた身体に見入った。スペイン女としてはかなりスレンダーなタイプだろう。すぐに視線をそらし、わたしは笑顔を作って会釈を送った。

リディアは笑顔を浮かべ軽く手を振ると、わたしの座る窓際まで優雅に歩み寄ってきた。

「ありがとう。来てくれて」

テーブルの傍らで若々しい澄んだ声が涼やかに響いた。

「一人のファンとして、愛するバイラオーラが不安な顔をしているのを見るのはつらいからね」

「嬉しい。頼もしい言葉ね」

正面の椅子を指し示すと、リディアは優雅な姿勢で腰を掛けた。

「それで、相談ってなんだい？　恋愛関係の話ならお断りしたいな」

「あら、女が恋の悩みを男の人に打ち明けるときは、その男とつきあおうと思っているときよ」

リディアは華やかに笑った。

「えと、君は根っからの正直者なのかな？　それともサディスト？」

「そのどちらでもないと思う……あなたを頼りにしているのよ」

リディアは真っ直ぐな視線でわたしを見つめた。

「光栄の限りだね。だけど、僕でなくても彼氏に相談したらどうだい」

「そんな人いないから」

この回答に年がいもなく気持ちが弾んだわたしは、コドルニウのボトルを頼むことにした。カヴァはシャンパーニュと同じ方式で醸造されるスペインのスパークリングワインである。コルクを抜くとふんわりと酵母《こうぼ》の香りが漂う。瓶内《びんない》二次醱酵《はっこう》で醸《かも》すワインならではである。

かるくグラスを重ね、わたしはしばし繊細でまろやかなカヴァの泡を楽しんだ。

「ねぇ、これを見て下さる」

リディアは眉をひそめてタブレットを差し出した。白地に金色の花を描いた壁紙に囲まれた部屋の画像が映し出されていた。

「見て、もうめちゃくちゃの状態なの」

オレンジ系のグラデーションでネイルアートされた指が画面をスワイプしてゆく。目も当てられない画像ファイルが次々に開かれていった。

扉が開かれて中身が掻《か》き出されているクローゼットや、引き出しがあちこちに散らばっている机など、リディアの部屋は、何者かによってひどく荒らされていた。

「引っ越しのご予定は？」

わたしが冗談めかした声で訊《き》くと、リディアは笑いながら答えた。

「いいえ、気に入っている部屋よ」

彼女はミッドセンチュリーのインテリアを好んでいるようである。画像にはイームズ・チェアやハンス・アウネ・ヤコブソンのペンダント照明などが写っている。いずれもリプロダクトものなのだろうが、カラーコーディネートも悪くなかった。整然とした状態なら、それなりに雰囲気のある部屋と思われた。

「じゃ、別れた男が、想い出の品を取りに来たとか」

「そんな人いないのよ。少なくとも部屋の鍵を渡したことのある男なんて一人もいない」

リディアの額にかすかなかげりが生まれた。

「ね、まじめな話なのよ。わたし怖くて」

「まじめに聞いてるよ。ところで、警察には言ったのかい」

「言ったわよ。でも、物盗《ものと》りなんてまともに相手にしてくれないから……」

眉間《みけん》に美しくしわを作ってリディアは言葉を継いだ。

「おまけに、合鍵以外にはなにも盗られていないから話もろくに聞いてくれなくて」

勤勉とは言えないスペインの警察が捜査に乗り出すわけはない。

「盗まれたものは本当に何もないのかな」

「夜店で売ってるような安物のピアスや、ステージで使うかんざし《ペイネタ》くらい盗られたとしてもわからないかも。でも、少なくとも通帳とか、ダイヤの指輪とか高価なものは手つかずね」

「もしかすると、ストーカーなんじゃないのか。下着でも盗られていないかい」

リディアは眉をひそめた。

「嫌なこと言うわね」

「だって金目の物には目もくれず部屋を荒らしたんだろう。君のかぐわしき香りでも求めていたんじゃないのかな」

この品のない冗談にリディアは大きく顔をしかめた。が、すぐに真顔になって答えた。

「たぶん、違う。下着類も引っ掻き回しているけど、なくなっているものはないの」

「部屋の鍵は？」

「帰った時にはちゃんと閉まっていたの。部屋を開けたら、こんな状態なんで、わたし叫んじゃった。両隣の部屋の人がびっくりして飛び出してきて恥ずかしかったわ」

「合鍵を使って閉めたのかな」

「そうなの。ドレッサーの引き出しに入れておいた合鍵がなくなってるから……。でも、どうやって開けたのかはわからないから不安なのよ」

「古い部屋なんだろうか」

「ええ……五十年くらい前の部屋だと思う」

「部屋にはオートロックは？」

マドリードでは市の条例で義務づけられているため、どんな古い建物にもオートロックが備えられている。セビージャでも同じような状態だろう。

「もちろんあるわ……」

「もしかすると、機械式のものかな」

「そうよ。暗証番号のボタンを押せば開くっていうような、電子式のオートロックじゃないわ」

「それじゃ、カードの形をしたものを使えば、簡単に開けられるかもしれない」

スペインでは機械式のものが圧倒的で、ドアを閉めると勝手に鍵が掛かって、合鍵がない限り外からは開けられない。マドリードでアパートを借りて短期滞在中の日本人女子大生が、鍵を持たずにうっかり外に出て大騒ぎになったことがあった。

そのときには彼女の近所の住人が「レントゲン写真のフィルムで開く」と教えてくれた。女子大生に電話で応援を求められたわたしは、半信半疑で友人の医師から感光済みの不要なレントゲンフィルムを借りて駆けつけた。ドアの隙間に差し込んだところ、信じられないほど、あっさり解錠できてしまった。

「ほんとう？」

リディアは目を見開いた。

「そう、鍵を部屋の中に忘れて閉め出された友人に頼まれて、レントゲンフィルムを使って開けたことがある」

「嫌だ。そんなに簡単に開くんじゃ、鍵の意味がないじゃないの」

「いや、すべての機械式オートロックがそんなに簡単に開くかどうかは知らないけどね」

「少なくともわたしの部屋の鍵はそうなのね」

「残念ながら、その可能性は高いね……君を診断して、よこしまな気持ちを抱いた内科医がいたら危険だ。胸部レントゲン写真を手土産《てみやげ》に、リディアのアパルタメントを訪れるかもしれない」

「もう、変な冗談《ブロマ》言わないでよ」

笑いながら、リディアはわたしをぶつマネをした。

「冗談抜きで、君の部屋はカード一枚で、オープンカフェ状態だ」

リディアは肩をすくめて不安げな表情を見せた。

「三年もオープンカフェで寝ていたというわけね。内鍵は二重に掛けてるけど、合鍵も盗られているわけだし、今夜はホテルを取ることにしたほうがいいかな」

「そのほうが賢明だね。そんなチャチな鍵だと知ったら、僕が忍び込みたくなる」

「あなたらしくない言葉ね」

「僕だけじゃなく、セビージャ中の男がそう思うだろう」

リディアは小さく声を立てて笑った。

「でもあなたはカバジェーロだし、教養《クルトウラ》もあるでしょ」

意訳すれば紳士と言うことになろうが、カバジェーロの語源は騎士である。ジェントルマンとはニュアンスが違うような気がする。職業がスペイン文学の研究者だとは伝えたが、いずれにしても悪い印象を与えてはいないようだ。

「頼れる人だと思っているんだから」

リディアは繰り返した。本音ととってよさそうだ。彼女は世辞が上手なタイプではない。

「嬉しいね。ファンとしては一肌脱ぎましょうか」

「いいファンがいてよかった」

「ところでリディアは宝島の地図でも持ってやしないかい」

「来週、船を雇ってエスパニョーラ島へ船出するつもりよ……って、シュンスケはジョニー・デップの映画の観すぎじゃないの」

「あのシリーズはぜんぶ五回は見てる。そう言えば、二作目に出てくる美しき女海賊に君はよく似てるな」

「ありがとう。と言うべきかしら。でも、ペネロペ・クルスよりわたしのほうが目がキレイだと思う」

リディアがとくに傲慢《ごうまん》なわけではない。スペイン女の多くは自分のことを世界一魅力的だと思っている。小さい頃から両親に綺麗だと言われて育てられるからだろう。あまり容《よう》貌《ぼう》を褒《ほ》められずに育つ日本の女性とは事情が違う。

「……宝島の地図って言われて思いついたんだけど……これ見て」

「ずいぶん古いコルガンテだな」

象牙《ぞうげ》に聖母像と思《おぼ》しき女人像を刻んだ銀製の古いペンダントであった。くすんで鈍く輝くチェーンも銀製と見える。

「この絵柄は、もしかすると『無原罪の御宿り』じゃないだろうか」

頭上に光輪を輝かせ中空を見つめる無垢《むく》な少女像は、無原罪聖母像と思われた。

聖母は精緻《せいち》な彫刻で素晴らしい造形だった。相当に高価な品物であることは間違いない。

鮮やかに刻まれた表情がいきいきと魅力的で、わたしはいっぺんで魅了された。

「そうみたいね。亡くなった母方の祖母から受け継いだものよ。先祖伝来のものなんですって。レリカーリオ（ロケット・ペンダント）なのかもしれない。だって蓋が開けられるのよ」

「レリカーリオの作られ始めた時代よりは古そうだが……開けてみてもいいかな」

「ええ、開けてみて」

なかには恋人の写真などではなく、銀製の板が嵌《は》め込まれ、長い文句が刻まれていた。

──まったく、天上の特等席からこんな素敵なお祭り見物ができる切符《きっぷ》なんぞ、そうざらに手にはいるものじゃあない。

「どこかで見た覚えのある文句だな……」

たしかに一度は読んだことのある文章だった。おそらく古い戯曲の一節だろう。

「ほんとう？　じゃあ有名な詩や小説なのかしら」

リディアの声が期待に弾んだ。

「残念ながらいまは思い出せない。ちょっと調べてみるよ」

「お願い。なんの文章なのかとずっと長い間、悩んでいたから」

リディアは顔の前で手を組み合わせる仕草をした。

裏返すと、真円を描いたなかに二本の横線を引いた意匠《いしょう》が刻まれていた。

（まさか日本の家紋じゃないだろうな……）

名前は覚えていなかったが、何かの本で読んだ有名な武将の家紋に似ていた。

「この裏側の紋章については何か知っているかな」

わたしの問いにリディアは冴《さ》えない顔で首を振った。

「いいえ、なかの文章と一緒でなにも知らないのよ」

「そうか……ところで、ひとつお願いがあるんだ」

「部屋を見たいの？」

「いや、そのコルガンテをちょっとの間、貸してくれないか」

この古色蒼然《こしょくそうぜん》たるコルガンテこそ、侵入者の探していたものだとわたしは直感していた。何を意味するものなのかはわからないが……。

「いいわよ。でも、絶対になくさないでね」

「もちろんさ。調べてみたいんだ」

リディアは悪戯《いたずら》っぽい笑顔を浮かべた。

「部屋を見たいって言わないのね」

「タブレットの写真でじゅうぶんさ。侵入者が目当てのものを見つけられなかったのだから、君の部屋を見る必要もない」

「ありがとう。やっぱりあなたはカバジェーロね」

「名誉だね。だけどね、日本語では朴念仁《ぼくねんじん》って言うんだよ」

「ボクネンジン……」

「ああ、そうさ。わかったことが出てきたら電話する。携帯の番号を教えてくれないか」

「わかった。これよ」

リディアはあっさりスマホの番号とメールアドレスをメモしてくれた。

「では、ファン代表として、リディア・フェルナンデスの未来を祈って乾杯」

「いいえ、電話番号を教えたんだから、もうあなたはただのファンじゃない。お友だちよ」

「それは嬉しいな、では、友よ」

彼氏候補ではないものの、頼りにされる喜びを感じながら、わたしはグラスを顔の前に掲げた。

サルーという声が重なった。

フロアの端で年老いた男性ピアニストが古くさいジャズワルツを弾き始めた。

セビージャの夜は静かに更けていった。

2

翌日の午後、マドリードの自宅に戻ったわたしは、東京に住んでいる大学時代の友人に電話を掛けた。楠《くす》田《だ》良《りよう》一《いち》というペンネームで歴史小説作家としてそこそこに活躍している男だった。

「丸の中に太い二本の線が引いてある家紋があったような気がするんだけど」

「あるよ。引両紋《ひきりようもん》の一種だな。なかでも『足利《あしかが》二つ引』は室町《むろまち》幕府の足利将軍家の家紋として有名だ」

「ほんとうかい？　じゃ、将軍家の紋なのか」

「いや、引両紋にも細かくいろいろな種類のものがあるからな。写メを送ってくれないか」

「すぐに送るよ」

わたしはコルガンテの写真を撮って送信した。

「来た来た。足利将軍家の紋とは少し違う。これは『丸に二つ引』だね」

「どの家の家紋なんだい？」

「うーん、この家紋を使う足利系の氏族はたくさんあるんだよ。桶狭間《おけはざま》の合戦で信長《のぶなが》に討たれた足利名門の今川義元《いまがわよしもと》、ガラシャの夫として有名な細川忠興《ほそかわただおき》、山形《やまがた》の大名だった最上《もがみ》義光《よしあき》、忠臣蔵《ちゅうしんぐら》の悪役吉良上野介《きらこうずけのすけ》、そうそう、遠山《とおやま》の金《きん》さんもそうだ」

「スペインに桜吹雪《さくらふぶき》かい？」

「はははは、まぁ、調べておくよ」

「手間を掛けてすまないね」

「いやたいしたことじゃない。ところでこれは何の写真なんだい？」

「コルガンテ。つまりペンダントだよ。見たところ、百年以上は前に作られた物のようなんだ」

「スペインで作られた古い宝飾品に日本の家紋が刻印してあるなんて不思議だな」

「そうなんだよ。もしこれが本当に引両紋だとしたら、誰がなんの目的で刻んだものなのか」

「作家としてとても興味をそそられる話だ。なにかわかったら教えてくれよ」

「そうするよ。じゃ、『丸に二つ引』がどこの家の紋か、頼んだよ」

「ああわかった。ところで島本《しまもと》。おまえ金髪の嫁さんとか連れて帰る予定はないのか」

「スペイン女に金髪は少ないけどね」

リディアも黒みがかったブルネットが美しかった。

「そういう意味じゃないよ。まぁ、元気でな」

楠田は笑って電話を切った。

わたしは書庫に向かった。コルガンテに刻まれている文章を探し出すつもりだった。

本棚に並んでいるスペイン演劇論の背のタイトルを片っ端から眺めているうちに、頭のなかに灯《とも》が点るように思い出した。

(あれだった！)

わたしは本棚からドイツの文学者マックス・コメレルが一九四六年に著した『あるドイツのカルデロンのために』と題する芸術論を取り出した。

(そうだ、カルデロンだ！)

十七世紀スペインにおけるバロック演劇を代表する劇作家であり、詩人であるペドロ・カルデロン・デ・ラ・バルカの戯曲の一節に違いなかった。

ページをめくってゆくと、コルガンテに刻まれた文句と同じ文章が両眼に飛び込んできた。

——まったく、天上の特等席からこんな素敵なお祭り見物ができる切符なんぞ、そうざらに手にはいるものじゃあない。

(間違いない。これだ!)

わたしは内心に沸《わ》き上がる興奮を抑えられなかった。

カルデロンが一六三六年に公表した伝説劇“LA PUENTE DE MANTIBLE”の第二幕最後の部分で道化役グワリンが語る台詞《せりふ》として引用されている。

(そうか、『マンティブレの橋』の一節だったのか)

一六〇〇年に郷士《イダルゴ》の父親と貴族《アリストークラタ》の娘である母の間に生まれた生まれたカルデロンは、ロペ・デ・ベガ、フランシスコ・デ・ケベードと並んで「スペインの黄金世紀」を代表する三大劇作家の一人である。「バロック文学の精華」とも称される彼は、生涯を通じて二百本以上の戯曲を書いた。ドン・ファンの物語を最初に採り上げたことや、ピカレスク(悪漢小説)を完成させたことでも知られている。

だが、カルデロンが残した膨大な戯曲は、ほんの一部しか出版されていない。当時の劇作家の原テクストは座長に渡した段階でその手に委《ゆだ》ねられてしまうために、基本的には後世には残らないのである。出版の形態をとって世に出た二次テクストは、筆記者や編集者によって手が加えられることも珍しくはなかった。

後年、ドイツロマン派に高い評価を受け、ゲーテ、シラー、フィヒテらの文学者たちに大きな影響を与えたために、ドイツ語に翻訳されて伝えられている戯曲が多い。

ドイツ留学から帰国直後の森鷗外《もりおうがい》も、カルデロンの代表作『サラメアの村長』を、弟の三木竹二《みきたけじ》とともに『調高矣洋絃一曲《しらべはたかしギタルラのひとふし》』と題して日本語に翻訳した。

明治二十二年、何回かにわたって『読売新聞』に掲載されたこの戯曲は、日本に初めて紹介されたスペイン文学である。だが、鷗外の意気込みに反して、我が国におけるカルデロンの知名度は少しも上がらなかった。

いずれにしても、わたしが読んでいるカルデロン作品はほんの一部に過ぎなかった。

未読の『マンティブレの橋』については、カール大帝と側近の勇士たちがムーア人と呼ばれたイスラム教徒の王子フィエラブラスと戦う騎士道喜劇であり、宗教に対する愛の勝利というテーマを持っていること。シューベルトの最後の歌劇『フィエラブラス』はこの戯曲を元としている、といったことくらいしか知らなかった。

コルガンテに刻まれた文章が、たまたまマックス・コメレルが引用していたものであったことを、わたしは八百万《やおよろず》の神に感謝した。

パソコンを起ち上げて〝LA PUENTE DE MANTIBLE〟と入力すると、カルデロンの戯曲にまつわる記事のタイトルと並んで、ローマの歴史のサイトがいくつか出てきた。崩れかけて部分的に残った石積みアーチ橋の写真も見ることができた。

（マンティブレ橋ってのは、本当に存在するのか）

架空の名前ではなかった。マンティブレ橋はポルトガル国境に近いエストレマドゥーラ州にあってタホ川を渡る橋として実在していた。

ダム建設に伴って移築されたものの、ローマ時代に築かれた遺構がいまも残っているとサイトには記されている。別名アルコネタル橋とも呼ばれるらしい。

タホ川はアラゴン州に水源を発し東西にスペインを走ってポルトガルの首都リスボン近くまで一千キロを越えて延々と流れる。イベリア半島で最も長い大河である。

さらに調べてゆくと、ローマ時代に築かれたマンティブレ橋はスペイン北端に近いラ・リオハ州にも存在していた。九世紀頃のカール大帝を主人公とする物語の舞台としては、位置的にこちらの橋がふさわしい。

だが、ラ・リオハ州の橋は、カルデロンが生きていた時代には跡形もなく消え去っていた。カルデロンがこの戯曲を書く時に参考にしたとすれば、エストレマドゥーラ州のマンティブレ橋に違いあるまい。

この橋はレコンキスタ（国土回復運動）が終わった一四九二年頃までは使われていた。さらに十一世紀から十三世紀頃、タホ川はキリスト教徒とムーア人の領域を隔てる境界とされていたのである。カトリコとムーア人の戦いを描いた戯曲の内容にも合っている。

特に成果がなくともよい。わたしはマンティブレ橋をこの目で見たくなった。

書棚を眺めたとたんにマックス・コメレルの著書を思い出したことが、何者かの意志によって導かれた運命のような気がして来たからである。

テーブルにスペイン全図を広げてみると、もっとも近い都市はカセレスで、緯度でいえばスペイン全体の中ほどだった。セビージャからは三百キロ弱の距離である。

鉄道を乗り継ぐ手もあるが、AVE《アーヴェー》（高速鉄道）は通っておらず、さらにカセレスからのアクセスがよくなさそうだった。

わたしはレンタカーを借りることに決めた。その前にリディアの都合を訊くことにした。彼女が同行してくれれば、この旅は百倍も楽しくなる。

「あら、シュンスケ。なにかわかったの」

五回のコールでさわやかな声が聞こえた。

「ほんの少しだけだ……リディア、一泊二日の旅に出ないかい」

「どこへ行くの」

いくぶん困惑気味のリディアの声が響いた。

「エストレマドゥーラ州だよ」

「行ったことないけど……何か素敵なことが待ってるのかしら」

「実はコルガンテに刻まれていた文章の出どころが見つかったんだ」

「どんな文章だったの？」

リディアの声が明るく弾んだ。

「十七世紀のバロック時代の劇作家カルデロンの戯曲にあった台詞だったよ」

「カルデロン……スペインじゃ、シェークスピアと並ぶ劇作家よ」

リディアもセビージャ大学に学んでいるだけのことはある。

「うん、カルデロンの戯曲の一節に間違いない」

「さすがは学者先生ね」

「たまたま専門に近い分野だったからね。で、タイトルが『マンティブレの橋』というんだけれど、この橋が実在するんだ」

「ぜひ行ってみたいわ！」

リディアはかるい叫び声を上げた。

「何が見つかるというわけでもないよ」

わたしは沸き上がる嬉しさを押し殺して素っ気なく答えた。

「なにも見つからなくってもいいわよ。物心ついた時から気になっていたあのコルガンテのことが、初めて少しでもわかったんですもの」

「行ってみよう。明後日《あさって》の水曜日から一泊っていうのは無理かな」

「今夜からホテル住まいなの。一人でいても不安だし、タブラオは二、三日くらい休んでも大丈夫よ」

「どこのホテルに泊まっているんだい」

リディアはセビージャの中心地に近い安ホテルの名を告げた。

「それじゃ、水曜日の朝、クルマを借りて君の部屋まで迎えに行くよ。そうだな、七時では早いかな」

「いいえ、ちょうどいいんじゃないの。エストレマドゥーラ州だと、きっと四時間くらいはかかるでしょ。七時に出てもお昼前だもの」

「そうだね。マンティブレ橋は高速を下りてからも五十キロくらいはあるからね」

「じゃ、七時に待ってるわね」

電話の向こうのリディアの声がいつまでも耳に心地よく残った。

3

約束の水曜日は雲一つなく晴れ上がった。

借り出したクルマはVW《フォルクスワーゲン》系列のスペイン国内企業、セアト社のMPVワゴンだった。

アルハンブラという洒落《しゃれ》た名前の赤いワゴンを見て、わたしは一目で気に入った。

ルタ・デ・ラ・プラタ自動車道は、これといった混雑もなく快適だった。二リッターのディーゼルエンジンは思ったよりも静かでよく廻り、わたしは美女との素敵なドライブを楽しんでいた。

助手席のリディアは、白地に華やかな花を描いたデシグアルのパーカーを羽織っていた。スペインの若い女性は、シンプルなカジュアルウェアを選ぶことが多い。デシグアルというようなブランドものを身につけている今日の彼女は、かなりのおしゃれをしているわけであり、わたしは気分がよかった。

車内にかすかに漂うクロエのオードパルファムも、わたしの心を高揚させていた。タブレットからカーオーディオに飛ばしているBGMは、アレハンドロ・サンスの“Camino De Rosas”(薔薇《ばら》の鋪道《ほどう》)だった。スペイン全土で人気が高い男性シンガーである。

実を言うと、この曲のPVに出演しているアナ・モヤというセクシーな女性モデルが、顔もスタイルもリディアにそっくりなこともあって気に入ってる。黒い下着姿のシーンも悩ましい。むろん本人には内緒《ないしょ》である。要するにわたしはカバジェーロ面《づら》をした破廉恥漢《はれんちかん》なのかもしれない。

「シュンスケの家はどこなの」

「ネプトゥーノ広場の近くの安アパルタメントさ」

「え? マドリードのネプトゥーノ広場のこと?」

「そうだよ。街なかで便利な場所だ」

「マドリードから、毎週、よくセビージャに通ってくるわね」

　彼女とはステージが跳ねた後に何度かグラスを合わせてはいたものの、お互いの詳しいプライバシーは話題に出していなかった。

「AVEなら二時間半だからね。週末くらいは仕事の街を離れたい」

「セビージャに彼女が住んでいるのかしら」

「そんな気のきいたものはいないよ。君のステージを観に来ているんじゃないか」

「嬉しい！」

　リディアの喜びの声が響いた。

「バイラオーラとして最高のお言葉をいただけたわ」

　残念ながら、わたしにつきあっている女性がいない理由で喜んだわけではなさそうだった。

「でも、AVEでタブラオ通いなんて変わった人ね」

「僕の知っているある男は、シンカンセンという日本のAVEで三時間かけて、月に二、三回、大阪から東京に小説を習いに通っていた」

　一昨日《おととい》電話した楠田良一の話である。

「ハポンは勤勉ね。同じ苗字《みようじ》の割にはあたしはちっとも勤勉じゃない」

　わたしは驚いた。彼女のステージでの名は、リディア・フェルナンデスだった。

「へぇ。君はハポン姓なのか」

「そう、本名はリディア・エストラーダ・ハポンなのよ」

ハポン（JAPON）は日本を意味するスペイン語である。日本人はハポネスとなる。

「コリア・デル・リオの出身ってことかな」

セビージャ周辺、ことに隣のコリア・デル・リオには六百人を超えるハポン姓の住民が戸籍登録されている。

「いいえ、セビージャ市内よ。でも、母方の祖先はコリア出身だわ」

「じゃあ、君と僕の祖先は血が繋《つな》がっているかもしれない」

「そうかもしれない。わたしたちコリアのハポン姓の人間って、祖先が日本から渡ってきたサムライなんですってね」

「そう言われているね。十七世紀の初め頃、日本の陸奥《みちのく》地方の領主だった伊達政宗《だてまさむね》という王が、マドリードとローマを目指した使節団を三十名ほど派遣したんだ。そのうちの数名が帰国せずにコリアやセビージャに留まり、家庭を持った。彼らの子孫が君たちハポン姓の人々だと言われている」

「たしかにそんな話は亡くなった父から聞いたわ」

リディアもそうだが、現在のハポン姓の人たちの容貌はアンダルシア人そのものである。

「リディアは小さい頃、お尻に青あざはなかった？」

「父も母も、お尻を叩いて子育てするような人じゃなかったけど」

尖《とが》った声でリディアは答えた。

「そういう意味じゃないよ。モンゴロイドである日本人の九割は、生まれたときにお尻に青あざがあるんだよ。蒙古斑《もうこはん》と言うんだけど、だいたい五歳くらいまでに消えるんだ」

「わたしのこと、からかってなんかいないわよね」

リディアは疑わしげな声を出した。

「冗談なんかじゃない。ヨーロッパ人に蒙古斑が出ることはほとんどない。ところが、コリア・デル・リオ市では、蒙古斑を持つ子が数多く生まれてくるんだ」

「わたしたちがサムライの子孫である証拠ね」

「そう考えられている。また、スペインでもイタリアでも稲作は、種籾《たねもみ》を田に直接撒く方式なのに、コリアでは苗床《なえどこ》というもので育ててから田に移し替える。この栽培方式は、まさに日本式なんだよ」

「母方の祖父母は農家じゃなくて教師夫婦だったからあなたに言われるまで気づかなかった。けれど、そう言えば、コリアではどこの家でも米の苗を水を張った耕作地に植え替える作業をしているわね」

「日本ではタウエというんだ」

「やっぱりわたしたちはサムライの子孫なのね」

「はっきりはわからないけれどね……でも、コルガンテの秘密を解き明かしてゆけば、なにかおもしろいことがわかるかもしれない」

バッグの中に大切にしまってきたコルガンテの裏に刻まれた引両紋が心をよぎった。

そんな会話を続けているうちに、右手遠くにカセレスの街が陽ざしに輝いて近づいて来た。目的地はあと一時間足らずである。

高速道路を下りて国道六三〇号線を北へ進む。道路の両脇はさえぎるもののない平原がひろがっている。デエサと呼ばれるオークやコルク林が点在する放牧場の多いエリアを抜けると、灌木《かんぼく》が点在するだけの荒涼とした荒れ地が続いていた。

すれ違うのは大型トラックばかりで乗用車はきわめて少ない。この国道はサラマンカ市へと続いているが、高速道路と併行している上に途中には小さな村しかない。高速代をケチる長距離便御用達《ごようたし》の道路のようだった。

変化の少ない景色だったが、やがて青い湖水が左手の視界に入ってきた。

タホ川を堰《せ》き止めたホセ・マリア・デ・オリオール貯水池というダム湖である。国道はダム湖特有の複雑な湖岸線の東側を走るワインディングロードに変わった。

湖をすべて通り過ぎると北側の対岸に石灰質《せっかいしつ》の乾いた平地がひろがっていた。干上がった浅い湖底だった。

「あれじゃないかしら」

リディアが指さす先の対岸に崩れかけた石積みの橋が見えてきた。

「間違いないね。対岸に渡る道を探そう」

湖が尽きてからしばらく進み、対岸に回り込むとすぐに左手前方に、マンティブレ橋が砂漠に埋もれかけた恐竜の骨を思わせるような姿を陽光のもとにさらしていた。

クルマを少し広くなった路肩に停めて、わたしたちは外に出た。

セルリアンブルーの空が明るい。日本の青空よりも濃厚な色合いを帯びている。

頬に当たる風は乾いていてさわやかだったが、木蔭ひとつない場所だけに五月の太陽でもなかなか強烈に照りつけてくる。

目の前に白茶色の石橋の残骸が、乾いた湖面の真ん中に向かって伸びていた。

立て看板の説明は実に簡単なもので、ネットで収集した以上の情報は得られなかった。

かつては十五基前後あったという平坦アーチは五基ほどしか残っておらず、完全なものは三基ほどしか見られなかった。対岸側はさらにひどい状態だった。

マンティブレ橋は紀元二世紀のトラヤヌス帝あるいはハドリアヌス帝の時代に建造された貴重な文化遺産だった。だが、スペインではローマ時代の石積みの遺跡は珍しいものではなかった。建築史の専門家でないわたしにとって、橋自体はそれほどの興味をかき立てるものではなかった。

「せっかくだけど、ずいぶん崩れちゃってるわね」

「そうだな。写真では見ていたけれど、予想以上に無残な状態だな」

この橋そのものから、カルデロンの生きていた頃、つまりバロック時代の情報が収集できるはずはなかった。

たとえば誰かが、この橋を構成している石のどこかに(そんな馬鹿なことはしないだろうが)暗号でも刻んでいたとしても、現代まで残っているというのは絶望的に困難な話だ。

それでもわたしとリディアは気を取り直して、少しでも変わったことが見つからないかと、一時間ほど掛けて橋脚の周囲を歩きまわった。だが、積まれた石のすべてを確認することはむろん不可能であり、これといった事実は発見はできなかった。

かなりの枚数のシャッターを切ってみたが、家に帰ってから見直す価値があるかどうかも疑問だった。

ダム湖の建設により本来の場所から離れて移築されている橋から、大きな発見ができないのは当然だったかもしれない。

とり憑《つ》かれたようにここまでやってきたが、大きな意味はなかったのではないかと、いまになって不安になってきた。

「やっぱりこの景色から何かがわかるというわけじゃなさそうだね……」

「いやだ、そんなこと気にしないで。最初からそのつもりで来たんだから」

リディアは屈託《くったく》なく笑ってから、情けなそうに眉を寄せた。

「お腹が空いちゃった」

「そうだね。もう一時半をまわっている」

「カセレスの街まで戻るの？」

「せっかくだから、もう少しこのあたりをぶらついてみようと思っている。しばらく北へ進むとカニャベラルという小さな村があるんだ。そこで昼食としようじゃないか。今夜はその村で泊まるつもりなんだ」

わたしはボンネット上にロードマップをひろげてリディアに見せた。スペインのクルマにカーナビがついていることはまれである。カーナビの代わりにグローブボックスに自分のタブレットを入れてあったが、平地の多いスペインの道路はわかりやすく、ここまでの行程で使う必要はなかった。

カニャベラルについてはネット上でも大した情報が得られなかった。人口は千二百人弱で、料理屋は四軒、意外なことに宿屋が三軒もあった。

「カニャベラルってとこに、なにかあるのかしら」

リディアは地図から顔を上げてあどけないような口調で訊いた。

「いや、なにもないだろう……だけど、橋にいちばん近い村で、ローマ時代からマンティブレ橋への道筋として人々が通ってきたところだからね」

「行ってみたい。連れてって」

わたしの左腕にリディアの右腕がからみついた。

「田舎村だし、美味《おい》しいものがあるとは思えないけどね……」

わたしは嬉しさを押し殺して平板な声で言葉を継いだ。

「そろそろシエスタの時間だ。料理屋は開いてないかもしれない」

この国では午後の一時から五時くらいまでは昼寝をする習慣がある。都市を除いては、閉めている店も少なくない。

「わたしがお弁当を持ってくればよかったのね」

リディアはぺろっと舌を出した。

「いや、何か売ってはいるだろう。さぁ、ドライブを続けよう」

わたしは助手席のドアを開けて、リディアを車内へと誘《いざな》った。

国道六三〇号は湖から離れるとゆるやかな上り坂となった。やがて道路の両脇に人家が続くようになると勾配《こうばい》がきつくなり、クルマはどんどん高台へと上っていった。

カニャベラルは、なだらかな岩山の中腹斜面に南北に細長く延びる小さな村だった。まわりはレモンとライムの畑が延々と続いている。

国道をそのまま進むと一キロほどで人家は消えてしまった。

わたしはクルマをUターンさせ、村内に続くレアル通りと名づけられた右手の細い道に入っていった。

通り沿いには白い漆喰壁《しっくいかべ》にオレンジ色の瓦《かわら》を載せた古い民家が軒を寄せ合って並ぶ。

さして広くない村内を一通り走ってみた。村の中心に近いところにサンタ・マリア教会という石造りの小さな教会があった。ゴシック様式の建物はずいぶんと古いもののように思われた。真向かいには古びた宿屋があった。

このあたりから道は下り坂となり、さらに進むと人家は消えて右手には白い塀に囲まれた意外と広い墓地が見えてきた。公営墓地と看板にある。

舗装道路はそこで終わっていて、半分くらいの幅員《ふくいん》に狭まった砂利道が畑を突っ切って下っている。

クルマを停めてわたしたちは外へ出た。

墓地の反対側には平原の彼方《かなた》まで見渡せる素晴らしい眺めがひろがっていた。遠くに青く霞《かす》む低い稜線《りょうせん》が連なっていて地平線は見えないものの、百八十度の展望である。遠景と、キガラシに似た花が黄色いカーペットのように咲いている斜面の近景とのバランスがよい。写欲をそそられたわたしはデジカメを取り出した。絶景を背にリディアを立たせ、何枚かシャッターを切った。

リディアは腰に手を当て、さっと美しいポーズを取ってカメラに収まってくれた。さすがはバイラオーラである。

「なんだか気持ちがすっとするわね。セビージャじゃ、こういう景色は見られないから」

リディアは両手を空へ突き出してのびをした。

「そうだね。セビージャのあたりには高台が少ないからね」

「ね、ここでランチにしない？　さっき見かけたお店で、なにかテイクアウトして、この景色を眺めながら食べましょうよ」

「さっきの店はロラ・カセロラの支店じゃなさそうだったからね」

わたしの目を見ながらリディアは声を立てて笑った。

料理屋は国道沿いに二軒見つけていたが、どちらも雰囲気がいいとはいえなかった。わたしはリディアの提案にすぐさま賛同し、国道へクルマを向けた。

北側の小さな店では運のよいことにボカディージョを売っていた。ふたつに切ったバケットにハムやチーズ、野菜をはさんだサンドイッチである。スペインのソウルフードは、このボカディージョかもしれない。日本で言えばおにぎりのような存在と言えばよいか。

墓地の外れまでクルマを戻すと、わたしたちは砂利道の端に延びている古い縁石に並んで腰を掛けた。

リディアは、気の利いたことにテンプラニーリョ種の赤ワインのミニボトルを二本買っていた。スクリューキャップのこの手のボトルは、たとえば長距離列車の食堂車の軽食メニューなどにセットされていることが多い。

今日はどうせ宿屋まで村内を数百メートルしか運転する予定はない。わたしは遠慮なくリディアの厚意を受けることにした。

わたしたちはボトルをグラスのように高く掲げて乾杯のまねごとをした後、すぐにボカディージョにかぶりついた。

中身はハモン・イベリコ（黒豚の生ハム）とチーズ、ギンディージャ（青唐辛子《あおとうがらし》のピクルス）だった。

「こりゃあなかなか美味《うま》いね」

「よかった。あなたの口に合って」

リディアは嬉しそうに笑った。

「僕は美食家ではないけど、さすがに豚の国だけのことはあるな」

エストレマドゥーラ州はハモンの産地として知られ、豚の国とも呼ばれる。サラマンカ産が有名だが、この村に上ってくる途中で車窓の外に続いていたデエサの放牧場でもハモン用のセルド・イベリコという黒豚を育てているのかもしれない。

「あら、あれは……」

視界の先、墓地の外れに石積みの小さな建物が見えた。

「テンプレーテのようだね」

「ずいぶんと古そうね」

遠目に見てもその建物は壁も三角屋根も風雨で傷《いた》んでいるように見えた。

「あとで見に行ってみよう」

テンプレーテというスペイン語は、ガゼボ（西洋あずまや）を指す場合が多いが、もうひとつの意味はイエス像やマリア像などを祀《まつ》ってある小礼拝堂のことである。日本の地蔵堂や薬師堂《やくしどう》といった類《たぐ》いの仏堂に近いものだといえばわかりやすいだろうか。

簡単な食事を終えたわたしたちは、宿屋を決めてチェックインだけは済ませておくことにした。

「サンタ・マリア教会の向かいにあった宿屋でいいかな……ネットで調べたら、八キロほど下ったグリマルドの街にはもっと高級な宿もあるけど、村内に泊まりたいんだよ」

「どこでも大丈夫よ」

教会真向かいの宿は、左半分に石壁、右半分には漆喰壁を持つ建てられた時代の異なるふたつの棟から成り立っていた。いずれも百年以上は経っていそうな建物だった。

入口には黒地の板に白い文字で「ラ・カンパーニャ」と記された看板が吊されていた。「吊《つ》り鐘屋《がねや》」という意味である。なるほど通りを挟んだ反対側では、教会の屋根に設《しつら》えられた大きな鐘が目立っている。

漆喰壁のロビーに入ると、派手さは見られないもののなかなかシックな構えである。焼き締めものの大皿や壺《つぼ》などがたくさん展示してある。華やかな陶器の多いスペインには珍しい茶色一色の焼き物は目を引いた。ふもとのカセレスの陶器なのだろうか。

「いらっしゃい」

六十歳前後の髪の真っ白な純朴そうな主人が声を掛けてきた。田舎村だけに東洋人が珍しいのか、無遠慮にわたしの顔をねめつけた。

「シングルを一部屋ずつ取れませんか」

「え？　二部屋かい？」

怪訝《けげん》な声を出した主人は、さらに遠慮ない目付で今度はわたしたち二人をジロジロと見た。どうせ不倫旅行だろうぐらいに思っているのだろう。

「ツインの一部屋でいいわ」

リディアがわたしの袖を引っ張りながら囁《ささや》いた。

わたしは胸の鼓動《こどう》を抑えつつ、オーダーを変更した。

「……ではツインの部屋を」

「じゃあ、こちらに代表者の名前と電話番号を」

宿帳を書き終えたわたしは、照れ隠しに訊きたいと思っていたことを口にした。

「村外れの公営墓地の近くにテンプレーテがありますね。あれはどんな由来のものですか」

「へぇ、あんなものに興味があるのかい」

主人は、かるい驚き顔で言葉を継いだ。

「詳しいことは知らんが、大昔、あそこにゃマドリードのお大尽《だいじん》の別荘があったそうだ。

その庭園の端に建てられたのが、あのテンプレーテだよ。マリアさまをお祀りしてるんだ」

「いまは誰が管理しているのですか」

「サンタ・マリア教会だ。あそこの神父さまが管理してるんだ。村の者も聖母マリアさまの祝日には花を供えに行っている……夕飯は七時だ。そこの食堂に用意するよ」

主人はロビーの端にある扉を指さした。

聖母マリアの祝日は一月一日の「神の母聖マリア」の祭日に始まり、十二月八日の「無原罪の聖マリア」の祭日まで年間に十日設けられている。それくらいしかお参りしていないとすると、テンプレーテは村人にはあまり大事にされていないのかもしれない。

「ちょっと村の中を散歩してきますね」

わたしは胸を躍らせて宿の外へ出た。

「シングル二つなんて疑われるわよ」

「何を疑われるって言うんだい？」

「テロリストと思われるかもしれないってこと」

「僕たちがかい？　そんな馬鹿な……」

「さっき調べたんだけど、十二年前の春、ＥＴＡのテロリストが爆弾を積んだライトバンを、このカニャベラル村に持ち込んで逮捕されたことがあるのよ。マドリードの中心部を爆破しようとしたんだって」

ＥＴＡ「バスク祖国と自由」はスペイン北部のバスク地方の独立を目指す民族組織である。かつては爆弾テロや暗殺などで悪名高い組織だった。二〇一〇年に武装闘争を停止したことを表明していたが、現在も治安警察などが目を光らせていることはたしかだった。

スペインは多民族国家である。バスク人ばかりではなくカタルーニャ人にも独立を目指した運動を続けている勢力が存在するなど、複雑な国内事情を持っている。

「こんな平和な田舎なのにな……」

「田舎だからこそ不自然なことをすると疑われるんじゃないのかしら。宿ではふつうのカップルのふりをしていましょうよ」

「たしかにリディアの言うとおりだ」

リディアがツインを選んだ理由にかるい失望を覚えながらも、カップルごっこは決して悪い気持ちのするものではなかった。

4

百年くらい前から時が止まってしまったような静かな村の中をぶらぶら歩いて、公営墓地へと坂を下っていった。わたしは村のあちらこちらで立ち止まって写真を撮った。

途中には一人の老婆が野菜や果物を売る露店が出ていて、暇を持てあましたような二人の老人が世間話に興じていた。三人はわたしたちを横目で見ながら何ごとかを囁き合った。観光客も少なくないはずだが、やはり東洋人などは珍しいのだろう。

テンプレーテは平屋建てというか単層の造りで、小さな交番くらいの大きさだった。ずいぶん古い建物のようだが、装飾性は薄く豪華なものとは言い難かった。

三角屋根の上に小さな十字架を載せている外観は、セビージャにあるサン・ヘロニモのテンプレーテに形は似ている。だが、あちらとは違って四周は壁で覆《おお》われていた。屋根と壁の境あたりにいくつかの窓があり、厚手の古いガラスが嵌め込まれていた。

草原の中に組まれた石段の上に建っているが、周辺部は草むしりもされていて、外壁にも蔦《つた》などは絡まっていなかった。それなりの管理はされているようである。

外観の写真を撮り終えてから、正面の石段を三段上って樫材《かしざい》の扉を押してみた。扉には鍵も掛かっておらず、すっと内側に開いた。

薄闇から建物に染み込んだ乳香《にゅうこう》の香りが漂っている。

暗さに目が慣れると、天窓から入る陽光に堂内のようすが浮かび上がってきた。

内壁は漆喰で塗り固めてあり、正面の簡単な祭壇《さいだん》には、木彫彩色《きぼりさいしき》の聖母子像が祀られている。古い彫像のようだが、それほど感心できる出来のものではなかった。

ぐるりと見まわすと、左右の漆喰壁には数枚の絵画が飾られている。

右の壁に掛けられている一枚の絵にわたしの目は釘付けになった。

それは無原罪聖母像を描いた古いテンペラ画だった。

草の葉や蔓《つる》を彫刻したくすんだ金色の額に額装されたその絵は、F6（四一〇ミリ×三一八ミリ）くらいの小振りな縦長のものであった。わたしの頭くらいの高さなので、ちょっと顔を上げるだけでよく見えた。

「ね……あの絵……」

リディアの声はかすれていた。彼女も気づいたようだ。

わたしはレザーショルダーからコルガンテを取り出して掌《てのひら》に載せた。

「たしかに、こいつにそっくりだね」

「同じ構図よ。それだけじゃない。まるで、あの絵をもとにして彫ったみたいだと思わない？」

リディアの頬が紅潮している。

わたしとリディアはテンペラ画とコルガンテを、代わるがわるに見つめた。たしかにコルガンテの彫刻の原画と言い得るほど両者は似ていた。

「そう考えても間違いなさそうだな」

「コルガンテは、この絵への道しるべだったのね！」

リディアは抱きついた。クロエの香りが鼻腔《びこう》をくすぐった。

「この絵のことをもっと知りたいわ」

「サンタ・マリア教会に行ってみよう」

「どうするつもり？」

「この絵を買い取ろう。どうせ大切にされちゃいないさ」

わたしたちは足取りも軽く村の中心部へ向かって坂を上っていった。

美しい三段アーチ状になった入口に嵌め込まれた木扉を叩くと、しばらくしてスータンという黒い僧衣に身を包んだ老神父が目をしょぼつかせて現れた。

痩《や》せて髪の真っ白な神父は、不審そのものの表情でわたしたちの全身を眺めまわした。

「何かご用でしょうか」

「マドリード自治大学人文科学科で文学を教えている島本俊介《しゅんすけ》と申します。学術調査のためにこの村を訪れました」

名刺を差し出すと、神父はさも意外だという顔でわたしを見た。

「ほう……先生は日本からお見えなのですね？」

名刺には東京の大学の名も刷り込んであった。

「日本の大学から交換教授というかたちでスペインに来ています。こちらは助手のリディア・フェルナンデスと申します」

リディアも調子を合わせて丁重に頭を下げた。

「それはそれはご苦労さまです。神父のファビアン・カバーナスです」

神父の表情が幾らかやわらぎ、鷹揚《おうよう》な仕草で二人を堂内へ招じ入れた。

聖堂横の応接室に案内されたわたしたちは、テーブルを挟んで神父と向かい合った。

「村はずれのテンプレーテを管理していらっしゃると伺《うかが》いましたが」

「管理しているというほどのことでもないのですが、清掃と献花などは当方で行っております。所有者であるカニャベラル村から依頼されていますので」

「聖堂に飾られている無原罪の聖母を描いたテンペラ画のことでお話を聞きたいのです」

「はぁ、どのようなことでしょうか」

「あれはどなたの作品ですか」

「さぁ、ずっとむかしから、それこそ百年以上も前から、あそこに掛かっている絵だと思いますが」

予想通りだった。教会ではあの絵の由来は知らないらしい。

「テンプレーテは個人所有だったそうですね。その頃からですか」

「わたくしはここに赴任《ふにん》して十年あまりなのですが、テンプレーテのことについては前任者から詳しい話はなにも聞いておりません」

神父はあいまいな笑みを浮かべた。教会が大した財産と考えていないことは幸いだった。

わたしは単刀直入に申し出た。

「あの絵を買い取らせて頂きたいのです。五千ユーロ（六十万円弱）ではいかがでしょうか」

神父は目を大きく見開いて、精神状態を確かめるように、わたしの顔を見つめた。

むろん正体の知れない絵につける値ではなかった。だが、コルガンテの秘密が解けるなら、わたしはその三倍でも出そうと思っていた。

「美術品としての価値は知りません。ですが学術的にはたいへんに興味深い絵画なのです」

「せっかくの思《おぼ》し召《め》しですが、無理なお話です」

神父は素っ気なく首を横に振った。

「幾らくらいならお譲りくださいますか」

「いや、あれは村の財産ですので、教会に処分する権利はありません」

村相手の交渉は長引きそうだ。議会の承認なども必要だろう。だいいち役場は今日はもう閉まっている。わたしは作戦を変えることにした。

「ではお貸し出し願えませんか」

「そういうことは……わたしの一存では……」

「一晩だけでかまわないのです。宿でゆっくり拝見して写真を撮らせていただきたいのです」

「しかし、村役場にも訊いてみないとなりませんので……」

揉み手《もで》をしながらとまどい続ける神父に、わたしは使いたくない手段を用いざるを得なかった。明日はセビージャに帰らなければならない。しかしそのこと以上に、あの絵をすぐに検証してみたい気持ちがわたしを衝《つ》き動かしていた。

「純粋な学術研究のためのお願いなのです。わたしはナバーラ大学総長のハビエル・エチェバリーア・ロドリゲス司教とも親しいのですが、司教も学問的見地から歓迎してくれるはずです」

ロドリゲス氏と面識はあったが、親しいとは言い難い。が、この言葉は神父には効果てきめんであった。

「ひ、一晩だけであれば……」

「ありがたいです。テンプレーテの修繕にでもお使いください」

わたしは少なからぬ金額の入った封筒をテーブルに置いた。

「これは……ご奇特な……」

神父は封筒を手にとることもなく、その厚さだけで驚きの表情を浮かべた。この田舎教会には寄付金を納める者も少ないのだろう。

「明日の朝には必ずお返しに参ります」

「主の御恵みがありますように」

神父は戸口に立つと胸の前で十字を切った。

わたしとリディアはテンプレーテに取って返した。

丁寧に壁に打たれた吊り金具から外すと、金色の額は埃《ほこり》まみれだった。装飾性に富んだ古い額だが、それほど価値のあるものとは思えなかった。

「これは十年以上は掃除もされていない雰囲気だな」

「やっぱり誰も関心を持ってないみたいね」

フェイスタオルできれいに拭ってから、リディアは着ていたパーカーを脱いでテンペラ画の額を包んだ。

わたしたちは息を弾ませて小走りに宿へ戻った。

白漆喰の壁に囲まれた二階の古い部屋は、日本でいえば八畳くらいの広さだろうか。

少し幅広のベッドが二つ並んでいるほかは、物入れの棚くらいが目立つ家具だった。

サイドテーブルはあったが、十一インチのノートパソコンを置くと精一杯だった。言うまでもなく絵を置くスペースはなかった。

ベッドの上に座ったわたしたちは、絵を真ん中にゆっくりと隅々まで眺めた。

「署名はないね。誰が描いた絵なんだろうか」

リディアは予想もしなかった答えを返した。

「もしかすると……ベラスケスの絵じゃないかしら」

「ディエゴ・ベラスケスのことかい？　まさか……」

「そうよね。十七世紀スペインを代表する巨匠の絵が、こんなところに放置されているなんて……あり得ない話ね」

「どうしてベラスケスの絵だと思ったんだい？」

「バロック期の影響を受けている画家の絵であることはすぐにわかるでしょ？　でも力強い筆致と精緻な明暗法ね。黒の使い方の巧《たく》みさで陰影を際立たせている。ベラスケスのよく用いた技法よ。この絵全体から受ける気品といきいきとした聖母の表情は、そんじょそこらの絵描きの作には見えない」

リディアは強い調子で言い切った。たしかに目の前のテンペラ画は見れば見るほど冴えた筆で描かれている。

「さすが美術学生だね」

わたしの素直な讃辞《さんじ》に、リディアは照れて頬をうっすらと染めた。

「いいえ、わたしは油彩画については素人《しろうと》よ。研究課題はレーモン・レヴィの諸作品だもの。レトロ・フューチャーのデザインが専門なの」

「ああ『口紅から機関車まで』と評されるデザイナーだね。僕がむかし吸っていたピースという日本煙草の箱も彼の作品だ」

「だから、専門的な意見じゃないわ。一種の勘よ」

リディアは照れ笑いを浮かべた。

「しかし、あながち間違いとは言えないかもしれない。ベラスケスとカルデロンはお互いに影響を与え合っているんだ」

「ほんとう？」

「ベラスケスの代表作『ブレダ開城』を知ってるね」

「ええ、スペインとオランダの八十年戦争の絵でしょ」

「あの絵はベラスケスが、ブレダ陥落《かんらく》の英雄スピノラ将軍とともにイタリアを旅したときに聞いた話がもとになっている。スピノラ将軍がネーデルラントのナッサウ将軍から堅固なブレダ城の鍵を手渡される姿が中心に描かれているんだ」

「どうしてカルデロンと関係があるの？」

「そもそもベラスケスがブレダに関心を持ったきっかけは、カルデロンの『ブレダ包囲戦』という戯曲を読んだことに始まると言われている」

「絵描きが物語にインスパイアされるってことはよくあるものね」

「反対にカルデロンの哲学劇『人生は夢』は、ベラスケスのいちばん有名な傑作中の傑作ともいえる『ラス・メニーナス（女官たち）』に触発されて書かれたものなんだよ」

「二人は友だちだったのかしら」

「十七世紀スペインを代表する絵描きと文学者だし、ともに時の国王フェリペ四世の庇護《ひご》を受けていたわけだから、当然に親交はあっただろうね」

「とすると、ベラスケスの可能性が高まってくるかも。でも、たしかな証拠はないわね」

「まぁ、専門家でないとそんな鑑定は無理だろうね」

うなずいたリディアは、思いついたように金色の額に手を触れた。

「額を裏返してみましょうよ」

幅五センチほどの額の裏側はニスを塗っただけの荒っぽい仕上げだった。裏に同じニス塗りの板が六本の細い金メッキの丸釘で打ち付けられていた。

「なかを見てみたい」

「裏蓋を開けよう。どうせ教会も村役場もろくに関心を持ってない絵のことだ」

「宝島の地図が出てくるかもしれないわね」

「そしたら、コスタ・デル・ソルにヨット桟橋《さんばし》付きの別荘を建てるか」

「わたしは東京に別荘を持ちたいわ。レントゲンフィルムで開かない電子オートロック付きの」

リディアは明るい笑い声を立てた。

「気が焦るが、額を損ねないように慎重にやらなきゃ。まずは夕食をすませてからだ」

「そうね、六時をまわっているわね」

ジャガイモ、トマト、カボチャ、ピーマンなど新大陸由来の野菜と豚の臓物《ぞうもつ》を煮込んだ

「チャンファイナ」と呼ばれるモツ煮に似た郷土料理は、滋味《じみ》たっぷりで絶品だった。各種のハモンやチョリソーも文句のない味だった。

だが、実を言えば料理を楽しむどころではなく、食事している間、わたしの心はずっと二階の部屋へと飛んでいた。リディアも同じらしく一瓶のヴィーノが半分近く余ってしまった。

部屋へ戻ったわたしは、レンタカーの工具入れから持ち出してきたラジオペンチで、丸釘を引き抜いていった。ヨーロッパ車の車載工具は日本車と比べてはるかに充実している。

裏蓋を剝がすと、テンペラ画との間の空間に茶色いものが挟まっている。

「何か入ってるぞ」

わたしはどんどん早くなる胸の鼓動を抑えようがなかった。

リディアはフェイスタオルで茶色い物体の表面を丹念に拭った。

それは蜜蠟《みつろう》で何重にも封印された封筒状の革袋であった。時の流れで乾ききった革袋は、B4サイズくらいの大きさだろう。

「これは……とにかく開けてみよう」

わたしの声は震えた。時間を掛けて蠟の封印を剝《は》がすと、革袋から油紙に包まれたやや薄い茶色の中身がすべり出してきた。

「なにこれ！」

お宝は、ひも綴《と》じされた羊皮紙《ペルガミーノ》の束だった。

「すごい量の原テクストだ。相当に古いものだな」

羊皮紙の束は二百ページほどもありそうな分量だった。わたしは喉の奥でうならざるを得なかった。

「誰が書いたもの？」

背後で焦《じ》れた声が響いた。わたしは興奮のあまり、羊皮紙の束を抱え込むようにして、リディアの視界を奪っていた。

「署名はない……しかしタイトルはある…… “Milagro de los japoneses de samurai” 」

わたしの声ははっきりと上ずっていた。『サムライハポンの奇跡』という意味だった。

「なんですって！」

リディアは身を乗り出して表紙に見入った。

「仮にこれがカルデロンの残した文章だとすれば、場合によってはコスタ・デル・ソルに別荘が建てられるかもしれないよ」

わたしは軽口を叩きながら、デジカメのシャッターを切った。すべてのページを写真に収めるつもりだった。

表紙には書き殴ったような二行が躍っていた。

――わたし自身が見た奇跡！　二人の友から聞いた隠された事実はさらに驚くべき物語であった！　1623　主の降誕の日

――やむにやまれぬ事情により、この物語をここに封ずる　1636　万聖節《ばんせいせつ》の日

「一六三六年は『マンティブレの橋』が刊行された年だ」

「ページを開いて……」

リディアの声は大きく震えていた。

わたしは無言でうなずくと、震える指先で表紙に触れた。

長い時の流れの間に水分を吸ったせいで張りつきかけたページ同士を損ねぬようにゆっくりと剝がし、わたしは慎重に一ページ目を開いた。

次の瞬間、ぎっしりと記された黒褐色の癖のある文字が両の目に飛び込んできた。

それは古典的な没食子《もっしょくし》インクを用いて綴られた文章だった。

羊皮紙のなかで表紙の言葉に少しも違わぬ驚くべき物語が蘇《よみがえ》り始めた。

わたしの心は一六二三年、マドリードの晩夏の夜に吸い込まれていった。

# 第一章　マドリードの九月は忙しい

## 1

セゴビア街道には、はしごの横木にも似た影模様が延々と続いていた。街道沿いの楡《にれ》の古木を、九月の月が映し出して作る枝影だった。秋とは違い木の影が薄灰色にぼやけているのは、八時をまわっても西の空がまだまだ明るさを残しているからだった。

小寺外記《こでらげき》は、無蓋《むがい》の霊柩馬車《れいきゅうばしゃ》の御者台《ぎょしゃだい》に座って、二頭の黒馬の手綱《たづな》を取っていた。昼の名残の暑さが街道の白い土から照り返している。ソンブレロ（鍔広帽《つばひろぼう》）の下で伸ばした髪が蒸《む》れて、いささかうっとうしい。乾いた夜風が運ぶ咲き残りのアセスナ（白百合《しらゆり》）の香りが心地よく鼻腔をくすぐった。

馬十頭ほどの距離を隔てた前方に、紺色の瀟洒《しょうしゃ》なベルリーナ型馬車が街道を進んでいた。蹄鉄《ていてつ》の音が軽やかに響き渡っている。前後に四騎ずつ、銀色の鎧冑《よろいかぶと》で身を固めた近衛《このえ》騎兵《きへい》が、貴人を乗せた馬車の警固の任に就《つ》いていた。

近衛兵たちは、つかず離れず従《つ》いて来る葬儀屋風情《そうぎやふぜい》には関心がないようだった。夜間に都市間で金持ちの遺体を移送する霊柩馬車は、珍しいものではなかった。小さな丘を越えると、黒い帯にも見えるマンサナーレス川の向こうに、星と燦《きら》めく街の灯りがひろがってきた。

マドリードの西端を縫《ぬ》うマンサナーレス川は、川幅こそあるものの流れはいつもチョロチョロで、テムズやセーヌのような立派な川ではなかった。セゴビア街道はマンサナーレス川沿いに南へと下ってゆく。

この街道は、古代ローマの水道橋で名高い丘陵都市のセゴビアと、首都マドリードを結んでいる。セゴビアから十八レグア(約百キロ)、石灰質の路面が続く白い街道は、ようやくマドリードの街に入ろうとしていた。

前方に、天を衝く尖塔《せんとう》を四隅に頂く壮麗なパラシオが、月光にも負けず不夜城《ふやじょう》の如《ごと》く浮かび上がった。燈火は満艦飾《まんかんしょく》に輝き、ゴシック様式の真四角な建物を照らし出していた。宮殿の主であるエスパーニャ国王のフェリペ四世が、酒宴でも開いているのだろう。

「黒森《ボスケ・ネグロ》を抜けたら、今夜の我々の仕事も無事に終《しま》いってわけだな」

外記は、御者台の隣で打ち刀を肩に預け、あたりに鋭く目を配っている瀧野嘉兵衛《たきのかへえ》に声を掛けた。黒石地塗刀拵《くろいしじぬりかたなごしらえ》の新藤五《しんとうご》は嘉兵衛自慢の業物《わざもの》だった。

刺客《しかく》が襲ってくるとしたら、若き国王の狩場であるカサ・デ・カンポの広大な闇の中に違いない。

街区間近の黒森と呼ばれる最後の森を抜けると、街道は東へ方向を変えてセゴビア橋を渡る。橋を渡ると街中に入り、身を隠す場所も少ない。外記たちが貴人を秘かに護《まも》る時間も終わろうとしていた。

「馬車を襲う刺客の話自体が、あやまりではないのか。そもそもが、タティアナが持ち込んだ仕事だ。最初《はな》からうさん臭い」

嘉兵衛はいささか鼻白んだ調子で答えた。

タティアナ・ギゼ・デ・ラ・ロサ。数多くの貴顕に愛されるマドリード一の歌姫である。今回の裏仕事もいずれ、パトロンの貴族か富商が依頼主であろう。

タティアナに手痛く裏切られた過去を持つ嘉兵衛は、すっかり女嫌いになっていた。

先頭の近衛騎兵は、あと少しで黒森を抜けようとしていた。

「このまま何ごとも起きなければ、残りの報酬《ほうしゅう》も覚束《おぼつか》ぬわけだ」

うんざりとした声で続ける嘉兵衛を、外記は掌をひろげて押し留めた。

沸き起こる殺気が、左手の森から嵐の前の黒雲のように襲いかかってきた。

「嘉兵衛。どうやら謝礼は心配しなくていいようだぜ。堕天使《だてんし》が、ぞろぞろお出ましだ」

外記があごをしゃくると、眉間にしわを寄せて、嘉兵衛は黒森を鋭い目で見やった。

「モスケート銃を構える輩《やから》が、ざっと十五人はおるな……」

そこかしこの楡の大木の蔭に、刺客が潜んでいた。

「蛆虫《グサノ》退治は嘉兵衛にまかせた。俺は飯の種を護る」

外記は短く叫んで右の黒馬の背に飛び乗ると、鞍《くら》を隠していた装飾布を剝がした。

振り向きざまに鎧通《よろいどお》しを抜いて革の馬車ハーネスを断ち斬り、両脚で馬腹を蹴る。

疾駆《しっく》する馬を操り、外記は貴人の馬車に迫った。

左手の森から立て続けに銃声が響いた。射的の的を思わせる呆気《あっけ》なさで八人の近衛騎兵たちは次々に落馬していった。

うめき声が街道に満ちた。主を失った馬たちは算を乱して走り去っていった。

外記は風を切って馬車の屋根に飛び移った。

ベルリーナの御者は生き残っていた。焔硝《えんしょう》が燃える煙がひろがる中で、蹄の音を速めた貴人の馬車だけが、白い道をセゴビア橋へ向けていっさんに進み続けていた。

外記は屋根の上で右手に棒手裏剣《ぼうしゅりけん》を手にして仁王立《におうだ》ちになった。

敵を斃《たお》すのは目的ではない。馬車を狙う連中から貴人を護るのが今回の仕事だった。

左手の黒森へ視線を向けた外記は、気合いをみなぎらせて襲い来る刺客に備えた。

嘉兵衛と見ると、霊柩馬車で刺客たちが立つ草地に突っ込んでゆく。さすがに嘉兵衛は刺客たちに弾込めの隙を与えない。

外記は周囲に気を配りつつも、嘉兵衛の動きに目をやった。

嘉兵衛は上着の隠しから拳大《こぶしだい》の球を取り出した。「暗薬《あんやく》」という煙幕玉《えんまくだま》だった。

炸力を加減した火薬と胡椒《こしょう》科《か》の植物の種子を調合していると聞いている。

テラコッタ製の火壺から導火線に火を移し、嘉兵衛は楡の木陰に放った。

軽く弾ける炸裂音《さくれつおん》とともに、もうもうとひろがる煙幕が視界を覆った。

煙の中から激しく咳《せ》き込む声が次々に響いた。全身を黒革服で包んだ人影がわらわらと飛び出してきた。誰もが覆面《ふくめん》で顔を覆っていた。

嘉兵衛は棺桶《かんおけ》の蓋を蹴飛ばして開け、残りの一頭の黒馬に、ひらりとまたがった。

振り返って馬車ハーネスを断ち切った嘉兵衛は、全速力で刺客たちから離れ去った。

霊柩馬車は、焙《あぶ》り出された刺客たちが右往左往《うおうさおう》する草地に取り残された。

嘉兵衛は振り返って馬車に向かって火壺を放った。

火壺は綺麗な放物線を描いて夜空を飛んだ。暗薬の時とは比較にならぬ大音声《だいおんじょう》が黒森を震わせ、火柱が立ち上り木々の葉を照らした。

霊柩馬車に載せた棺桶には何丁かの鳥銃と、相当な量の火薬袋が積んであった。

何人もの人影が、人形のように宙に舞った。

楡の枝に引っ掛かっている者、街道に倒れ伏している者……。まともに立っている敵は一人も見出せなかった。

(嘉兵衛には物足りぬ相手だったな。あの体《てい》たらくじゃ、あるいは正規軍か……)

掩護《えんご》しようと手裏剣を構えていた外記は、拍子《ひょうし》抜けしてつぶやいた。

手練《てだ》れの刺客とは呼べぬ敵だった。

近衛騎兵を襲った刺客が、正規軍のどこかの部隊だとすれば、帝国内の勢力争いなのだろう。だが、外記には興味のない話だった。

「さっさと橋を渡ったほうがいいな。今度は一個中隊で攻めてくるかもしれぬぞ」

帽子をガクガクと震わせながらも、手綱を離さずにいる御者に、外記は軽口で促した。

初老の御者は背中でうなずき、馬車を牽《ひ》く二頭の肋《あばら》に次々に鞭《むち》をくれた。

ベルリーナは速力を一段と増して、セゴビア橋へと急ぐ。

振り返ると、嘉兵衛は無表情に手綱を取って、少し離れてベルリーナの後を従いて来ていた。

「曲者《くせもの》は去りました。お怪我など、ございませぬか？」

外記は屋根に這いつくばって窓から車内に声を掛けた。貴人に顔を売っておくのは、この際、悪い思案ではない。

深紅のベルベットが張り詰められた車内には、三十歳くらいの栗色の髭《ひげ》をたくわえた男と、豪奢《ごうしゃ》な衣装をまとった黒髪の若者が乗っていた。

貴族らしき三十男は鋭い眼光で外記を見据えた。

「大事ない……お前たちは中国人《チーノ》なのか？」

聞き慣れぬ訛《なま》りを帯びたスペイン語だった。

「いいえ……ハポンでございます」

三十男はハポンという言葉を知らぬと見えて、怪訝に眉を曇らせた。

そのとき、前方のセゴビア橋の方角から疾走して来る蹄の音が、けたたましく響いた。

「なんだぁ？　反対っ側にも敵がいたのか」

外記は姿勢を立て直し、ふたたびベルリーナの屋根で棒手裏剣を構えた。

疾駆してくる白馬から放たれる殺気が、何本もの矢のように、外記の全身に突き刺さった。

左手から迫り来る馬上の男は、森で斃れている連中と同じ黒装束《くろしょうぞく》に身を包んでいた。

長身の男が抜いた長剣の刃が月光に反射して、外記の目を射た。

外記は男の右胸を目掛けて、立て続けに二本の棒手裏剣を投げつけた。

刃物のぶつかる焦臭《こげくさ》い匂いと金色の火花が散って、手裏剣は跳ね飛ばされた。

（この男は、いままでの刺客とは、まるで腕が違う）

外記は落とし差しにしていた蠟色塗《ろいろぬ》りの刀の鯉口《こいぐち》を切った。無銘《むめい》だが、斬れ味では嘉兵衛の新藤五にも劣らない。

背後で散発的に銃声が響いている。

だが、目の前の男以外の敵は、嘉兵衛に任せるしかない。

いつしか馬車は、セゴビア橋に差し掛かっていた。

狭い屋根の後端で、外記は八相《はっそう》に構えた。

「下郎《げろう》め。邪魔立てするな」

幾分しわがれた声で叫びながら、男はベルリーナの屋根に飛び移ってきた。

「おい、下郎呼ばわりは無礼だぞ。これでも元いた国じゃあ男爵《だんしゃく》さまってな身分だぜ」

外記は鼻で笑いながら、細身の切っ先を揺らめかせて相手を挑発した。

「ふざけた小僧だ。死ねっ」

敵は刃をぎらつかせながら、激しい突きを入れてきた。

眉間を狙い、間髪《かんはつ》を入れず胸を狙ってくる。

外記は体《たい》を左右にさばき、かろうじて切っ先を避《よ》けた。

息をもつかせず攻めてくる突きをかわし続け、外記は敵が隙をあらわす刹那《せつな》をうかがった。

だが、敵は毛筋ほどの隙も見せなかった。

ニス塗りの屋根は滑る。外記の額に汗がにじみ出た。

外記は攻勢に出た。

裂帛《れっぱく》の気合いとともに、袈裟《けさ》懸《が》けに打ち込む。

男は左足を滑らせながらも、右に体を捻《ひね》った。

敵の男は外記の日本式の刀法にとまどいを見せた。

（両脚に隙ありっ）

外記は男の両脚を右に薙《な》ぎ払った。

だが、男は天に向かって自分の背丈ほども跳躍した。

空気を震わせ、敵の切っ先が、外記の脳天を目掛けて突き落とされる。

腕に激しい衝撃が伝わり刃のぶつかる音が響いた。

己が身を守る受け太刀が、精一杯だった。

衝撃で、外記は馬車から弾き飛ばされた。

叩きつけられぬよう受け身で身を守ると、外記は素早く石畳の上に立ち上がって、刀を構え直した。

敵の男は数バラ（一バラ＝〇・九一メートル）先の石畳の上に、すっくと立っていた。

覆面から覗かせた両眼をぎらつかせて、男は剣を構え直した。

「外記、帰るぞ。ほかの連中は始末した。ベルリーナは橋を渡り終えたわ」

後ろで束ねた髪を揺らしながら、嘉兵衛が素早く駆け寄せてきた。

蹄鉄の音を響かせて小さくなってゆく馬車の後ろ姿が外記の視界に映った。

「あんな凄腕《すごうで》と立ち合うってのは、割に合わないからな」

外記が背に飛び乗ると、嘉兵衛は外方脚で馬の腹を軽く打った。

二人を乗せた黒馬はいななないて、輝くマドリードの街へ向かって全速力で駆け始めた。

振り返ると、男が黒森の方向へ大股で歩み去る姿が、どんどん小さくなっていくのが見えた。

「あいつ……なんだかやたらと殺気だった奴だったな」

剣技に秀《ひい》でたあの男が頭領だろう。部下の働きを蔭で監視していて、不甲斐《ふがい》ない思いに打って出てきたものに違いない。

「見よ、外記。我らがお助け申した殿様たちは、なんと、パラシオの賓客《ひんきゃく》ではないか」

橋のたもとを左に曲がったベルリーナは、王宮の川沿いに建つマリアナ・デ・ヘスス門に駆け込んでいった。

「そいつはいい。今夜の仕事の割増分は、国王陛下から、たんまりといただこうぜ」

外記は、輝くパラシオを眺めながら、嘉兵衛の肩をぽんと叩いた。

「ボロと申せ鉄炮《てつぽう》をダメにした。それに火薬の代金、霊柩馬車の損料も回収せねばならぬ……」

嘉兵衛は背中で愚痴《ぐち》めいた答えを返してきた。

「とにかく帰って、ヘレス酒（シェリー）でも一杯、やろう」

華やかな薔薇の香りを、あくびをした拍子に外記は深く吸い込んだ。

晩夏にもかかわらず、パラシオの前庭には薔薇の花が咲き誇っているのだろう。

## 2

磨き込まれたグラニト（花崗岩《かこうがん》）造りのパラシオは、朝の光に白く輝いていた。

外記と嘉兵衛は一張羅《いっちょうら》のチャケタ（上着）を身にまとい、意気揚々《いきようよう》とエル・エスコリアル門を訪ねた。ソンブレロから靴までそれなりの装いで、二人とも郷士《イダルゴ》には見えるはずだ。

大理石の門の傍らに設けられた門衛所に、外記は昂然《こうぜん》と背をそびやかして申し出た。

「昨夜のセゴビア橋の一件で申し上げたいことがあるので、近衛騎兵隊までお取り次ぎ願いたい」

小一時間も待たされた頃、衛士たちが鎧冑を光らせて一個小隊ほど現れた。

「この者たちに縄打て」

赤い羽根飾りの帽子を被った警備隊長は、ピンと尖った口ひげを震わせて叫んだ。

六人の衛士たちが短槍《たんそう》を構え、鎧の音を立てながら外記たちを取り囲んだ。

「外記、どう致すか？」

嘉兵衛が新藤五の柄《つか》に手を掛けながら訊いた。

「いきなり首を打たれるわけじゃないだろう。逃げるのは後の思案だ」

嘉兵衛はうなずいて大刀を鞘《さや》ごと差し出した。外記がこれにならうと、二人はぐるぐる巻きに捕縛《ほばく》された。

「きつく縛らないでくれ、新しいチャケタが傷む」

外記の申し出に答える者はなかった。背中に槍を突きつけられたまま、二人はパラシオの奥へと歩かされた。

赤大理石の石畳が敷き詰められた広大なパティオに出た。左右には無数のアーチで支えられた三階建ての柱廊《ポルティコ》が延々と続いていた。

昨夜の芳香の源と覚《おぼ》しき薔薇園の傍らを通り掛かった。園丁たちの丹精のおかげか、広い花壇は色とりどりの華やかな色彩《いろど》に彩られていた。

侍女の一団がローズヒップを手籠《てかご》に摘んでいる。作業の手を止めた侍女たちは、外記と嘉兵衛を興味深げに見詰めながら、耳打ちし合っている。

濃い紫の薔薇の実が一杯に入った右手に手籠を提げた、十七、八歳くらいの侍女と目が合った。

(サンタ・マリア・ラ・マヨール教会のマリアだ!)

マイセン磁器にも似た艶やかな白い肌、漆黒《しっこく》の髪と澄んだ光を宿した大きな黒い瞳、苺《フレサ》のようなふっくらとした唇。

外記が大好きな、ロンダの街の輝く聖マリア像を思わせる可憐な顔立ちだった。

「君の名前は、マリアだったね……君とは、どこで会ったんだったかな？」

外記は明るい声で、侍女に出放題の言葉を掛けた。

若い侍女の黒い瞳は、好奇心旺盛にくるくると動いた。

「残念だけど、わたしの名前はマリアじゃないの。それに、ヒターノの泥棒に知り合いはいないわ」

侍女は外記をヒターノ、つまりロマと勘違いしているらしい。

「僕がヒターノやら泥棒やらに見えるとは不思議な人だな。……ね、国王陛下への謁見《えっけん》が終わったら、街に出てチョコラテでも飲みに行かない？」

外記としては半分は本気だったが、侍女は肩を震わせて笑いをこらえていた。

「今日の勤めはお昼までよ……あなたが帰る時刻を待つのは、ちょっと無理みたいね……だって、三年なのか十年以上も掛かるか、わからないもの」

侍女は無理に真面目な表情を作って答えたが、最後には堪《こら》えきれずに吹き出した。

「黙って歩け」

怒鳴り声に顔を上げると、警備隊長は真っ赤になって憤怒《ふんぬ》に燃えていた。

嘉兵衛は、苦々しげに舌打ちしながら声を尖らせた。

「見境なしに女に声を掛けるのではない」

外記は柳に風と聞き流した。

二人は石造りの入口から建物内に押し込められるように入らされた。

連れて行かれたのは、地下牢でも近衛隊の屯所《とんしょ》でもなかった。

槍を持った衛兵に護られた戸口を入ると、優雅なバロコ風のバルコンを持った二階の広い書斎だった。

左手の部屋の壁いっぱいに書棚が置かれ、無数の書籍が並んでいた。

黒い絹のチャケタを羽織った、ふっくらとした貴族が、中央の机に座って書類に目を通していた。

(なんと！　寵臣《バリド》のオリバーレスだ)

森のフクロウを連想させる丸顔を知らぬマドリード市民はいなかった。

主席大臣のオリバーレス伯爵《はくしゃく》、ガスパール・デ・グスマン・イ・ピメンテルだった。

昨年、最高の栄誉である寵臣の称号を下賜《かし》された帝国随一の権力者であり、アンダルシア州に広大な所領を持つ「大貴族《グランデ》」だった。年の頃は三十代の半ばに達しているであろうか。

「お前たちか、昨夜、セゴビア橋でベルリーナを救ったと申し出ておるのは」

書類から顔を上げると、オリバーレス伯爵は、いささか神経質な声で訊いた。

「はい、伯爵閣下、わたくしどもは国王陛下に忠良なる僕《しもべ》でございます。国王陛下のお客人をお救い申し上げましたのに、何ゆえの縛《いまし》めか、さっぱり解《げ》せぬところでございます」

外記は声を励まして不服を申し立てた。

オリバーレス伯爵は無表情にうなずくと、警備隊長に「解いてやれ」と命じた。

警備隊長が手振りで指図し、衛士たちによって縄は解かれた。外記は両肩をぐるぐるとまわして解放感を確かめた。

「ベルリーナを護れと、誰に命じられたのだな？」

オリバーレス伯爵は気難しげに眉を寄せて言葉を続けた。

むろん、ここでタティアナの名前を出すわけにはいかなかった。

「昨夜はセゴビアに取引がございまして、すっかり遅くなって馬車を飛ばして参りました。ところが、黒森まで参りますと、近衛部隊が怪しき曲者たちに襲われておりました。ここは一番、帝国ために正義の剣を振るうべきときと心得まして……」

左手を軽く振って、オリバーレス伯爵は外記の饒舌《じょうぜつ》を押し留めた。

「たまたま、あの現場に出遭《であ》ったと申すのだな」

「さようでございます」

「では、襲った連中はおろか、護った相手が何人《なんぴと》かも知らぬ、と？」

黒い丸い瞳でオリバーレス伯爵は外記の眼をじっと見詰めた。

「神に誓って……」

事実、ベルリーナに乗っていた二人の貴人が何者であるのかは、わからなかった。

「偽《いつわ》りを申すと、地下牢で後悔する羽目《はめ》になるぞ」

オリバーレス伯爵は、人差し指を突き出して、恫喝《どうかつ》の声を上げた。

「その辺でよろしいのではございませぬか。オリバーレス伯」

堂々たる体軀《たいく》の貴族が、部屋に入ってきた。鼻筋の通った彫りの深い顔立ちは、外記が待っていた救いの神である。

サルバティエラ伯爵、ガルシア・サルミエント・デ・ソトマイヨールだった。スペイン中部のカスティーリャ・イ・レオン州に古風なアンプディア城を持つ。

オリーバレス伯爵と同年輩のサルバティエラ伯爵は、セビーリャ市長から大臣になって間もなかった。長らく会ってはいなかったが、サルバティエラ伯爵は、外記たちの知る唯一の貴顕であった。

オリバーレス伯爵は椅子から立ち上がると、サルバティエラ伯爵に歩み寄りながら、もっともらしい調子で声を掛けた。

「貴公は、彼らを見知っておるそうだな」

外記の見込み通り、二人は昨夜の件についてすでに言葉を交わしているようだった。

「九年前にセビーリャを訪れた二人に会っております。二人は我が帝国に留まったハポンなのです」

「ハポン……そうか、先王陛下の御代《みよ》にオリエンテから参ったという」

そのとき、警蹕《けいひつ》の声が響いた。

「国王陛下、王妃陛下のお成りにございます」

外記と嘉兵衛は慌ててソンブレロを脱ぎ、床に片膝をついて頭を深々と下げて拝跪《はいき》の姿勢を取った。警備隊長以下の兵士たちは部屋の反対の隅に身を移して整列した。

多くの廷臣を従えた十八歳の国王、フェリペ四世が、つかつかと歩み寄ってきた。

豊かな金髪と青く無邪気に光る両眼はよいとしても、若き国王の薄髭の生えた長い輪郭《りんかく》は、どこか間延びしていた。

黒い絹織物に色とりどりの宝玉をちりばめた衣装をまとった、長身の骨組は華奢《きゃしゃ》だった。日本で言えば、青瓢箪《あおびょうたん》と陰口を囁かれそうな雰囲気を持っている。

（まさか、本当に国王に会えるとは思ってなかったぜ。さて、吉と出るか凶と出るか）

背後には紫の精緻な絹で身を飾ったイサベル王妃が付き従っていた。

（王妃は噂以上にお美しい方だな）

ブルボン家の美点を引き継いだものか、小柄なイサベル王妃は栗色《くりいろ》の巻き髪が、ぱっちりとした黒い両眼によく似合う、可愛らしい顔立ちだった。二人の王女を夭折《ようせつ》させた二十一歳のはずだが、目元の表情などはまだ娘っぽかった。

フランス王アンリ四世と王妃マリー・ド・メディシスの長女として生まれたイサベル・デ・ボルボンは、フェリペ四世より三歳年上だった。

二人の政略結婚は、カトリコ二大勢力であるスペイン帝国とフランス王国同盟の証《あかし》であった。

イサベル王妃を取り巻く廷臣の行列には、庭で会った若い侍女も、澄まし顔で立っていた。

「これは両陛下、ご機嫌も麗《うるわ》しく……」

近づくオリバーレス伯爵の言葉を遮《さえぎ》って、甲高《かんだか》いフェリペ四世の声が響いた。

「この者たちか、イングランド王太子とバッキンガム公爵を助けたと申すのは」

(なんだって!)

二人の伯爵は一様に「しまった」という顔つきを見せた。国王の短慮《たんりよ》のために、外記たちに重要な国家機密が漏れてしまったのだから……。

それにしても、イングランド王太子たちは何のために、マドリードを訪れているのだろう。刺客たちはいったい何者の下命で動いていたのか。

外記は傍らに立つ嘉兵衛と顔を見合わせた。嘉兵衛はほくそ笑んだが、すぐに表情を隠すようにうつむいた。

「さようでございます。微力ながら両名、陛下の御《おん》ために帝国をお護り申しました」

外記は言葉を選んで、功績を売り込んだ。ところが国王の関心は、すぐにそれた。

「二人とも不思議な顔をしているな。インディアス(新大陸)から参ったのか?」

フェリペ四世は外記の顔を、面白いものを見るように、しげしげと眺め回した。若き国王は日本人の顔を見た経験はないらしい。

「この者たちは、ハポンです。先王フェリペ三世陛下の御代に、主の栄光を求めて遠いオリエンテからやって参ったドン・フィリッポ・フランシスコ・支倉六右衛門《はせくらろくえもん》（常長《つねなが》）の使節団に加わっておりました。主の御恵みに心打たれ、我が帝国の繁栄を目の当たりにして、帰国を思い留まった者たちでございます」

サルバティィエラ伯爵は、ここぞとばかりに、二人を売り込んでくれた。

慶長《けいちょう》十八年（一六一三）の秋に、伊達政宗はフランシスコ会宣教師ルイス・ソテロを正使に立て、副使に家臣の支倉六右衛門常長（長経《ながつね》とも言われる）を選んでヨーロッパへ派遣した。いわゆる慶長遣欧使節団である。

派遣目的は、仙台《せんだい》とスペインの間の太平洋貿易を始めるための交渉にあった。

メキシコのアカプルコを拠点として、政宗は遠大な貿易構想を描いていた。それはまた、慶長六年（一六〇一）の仙台開府よりわずか十年後に仙台を襲った大津波による被害からの復興を目指した大事業でもあった。

使節団は牡鹿半島《おじかはんとう》の月ノ浦《つきのうら》を出帆したサン・ファン・バウティスタ号で太平洋を渡り、ベラクルスでスペイン艦隊のサン・ファン・デ・ウルーク号に乗り換えて大西洋を越え、一年がかりでエスパーニャ帝国のサンルーカル・デ・バラメーダ港に辿《たど》り着いた。

伊達家の家臣である小寺外記は支倉常長の秘書役として、山城国《やましろのくに》の出身という瀧野嘉兵衛はソテロと常長の警護隊長としてヨーロッパの土を踏んだ。

マドリードで前国王のフェリペ三世に、ローマのバチカンで教皇のパウルス五世に謁見した常長は、通商を開けずに四年後に帰国の途に就いた。

だが、スペインに渡った三十人の一行の中で、日本に帰らずこの国に留まった者が九名いた。その中に外記と嘉兵衛が入ることは言うまでもない。

「名を申すがよい」

フェリペ四世は興味深げな表情のままで短く請うた。

「わたくしは、パウロ・カミルロ・小寺外記と申します」

「トマス・フェリペ・瀧野嘉兵衛でございます」

外記たちは背をそびやかし、胸を張って次々に名乗った。

「洗礼名を持つからには、二人とも異教徒《パガーノ》ではないのだな?」

「八年前に、サン・ジョヴァンニ・イン・ラテラノ教会で洗礼を受けましてございます」

外記は、晴れ晴れとした声をせいいっぱい作って答えた。

使節団の中で最も遅く、外記は一六一五年の十一月十五日に、ローマのサン・ジョヴァンニ・イン・ラテラノ教会で洗礼を受けた。その時点で外記はたしかに敬虔《けいけん》なカトリコだったはずだ。

しかし、滞在していた八年の月日は、ローマ・カトリコ教会の権勢の醜悪さや、エスパーニャ帝国の腐敗し疲弊《ひへい》しきっている現状を外記たちに教えた。いまの外記はかつて感激したカトリコ文化への素直な敬愛の情を持てなくなっていた。

嘉兵衛がいま現在、どんな気持ちでいるのかは訊いたことはない。いまさら尋ねるのも気恥ずかしく、また不愉快なものとなってしまった。だが、カトリコに対する嘉兵衛の不信感は外記にも負けないだろう。

フェリペ四世は笑みをたたえて満足げに二人を見た。

「そうか、パウロ、トマス、よくぞイングランドからの訪客を護った。褒《ほ》めおくぞ」

「国王陛下のお褒めの言葉を賜《たまわ》り、外記は身に余る光栄でございます。この上は、今日の無上の喜びを末永く心に蘇らせるがためにも、お手元から記念の品を賜りますれば……」

「嘉兵衛めも伏して、願い上げ奉《たてまつ》ります」

隣の嘉兵衛も畳み掛けるように相の手を打った。

褒め言葉は、ただの一マラベディにもならない。報償の御心あるならば、形にして欲しい。

「どうしたものかな、ガスパール……」

フェリペ四世は甘えたようにオリバーレス伯爵を見た。

「陛下のお褒めの言葉でさえ、この者たちには過分かと」

オリバーレス伯爵はにべもない調子で答えた。

「そうだ。お前たちは、望むときは、いつでも予に拝謁《はいえつ》を願い出てよいぞ」

フェリペ四世は自分の思いつきに満足したようにうなずいた。

「ありがたき幸せ……外記は天にも昇る心持ちにございます」

褒め言葉に続き、またもや、金にならない栄誉である。外記はありがた過ぎて、涙が出そうになってきた。

「陛下、彼らは平民にございますので、さような破格の扱いは、いかがなものかと」

オリバーレス伯爵は、これ以上ないというくらい渋い顔を見せた。

「恐れながら閣下。わたくしどもはハポンでは、サムライと申す準爵士《カバジェーロ》に当たる身分でございました。サムライは一身を賭《と》して国王諸侯をお護りする誇り高き戦士でございます」

声を極めて、外記はサムライとしての自らを誇った。

「サムライは戦士か。さすればテルシオの如き隊伍を組んで戦うのか」

若き国王は薄髭をひねりながら身を乗り出した。

テルシオは十六世紀から十七世紀の終わり頃にかけて、ヨーロッパ最強のスペイン陸軍を支えた軍事部隊の編成である。

「さようでございます、陛下。我らはテルシオで申せば大尉《カピタン》の身分に当たる者でございました」

嘉兵衛もここぞとばかりに自分たちを売り込んだ。陸軍大尉は三百人単位の中隊の隊長を務める。六十二万石の伊達家で騎乗を許された武士である外記の身分から言えば、当たらずともいえど遠からずと言ったところだろう。

「なるほど。それでは、予からも位を授けよう。二人とも今日から準爵士を名乗ってよいぞ。ドン・パウロとドン・トマスだ」

フェリペ四世は得意げに、二人を指さした。

「外記は感激のあまり、言葉も出ませぬ」

落胆《らくたん》のあまりが正しいか……。しかし、この先の人生を考えれば、爵位は、いろいろと好都合だ。

「ところで、正義の剣は、どうしたのだ？　二人とも無腰ではないか」

フェリペ四世は不思議そうに訊いた。

「御前間近ですので、わたくしが預かっておりました」

オリバーレス伯爵が目顔で合図すると、警備隊長が二人の差料を捧げ持って、国王に差し出した。

「これが、ハポンの剣か。何とも素晴らしい鞘だ。どうやったら、こんなに輝かしい色合いが出せるのか」

フェリペ四世は、外記の刀の蠟色鞘を、ほれぼれと眺めた。

「わたくしの剣の鞘は、漆《うるし》と申す植物から作った塗料を、何重にも塗り重ねたものでございます」

「何人もの敵を仕留めた剣だろう。ドン・パウロ、予の前で使って見せよ」

国王は感心しながら、鞘ごと外記に刀を返してよこした。

「使えと仰せありましても……」

外記は口ごもったが、フェリペ四世は、ますます調子に乗って続けた。

「よいから、予の前で自在に剣を振るえ。セゴビア橋で戦ったときのようにな」

外記はカチンと来た。仮にも武士に座興で剣を振るえとは無礼である。

「どうした。ハポンの剣は、昼間は使えぬ剣なのか」

嘲《あざけ》る国王を叩き斬りたい気持ちをこらえて、外記は吐き捨てた。

「それでは、あそこに居並ぶ警備隊の兵士を、片っ端から一刀両断してご覧に入れましょうか？」

「な、な、何を申すか」

フェリペ四世は白目を剝いてのけぞった。

王妃や二人の伯爵はもとより、若き侍女も、帯剣している兵士たちも、部屋の中にいるすべての人々に緊張が走った。

「惰弱《だじゃく》なエスパーニャの兵ならば、据え物の案山子《かかし》も同然に斬れまする。それで足りなければ、誰それを斬れとお申しつけ下さい」

部屋の隅で居並んでいた兵士たちが身構えた。剣を吊っている鎖《くさり》が音を立てた。

「ぶ、無礼を申すな。誰が人を斬れと申した。予はそのほうに剣を振って見せよと申しただけだ」

「サムライの剣は、無心必殺。座興に抜くものではございませぬ」

外記はフェリペ四世を強い視線で見据えると、刀を抜く構えを見せた。

「誰か、この……ら、乱心者を取り押さえよ」

フェリペ四世は口から泡を飛ばしてわめき散らした。警備隊が剣を抜いて小走りに近づいて来た。

女たちの悲鳴が響いた。王妃と若き侍女は、姿勢を崩さぬまま興味津々《しんしん》の表情で成り行きを見守っている。

「兄上、この者の言い分が正しいと思います」

涼やかな声が部屋の隅から聞こえた。

凜《りん》とした声に、兵士たちも身体の動きを止めた。

白レースで飾られた赤い法衣に身を包んだ少年が静かに歩み出た。

フェリペ四世の弟宮、フェルナンド・デ・アウストリア枢機卿《すうききよう》王子だった。フェリペ四世と似てはいるが、引き締まって整った顔立ちの美男子だった。

当年、十四歳に過ぎぬが、幼少期から利発を以《もつ》て知られる王子で、十歳でトレド大司教に就任、すぐに枢機卿の地位に就いていた。現在はマドリードに住んで、時おりオリバーレス伯爵の政策に苦言を呈していると聞く。

「なんだ。フェルナンド。無礼なハポンめをかばい立てするのか」

フェリペ四世は不快に眉を震わせた。

「剣士は神の栄光のため、あるいは主君のために、その生命を懸けて剣を振るうのです。見れば、二人とも心ばえ優れた剣士。このような男たちに座興で剣を抜けとは、賢明な王の採るべき道とは申せませぬ」

アウストリア枢機卿王子は頬を紅潮させて、フェリペ四世を難詰《なんきつ》した。

「もうよい。わかった。そなたは、すぐに説教を始める……。ドン・パウロたち、大儀であった。下がってよいぞ」

フェリペ四世はうんざりした声で言うと、外記たちに向かって掌をひらひらさせた。

外記と嘉兵衛はうやうやしく拝礼して、国王たちのもとを辞した。

部屋を出るときに、イサベル王妃とあの若き侍女が自分を見つめる強い視線を感じた。

外記は腰を屈めると、腕を胸の前に振り下ろして、王妃たちに大仰《おおぎょう》に辞去の礼を送った。

二人はあわてたように外記たちから目をそらした。

「ドンと呼ばれる気持ちは、どうだ？」

パラシオの中庭をのんびり歩き始めたところで、嘉兵衛が訊いてきた。

「悪くはないな。爵位を持っていると、いろいろと好都合だろう」

「されど、所領のない爵位など、ただのお飾りに過ぎぬ。新式のピストラも買わねばならぬし、火薬の代金、霊柩馬車の損料……少しも回収できなかったではないか」

「嘉兵衛はしわいな。まるで、呉服屋《ごふくや》の手代だ……」

外記の揶揄《やゆ》など意に介せず、嘉兵衛は指を折って必要経費を数えている。実際、エスパーニャ中に、お飾りのドンの称号はあふれかえっていた。

「午後一時にタティアナと待ち合わせておる。あの女から割増分もしっかりと貰う」

「じゃ、とりあえず授爵祝いに一杯やろう……それにしても、あの娘は可愛かったな」

「いい加減にするがよい。いまに女で身を滅ぼすぞ」

嘉兵衛は中庭の時にも増して、大きく舌打ちした。

3

長い石段に晩夏の陽射しが照りつけていた。

サン・ヘロニモ・エル・レアル教会は、パラシオとは反対のマドリードの東の端に位置していた。この壮麗な教会は、一五〇一年にカトリコ両王、すなわちアラゴン王フェルナンド二世とカスティーリャ女王イサベル一世によって建てられた。

ゴシック様式の荘厳な建物が、のしかかるように外記の視界を塞いだ。高窓しか持たない大聖堂は薄暗く、中途半端な時間だけに、信徒の姿も見えなかった。

約束の一時を三十分も過ぎた頃、タティアナは黒いマンティージャ姿で現れた。マンティージャは、髪に挿《さ》したペイネタと呼ばれる透かし模様の入った掌大のかんざしから下げるベールで、スペイン女性の正装である。タティアナがマドリード一の歌姫と称賛される理由は、卓越した歌唱力ばかりではなかった。切れ長の緑がかった灰色の瞳、精力的に動く厚い唇。黒いレースで包まれた豊かに実った、はち切れそうな肢体《したい》……。

外記の目から見ても、華やかで成熟した魅力を持つ女だった。黒一色のマンティージャ姿が、かえって匂い立つような艶《あで》やかさを際立たせていた。

ただ、﨟長《ろうた》けたタティアナの美貌《びぼう》には、どこか不健全で危なげなものを隠しているように、外記には思えた。

「お待たせして、ごめんなさい」

近づいて来たタティアナは、ファルダ（スカート）の右腿あたりにちょっと手を添えて、二人に会釈を送った。

「相変わらず、時計が読めぬのか」

嘉兵衛は、ぶすっと不機嫌に答えた。

「また、そんな無愛想な顔して……嘉兵衛ったら、いい男《グアッポ》が台なしよ」

タティアナは微笑を口もとに浮かべて、媚《こび》を含んだ流し目で嘉兵衛を見詰めた。

「余計な口をきく女に、利口者はいないものだ」

とりつくしまもない嘉兵衛の返事にも、タティアナが浮かべた微笑は消えなかった。

「昔に変わらず、皮肉屋さんね……さぁ、これがお待ちかねのものよ」

タティアナは左手の革袋を、わざとらしく両手で捧げ持ってうやうやしく渡した。

嘉兵衛は引ったくるようにして袋を受け取ると、机の上に中身を空けた。アラニャ（シャンデリア）の蠟燭《ろうそく》の炎に金貨が反射して、外記の目を射た。

嘉兵衛は微かにうなり声を上げて、金貨を数え始めた。外記も手伝い、ぶつかる金の音が小さく響いた。

「二エスクード金貨で百枚あるわ」

背中からタティアナの艶のあるアルトが、外記の耳に心地よく響いた。

二人の数えた金貨の数を合わせると、ちょうど百枚になった（現代の金地金に換算すると、およそ三百万円前後）。

「経費がいろいろと掛かってな。鉄炮や馬車をだめにした。その分を上乗せしてくれ」

顔を上げた嘉兵衛は、淡々とした口調で要求を口にした。

「無理を言わないで。わたしは、ただの使いなのよ。ここで、あなたの交渉に応じるわけにはいかないでしょ」

タティアナは甘えるような声でしなを作った。だが、嘉兵衛は眉間に深い縦じわを寄せ脅しつけるように低い声で続けた。

「帰って雇い主に伝えろ。あと五十エスクードを上乗せしろ、と。そうでないと厄介《やっかい》な話になるかもしれぬ、とな。なにせ、俺たちが護った相手は大物だったのだ」

「いやね。そんなに怖い顔しないでよ。伝えるだけは伝えるわ」

「お前が四年前にケロッと忘れ去った誠意というものを思い出して、きちんと伝えるのだ」

「ひどい言い方。でも、あんまり欲張らないほうがいいわよ。依頼主も相当に力のある人だから」

タティアナは眉をきゅっと寄せて、怖ろしげな表情を作った。

「俺たちを脅しても、タティアナに得はないと思うけどな」

外記もつい横から口を出した。

「あら、坊《チコ》や、何を言ってるの。あなたたちが心配なだけでしょ……」

「チコはよしてくれよ。君より一つ歳上だぜ」

外記は少なからずムッとして、口を尖らせた。二十四にもなってチコと呼ばれる情けなさはない。

「だって、外記。あなたは勇敢かもしれないけど、いつまで経っても、どこかミルクの匂いがする男だもの」

タティアナに掛かっては、枢機卿王子の言う「心ばえ優れた剣士」も形無しである。

「じゃ、わたし、これから約束があるから、失礼するわ。ドン・トマスにドン・パウロ。ご機嫌よう」

タティアナは手を振ると、さっと踵《きびす》を返して、小走りに聖堂の出口へ去った。

「あの女、もう、午前中の話を知っておるとはな」

戸口へ消えるタティアナの背中を追う嘉兵衛の瞳は、どこか虚《うつ》ろだった。

「まだ惚《ほ》れてるのか？」

言わずもがなの問いが、外記の口を衝いて出た。

「馬鹿を申すな。あんな、ロクでもない女……」

嘉兵衛は顔をしかめて吐き捨てると言葉を継いだ。

「少しでも思いが残っておるのなら、再会したときに有無を言わさず叩き斬っておる」

九年前の一六一四年、二十五歳だった嘉兵衛は、上陸地点のコリア・デル・リオの街で、まだ、十五歳のタティアナに袖を引かれた。「十五の娘に醜い者はいない」というスペインのことわざどおり、まさに美しさはじける年頃だった。

とはいえ、カトリコに憧れ、警護隊長の使命に燃える嘉兵衛がタティアナの誘惑など相手にするはずもなかった。

だが、二年後ローマからマドリードに戻った使節団を、思いもかけぬ不遇が襲った。

アジアと新大陸《インディアス》政策のあらゆる事柄に関する国王諮問《しもん》機関であるインディアス枢機会議

から国外退去を命ぜられるのである。

一行は帰国の途に就くためにマドリードを離れ、セビーリャに下る。ところが日本に戻る予定のソテロが発病し、使節団のうちの数人は帰りの船に乗らずセビーリャ郊外のロレート修道院に滞在することとなる。

失意のうちに過ごしたロレート修道院での一年近い滞在期間中には、外記も含めて残留組の心はささくれ立つことが少なくなかった。そんな中で嘉兵衛はいつも寡黙《かもく》に淡々と祈りの日々を送っていた。

一六一七年の六月十三日、インディアス枢機会議は使節団一行に強制国外退去命令を出すという強硬策に出た。前回の勧告的な退去命令と違い、従わなければ収監されて処罰される厳しいものだった。ついに支倉常長らの残留組もスペインを離れることに決まった。

帰国を目前にしたある晩、精神的にもっとも安定していたかに見えた嘉兵衛が姿を消した。後でわかったことだが、嘉兵衛はコリア・デル・リオから会いに来たタティアナの誘惑に負けたのだった。

コリアの町には、上陸直後にスペイン女たちに袖を引かれて、ローマに向かう前に使節団から離脱した日本人が数人いた。彼らはすでに家族を持って暮らしていた。

嘉兵衛も同じように、タティアナと、町外れに小さな家を借りて、愛の巣を営んだ。

その頃のタティアナの姿を外記は知らない。使節団一行で同じくエスパーニャに残った伊丹宗味《いたみそうみ》という摂津《せっつ》の商人は、「月の女神アルテミスの化身のようなすごい美少女《ボニータ》だった」と語っていた。

ところが、二人が暮らし始めて二年目の聖木曜日の夜、タティアナはいきなり出奔《しゅっぽん》した。

タティアナの夢――マドリードで大きな舞台を踏み、一流歌手として出世する未来への夢に、嘉兵衛が理解を示さなかったためだった。

タティアナをマドリードまで連れ出した馬車は、現在もパトロンの一人であるグアディクス伯爵が差し向けたものだった。

タティアナに裏切られた日から、嘉兵衛にとってエスパーニャに暮らす意味は、消滅しているのかもしれなかった。

(いやいや、嘉兵衛は、まだまだタティアナを追いかけているんじゃないかな)

少なくとも、心の中では……。

そのとき、聖堂の戸口から騒々しい叫び声が響いた。

「外記！　嘉兵衛！」

若い男が長いマントを翻《ひるがえ》して大股に近づいて来た。

「いっけねっ。あいつだ」

外記は思わず肩をすぼめた。

ディエゴ・ロドリゲス・デ・シルバ・イ・ベラスケス。昨年、宮廷画家に任じられたばかりの売り出し中の肖像画家である。タティアナの紹介で知り合って、半年近く経つ。

「聞いたぞ。二人とも、お手柄だったそうじゃないか。陛下に拝謁して、授爵されたんだってね。おめでとう」

ベラスケスは好意を顔いっぱいに顕《あらわ》して、明るい声で賀詞を口にした。

タティアナといい、ベラスケスといい、どうしてこんなにも早く、宮中の情報は伝わるのか。

「その話を、誰から聞いたんだ？　ディエゴ」

「妹さ……」

ベラスケスのカパの蔭から、白いマンティージャ姿の小柄な姿が飛び出した。

「チョコラテをご馳走《ちそう》して下さる？」

好奇心旺盛な黒い瞳が、くるくると動いた。あの若い侍女だった。

外記の口から思わず、ひゅーっと口笛が出た。

「マリアじゃないか！」

このボニータが、ベラスケスの妹だったとは。たしかに、兄も鼻筋の通ったグアッポではある。

「違うわ。ルシアよ。以後、お見知りおきを。ドン・パウロ」

ルシアは悪戯っぽく笑って、大仰にファルダを持ち上げて会釈した。

「外記と呼んでくれ。でも、ルシアにこんなに早く会えるなんて、アルムデナ（マドリードの守護聖女）のお引き合わせだね、きっと」

「おい、外記。妹は箱入りなんだ。ルシアに変なマネをすると、こいつが君の目に飛んでくぞ」

ベラスケスは上着の隠しから鉛筆を取り出して、外記に向かって突きつけた。

「おお、怖っ……」

外記は、わざとらしく首をすくめて見せた。

「俺たちがこの教会にいるって、どうしてわかったんだ?」

嘉兵衛が眉を寄せて尋ねた。

「タティアナに聞いたのさ。外記は授爵祝いに、肖像画を描いて欲しいそうだな。ついに、わたしとの約束を果たしてくれる気になったか」

ベラスケスは頰を紅潮させて、声を弾ませた。

「ちっ、あいつは……やっぱり、ロクでもない女だ……」

外記の舌打ちもつぶやきも、ベラスケスの耳には届いていないようだった。

「一重《ひとえ》の力ある瞳、高くないが形のよい鼻、薄く引き締まった唇……。外記の顔は、エスパーニャ人には決して見られないオリエンタルな美に満ちているんだ」

ベラスケスは熱に浮かされたような調子で続けた。

「君は約束しただろ？　そのハポンの容貌を、わたしに思う存分、描かせるって」

たしかに酔っ払ってそんな約束をした覚えが、ないわけではなかった……。

「だけど、何日もお前のタジェル（アトリエ）に詰めきりなんだろ？」

「そうさな。まぁ、急いで描いてみる。一週間で済ませるよ。時々休ませるし、それなりの報酬は支払う。さぁ、今日こそ約束を果たして貰おうか」

ベラスケスは肩をそびやかして気色ばんだ。

冗談ではない。一週間も朝から晩まで椅子に座っていたら、尻から草が生えてくる。おまけに向かい合っているのがルシアならともかく、この絵画の鬼だ……。

「おい、嘉兵衛、逃げよう」

外記は嘉兵衛に目配せを送った。

「とりあえず、逃げますかね」

嘉兵衛は右目をつむって応え、外記たちは戸口に向かって一目散《いちもくさん》に走り始めた。

「おい、待てっ。約束じゃないかっ」

ベラスケスは足を椅子に引っかけたのか、ひっくり返る音が聖堂に響いた。

「ルシア、今度は兄貴抜きで会おうね。そん時は、きっとチョコラテをご馳走するよ」

振り返ると、倒れた椅子の中で手足をばたつかせているベラスケスの傍らで、ルシアが腹を抱えて笑い転げていた。

# 第二章　神の愛の灯が消える

## 1

夕食を済ませてから、ベラスケスはルシアを伴って、中央市場の東側のカラトラバス修道院の裏手に位置する《魔法の杖劇場《テアトロ・バリタ》》に出掛けた。

十七世紀に入ってからマドリードでは野外演劇が盛んになっていた。ラ・コラーラ、つまり、富商の屋敷内のパティオや裏庭の一角を使った仮拵《かりごしら》えの野外劇場では、夜ごとに悲劇や笑劇の興行が催されていた。

気候がよい季節に入って、市内各所の野外劇場は、貴賤《きせん》の別なく芝居を楽しむ幾多《いくた》のマドリードっ子で賑わいを見せていた。

だが、柿落《こけらお》としを済ませて間もないテアトロ・バリタは、市内でも珍しい常設劇場だった。ベラスケスは期待に胸を躍らせて、青みがかった大理石造りの商家を改装したバリタの入口を潜った。

百人以上は収容できる場内は、ニス塗りの壁にほどこされた装飾も洒落ていて、赤ビロード張りの椅子席はゆったりとしていた。アラニャの灯りに薄明るく照らされた会場には、商人たちばかりではなく、貴族や貴婦人の姿も多かった。

「お兄さま、ご機嫌ね」

前から二番目の列に席を得てすぐにルシアが隣で囁《ささや》いた。

「なにせ、話題のカルデロンの芝居だ。どんな趣向が飛び出してくるか」

ベラスケスはウキウキとした声で答えた。

ペドロ・カルデロン・デ・ラ・バルカ。目下、人気上昇中の劇作家であり詩人である。今夜の演目は『アモル・オノル・イ・ポデル』(愛、名誉ならびに権力)である。カルデロンにとって処女作であり、出世作となったコメディアだった。

大がかりな舞台装置を導入し、舞踊や音楽を全面的に採り入れた演劇は、一つの革命とさえ言えた。カルデロンの華やかな演出は、この作品によって初めてマドリードの観客にもたらされた。

王侯貴族と平民が混在する親しみやすい設定や、緻密な修辞に満ちた表現は、堅苦しかったスペインの演劇を、多くの人々に愛される娯楽へと育てつつあった。

「一つ違いですものね。お兄さまが期待するのも、当たり前ね」

「わたしだけじゃないさ。みんな人気のカルデロンに学べるものは学ぼうとしている。見ろよ。あの大家のケベードさえも来ている」

ベラスケスは、客席の上手方向へあごをしゃくった。四十年輩の小太りの男が、黒縁の眼鏡の奥から鋭い眼光を光らせて座っていた。ケベードは大きく咳払いをすると、黒く長い巻き髪をうるさそうに振って、気むずかしげに腕組みした。

『ドン・キホーテ』で知られる文豪のセルバンテスが七年前に死んでから、フランシスコ・デ・ケベードは文壇では最高の存在感を持つ劇作家であり、詩人であった。

「それに、秘かに警固の兵やら市警察の連中が、劇場の四隅を固めている。貴賓席には、よほど高貴なお方がお出でになっているに違いない」

二階の貴賓席はさらに照明を落としてあって薄暗かった。顔ははっきりとは見えないが、きらびやかな装いの若い貴族を中心に、何人かの貴顕の男たちが座っていた。

客席最前列左袖に、楽士たちの席が設けられている配置も珍しかった。演劇にリュートが伴奏する演出は普通に見られたが、今夜はエスピネータ（小型のチェンバロ）を中心に、リュートとフラウタ（バロックフレーテ）、ヴィオラダ・ガンバで構成される四人のオルケスタが開演を待っていた。

エスピネータが軽やかに鳴り始めた。リュートとヴィオラダ・ガンバが陽気なイタリア風の伴奏を始め、フラウタの主旋律が心地よく客席に踊る。

客席の期待が高まったところで、滑らかに幕は開いた。

「おお、光り輝く海辺だ」

ほかの芝居では見たことのない派手な舞台装置に、ベラスケスは驚きの声を上げた。舞台の前縁には、十二本の蠟燭が一列に並べられていた。蠟燭には、すべて白い陶器で造られた貝殻型の覆いが客席側に向かって立てられている。灯火は舞台方向だけを照らし出し、客席を薄暗い影が包んだ。

古色蒼然たるルネサンス調の精緻な彫刻が描かれている吊物は、遠近法にのっとって四重に吊され、最奥の優雅な手摺りとともに、貴族の屋敷のバルコンを表現していた。背景の海に見立てられた青い布地は、左右の袖から風が送られて、大きくうねっている。すべての舞台装置は天井に隠された無数の蠟燭により、海辺のまぶしい陽射しに輝いていた。

寄せ来る波は永久《とわ》の輝きに燃え、この胸の憂鬱《ゆううつ》など知る由もない。
外の世界に出ることはできない。それが貴方《あなた》のお気持ちだから。
ここから城に戻ります。貴方の命に従うほかないのだから。
飛び交う鷗《かもめ》たちは、伸びやかに天へと風を切る白い燦《きら》めき。

上手からタティアナが澄んだ歌声とともに現れた。
タティアナの話し声はアルトだが、歌い始めると、別人の声と思わせるソプラノに変わる。

白紗《はくさ》のゆったりとしたガウンを身にまとったタティアナは、豪奢な宝飾類で胸元を飾り、額の中央を分けた髪型で後頭部で小さく束ねていた。

ルネサンス期に好んで描かれた、ギリシャ神話のヴィーナスを模した衣装だった。タティアナの扮《ふん》している役柄は、十四世紀の伯爵夫人のはずだった。優雅さを誇張した演出なのだろう。

「タティアナって、やっぱりきれいね」

ルシアはうっとりとした眼で舞台の女神像を見詰めている。

運命に縛られた身の悲しみを、透明感溢《あふ》れるソプラノで、叙情《じょじょう》豊かに歌い上げるタティアナは、やはりマドリード一の歌姫だ。ベラスケスの心も震えた。

アリアが終わると、下手からにパンタロネス・コルトス（半ズボン）姿の貴族に扮した若者が、ゆったりとした歩みで現れた。

いささかにやけた若きグアッポは、タティアナに言葉を掛けようと、口を開き掛けた。

その時である。獣じみた叫び声が客席の右袖から響いた。

「この魔女《ブルハ》めがーっ」

黒っぽい塊《かたまり》が通路を舞台へ突き進んでゆく。音楽はやみ、客席に悲鳴が響き渡った。

ベラスケスは声を失い、全身を硬直させた。

ルシアは兎《うさぎ》のように飛び出していった。妹を押し留めるために手を伸ばすことさえ、ベラスケスにはできなかった。

濃灰色の服を着込んだ若者が舞台に跳ね上がった。

男優は泡を食って両手で頭を押さえ、何ごとかをわめき散らしながら下手の袖へ消えた。

タティアナは、魔法に掛かったように身動きできず、その場に立ち尽くしている。

ルシアが舞台下の框《かまち》中央に達した。

「お前は、お前は……この俺を踏みにじった……」

若者は一瞬、立ち止まって、タティアナを脅しつけるように短剣を上下に揺らめかした。

アラニャの光に鈍く反射する刃がベラスケスの目を射た。

「俺の恨みを知れーっ」

振りかざす刃がタティアナまで、あと数バラと迫った。

(刺されるぞ、タティアナ！ 逃げろっ！ とにかく逃げるんだっ)

ベラスケスが心の中で叫んだその刹那である。

どさっと音を立てて倒れたのは、若者だった。右の太腿《ふともも》に細い短剣が突き刺さっている。

右手の後ろを振り返ると、客席中ほどの通路に瀧野嘉兵衛が彫像のように立っていた。

「嘉兵衛、あれは嘉兵衛じゃないか」

嘉兵衛はタティアナの芝居を観に来ていたのだ。

太腿を押さえてうめく若者に、舞台の左右から黒服の男たちが次々に覆い被さった。貴人を警固するために四隅に立っていた市警察の吏員《りいん》たちだった。

警察吏たちは暴漢を縛り上げて、背中をどやしつけながら、劇場を出て行った。

「皆さん、大変お騒がせしました」

下手から現れた若い男が舞台中央に立った。男はタティアナの手を取って優雅なお辞儀を客席に送った。

「カルデロン本人が登場か……」

眼のくりっとした明るい顔つきの男こそ、今日の舞台を作り上げた気鋭の劇作家だった。

「わたしの用意していたドラマなら、皆さまを大きな興奮に導けたわけでして、胸を張りたいところです。が、残念ながら、この特別演出はタティアナ・ギゼ・デ・ラ・ロサのあまりの美しさに身も心も奪われた、一人の哀れな若者によって仕組まれたものでした」

カルデロンは無理に作り笑いを浮かべると、中央通路へ向かって声を励ました
「タティアナと、このカルデロンの危地をお救い下さった英雄よ。舞台へお進み下さい」

踵を返して逃げ出した嘉兵衛の袖を捕まえたのは、いつの間にか忍び寄っていたルシアだった。

「だめよ、逃げちゃ。英雄のドン・トマス。さぁ、タティアナの接吻《ベツ》を受けなさい」

まわりの客席の歓喜の声に、嘉兵衛は無理やり、舞台に上げられてしまった。

タティアナが大仰な仕草で頬に接吻した。嘉兵衛は仕方ないといった表情で片膝を突き、タティアナの掌に唇を捺し当てた。

そこかしこから「男の中の男《オンブレ・カバリエロソ》！」の声が掛かり、客席は沸きに沸いた。

嘉兵衛は歓声には反応を示さず、無表情に押し黙って、中央通路を大股に去って行った。

突然の珍事に、舞台は終幕となった。興行主は料金を払い戻し、観客は最初のアリアだけで劇場を出るほかはなかった。

劇場の出口付近は退出する大勢の観客でごった返していた。

「ベラスケス……ちょっと話があるんだ」

呼び止められて振り向くと、憂鬱そうな表情のサルバティエラ伯爵が立っていた。

「閣下……なにゆえに、このような場所に……」

サルバティエラ伯爵は問いには答えずに、ベラスケスの肩に手を掛けた。

「外へ出よう。お連れは、王妃陛下の侍女をしているルシアだったね？」

「お兄さま、わたくしなら、一人で帰れます」

飲み込みの早いルシアは、会釈をすると小走りに戸口を出て行った。

ベラスケスとサルバティエラ伯爵は、劇場の前庭の木蔭に向かい合って立った。

「用件を手短に言おう。君は、タティアナと親しかったね？」

「ええ、まぁ……。一年ほど前に、タティアナは、わたしの習作のモデロになってくれたので……」

伯爵の用向きがわからないだけに、ベラスケスは警戒して口をつぐんだ。

「タティアナは独り身のはずだが、違うかな？」

「教区の婚姻台帳《こんいんだいちょう》には載っていないはずですが」

少なくとも、公式には夫などいないはずである。

「さるお方が、タティアナに思し召しがあってね……」

唇を歪《ゆが》めた伯爵は、自分の口から出す言葉に嫌悪感を抱いているように見えた。

「高貴なお方なのですね」

「今夜、貴賓席に見えていたお方だ。そのお方がタティアナの今夜の舞台にいたく感じ入ってね……」

「しかし、最初のアリアを歌っただけで、幕となってしまいましたが……」

たしかに、アリアだけでもタティアナの魅力は発揮されてはいたが。

「カルデロンが言っていたであろう。あの若い男は、タティアナのあまりの美しさ妖艶《ようえん》さに身も心も奪われて暴挙に出たと……自分もあの男のように身も心も奪われてみたい……そんな経験は味わった覚えがないと仰せなのだ」

伯爵はそこまで話すと、額にしわを寄せて、言いにくそうに言葉を続けた。

「で、君に仲立ちをして欲しいんだよ。タティアナに思し召しを伝えて欲しい。さらに言えば、君のタジェルを借りたいんだ」

自分のタジェル(アトリエ)を娼館《ブルデル》のように使われるなど、とてもではないが我慢ができない話だった。

「失礼ですが、閣下。わたしは他人の恋の仲立ちをするほど器用な男じゃありません」

ベラスケスは怒りを抑えて声を震わせた。

伯爵はどこか悲しげな瞳で黙ったが、しばらくすると、思い切ったように口を開いた。

「わたしも、こんな妓夫《チューロ》めいた真似がしたいはずもない……だが、断れる話じゃないんだ。思し召しは……」

サルバティエラ伯爵は、瞬きもせずにベラスケスの瞳を見詰めて低い声で言葉を継いだ。

「勅諚《ちょくじょう》なのだ」

「ええっ……陛下が……」

伯爵は自分の唇に指を当てた。

ベラスケスはあわてて首をすくめた。

(そうか。道理で、警備が厳重だったはずだ)

なるほど、フェリペ四世であれば、女に身も心も奪われた経験などあるはずもなかった。

「君も将来のある身だ。ここは我慢のしどころと心得て欲しい。わたしは君の才能を高く買っている。だからこそ、陛下に君の『セビーリャの水売り』をお見せ申し上げた。また、オリバーレス伯にも宮廷画家として抱えるように推挙《すいきょ》したのだ」

サルバティエラ伯爵は、誘うような口ぶりで殺し文句を口にした。

「片時も、閣下のご恩を忘れた日はありません」

事実だった。一介の画工を宮廷画家の地位に就けてくれた恩人は、目の前のサルバティエラ伯爵に違いなかった。

「タティアナにも否《いな》やはないと思うが、吉左右《きっそう》はすぐに知らせてくれ」

伯爵はベラスケスの承諾の言葉を待たずに、覆い被せるように言い放った。

「はぁ……わかりました」

承諾はしてしまったが、ベラスケスとしては恥ずかしくもあり、不安でもあった。国王の不行跡《ふぎょうせき》のお先棒を担がねばならぬわけだから……。

サルバティエラ伯爵は、待たせてあった馬車に乗り込むと、やわらかな笑顔で窓から手を振った。

「では、頼んだよ」

馬車は石畳に蹄鉄の音を響かせて、中央市場の方角へ走り去った。

シトラスの香りを運ぶ夜風が、爽《さわ》やかに頬を撫でていたが、ベラスケスの心は重かった。

## 2

伯爵を見送ったベラスケスは、パラシオの北側に位置する自宅を目指して、さわさわと葉を鳴らすプラタノの並木道を歩き始めた。

一本の太い幹の蔭から黒い影が現れた。剣を帯び、カパ（マント）をまとった大柄で屈強な男だった。

（物盗りか？　剣の腕には、まるで自信がない。ルシアがいてくれたら……）

ベラスケスは身体を強張《こわば》らせて、形ばかり吊っている長剣の柄に手を掛けた。

「剣など、抜かずともよい」

落ち着いた太く静かな声音は、物盗り夜盗の類いとは思えなかった。

大股に距離を近づけて町家の灯りに浮き出た影は、市の警察吏員のような質素な服装ではなく、宝飾類で胸元を飾った貴族の装いだった。

ベラスケスは、息を吐いて胸を撫でろした。

「わたしの顔は知っているかね？　ディエゴ・ベラスケス」

鷲鼻《わしばな》が秀《ひい》で彫りの深い四十男の顔を見た記憶はなかった。険《けわ》しい顔つきに跳ね上がった黒い口髭が厳《いか》めしい。

だが、相手は自分のことを見知っている。ベラスケスは気味が悪かった。

「いいえ、お目に掛かった覚えはありません」

「では、覚えておくがよいぞ。テオドラ・ロンバルデーロという。異端審問所《いたんしんもんじょ》の捕縛隊長だ」

男は低い声で笑った。

ベラスケスの全身から血の気が引いた。とうとう自分の血筋が露見したか。血統に基づく異端審問なのか……。

「わ、わたしは……異端審問などに掛けられる覚えは……あ、ありません」

喉から絞り出すようにあらがう声は大きく震えた。

マヨール広場で催される異端判決宣告式《アウト・デ・フェ》の光景が目の前に浮かんだ。磔柱《はりつけばしら》や堆《うずたか》く積み上げられた火刑の薪《たきぎ》が頭の中でぐるぐると回った。

ロンバルデーロは、薄い唇を歪めて笑った。

「安心しろ。今夜は、お前を捕縛に来たのではない」

全身からどっと汗が噴き出した。たしかに、ほかに捕縛吏の影はなかった。

「では、制作の話でしょうか。肖像画をご依頼ですか」

安堵《あんど》のあまり、間抜けな言葉が出た。暗い道端で肖像画の注文をする人間がいるとは思われない。

「従《つ》いて参れ」

ロンバルデーロは問いには答えず、茶色いカパを翻して、先に立って歩き始めた。

なんとか人が行き交えるくらいの狭い小路をしばらく歩くと、アレナル通りに出た。

通りのほぼ真ん中あたりに、古い教会が建てられていた。

「サン・ヒネス……例の幽霊《ゆうれい》教会だ……」

ベラスケスは口の中でつぶやいた。

十二世紀に建造されたサン・ヒネス教会には、亡霊が住み着いているとの噂が絶えなかった。

サン・ヒネス教会の小さな窓からは、堂内で揺れる火灯りが漏れていた。

「何を怖《お》じ気《け》づいている。異端審問ではないぞ」

ロンバルデーロに背中を押されるようにして入口を潜った。奥の漆喰壁に大きなキリスト磔刑図《たつけいず》のレリーフが飾られているだけの、がらんとした聖堂だった。

真鍮《しんちゆう》の燭台の火影《ほかげ》に揺れる磔刑図を背にして、頭髪をトンスラに剃《そ》りこぼった一人の聖職者が立っていた。

髭のないふっくらとした顔の神父は三十を少し出たところか。

「長官のパウリーノ・ゾベル・デ・ホカーノ神父さまだ」

背後からロンバルデーロの居丈高《いたけだか》な声が響いた。

全身の毛穴がひろがり、背中に汗が噴き出すことを避けられなかった。

幽霊教会でベラスケスを待っていたものは、亡霊などよりはるかに怖ろしいものだったのだ。

一見したところ穏やかな眼前の神父が、市民の誰もが何よりも恐れる異端審問所の総帥《そうすい》なのか。たしか、大貴族エスティージャ伯爵家の出身と聞いた覚えがあったが、品のよい顔立ちにはうなずけるところがあった。

ベラスケスは取るものも取り敢えず、石床に両膝を突く姿勢を取った。

「祈りなさい。神の子よ」

甲高い中性的なざらつく声が響いた。

ホカーノ神父は、磔刑図に向かって片膝をついてひざまずき、額で十字を切って祝福の仕草を見せた。ベラスケスも額に右手を持って行き、十字を切った。

「天にまします我らの神よ。御名が尊ばれ、御国が来たらんことを。父と子と聖霊の御名において、アメン」

ベラスケスは「アメン」と祈りの声を重ねた。

軽くうなずいてホカーノ神父は立ち上がると、手振りでベラスケスを立たせた。手が届きそうな距離で向き合うと、不釣り合いに大きな青い瞳で、ベラスケスを見据えた。

「いにしえより画工の価値は、絵画により神の御名を讃《たた》え、御教えが容易には届かぬ愚衆に主の栄光を知らしめるにある。神の愛がどんな尊く、情け深いかをひろめるよりほかに、絵画などに何らの価値もない。そうではないかね。ディエゴよ」

ホカーノ神父は眉一つ動かさず無表情に尋ねた。

(これが噂に聞く審問官の無表情か……)

ロンバルデーロからは異端審問ではないと聞かされてはいたが、ベラスケスの胸に激しい緊張が走った。

異端審問では、審問官が矢継ぎ早《やつぎばや》に問いを発し、審問を受ける者には沈黙が許されない。それにもかかわらず、罪状も質問の趣旨《しゅし》も一切示されず、どのような答えを求められているかもわからない。

自分の口から出した答えが、審問官の不興を買って異端者《エレヘ》の烙印《らくいん》を捺《お》されるかもしれない不安が最後までつきまとう。攻め道具を使う前の精神的な拷問《ごうもん》だった。

「どうなんだね。ディエゴ。画工は神を讃える絵だけを描けばよいのではないのか?」

神父は重ねて問うた。

「仰せのとおりだと存じます……」

ベラスケスは言葉少なにうなずいた。世俗画には価値がなく宗教画だけを描けと、神父が自分の考えを明確に口にするからには、異端審問ではないようだ。

「お前の『セビーリャの水売り』を見た」

ホカーノ神父は無表情に続けた。

「ご高覧頂き、感謝の言葉もございません」

ベラスケスが頭を下げると、神父の口もとに嘲りの色が浮かんだ。

「くだらぬ」

神父は吐き捨てるように言って、顔をしかめた。

「実にくだらぬ絵を描く男だ。まだ、お前が駆け出しのうちに描いていた厨房画《ボデゴン》のほうが、どれほどましか、わからぬ」

ベラスケスはかつて、静物や室内情景を描く厨房画を手がけていた。生まれ落ちたセビーリャで、師のフランシスコ・パチェーコの指導を受けていた時代の話である。

ベラスケスの厨房画は世の中には、ほとんど知られていなかった。異端審問所はベラスケスの画業をずっと昔に遡《さかのぼ》って調査しているわけである。

異端審問所の事前調査では、被審問者の生まれてこの方の行跡や、四代前までに遡った血統を、根掘り葉掘り徹底的に調べまわる。そのために審問所は大勢の吏員をスペイン中に派遣している。

ふたたび、ベラスケスの背中に汗が噴き出した。

「あのような下衆《げす》な題材を、なぜ描くのだ？」

神父の口調は、いまや、はっきりと非難へと変わった。

「人間は、等しく主の造り給《たま》いしものですから……」

ベラスケスは弱々しく答えた。

「では、あの水売りが、異端者《エレヘ》でない証拠でもあるのか。我ら正しきカトリコと、得体の知れぬ老人を同列に扱うつもりか」

神父はあごを反らして、ふんと鼻を鳴らした。

一種の言いがかりである。描き手としては、人物画のモデロが異端者かどうかなどは知った話ではない。

正しきカトリコと確認できた人間しか描いてはいけぬと言うのであれば、人物画や肖像画の対象は、聖職者以外にはあり得ないではないか。要するに神父は、宗教画だけを描けと繰り返しているのだ。

だが、審問官に対して真っ向から反論したら、それこそ神への不敬の態度を見せる異端者として火刑台に送られる。

（異端……異端とは何だろうか）

突如《とつじょ》として刃物のように自分に突きつけられた問いの答えを、ベラスケスは内心で探し求め始めた。

（人間は、自分と異なる考え方をすんなり受け容れられるとは限らない。それどころか、同じ考え方の人々が集団となると、ほかの考え方を持つ人間を排除しようとする。そんな素朴な人間の感情に端を発したものだとしても、キリスト教徒《クリスティアノ》の異教徒《パガーノ》との戦いは、戦争の歴史だったではないか……）

スペインを例にとれば、七一八年から一四九二年に及ぶレコンキスタ（再征服運動、国土回復運動）が、キリスト教徒と異教徒との戦いの代表である。

イベリア半島は、七一一年のウマイヤ朝の侵攻以来、イスラム教徒に占領されていた。キリスト教徒は多大な犠牲を払い、気の遠くなるような歳月を戦い続け、ようやく国土を奪還《だっかん》した。

（だからこそ、このエスパーニャでは、イスラム教の勢力が拡大することに対する憎しみや恐怖感は、他のヨーロッパ諸国とは比較にならないほどに強いのだ。さらに、いまいちばん手強い敵はプロテスタンテだ……）

表面上は「公同、普遍、普公」と自らの正当性を説きながら、聖職者は堕落《だらく》し教皇も世俗化していた。でたらめなラテン語でミサを執《と》り行う神父さえ珍しくはなかった。このような教会勢力に対するキリスト教徒たちの不満は、十六世紀にドイツやスイスで宗教改革運動を巻き起こし、プロテスタンテ（抗議するものの意）を生んだ。彼ら新教徒はカトリコ諸国における反乱の原動力となった。

たとえばネーデルラントでも、宗教改革以降プロテスタンテの勢力が増大し続けた。一五六八年、北部七州（現在のオランダ）は、スペインのアブスブルゴ王朝からの独立を目して反乱を起こした。いまもネーデルラントの寒さが厳しく気候の悪い泥湿地帯で多くのスペイン兵がプロテスタンテを敵として苦しい戦いを続けている。

このの ち四半世紀後の一六四八年に七州は独立したが、エスパーニャ帝国は八十年もプロテスタンテ勢力と戦い続けなければならず、多くの兵士たちの血が流れ続けた。

(要するに、異教徒との戦いはすべてが政治的な戦いの歴史ではないか。それというのも、エスパーニャ帝国がカトリシスモの守護者を自認しているからだ)

エスパーニャ帝国は、世界の中でもっとも強いローマ・カトリコの守護者だった。イスラムと戦い、プロテスタンテと戦い続けてきたからである。また新大陸を中心とした植民地への布教に大きな力を注いできたためでもあった。

フランス王国は、すでにユグノーと呼ばれるカルヴァン派のプロテスタンテによって何度も国内に騒乱を呼び起こされている。真の意味でカトリコの宗主国と呼べるのは世界でエスパーニャ帝国だけであった。

(だが、自分は断じて異教徒などではない)

日々神を敬い、神の御教えを守って生きている自分が異教徒であろうはずはなかった。

(異端者《エレヘ》と異教徒《パガーノ》とは違う。本来、異端審問は異教徒との戦いではない。あくまでカトリシスモ内部の話だ。信徒の中で「正統に異を唱える者」を発見するのが目的のはずだ)

ところが歴史上、この「正統」は揺れ動き続けた。その時々のカトリコ内の政治的な勢力争いの勝者こそが「正統」を手に入れ、敗者は「異端」とされてきたのである。異端の処断は弱者弾圧の歴史であったといってもよい。

歴史を顧みると、カトリコ勢力の異教徒との戦いも異端の排除も、純粋に宗教的な動機に基づくものではなかった。

ベラスケスが考え続けていると、金属の擦れ合う音が響いた。

ホカーノ神父が眼を細めて胸元の銀のクルスをもてあそんでいる。

「ところで、お前の父方の祖父は、どこで生まれたのかね？」

ベラスケスの全身の毛穴がひろがった。

「ポ、ポルトガルです」

張りつく舌を剝がして答えるしか術《すべ》はなかった。ホカーノ神父は、ベラスケスがもっとも恐れていた血統の問題を持ち出してきた。

「そうだ。我らも知っている。お前の祖父シドニオは、コンベルソだ」

薄気味悪い静かな声音だった。

(祖父のシドニオは、ポルトガルから来たコンベルソだった。父は死に臨んで初めてこの恐ろしい事実を言い残した。わたしが受けた衝撃はどれほど大きいものだったか。父は、亡き母やルシアにさえ、祖父の話を伝えてはいないのだ)

コンベルソはユダヤ教からカトリコへの改宗者を指す言葉である。半世紀ほど前にエスパーニャ帝国が併合したポルトガル出身者に少なくなかった。

一四六九年、カスティーリャ王国のイサベル女王とアラゴン王国のフェルナンド二世が結婚したことに伴い、両王国は統一された。さらに、キリスト教徒がイスラム教徒からイベリア半島を取り戻すレコンキスタ（国土回復運動）が、ほぼ完了したことで、スペインには統一的な王権が誕生した。

王権を手にしたフェルナンド二世は、ローマ教皇シクストゥス四世に政治的恫喝を加え、教皇庁から独立した異端審問所を一四七八年に設立することに成功した。

国王直属のスペイン異端審問所の狙いは、改宗を装うだけで内心のユダヤ教信仰を捨てていない隠れユダヤ《フダイサンテ》教徒を発見、追及することにあった。つまりは、異端の発見ではなく、異教徒の排除がスペイン異端審問の審判目的だったのである。

コンベルソとモリスコ（イスラム教からの改宗者）は、カトリコに改宗しながら実際には自分たちの信仰を捨てておらず、常に反乱の危険を内包している。これが表向きの理由である。

しかしその実、ユダヤ人金融業者から多額の借金をしていたフェルナンド二世は、隠れユダヤ教徒と言いがかりをつけてコンベルソを抹殺し、債務を逃れようとしていた。これがため、スペイン異端審問で真っ先に目の敵にされるのは、コンベルソだった。

（いまだって同じことだ。我が国の異端審問所は財産を没収するために、富裕な者に異端という言いがかりをつけ、追放したり火刑台に送っていたりするのだ。エスパーニャ帝国の異端審問所が正しく機能していないことを知らない国民はいない）

一方、ローマ教皇庁の異端審問は、個人の断罪よりも著作物の思想弾圧を審判の中心に据えているために、スペイン異端審問のような悲劇は少なかった。

（教会勢力にとって都合の悪い者にだって同じ宿命《さだめ》が待ち受けている……だが、異端審問所は、すでにわたしの祖父の出身地に吏員を派して洗礼台帳など一切合切《いっさいがっさい》を調べ上げているに違いない！）

ベラスケスは狼《おおかみ》と同じ檻《おり》に入れられた自分の運命《さだめ》を覚った。

「よいな、今後の行いによって、お前が正しくカトリシスモの教えを守る者か、それとも、カトリコの皮を被った異端者なのかが、はっきりするのだ」

ホカーノ神父は、両眼を大きく見開き、右手の人差し指を突き出して決めつけた。

「わたしは……神に誓って、異端者などではありません」

悲鳴を上げるような声でベラスケスはあらがった。

ホカーノ神父は、いささか穏やかな表情に変わって続けた。

「ディエゴよ。神の愛を讃える絵を描きなさい。画工の生きる値打ちは、ほかにはない」

ベラスケスはふたたび石床に両膝を突き、神父を拝跪する姿勢を取った。

「お言葉、固く胸に刻みます。日々、神を敬い、御教えを尊びます」

喉から声を振り絞って、ベラスケスは必死の思いで答えた。

「行ってよい」

神父は手振りで退出を促した。

聖堂を出る前にベラスケスは振り返って、神父への敬意を示して胸の前で手を組んだ。

「お前の行いを、常に神はご覧あそばされている。忘れるでないぞ」

ホカーノ神父は厳かな口調でつけ加えた。

（何を言うんだ。わたしの行いを監視している者は、異端審問所ではないか）

ベラスケスの心を黒雲が覆っていた。

「主のみ恵みを」

神父は、胸元で十字を切った。

狼の顎《あぎと》から逃れて空を見上げると、ちりばめられた銀の星に囲まれて剃刀《かみそり》に似た細い月が白く浮かんでいた。

# 第三章　いざ、ローマへ

## 1

外記は、居間の漆喰壁に造りつけられた戸棚を開けようと、必死で引き手を引っ張っていた。

「やめておけ。この家は柱ごと、ひどく歪んでおるのだ。その扉が開くぐらいであれば、去年の夏に帽子は買い換えておらぬ」

嘉兵衛のうんざりしたような声が背中から響いた。

「戸棚の中にオルホがあるんだよ。二年前にはたしかに、封を切っていない瓶が入ってたはずだ」

葡萄《ウバ》のしぼり滓《かす》から造った安ブランディが美味かろうはずはなかった。それでも喉が渇いて居たたまれなかった。夜が明けなければ、酒屋《リコレリア》は開かない。

外記は腰をかがめる姿勢を取って、足を左の扉に掛け、右の扉を思い切り引いた。

派手な音を立てて扉が蝶番《ちょうつがい》ごと外れ、外記は木床に尻餅《しりもち》をついた。

「おぬしは家を壊す気なのか。大家から追い出されるのがオチだぞ」

嘉兵衛は不機嫌な顔で怒鳴った。

「そろそろ、こんなボロ家から出て、もっとマシな家を借りようぜ」

外記は探し出した酒瓶の埃を拭うと、オルホを錫《すず》製の酒杯に注ぎながら舌を出した。

「タティアナが割増分を持ってきたら考えてもよいな。実はいい家を探してある。サン・ヒネス教会のすぐ裏手でな。静かな場所だ。五部屋もあって、パティオもある」

嘉兵衛は両手をひろげて、家の広さを強調して見せた。

「そんな家なら高いだろ、家賃《アレキレル》がさ」

安酒の揮発する成分が舌を突き刺したが、かまわずに外記は喉へと流し込んだ。

「心配するな。月に、たったの二エスクードだ」

嘉兵衛は右眼をつむった。

「なんか、訳ありの家じゃないのか？」

そのくらいの家なら、相場は十エスクード前後だ。どこか怪しい話だった。

「前の借り主は、トレド名物の象牙の細工物を仕入れて売ってた商人《コメルシアンテ》だったのだが、三年前に強盗に押し入られて、一家四人と使用人が皆殺しにされたのだ。家中がべっとりと血だらけで目も当てられなかったそうだ。むろん、いまは掃除も行き届いておる。だがな、三年間、誰も借り手がつかなくて家主が困り果てておってな。で、拙者が交渉したら、本当なら十エスクードのところを二まで下げると申すのだ」

得意げに言って外記の手から酒杯を引ったくると、嘉兵衛は残っていたオルホをくっとあおった。

「嘉兵衛が探してくるのは、いつもそんな話だ」

肩をすくめて外記はあきれたが、嘉兵衛はいよいよ上機嫌で続けた。

「しかも、パティオには井戸まであるのだぞ。主人の生首が投げ込まれて三月ほど見つからなかったそうだが、井戸替えもしてあるから、まったく問題はない。試しに飲んでみたが、結構、美味い水だった。水売りに払う金だけでも随分と節約できるではないか」

嘉兵衛が酒杯を突き出して来たので、オルホを注いだ後に取り返して、口もとに持って行った。

人殺しの血痕などは少しも気にならないが、さすがに腐爛《ふらん》生首で出汁《だし》を取ったスープ《ソパ》はゾッとしない。

「ま、どちらにはせよ、タティアナから五十エスクード受け取ってからの話だ」

オルホが外記の舌を突き刺した。

そのとき、通りに面した木扉をせわしなく叩く音が響いた。

「引っ越し話が本当になるかもしれないぜ」

外記は酒杯を卓子に置くと、扉に歩み寄った。

押し込み強盗が狙うような家ではないし、夜ふけに訪ねて来るとしたら、タティアナくらいだろう。

見込みは外れ、黒い外套で身を包んだルシアが立っていた。

「こんばんは、こんなに遅くに、ごめんなさい」

「チョコラテが美味いカフェは閉まっちゃったよ。わざわざこの家まで調べて俺に会いに来てくれたのかい?」

苺《フレサ》にも似たルシアの唇に目をやりながら、外記の声は弾んだ。

だが、ルシアの表情は硬かった。

「家の場所はタティアナに聞いたの。だって、あなたたちしか頼れる人がいないのよ」

ルシアは眉根にしわを寄せて、真剣な目付で外記を見詰めた。

「ちょっと待って。あなたたちって……嘉兵衛も込みの話かい?」

外記は落胆を隠しもせずに訊き返した。

「そうよ、マドリードに隠れもない男の中の男《オンブレ・カバリエロソ》、二人に用があるの」

テアトロ・バリタでの事件は、外記も嘉兵衛から聞いてはいた。

「マドリードに隠れもない男の列に、俺も加えて貰って嬉しいね」

外記の軽口に、ルシアは真面目な表情を崩さずに早口で続けた。

「わたくしと一緒に来てちょうだい」

さっと踵を返したルシアは、前の道に停めてあった屋根つき小型馬車に乗り込んだ。

「おい、嘉兵衛。もっといい家を借りられそうだぜ」

金泥《きんでい》で装飾された馬車は、どう考えても、貴顕の持ち物だった。

三人を乗せてセゴビア橋を渡った馬車は、カサ・デ・カンポの森に入っていった。

「ほう、王宮の関係者のお召しのようだな」

嘉兵衛の口もとがゆるんだ。

馬車は広大なオリーブ園の小径《こみち》を通り、国王猟場の森が始まるあたりの芝地で停まった。

八角形の瀟洒な建物に灯りが点って、大理石造りの小さな人造池に火影が揺れていた。

「離宮にしちゃ、随分と小さな建物だな」

外記はルシアの横顔に向かって訊いた。

「国王陛下が狩りにお出かけ遊ばされたときに、雨が降ったら御休息になる園亭《グロリエタ》よ」

「なるほど、四阿《あずまや》の類いか……」

外記が驚くと、嘉兵衛がうっそりとつぶやいた。

「月に百エスクードは、しそうだな……」

「それでも部屋は四つあるわ。王妃陛下は、時にはオルケスタを呼んで演奏させるの……

さぁ、ここよ」

御者が扉を開け、三人は続いて建物の石段を登った。

馬車の後部から下りた従者が、うやうやしくグロリエタの扉を開けた。建物内の光を背にして、長身の貴族が両手を開いて出迎えた。

「ドン・トマス、ドン・パウロ、よく来てくれた。待っておったぞ」

歯切れのよい声は、サルバティエラ伯爵であった。

外記と嘉兵衛が恭敬な態度で一礼すると、伯爵は気さくな態度で二人に椅子を勧めた。

「して、わたくしどもに、いかなるご用でございますか」

嘉兵衛の問い掛けの声には期待感がみなぎっていた。こんな時間にわざわざカサ・デ・カンポなどに呼び出すからには、よほど大きな仕事の依頼に違いない。

「単刀直入に言おう。二人には、エスパーニャ帝国のために生命を張って貰いたいのだ」

伯爵は外記たちの顔を交互に見ながら、あっさりと言ってのけた。

生命を捨てろと命ずるのは簡単だが、命ぜられるほうとしては簡単な話ではない。

「たしかに、実に単刀直入なご依頼でございますね」

嘉兵衛が外記の背中を突いて戒《いまし》めた。

「外記、話は最後まで伺わぬか。失礼致しました、閣下、お続け下さい」

サルバティエラ伯爵は、かるくうなずくと重々しい口調で続けた。

「二人には明朝にもマドリードを立ち、バチカンに赴《おもむ》いて貰いたい。アントニオ・マルチエッロ・バルベリーニ司教が持っている《愛の宝石箱《ジョエーロ・デル・アモル》》と呼ばれる宝物を奪還して、マドリードに持ち帰ってほしいのだ。しかも、十一月一日の万聖節までにだ」

万聖節は諸聖人の日とも呼ばれる。すべての聖人と殉教者《じゅんきょうしゃ》を記念するカトリコの祝日である。

「今日は聖母マリア生誕日ではないですか。つまり九月八日ですよ。二ヶ月を切っています」

外記はあらがった。バチカンへは往復するだけでも通常は二ヶ月半を要する。

「百も承知だ。だが、万聖節という期限。これを動かすことはできぬのだ」

伯爵は眉根にしわを寄せて二人を見た。

「バルベリーニ司教という方は、どんな人物なのですか」

嘉兵衛は言葉を選んで慎重に尋ねた。

「この六月に教皇にご就任なさったウルバヌス八世聖下の弟君だ。間もなく枢機卿に就任する予定だ。いささか狭量というか、かなり頑《かたく》なお方でな。このまま、《愛の宝石箱》をバルベリーニ司教が持っていると、エスパーニャ帝国に重大な危機が訪れるのだ。ドン・トマスとドン・パウロの双肩に、我が帝国の運命が委ねられていると言っても、過言ではない」

伯爵は一語一語しっかり区切って明確な発声で断じた。

「そのような大任は、私どもでは力不足です。エスパーニャ帝国の危機とあれば、陛下の御側から力のあるお方を、お遣わし遊ばされればよいのではございませぬか」

外記は正論を口にしながらも、これは自分たちのような「裏の仕事」をこなす人間にしか頼めぬ事情があるのだな、と察していた。

「それが、できない事情があるのだ……」

伯爵は気まずそうに口ごもった。

「わたくしから話します」

やわらかく気品ある声が響いた。振り返ると織模様に贅を尽くした豪奢な衣装を身にまとった、小柄な女性が立っていた。

「これは、王妃陛下！」

外記たちは床に右膝をついて拝礼の姿勢を取った。まさかイサベル王妃がこんな時刻に、お微行《しのび》で来ているとは。事態は思った以上に重大で深刻なのだ。

「《愛の宝石箱》は、わたくしの大切な持ち物でした。わたくしが、まだエリザベート・ド・フランスと呼ばれていた頃に、何者かの手によって奪われたものです」

イサベル王妃の可憐な唇が口惜しげに震えた。

「泥棒《ラドロン》から《愛の宝石箱》を手に入れたバルベリーニ司教は、わたくしを脅し、卑劣《ひれつ》な要求をしているのです。ですが、すべては、わたくしのフランス王女時代の話であり、この問題は国王陛下にはお知らせ申したくないのです」

王妃は黒目がちの愛らしい瞳を憂鬱そうに曇らした。

イサベル王妃が、フランス王女時代に犯した何らかの過《あやま》ちに関係がある宝物なのだろう。

「それ以上の詳しいお話は、わたしもお伺い申してはいない」

サルバティエラ伯爵が知らない以上は、外記も突っ込んで訊くわけにはいかなかった。

「わたしは、ただただ王妃陛下の御心の安らかなることを願い、我が帝国の平和を祈っているだけだ。どうだ。この仕事、受けてくれるな」

伯爵は声に力を込め、力強い調子で請うた。しかし、外記は即答をためらった。

「バチカンには、ハポンの使節団として、八年前の十月に赴きました。ですが、何分にも不案内で、そのような大任が果たせますや否やは、すこぶる心もとなく……」

あるいは、国王と王妃の利害が対立している問題なのかもしれない。詳しい事情を知らぬまま、王妃側に与《くみ》する事態になりはしまいか……。

イサベル王妃は、いくらか明るい表情に戻って唇を開いた。

「わたくしの名代として、ルシア・ベラスケスを遣わします。ルシアはイタリアの言葉にも通じております。どうか、ドン・パウロよ。ルシアの力となって下さい」

ルシアがこくんと頭を下げた瞬間、外記の胸に熱い血潮が湧き出てきた。外記は自分の胸をぽんと叩いて請け合った。

「お任せ下さい。外記は骨になっても、宝物を奪い返します」

「おい、外記、勝手に結論を出すのではない」

嘉兵衛は外記の肩をつかんで揺すった。

「それで、その……わたくしどもへ賜ります報償は、どのようなお心づもりで？」

揉み手をしながら伯爵に尋ねる嘉兵衛の姿は、まるで商人だった。

「着手料として……これで、どうかな？」

伯爵は西瓜《すいか》ほどもある革袋を床から抱え上げると、ドサッと机の上に置いた。

「一人、一千エスクードだ。成功報酬として同じだけ支払う」

成功すれば、この前のセゴビア橋の仕事で得た報酬の二十倍である。

「嘉兵衛めも、喜んでお受け申します。帝国の危機とあれば、我ら陛下の忠良なる僕《しもべ》にとりましては、自らの生命を捨つべきときと心得ております」

嘉兵衛は表情を引き締めると背を伸ばし、ぬけぬけと言い放った。

ルシアが口もとを押さえて、肩を震わせている。

サルバティエラ伯爵は、嘉兵衛の現金な態度にはかまわずに続けた。

「バチカンまでの道は不案内だろう。船で参るがよい。バルセロナの港でわたしの持ち船が待っている。だいいちフランス王国を通る陸路では間に合うはずもない」

「閣下の船をお貸し下さるのですか」

外記の口から喜びの声が出た。海路なら面倒な峠越《とうげご》えもなく、一路、イタリアに向かえる。

《海豚号《エル・デルフィン》》と言うガレオンだ。小型だが速力が出る。地中海の航路に詳しい優秀な船員もろとも貸して遣わそう」

「助かります。地中海の船旅なら、旅程もそう狂わないでしょう」

外記は素直な謝辞を口にした。

「だが、往復の旅路では、どんな危険が待っているかわからぬ。少なくとも安穏な旅路でないことだけは、たしかだ」

成功すれば、二人で四千エスクードという高額の報酬を惜しげもなく支払うからには、困難に満ちた仕事になることは目に見えていた。

だが、引き受けた以上、危険は覚悟の前である。いままでだって危ない橋を幾つも渡ってきた外記と嘉兵衛だった。

「頼みます。勇敢なるハポン戦士たちよ」

声を震わすイサベル王妃に、外記たちは刀の柄に手を掛けて、同時に答えた。

「我らハポンの刀に懸けましても！」

王妃は微笑《ほほえ》みを口もとに浮かべ、サルバティエラ伯爵は満足そうに力強くうなずいた。

「首尾よく《愛の宝石箱》を奪還したら、マドリード入りと同時に、わたしの屋敷へ参れ。よいな。そのほうたちの行動は、すべてを隠密裡《おんみつり》に行い、誰にも気取られぬように」

「心得ております。さぁ、ルシア、行こう」

外記はルシアの手を取った。

「行くって、これから？」

ルシアは困惑気味に、語尾上がりに訊いた。

「夜明け前にマドリードを出る。三人とも家に帰って、すぐに支度だ。バルセロナまで馬車の中で寝ていけばいいさ」

外記の胸にうずうずとした冒険への期待が沸き起こっていた。おまけに今回の旅はルシアとずっと一緒なのである。願ったりかなったりではないか。

「まぁ、待て。いま知る限りのバチカンの情報を伝えよう」

「外記。そう焦るものではない」

「まずはバルベリーニ司教の居場所からだ」

サルバティエラ伯爵はテーブルに地図をひろげて、説明を始めた。

グロリエタを出ると、夜の森が放つ爽やかな香気が、外記の胸を高鳴らせた。池端で、オシドリが寝ぼけ声で鳴いていた。

2

地中海は、午後の陽光に銀鱗《ぎんりん》にも似た反射を見せて輝いていた。

外記たち三人は、バルセロナ港沿いのポルタール・デ・ラ・パウ広場で馬車を降りた。

輝く海に向かって揃って立つと、三人は青空に両手を向けて大きくのびをした。

「九月の二十日か……十二日で来られたな。まずまずであろう」

嘉兵衛は伸びたあご髭をしごきながら、海へ目をやった。

「まぁ、ふつうは半月以上掛かるからね。ルシア、馬車での寝泊まりが続いて大変だったろ」

「わたくしなら大丈夫。大切な使命のためですもの」

替え馬を手に入れなくてはならないときなどには宿屋に泊まったとはいえ、十二日に及ぶ窮屈な馬車の旅のせいで、三人とも身体がこわばりきっていた。

「こんなキラキラした海を見るなんて、わたくし初めてよ」

濃紫色の上等な外套《がいとう》を羽織ったルシアは、ウキウキとした声を出した。

港には碇《いかり》を下ろした大小の帆船がおよそ三十隻ほど停泊していた。半分ほどの船では荷下ろしや荷積みの作業が行われており、男たちの威勢のよい掛け声が石畳に響いていた。

外記たちは広場沿いに一直線に続く波止場を、南端から順番に《海豚号》を探して歩き始めた。

すぐさま外記は、通りかかった沖仲仕《おきなかし》らしい中年男を捕まえた。

「おい、大将。エル・デルフィンって船はどいつだい?」

「ほれ、あの青い船でさぁ」

男はタールまみれの手で、三隻ほど先に停泊している鮮やかなターコイズに塗られた帆船を指さした。

「ガレオンっていうから、もうちょっとマシな船かと思ってたぞ」

外記は不満げ鼻を鳴らした。

エル・デルフィンは、細身で大きめの船尾楼を持つガレオン型の船型には違いなかった。

だが、全長は三十五バラ(約三十二メートル)くらいだろうか。拍子抜けするほど小さかった。

二人が月ノ浦を出てヌエバ・エスパーニャ副王領(メキシコ)のアカプルコに向かったときに乗船したサン・ファン・バウティスタ号(伊達丸)は六十バラ(約五十五メートル)ほどの全長を持ち五百トン級だった。比べると、大人と子供ほどの違いがある。

「でも、新しいし、きれいな船よ」

「大西洋《アトランティコ》を渡るわけではない。たかだか、百七十レグワ(千キロ弱)程度の海路ではないか。あれくらいでも十分だろう」

ルシアも嘉兵衛も、陽光に眼を細めてしんと静まっているエル・デルフィンを見やっている。

船端から石畳に下ろされた踏み板を、目付の鋭い男がゆっくりと降りてきた。金色の縁飾りだらけの船員外套を身につけた三十過ぎの男は船長と見えた。

「おい、外記と嘉兵衛だな！」

船長らしき男は親しげに声を掛けてきた。

男の陽に灼《や》けた四角い顔を見た外記は、あっと声を上げた。

「半兵衛《はんべえ》。お前、野間《のま》半兵衛じゃないか」

外記は半兵衛の両肩をつかんで揺すった。

「カピタン・イマノルと呼んでくれ」

半兵衛はハポンとしては濃いめの眉を上げ下げしながら、自分に指を向けて肩をそびやかした。

半兵衛はもともと尾張《おわり》の商人だった。ただの商人ではなく、半兵衛の家は、知多《ちた》半島の内海浦《うつみうら》に店を構えて百石積前後の五十集船《いさばぶね》を何艘も所有し、知多の酒や常滑《とこなめ》の陶器を大坂や瀬戸内《せとうち》へ運ぶ商いを営んでいた。

野間氏は安芸国《あきのくに》の国人領主で、かつては強力な水軍を擁《よう》していた。七十年前に毛利《もうり》氏に攻められて安芸の野間一族は滅亡した。

野間一族には流浪の末に伊達家に仕えた者もおり、仙台野間氏は家中で水主衆組頭《かこしゅうくみがしら》を務めていた。この縁で半兵衛は遣欧使節団に加わったのであった。いずれにせよ、海とともに生きてきた一族である。

「尾羽打ち枯《おはうちか》らしているかと思っていたが、どこぞの若様のような形装《なり》じゃないか」

「若様とは俺も出世したもんだ。そうか、お前がこの船の船長か。たしかに、野間は名乗りにくいよな。なんせ、nomaはエスパーニャ語じゃ水癌《すいがん》（壊疽性口内炎《えそせいこうないえん》）の意味だからな」

外記がからかうと、半兵衛は親しげににやっと笑った。

「昔の友だちを扱《こ》き下ろすために、わざわざ訪ねてきてくれたのか」

「そんなに暇ではない。仕事だ。こちらは王妃イサベル陛下の名代、ルシア・ベラスケス嬢だ」

嘉兵衛が口早に紹介すると、半兵衛は一瞬、ぽかんと口を開けて、まじまじとルシアの顔を見つめた。

「ご無礼を仕《つかまつ》りました。わたくしは、サルバティエラ伯爵閣下の臣下にて、このエル・デルフィンをお預かり致しますフランシスコ・イマノル・半兵衛と申します」

半兵衛はいきなり態度を変え、うやうやしく右手を胸の前に持ってきて腰をかがめた。

「よろしくお願い致します、ルシアです。カピタンもハポンなんですね」

ルシアは堂々とした態度で半兵衛に会釈した。

「さようでございます。外記、嘉兵衛と同じくドン・フィリッポ・フランシスコの使節団に加わっておった者でございます。長旅でお疲れでございましょう。ささ、お嬢さま、貴賓室にご案内致しましょう」

半兵衛は先に立って、踏み板を登り始めた。

二層になっている船尾楼の上の階に、金泥の縁飾りを持つ瀟洒な扉の部屋があった。

「年に一、二度、伯爵閣下がお乗りになる際のお部屋でございます。こちらでごゆるりとおくつろぎ下さいませ」

ルシアが貴賓室に入ると、半兵衛は給仕の十二、三歳の少年を呼び、四人分の飲み物を用意するように命じた。

少年が立ち去ると、半兵衛は主帆柱《パロ・デ・マヨル》の蔭に外記と嘉兵衛を誘って声を潜めた。

「あんな上品な娘を連れて、物見遊山《ものみゆさん》できる身分になったのか？」

「馬鹿を言うな。ほれ、サルバティエラ伯爵からの特命書だ」

外記が封筒を渡すと、半兵衛は丁寧に封緘《ふうかん》を剝がし、羊皮紙を取り出した。

やがて羊皮紙から顔を上げて、半兵衛は低くうなった。

「ローマまで、できるだけ早く往復せよとの仰せか……バルセロナに十月十五日までに帰って来いだと……一ヶ月を切っているじゃないか。無茶な話だ」

「無茶を承知の仕事なのだ。我々は十一月一日までにマドリードに戻らねばならぬ」

「帰り道は風の関係で行きの一・五倍くらい掛かる。そうなると、ローマまで十日間。九月中に着かなきゃならんのか……。ま、伯爵閣下の特命が下っているところを見ると、どっちみち生命がけの仕事というわけだな」

「俺たちの稼業が、伯爵の坊ちゃまのチェスや船遊びのお相手だとでも思っているのか」

外記の軽口に、半兵衛は大きく口を開けて笑った。

「ははは、たしかに、二人ともそんな悠長な面《つら》はしてないな」

「半兵衛、おぬしにも割増の報酬が出るのであろう？」

嘉兵衛は特命書を覗き込むようにして訊いた。

「ああ、ここに書いてある。お前ら二人の命令に従い、十月十五日までにバルセロナに戻った場合は、年俸と同額を支払うとある。まぁ、生命の代金としちゃ安すぎるが……」

「ともあれ、できるだけ早く俺たち三人をローマまで連れて行ってくれ」

外記が肩をぽんと叩くと、半兵衛は疑わしげな目付で二人を見た。

「どうせ、お前ら、伯爵に《八月を作れる話》があるとか吹き込んだんだろう」

カスティージャ地方では、八月に大きな市が立った。商人たちが一年の大半の稼ぎを八月に得ていた由来から、スペインでは、ボロ儲《もう》けすることを八月を作ると言い慣わす。

心外とばかりに外記は胸を張って反駁《はんばく》した。

「俺たちは王妃陛下から直々のお言葉を賜って動いているんだ。これでも二人とも、帝国に勲功すこぶる多大なりとして、ついこの前、準爵士《カバジエーロ》に叙せられたんだぜ」

半兵衛は好色な笑みを口もとに浮かべた。

「そいつは、めでたい。嘉兵衛が、タティアナを助平フェリペの贄《にえ》に差し出したのか」

嘉兵衛の顔色が変わった。

「おい、半兵衛。嘉兵衛の前で、あの女の話はするな」

半兵衛はわざとらしく額を叩いてから、真面目な顔つきに変わって続けた。

「ジェノヴァやヴェネチアの商船団との船足競争ばかりで、退屈していたところだ。たまには、ぴりっとした仕事も悪くはない。だが、最初に言っておくぞ。この海豚野郎は船足が速いが、喫水《きっすい》が浅くて船尾楼が重いんだ。重心が高いから嵐にはめっぽう弱い」

「地中海でも、太平洋みたいな大嵐が来るのか。かなわんな」

外記の脳裏に月ノ浦を出て半月後に襲ってきた嵐に翻弄《ほんろう》された記憶が蘇った。

「地中海の嵐はずっと小ぶりだが、嵐ってヤツは、どこの海でもトグロを巻いてるもんだ。おまけに、この船にゃ、華奢な大砲が両舷《りょうげん》をあわせても八門しかない」

「やはり、海賊《ピラタ》の心配があるのだな」

嘉兵衛は穏やかな表情に戻って尋ねた。

「野蛮《やばん》なイングランド人がやたらと出没するジブラルタルあたりとは違って、中部地中海にはそう多くはいない。が、急ぐとなると、大陸沿いの航路は使えない。ローマまで一直線の航路を取らにゃならん。コルシカ島とサルディーニャ島の間のボニファシオ海峡には、鼻持ちならんフランス海賊たちが都度都度、お出ましになる」

「怖じ気づいたわけじゃあるまいな、半兵衛」

外記の言葉に半兵衛は鼻で笑って答えた。

「一ヶ月足らずで年俸が稼げるんだぞ。海賊なんてもんは、どこの海でも出遭うときは出遭うもんだ」

「頼もしいな。さすがに勇猛果敢《ゆうもうかかん》な安芸水軍の末裔《まつえい》だけのことはあるではないか」

嘉兵衛の口調に揶揄《からか》いの色はなかった。

「あんまりおだてるな。俺も父祖伝来の水軍の血筋のせいで、エスパーニャの船や航海技術の見事さに惚れて、この国に残った人間だ。船の仕事をお与え下さったサルバティエラ閣下は大恩人だし、エル・デルフィンは俺の死に場所と心得ている」

給仕の少年が蜂蜜色《はちみついろ》の液体が入った酒杯を並べた銀盆を持って小走りに近づいて来た。

「よしっ、半兵衛の心意気に乾杯だ」

外記の音頭で、三人はヘレス酒の酒杯を音を立てて重ねた。

「幸い、いい西風が吹きそうだ。明日は夜明けとともに出帆するぞ」

半兵衛は鼻をひくつかせて潮の香りを嗅ぎながら宣言した。

三羽の鷗《カピオタ》が、やけに騒いでエル・ドルフィンの主帆柱のまわりを飛び交っていた。

3

抜けるような青空の下、エル・デルフィンの船首楼近くで、外記たち三人は行く手の海を眺めていた。

ボニファシオ海峡の入口が、水平線から浮かび上がってきた。

左舷側前方に見えている切り立った白い崖上に光る屋根波がジェノヴァ共和国領コルシカ島のボニファシオ村だった。右舷側に長く突き出た岩だらけの岬はエスパーニャ帝国領サルディーニャ島のカーポ・テスタである。

ボニファシオ海峡に入ると、たった二レグワ（十一キロ）の帯のような海が続いていた。手漕《てこ》ぎの船でも容易に渡れそうな距離だった。

ルシアの襟飾《えりかざ》りが潮風に揺れている。厳格なカトリコ国であるスペインでは、上流市民以上の女性は襟元をレースで覆うことが、いわば義務のようになっていた。

若草色に光る絹織物の胴をコルセットで引き締め、船床すれすれのファルダはヴェルチュガダンという裾をひろげる枠で大きく膨らんでいた。爽やかな上流婦人の装いはルシアの品のよい面立ちを引き立てていた。

「わたくし、海を旅するのは初めてなの。外記は八年前にバチカンに行ったのよね」

「そうさ。まだ、十六の小僧だった俺は、十月の初めにバルセロナを出たんだよ」

「順調な航海だったの？」

「いや、嵐に遭っちゃってね。嵐を避けるためにフランス領のサン・トロペに寄ってさ。それからジェノヴァでガレー船に乗り換えて十月十八日にはローマの外港のチヴィタヴェッキアに上陸したんだ」

「バチカンの輝く栄光に驚いたでしょ」

敬虔なカトリコであるルシアは、バチカンに対する深い憧れを含んだ眼で外記を見上げた。

「どうかな……バチカンは整然としすぎていて、息が詰まる街だった。エスパーニャのほうが栄えてるよ。それに、清濁併《せいだくあわ》せ持っているところが、俺の性には合ってたみたいだ」

それは外記の本音とは言えなかった。

（いや……あのとき小僧の俺はローマに、バチカンに感激しっぱなしだった……）

使節団ローマ入市式。それは、日本を出てから長い道のりを旅し続けてきた一行のもっとも輝ける瞬間であった。

外記の脳裏に一六一五年十月二十九日のローマの青空がひろがった。

サン・ピエトロ大聖堂を囲む城壁の北側に位置するアンジェリカ門がパレードの出発地点だった。

きらびやかに着飾った軽騎兵が吹き鳴らすファンファーレが、石造りのローマの街区に響き渡った。

使節団の世話役であるボルゲーゼ枢機卿の家臣たちを乗せた馬車が次々にアンジェリカ門を出た。続けてエスパーニャ帝国大使を初めとする貴人たちの馬車が大聖堂へ向かう道を粛々《しゅくしゅく》と進む。前方から嵐のような人々の歓声が聞こえてくる。

いよいよ外記たちがローマ市民の期待に応える順番となった。

外記も嘉兵衛も半兵衛も使節の随員の十六人は全員が白馬にまたがっている。

金糸雀色《カナリアいろ》の羽織を身にまとった嘉兵衛に続いて、緋色羽織《ひいろばおり》の外記は並足でアンジェリカ門を出た。外記たち随員の一人一人に、それぞれ二人のローマ貴族が乗馬でつき従う。

大聖堂の雄大なクーポラ（ドーム）へと続く道の両脇には、老若男女、貴賤さまざま無数の市民が延々と続いていた。沿道の石造りの壮麗な建物群の窓という窓も開け放たれて、何百という見物人の顔が覗いていた。

外記たちの登場で、市民たちは興奮の渦に包まれた。外記にはわからぬローマ語の叫び声が沿道を埋め尽くす。歓呼の声は外記の耳に痛いほどに響いた。

伊達家の若武者に過ぎない外記にとっては、自分の人生でこのような晴れがましい場面に恵まれるとは考えてもいなかった。

後から副使支倉常長を乗せた二頭立ての馬車が続いた。常長は白絹に金糸銀糸で草花を描いた豪奢な着物を身につけ、ゆったりとした笑みで市民の熱狂に応えた。

最後にボルゲーゼ枢機卿の四頭立ての馬車が正使のルイス・ソテロ神父や、聖フランシスコ会の聖職者たちを乗せて行列を締めくくった。

外記たちは、サン・ピエトロ大聖堂を経て宿舎とされたアラコエリ教会までローマのど真ん中を、およそ二キロにわたって行進した。

遠い異国からやってきた使節団一行の華麗で堂々とした姿は、あっという間にローマ中に噂としてひろがり、後々まで語り継がれた。

教皇パウロ五世さえ、バチカン宮から行進を見て、その見事なことに感心したという。

五日後の十一月三日。使節一行は教皇パウロ五世に正式に謁見した。謁見式は枢機卿会議など公式行事の場として使われているバチカンのクレメント広場で行われた。

遠くに無数のローマ市民が取り巻き、美々しい制服に威儀を正したバチカン護衛兵たちがずらりと並ぶ。

赤い法衣に身を包んだ二十人を超える枢機卿や高位の僧侶たちと、着飾ったたくさんの貴族たちに歓迎され、カトリコの頂点に位置するパウロ五世の間近に進んだ。外記の全身を抑えようのない歓びの震えが襲った。

恍惚《こうこつ》のきわみに達していた外記は、天空に天使たちが飛んでいるような錯覚を覚えた。外記は感激に震えて、十一月十五日にサン・ジョヴァンニ・イン・ラテラノ教会で洗礼を受けた。

実を言えば、外記は支倉常長から早く洗礼を受けるようにとの命を受けていた。マドリードにいた頃から、すでに常長には、自分が帰国した後も外記をスペインに留まらせ、将来、貿易交渉をよりよく継続するための土壌作りをさせようという考えがあった。しかし、もともとカトリコでなく、伊達家家臣だったゆえに支倉常長の秘書役となった外記は、スペインに上陸しても、洗礼を受けようとは思わなかった。

入市式と謁見式の自分を、外記はこの地上でもっとも栄誉ある者だと勘違いした。永遠にカトリコの栄誉に包まれていたいという気持ちで受洗したのだった。

外記の回想はルシアの声に破られた。

「わたくしはバチカンを見るのが楽しみでならないの。あなたはとても冷静な人だわ」

ルシアは小さく笑うと、話題を変えた。

「気持ちのいい航海ね。チヴィタヴェッキアには、いつ着くのかしら?」

主帆は西南西の風を受けて大きく孕《はら》んでいた。船端が白波を切り、無数の索状《さくじょう》が軋《きし》む音が心地よい。

「半兵衛の話では、七ノット近く出ているそうだ。このままの船足を保てれば、あと三十時間ほどだろう」

嘉兵衛がゆったりとした調子で答えた。旅程の六割近くを無事に消化してきた計算になる。

「明日の夕方には、ローマね」

ずっと訊きたいと考えていた言葉が外記の口を衝いて出た。

「ルシア。君は知っているはずだ。《愛の宝石箱《ジョエーロ・デル・アモル》》には、いったいどんな秘密が隠されているんだい」

見る見る頬を染めたルシアは、童女がいやいやするように首を振った。

「サルバティエラ閣下だって御存じないのよ。わたくしのような侍女ごときが……」

ルシアの表情の変化を見た外記は、少しく強い調子で追い打ちを掛けた。

「君は嘘のつけない人だね。秘密を知ってるって顔に描いてある。王妃陛下は御側に仕えている数多くの侍女の中から今回の役目にあえて君を選んだ。信頼されている証拠じゃないか。君が秘密を知らないはずはない」

ルシアの瞳がとまどいに揺れた。

「わたくしに野ウサギを持ち上げろと言うのね」

茂みに隠れた野ウサギを見つけた猟犬は、咥《くわ》え上げて飼い主に知らせる。秘密を暴露する行為を指すエスパーニャの表現である。

「いいかい、俺たちは文字通り生命を懸けて今回のつとめに当たらなきゃならないんだ」

「外記の申すとおりだ。詳しい事情を知らなくては、本気で生命は張れぬ」

嘉兵衛も加勢にまわった。ルシアはあきらめ顔でうなずいた。

「王妃陛下からは他言を許されていないの。それに、この秘密が世間に漏れたら、わたくしも生命を失う……。でも、グロリエタを出た夜から、わたくしとあなたたち二人は文字どおり同じ船に乗ったのね」

「そうとも、ハポンでは一蓮托生《いちれんたくしょう》って言うんだ。つまり、一緒に天国に行って同じ花畑に座る運命って意味だ」

「わかったわ……王妃陛下は不幸な方よ。すべては、パリで起きた話……」

ルシアが言葉を切った、そのときである。

船尾方向で炸裂音が連続的に響いた。

「ありゃあ大砲の音じゃないか」

外記は反射的に船尾へ目を向けた。とりあえず、エル・デルフィンは被弾しているようすは見られなかった。

砲撃音だとすれば、敵との距離はかなりありそうだった。

「厄介な奴らがお出ましだ」

舵輪《だりん》付近に立っていた半兵衛が、大股で近づいて来た。三人の上級船員がつき従っていた。

「鼻持ちならぬと申す、フランス人海賊なのか？」

　嘉兵衛の顔にも緊張が走った。

「おそらくフランスの三層艦級の海賊船だ。そうさな、砲門は三十は超えるだろう。あれが敵船だ」

　半兵衛の指さす左舷後方の海上に、いつの間にかぽつんと爪の先ほどの黒い船影が忍び寄っていた。

「砲門が三十だと……。一レグワ（五・七キロ）ほどの距離だろうか。そんな大きな海賊船が、地中海に横行しておるのか」

　嘉兵衛は低い声でうなった。

「この海域では、ジェノヴァ商船団を獲物にしているトゥーロンあたりの海賊が出没するんだ。ジェノヴァの力は年々衰えてゆくばかりだろ。それと言うのも、我がエスパーニャ王室の衰退がきっかけだ」

　世界帝国だったエスパーニャ財政は、ジェノヴァ共和国の銀行家や金融貴族によって管理されていた。エスパーニャ帝国の信用低下に伴い、ジェノヴァの金融覇権は、次第にネーデルラントやポルトガルに本拠を持つユダヤ《フディオ》人の銀行家に移っていった。

「だが、フランスはどうなのだ？　リシュリュー枢機卿が台頭し始めたフランス王国は、ジェノヴァ共和国と違っておおいに力を蓄えつつあるではないか。ジェノヴァの武力が衰えたとしても、海賊にとってはフランス海軍が強敵となろう」

嘉兵衛が覆い被せるように訊いたが、半兵衛は静かに首を振った。

「あの海賊連中は、自国の船には絶対に手を出さないんでな。フランス政府は外国船を襲う海賊を取り締まったりするほど暇じゃない。むしろ、もともとマルタ島出身の海賊連中がフランス海軍に組み込まれているくらいだ……簡単に言うと天敵がいないんで肥え太る狼さ」

「エル・デルフィンは船足が速いんだろ？　逃げ切れないのか？」

外記が急き込むように尋ねると、半兵衛は敵船を指さした。

「相手の船は新しい設計に違いない。こちら以上に俊足だ。見ろ。どんどん距離が詰められてきた」

エル・デルフィンは海峡に差し掛かっていた。追ってくる敵の船影は、外記の親指ほどまでに大きくなっていた。

「追い着かれるまでの時間的余裕はいかほどだ？」

嘉兵衛は冷静な口調を崩さぬまま尋ねた。

「風向きがこのままなら、あと、一時間半ほどだ。船首砲は恐らく射程の長いカルヴァリンだろう。射程は二千二百バラ（二キロメートル）ほどで、四百バラ（三六四メートル）くらいに近づかれたら、木《こ》っ端微塵《ばみじん》にされる」

外記たち三人が顔を見合わせると、半兵衛は幾らか表情を和《やわ》らげて続けた。

「さっきの砲撃は威嚇《いかく》だ。俺たちを怖じ気づかせて船足を落とさせようと言うつもりだろう。奴らはこの船をできるだけ無傷に近い状態で分捕《ぶんど》りたいと思っているはずだ。そうは撃って来るまい」

「たしかにエル・デルフィンは新しいし、そこそこの値がつきそうだな」

嘉兵衛は風を孕んだ真っ白な主帆を見上げた。

「だから、海賊たちは接舷して白兵戦に持ち込むはずだ。そうなれば、多勢に無勢だ。俺たちはまずフカの餌《えさ》だな。生きてりゃガレー船の漕ぎ手に売られるだろうし、お嬢さんは、トゥーロンの娼館《ブルデル》に売り飛ばされる」

半兵衛は寒々とした声を出して三人を眺め渡した。

「とりあえず敵を拝みに行くか」

戦うとしたら船尾楼の最上後甲板だろう。外記は腰を浮かし掛けた。

「わたくしも行くわ」

ルシアが勢い込んで外記の肩をつかんだ。すかさず外記はルシアの袖をつかんだ。

「君は安全な船首楼にいろっ」

「何を言ってるの。三人は一緒に天国の仲間でしょ？」

ルシアは澄まし顔で外記を見返した。

「だが、舞踏会にでも出るような、そのお上品な衣装じゃ戦いはできんな」

嘉兵衛が顔をしかめると、ルシアは唇を引き結んでコルセットを外し、さっと絹織物を脱いだ。

白い首筋が外記の眼にまぶしく映った。

身体にぴったりした飾り気のない白いブルサ（ブラウス）の下に、黒革のパンタロネス（ズボン）を穿《は》いている。足下を固める長靴も床すれすれのファルダに隠れていたのだ。すっきりとした装いは、子鹿を思わせるルシアの肢体によく似合っていた。

「これでどう？　狩猟用の服よ。舞踏会には出られないわ」

外記は口笛を吹き、半兵衛はぱちっと指を鳴らした。船員たちからも歓声が上がった。

「こんな事態になるのは考えてたの。剣だって持ってきてるわ」

ルシアは両腕を腰に当てて胸を張った。

「では、ルシア。貴賓室に戻って剣を取って参れ。だが、剣を使わねばならぬ事態となれば、二度と舞踏会には出られぬ。娼館行きも覚悟しなけりゃならぬぞ」

嘉兵衛の脅しつけるような言葉に、ルシアは額に手を当て、海軍式の敬礼をして踵を返した。

敵の船影は、いよいよ外記の拳大となって迫ってきた。

「海賊の正体を知りたいな」

「これを使ってみろ」

半兵衛が真鍮で造られた細長い筒を差し出した。手にひんやりと冷たい。

「おお、遠くの敵船が手に取るように見える。これが望遠鏡か。すごいもんだな」

外記は上ずった声を上げた。丸い視界の中で、敵船の船首楼に立つ五名の人影さえ見えた。

ネーデルラントで発明されて十数年の望遠鏡は、簡単に手に入る代物《しろもの》ではなかった。

「驚いてばかりいないで、敵船について報告せぬか」

嘉兵衛がいくらか焦れた声で促した。

「やはり三層艦だ。船型は三本の帆柱を持つガレオン。砲門は三列で、上砲列、中砲列ともに十門、下砲列は八門だ。船首に二門！」

「檣頭旗《しょうとうき》は、どんな模様だ」

半兵衛が気ぜわしげに訊いた。

「白地に金色の平たい冠《かんむり》だ。真珠《しんじゅ》が取り巻いている。その上にフラミンゴらしき鳥が描いてある」

「そうか……敵は《イエールの紅鶴男爵《バロン・デ・フラマン》》だ。フランス王国領、イエール諸島のポルケロール島を根城にしている海賊野郎だ。ポルケロールにはフラミンゴが棲む塩田地帯があるんで、そいつを旗印にしているんだ」

「貴族が海賊なのか？」

外記は望遠鏡から視線を離して半兵衛の横顔を見た。

「僭称《せんしょう》しているだけさ。近衛士官上がりの男らしい。檣頭旗も男爵の紋章を使っている。貴族気取りの、嫌味な野郎だ」

半兵衛は敵船に視線をおいたまま、舌打ちした。

「で、どうするつもりなのだ。半兵衛」

嘉兵衛が重々しい口調で尋ねると、半兵衛はにやりと笑った。

「ここは知らぬ顔の半兵衛を決め込む。砲火でも白兵でも圧倒的にかなわぬとあれば、やはり、逃げの一手しかあるまい」

「さっき、敵のほうが船足が速いって言ってたじゃないか」

外記の言葉に、半兵衛は真剣な表情に戻って答えた。

「海峡を抜け出たら、生きながらえる手はある。ラ・マッダレーナ諸島の浅瀬に逃げ込むんだ。もっとも、まだ十海里ほどの距離があるから、ギリギリの線だな」

「座礁《ざしょう》の危険性がありそうだな……」

半兵衛は嘉兵衛の顔を見て、不敵な笑みを浮かべた。

「尾張名古屋《なごや》の金の鯱鉾《しゃちほこ》だ。だけど、このままの針路では必ず追いつかれて俺たちゃ終わりだ。座礁すれば敵兵に乗り込まれて、やっぱり運の尽きだ。そうは言っても手をこまねいているわけにはいかんだろ。できるだけの手は打ってみる。俺は舵輪を握る。船尾は外記と嘉兵衛に任せたぞ」

半兵衛の総身から、気合いが炎のように立ち上っていた。

「ああ、おぬしは思う存分、舵の腕を振るってくれ」

嘉兵衛は半兵衛の肩を叩いた。

風を孕む帆のはためく音が、陣太鼓《じんだいこ》のように外記の耳に響き続けた。

4

敵船は刻一刻と迫り来る。

半兵衛が「木っ端微塵にされる」と言っていた四百バラの距離は、とっくに詰められていた。

生身の人間の倍ほどの大きさと思われる船首像の面立ちが、はっきり見て取れる。兜《かぶと》を被りトーガの上に肩当てをつけた船首像は、戦いと芸術の女神アテーナ、あるいはミネルヴァだろう。

「なかなか美形のアテーナだと思わない？　もちろん、ルシアにはかなわないけどね」

船尾楼の最後尾に立つ外記は、ルシアを落ち着かせようとあえてのんきな口ぶりで話しかけた。

艶々と黒光りする革製の短いチャレコ（チョッキ）を身に着け、腰に締めた体革から銀鞘の長剣を吊ったルシアは勇ましくもコケットだった。

「海賊って言うより、正規軍の軍艦みたいね」

ルシアは外記の軽口には応えず、瞳を目一杯に見開いて迫り来る敵船を見つめている。

船首像の両脇の船首甲板には、赤い制服姿のモスケート銃兵が三十名近く、所狭しと居並んでいた。エル・デルフィンに向かって鳥銃を整然と構えた姿は、まるで海兵隊員のようだった。

「地中海で戦争が始まれば、私掠船《しりゃくせん》に早変わりして提督面《ていとくづら》する輩であろう。イングランドの悪竜《ドラコ》の如くにな」

嘉兵衛は忌々《いまいま》しげに舌打ちした。

エスパーニャで悪竜と忌《い》み嫌われているのは、一介の私掠船長から英国海軍中将にのし上がったサー・フランシス・ドレイクである。

三十年ほど前、エスパーニャとイングランドの関係は、いまよりも悪かった。プロテスタンテへの支援のためにネーデルラント紛争にイングランドが介入しており、さらに私掠船によるスペイン商船や入植地への海賊行為が後を絶たなかったためである。

フェリペ二世は無敵艦隊を英仏海峡に侵攻させたが、ドレイクは、アルマダの海戦で采《さい》配《はい》を振って無敵艦隊を破った。制海権を英国に奪われたこの敗北こそ、エスパーニャ帝国衰亡への分岐点だった。

「それに引き換え、こっちのほうこそ海賊船だな……」

居並ぶ急ごしらえのエル・デルフィン海兵隊を見まわして、外記は嘆き半分の苦笑いを浮かべざるを得なかった。

半兵衛は射撃の心得を持つ六人の熟練水夫を選び出して船尾楼に配置した。嘉兵衛の指示で誰もが腰に八本の矢が入った矢筒を下げ、五尺ほどの長さを持つ弓を手にしていた。節くれ立った両腕がたくましい三十年輩の男たちだが、タールで薄汚れた不揃いの綿上衣姿は、整然とした敵兵とは比べようもなかった。

真っ黒に日焼けした水夫長のファドリケが、弓を胸の前に突き出してニッと白い歯を剝き出した。

「ま、いい。戦いは、見てくれの格好よさではないぞ」

引きずるようにして中部甲板から運んで来た棺桶の半分もある黒革のトランクを嘉兵衛は足下に置いた。

半兵衛本人が舵輪を握っているだけに、速力はぐんと上がっていた。両舷は激しく白波を蹴立て、すべての帆綱が悲鳴を上げるように軋んでいた。

エル・デルフィンはすでに海峡の中ほどまで進んでいた。右舷遠くにサンタ・テレーザ・ガッルーラ村の橙色の屋根並みが通り過ぎてゆく。

だが、敵の船首は、六十バラ（五十四メートル）近くに迫っていた。もはや船首甲板に立っている男たちの顔が識別できる距離となった。

モスケート銃兵をかき分けるようにして、一人の大柄の男が進み出た。

二角帽を被り、半ズボンの上に臙脂色《えんじいろ》の豪華なチャケタを羽織った男こそ、《イエールの紅鶴男爵《バロン・デ・フラマン》》に違いあるまい。

貴族然とした身じまいの男爵は、気取った仕草でメガフォノを手にした。

――エスパーニャ商船に告ぐ。諸君の生命は、我が輩《わはい》の手中にある。直ちに船を捨て、神から与えられし生命を長らえよ。

フランス訛りの感じられない正確な発音のエスパーニャ語であった。

「ずいぶんと持ってまわった物言いが好きな男だね。男爵閣下は……」

男爵はもう一度、メガフォノを手にした。

――我が輩は、無益な殺生を好まない。短艇を下ろし逃げる時間を与える。十分以内に船を去り給え。

「無視してたら、男爵閣下に対して不敬に当たるな……嘉兵衛よ」

外記は、ぽんと嘉兵衛の肩を叩いた。

「ああ、ご返答を申し上げるとしよう」

嘉兵衛は革トランクの蓋をおもむろに開けた。

ぎっしりと嘉兵衛が独自に工夫を凝《こ》らした火器類が詰まっている。今回の仕事のために嘉兵衛は、手持ちのすべての武器を持って来ていた。

「ルシア、ちょっとの間、物蔭に隠れていてね。あ、それから、この火壺の火を消さないように守ってて」

外記は一抱えもある赤銅製の火壺をルシアの顔の前に突き出して、右眼をつむった。火壺に仕込んだ安オリーブ油の燃え立つ臭いが鼻を衝いた。素直にうなずいたルシアは、両手で火壺を受け取ると、後帆柱《パロ・デ・メサナ》の後ろへ隠れた。

嘉兵衛はチャケタを脱ぎ捨て、トランクから革手袋を取り出して両手に嵌めた。日本で言うところの弓懸《ゆがけ》にあたる。さらに嘉兵衛は七尺前後もある長弓を選び出した。

両脚を心持ち開き、長弓を構えた嘉兵衛は、何度か弓弦を引っ張って張り具合を試して薬煉《くすねり》を塗った。

「さぁ、矢入れと参ろう。外記、鼠火箭《ねずみびや》をよこせ。一番大きな火箭のやつだ」

鼠火箭は嘉兵衛特製の火器だった。すぐには燃えず、敵中で炸裂する特性の火箭である。鏑矢《かぶらや》に似た形状で、矢じりの根元に鏑の代わりに紡錘形《ぼうすいけい》の火筒が取りつけられている。

外記も詳しい仕組みは知らないが、鼠花火に似た導火線が燃えて、矢が飛翔《ひしょう》して敵に届くまで爆発しないように時を稼ぐらしい。

「嘉兵衛、火を点ける切っ掛けをくれ」

外記が鼠火箭を手渡すと、無言でうなずいた嘉兵衛は、火箭を長弓につがえた。

両眼を大きく見開き敵船の最上甲板を見据えた嘉兵衛は、目一杯に弓弦を引き絞った。

歯を食い縛る嘉兵衛の左腕に血管が浮き出て、タプタプと震えた。

全身の毛をそばだてるようにして、嘉兵衛は風を読んでいる。左舷斜めからの向かい風だ。敵には利があり、味方には不利だった。

「よいぞ。火を点けろっ」

外記は、ちりちりと音を立てて燃える火縄から、火箭の導火線に点火した。

嘉兵衛は、ふうと音を立てて息を吐きながら、弓弦を離した。

鼠火箭は空を切って敵船へと飛ぶ。次の瞬間、火箭が敵兵の真ん中で炸裂する黒煙の塊が浮かんだ。

次の瞬間、ポンと響く乾いた爆音とともに、敵船の最上甲板に大きな炎が立ち上った。

敵船首甲板に積んであった火薬に引火したのだ。

背中から炎を噴き出しながら海に飛び込んだ敵銃兵の赤い制服姿が見えた。

悲鳴が風に乗って流れ来た。

「やったぞ！　嘉兵衛っ」

外記は喜びの声を発したが、嘉兵衛に背中を叩かれた。

る音が響いた。


「皆の者、伏せ、伏せえいっ」

嘉兵衛は足軽大将の如く号令を発した。

下知《げち》に従って外記は船床に身を伏せた。わらわらとまわりの水夫たちが床に這いつくば
る音が響いた。

銃声が敵船から次々に響いた。

外記の右隣で「ぐおっ」と声にならぬ声を発して人が倒れる音が響いた。

視線を向けると、一人の水夫が胸を撃ち抜かれていた。水夫は声にならぬ叫び声を上げ
ながら、四肢を引きつらせて転げまわっている。

動きを止めるまでは時間の問題だろう。外記は胸の前で十字を切った。

「敵が弾籠めする前に、火箭をお返ししてやるぞ。水夫たちは前檣帆《トリンケテ》を狙え。立て続けに
撃ち込むのだ。俺と外記は敵兵を撃つ。ルシア、火壺をそこへ置け」

「わたくしも弓は使えるのよ。射手に選んでちょうだい」

額に筋を立てたルシアに、嘉兵衛は男たちより幾らか短い弓と矢筒を手渡した。

「では、これを使え」

「了解、隊長。がんばるわ」

弓を受け取ったルシアは、瞳に決意をみなぎらせて挙手の礼を返した。

「みんなの矢筒に入っている火箭は、鼠火箭とは違って炸裂はしない。その代わり、突き

刺さった相手に確実に炎を移す。綿布なら、苧殻《おがら》のように燃え立つぞ」

嘉兵衛を皮切りに、射手は矢じりを火壷に向け、次々に点火していった。

めらめらと矢じりが炎を上げ始めた。

「よしっ、風は左舷斜めから来てる。ここだと思った標的より、一バラくらい右を狙え。立て続けに行くぞ。休む間なしだ。いいな、みんな！」

「おうっ」と射手たちは威勢よく応えて、外記と嘉兵衛を中心に一列に並んで弓を構えた。

外記は、気合いを込めて、船首像のやや左に立つ紅鶴男爵を見据えた。

斃すなら、首領しかない。外記は全身の神経を右眼に集中させた。

男爵の右胸に狙いを定めると、嘉兵衛の下知に従い矢じりの方向を、やや右へ動かした。

歯を食い縛り、満身の力を込めて弓を引き絞った。

「撃てえいっ」

ここぞとばかりに、弓弦を離した。

張りつめた音が鳴り続け、八本の矢が一列に並んで敵船へ飛んだ。

（どうだ？　やったか？）

だが、矢が到達する寸前に、男爵は銃兵の人垣に身を隠してしまった。外記と嘉兵衛の射た火箭が胸に突き刺さった二人の銃兵が、炎に包まれて転げまわっている。

水夫たちの火箭は、前檣帆にわらわらと突き刺さった。白い帆の数カ所で炎が燃え立ち始めた。

綱を垂らした木桶《きおけ》が幾つも波間に放り込まれた。敵船首甲板は消火作業で騒然となった。

同時に、敵船の船足もぐんと落ちた。

「撃ち続けるのだ。休むなっ」

嘉兵衛は叱咤《しった》の声と同時に第二射を放った。

宙空を五月雨《さみだれ》のように炎の筋が飛び続けた。船首甲板では銃兵が次々に倒れ、前檣帆は不動明王《ふどうみようおう》の光背《こうはい》の如く燃え盛っている。

外記が矢筒に残った最後の一矢を弓弦につがえた時である。

「敵は大砲を撃ってくるぞ。退けえいっ」

嘉兵衛が大音声で号令した。

外記たちは、いっせいに船尾楼から駆け下り、後甲板に退避した。

砲声が轟き、大きな衝撃が船尾を襲った。

「ああっ、後帆柱《パロ・デ・メサナ》がっ」

水夫長ファドリケの悲痛な叫び声が響いた。

後帆柱はメリメリと音を立てて中程から折れ、右舷側にゆっくりと倒れていった。

主帆柱の半分ほどの水柱を上げて、後帆柱は波間に没した。

両舷が切る波の勢いが衰え、船足は目に見えて落ちた。

「敵が大砲を使い出したとなると、俺たちの武器では戦うのにも限界だ。半兵衛、どうだ？　逃げ切れるか？」

嘉兵衛は額に汗しながら、舵輪を切っている半兵衛に声を掛けた。

「いま、左舷側に続いている崖はマッダレーナ島だ。左舷前方に見えてきた小さな島がキエーザ島。まわりは浅瀬だらけだ。あの北浦に入り込めば、奴らは追って来ない」

キエーザ島の周囲の海面は明るいターコイズに輝いている。つまり、白砂の海底が見えているわけである。そんなところに帆船を乗り入れたら、それこそ陸に上がった海豚《いるか》になってしまうだろう。

船尾楼に遮られて敵船は帆柱しか見えないが、両船の距離は弓矢を射ていたときと変わらない。

「敵が正規軍艦でこの船を沈めるだけが目的だったら、俺たちは、とっくに海の藻屑《もくず》になってるところだな」

外記の言葉に、半兵衛は剛胆な笑みを灼けた頬に浮かべた。

「やたら滅法に撃っていたら、海賊の稼業は成り立たない。沈めちまったら、元も子もないってわけだ。……よし、野郎ども！　左右両舷から測り綱を下ろせ」

水夫たちが左右の船端から先端に鉄製の錘《おもり》を下げ、一定間隔に瘤《こぶ》を作った綱を波間に投げ込んだ。

「水深が十バラを切ったら報告っ。ファドリケは舳先《へさき》で暗礁を見張れっ」

「了解っ」「へいっ」「承知っ」

水夫たちは次々に復命して持ち場に就いた。

エル・デルフィンはマッダレーナ島とキエーザ島と間の百六十バラくらいしかない狭い海峡に入り込んでいた。

海面が深い藍色《あいいろ》で船が通れそうな幅は五十バラ程度だろう。おまけに、黄土色《おうどいろ》の岩礁が気味悪く散在している。

船尾付近からガガガッという嫌な衝撃が響いた。

「おい、大丈夫か？」

外記の言葉を遮るようにふたたび竜骨が軋んだ。

「ここで座礁したら、お陀仏《だぶつ》だな。敵は短艇を下ろして乗り込んでくる。いずれにしても、のるかそるかだ。あと、ほんの百バラだ……。あの小さな岬を越えたら海峡は幅五十バラしかない。男爵の三層艦が入ってくるはずがない……」

半兵衛は、祈るような調子で言うと額の汗を拭った。

ガツンという大きな衝撃が船尾に走った。ルシアばかりか、大勢の海の男たちの悲鳴が後甲板に響いた。

船尾方向にすっ飛んだ外記は、船床に嫌と言うほど身体を打ちつけられた。

よろよろと立ち上がったところへ、見張りに残っていた水夫が踊るような足取りで船尾楼に降りてきた。

「敵船は引き返しましたぁ」

水夫の声が弾んだ。外記たちは船尾楼への階段を駆け上がった。

すでに、敵船は三層の巨大な船尾楼をこちらへ向け、残った帆を一杯に張って、ボニファシオ海峡の方向へ左回頭していた。

「さぁ、今度はルシア自慢の腕で、晩飯のおかずでも射止めて貰おうかな」

外記はルシアの肩に手を置いて、空を舞う水鳥を指さした。

「え？　あの鳥って、食べられるの？」

ルシアはきょとんとした目で外記を見上げた。

「鷗ですら、喰う気なら喰えぬこともない。だが、鳥は敏捷《びんしょう》だ、外記のハート《コラソン》みたいにたやすくは射止められんぞ」

嘉兵衛が快活に笑う声が船尾楼に明るく響いた。

「冗談言わないで。わたくしが外記を狙うだなんて」

ルシアは頬を膨らませた。

「そうだな。外記は自分からルシアの流れ矢に当たっただけだ」

嘉兵衛は使い終わった武器を片づけながら、背中で笑った。

「さて、昼寝でもするかな」

外記は照れ隠しに惚《とぼ》けて船床に寝っ転がった。

帆の張りが弱まり、速力が落ちていた。地中海は夕凪《ゆうなぎ》の時を迎えようとしている。

ボニファシオ海峡の彼方が、濃い橙色に染まり始めた。水平線にぽっかり浮かんだ綿雲の縁も薔薇色に輝いている。時を経ずして蒼《あお》い夕闇がエル・デルフィンを追いかけてくるだろう。

5

日暮れ前にキエーザ島の浅瀬を抜け出したエル・デルフィンは、一路、イタリア半島を目指し、帆一杯に風を受けて波を切っていた。

後帆柱が失われているために、船足は四ノットまで落ちていた。それでも、明日の夜半近くにはチヴィタヴェッキアに着くと、半兵衛は請け合った。

西の空低く浮かんでいた三日月はすでに沈み、波間を闇が覆っていた。

「まわりには島影一つ見えないな。次に見える陸地は、ローマってわけだね」

船首付近に立った外記は、闇に沈んだ行く手の海を眺めていた。

強敵から逃げおおせた開放感から、外記の声は、はしゃぎ気味だった。

「チヴィタヴェッキア港からバチカンまでは馬車で一時間半くらいの距離だろう。明日の深更から明け方には、バルベリーニ枢機卿猊下《すうききょうげいか》に拝謁という次第だ」

酒瓶片手の嘉兵衛も、いつになく上機嫌だった。

「おいおい、ヤツはまだ枢機卿じゃないぞ」

「だが、すでに枢機卿気取りだ。クイリナーレ宮殿でふんぞり返っておるそうではないか」

出発前にサルバティエラ伯爵から得た情報によれば、バルベリーニ司教は、教皇の住居であり教皇政庁の置かれているクイリナーレ宮殿の枢機卿居住区に住まいを移しているという。

「クイリナーレ宮殿を護るのは、教皇騎馬衛兵隊と宮殿衛兵隊、どちらもお飾りの兵隊だな。唯一、手応えがありそうなのは、例の道化師みたいな連中か……」

外記は、かつて見た傭兵《ようへい》部隊の黄色と青の縞模様の制服を思い出した。ミケランジェロがデザインしたものだと聞いている。スイス人傭兵部隊の袖にあしらわれた赤色と併せた三色は、フィレンツェの商業貴族メディチ家のカラーだった。

「奴らを舐めてはいかん。メディチ家が雇った、あのスイスの傭兵たちは教皇に対して鉄の忠誠心を持ち、どこまでも生真面目に戦うのだ」

百年ほど前の一五二七年五月のことである。イタリア半島を巡ってフランスと対立していた神聖ローマ帝国皇帝カール五世、すなわちスペイン国王カルロス五世はローマを奪おうと大兵力を以てバチカンに侵攻した。メディチ家出身の教皇クレメンス七世が、フランス国王フランソワ一世と同盟を結んだことに激怒したためである。

クレメンス七世を護るためにスイス人傭兵隊は生命を惜しまず戦い、二百人中、実に百四十七人もが戦死した。

ヘレス酒をラッパ飲みした嘉兵衛は、口をぬぐって言葉を継いだ。

「スイスの連中は、常に誇りを持って教皇とバチカンを護り続けているのだぞ」

嘉兵衛の手から酒瓶を奪った外記は、香り豊かなヘレス酒を一気に胃の腑《ふ》に流し込んだ。

「まぁ、明日の晩は、お手並み拝見といこう」

銀色に光る傭兵部隊の矛槍の列を思い浮かべた外記の胸に、むらむらと闘志が沸いてきた。危ない仕事であればあるほど、なし終えた後の爽快感も大きい。

それでも、仕事の目的を正しく知らなければ、生命の瀬戸際で切っ先が鈍る。無理にでもイサベル王妃の秘密を訊き出さなければならない。

外記は隣に立つルシアの肩に軽く手を置いた。

「ところで、ルシア。いいところで紅鶴男爵に邪魔されちゃったけど、例の話の続きを聞きたいな」

ルシアは、びくんと身体を震わせた。

「そうね。《愛の宝石箱》が何を意味するのか、話さなくちゃならないわね」

ふっくらとした唇から出たルシアの声は苦しげだった。

「そもそも《愛の宝石箱》とやらには、何が納められておるのだ」

嘉兵衛がルシアの瞳をじっと見詰めると、ルシアの頬に朱が散った。

「日記よ……。イサベル王妃陛下が、フランス王女時代にお書きあそばされた日記のうちの……一冊」

「その日記に王妃のいったいどんな秘密が隠されているんだい？」

「そうね……何から話し始めればいいのかしら……」

ルシアの表情から見ても、フランス王家の恥部に触れる話に違いなかった。

外記は下世話な話に飛びつく趣味はなかったが、それでも王家の醜聞《しゅうぶん》となると、好奇心は抑えられなかった。

しばし、宙に視線を向けて言葉を選んでいたルシアは、あきらめたように唇を開いた。

「王妃陛下の年子の兄君、いまのフランス国王ルイ十三世は、父王のアンリ四世が狂信的なカトリコに暗殺されたために八歳で王位に就いたの」

摂政となったメディチ家出身のマリー・ド・メディシスは、優秀な母后《ぼこう》だった。だが、王位継承順位の第二位であるコンデ公アンリ二世が反乱を起こしたり、官僚の汚職がはびこったりして、フランス王国は混迷の最中にあった。

「八歳の幼君じゃ、国は治まらないからね」

外記が嘆息するように相槌《あいづち》を打つと、ルシアは軽くうなずいて言葉を続けた。

「だから、摂政マリーは、期待と不安から息子にことごとく厳しく接したの。一日も早くよき国王として成長することを望んだのよ。風邪で高熱を出しても日頃の日課を休ませないなんて、当たり前の話だったみたい」

「マリーってお后《きさき》は賢いな。甘やかせば若様なんてのは馬鹿殿に育つもんだ」

外記の胸にパラシオで拝謁したときのフェリペ四世の不見識な姿が、まざまざと蘇った。あの青瓢箪がこの大帝国を率いてゆくと思うと、心に蔭が差してくる。政敵ともいえるルイ十三世が賢く育っているのであれば、なおのことである。エスパーニャの未来は決して明るいものではないだろう。

「厳しいだけならいいんだけど、三男のオルレアン公ガストン王子だけには、目いっぱい愛情を注いだのよ。母子の間の愛情はこじれにこじれたわ。後になっての話だけど、ルイ十三世は母后マリーをブロワ城に幽閉《ゆうへい》した時期もあったの」

(ははは、何処《いずこ》も同じ秋の夕暮れ、か……)

興を覚えて外記が口を開き掛けると、嘉兵衛が身を乗り出した。

「どこでも似たような話は、あるのだな」

「ハポンでも、母后と対立した王さまがいたの？」

ルシアは驚きの声を上げて嘉兵衛を見た。

「外記がハポンにいた時の主君、伊達陸奥守《むつのかみ》政宗は一代の英傑といえよう。だが、梵天《ぼんてん》丸《まる》と呼ばれた幼年期には、長子でありながら母御に疎《うと》まれた。母御は弟の竺丸《じくまる》を偏愛し、やがて家督争いが起こりかねない段階となって、陸奥守は弟を殺し、母を他国へ追いやったのだ」

「ほんとに、そっくり同じような話ね」

ルシアは口を掌で抑えて驚きの声を上げた。

「人間の生き方ってヤツは、エスパーニャもハポンを変わらないんだなぁ」

外記の言葉にルシアはうなずいて口を開いた。

「母に愛されず孤独なルイ十三世にとって、ただ一人の心を開ける身内は、年子の妹、エリザベート王女、つまり、いまのイサベル王妃陛下だけだったわけ。いつも一緒に過ごしていた兄妹は、やがて愛し合うようになってしまった……プラトニカな愛だったけれど」

「たしかにイサベル王妃は、二人も子を産んだとは思えないほど可愛いもんなぁ」

外記は黒目がちの愛らしい瞳と、ふっくらとした唇を思い起こした。

「ところが、八年前、ルイ十三世が十四歳、王妃陛下が十三歳のときの話よ。マリー摂政はカトリコの力を強めるために、王族や近臣たちの反対を押し切って、我がエスパーニャのアブスブルゴ家との縁組みを決めたのよ」

「エスパーニャとフランスは、仲がいいとは言えないのにな」

この縁組みは微妙なパワーバランスの結果だった。

ブルボン家のフランス王国は、ドイツとスペインの両ハプスブルグ家の力が強くなることを恐れていた。

マリー摂政はこの問題ではブルボン家と利害が一致するメディチ家出身だった。ところが、敬虔なカトリコ信徒であったために、日に日に勢いを増してゆくユグノー、すなわちフランス国内のプロテスタンテ勢力に対しても強い恐れを抱いていた。

同時に、マリーは国内の狂信的なカトリコにも警戒心を抱いていた。なんといってもマリーの夫であったアンリ四世を暗殺した兇徒たちは狂信的カトリコ信徒であった。その原因は、ナントの勅令を発して信仰の自由を認めたためだった。つまり、フランス王国がプロテスタンテ勢力に妥協したからである。

そこで、婚姻によりエスパーニャとの同盟関係を強化して狂信的なカトリコ勢力を抑え込みつつ、ユグノーらのプロテスタンテ勢力へも牽制《けんせい》を加えようと試みたのである。

「最終的にフランスは、エスパーニャを頼ることに決めたのよ」

廷臣たちの騒然としたようすが目に浮かぶ。

「それで本来は政敵であるはずの両国に縁組みが生まれたのだな。エスパーニャとフランスで花嫁の交換というわけだな」

嘉兵衛は得心がいったようにうなずいた。外記もようやく、長年の不思議が解けた。

一六一五年十一月二十四日、両国の国境を隔てるビダソア川に浮かぶフェザント島でフランスのエリザベート王女とスペインのアナ・マリア（アンヌ・ドートリッシュ）王女が交換された。

そのままエリザベート王女はフェリペ四世の王妃となるためにスペインに向かい、アナ・マリア王女はルイ一三世の王妃となるためにフランスに向かった。

「交換結婚自体は滞《とどこお》りなく行われたのだけれど……」

ルシアは気まずそうに口をつぐんだ。

いよいよ話は、核心に触れてゆく。外記も好奇心がうずうずしてきた。

「で……。問題は、その両国間の縁組み前にあったんだな」

嘉兵衛が続きを促すと、ルシアは軽くうなずいて唇を開いた。

「そういうわけよ。エリザベート王女のお相手の我がフェリペ四世陛下は、まだ十歳だったでしょ。勝手も知らぬエスパーニャで自分を守ってくれるべき夫君は、頼りない皇太子。お輿《こし》入《い》れ前のエリザベート王女は不安で不安でならなかった」

「一方でルイ十三世は、同い年のエスパーニャ女なんて嫌だったんだな」

「そう……そして結婚前の嵐の夜よ……。二人は……とうとう……許され得ぬ罪を犯してしまった……」

ルシアは空怖ろしげに、胸の前で十字を切った。

敵の前では生命の危険をものともせずに剣を振るうルシアが、王妃たちの罪深き恋に怯《おび》える表情は可憐だった。

「そうか、神のお許しにならぬ愛に陥《おちい》ったんだな」

暗い気持ちで外記は鼻から息を吐いた。

外記は姉を持たず、仙台を出てくるときに一番上の妹は五つだった。外記にとってはまったく現実味のない話であり、それほど大きな嫌悪感も生まれなかった。だが、八歳上の兄を持つルシアにとっては、兄妹相姦は生々しい実感があるのかもしれない。

「まぁ、さして珍しい話ではなかろう」

嘉兵衛は、さらりと言ってのけた。この男が、こんな話でのけ反るような初心《うぶ》な神経は持ち合わせているはずがなかった。

「エリザベート王女は、神の意に反した自らの行いに苦しんだわ。誰にも言えない恐ろしい罪への悩みを日記に吐き出すしかなかった」

「その道ならぬ愛の記録を納めたものが、《愛の宝石箱》というわけか」

ルシアは唇を引き結んだまま首を縦に振った。

「ところが、王女が固く鍵を掛けて秘密の場所に仕舞い込んだはずだった《愛の宝石箱》は、婚姻前夜に、何者かの手によって盗まれた。処分しようと思った直前のことだったの。たぶん、身のまわりのお世話をする侍女の中に悪者の手先がいたんだと思うわ」

ルシアは唇を震わせて硬い表情で断じた。

兄妹の許されぬ愛の話には動じなかった外記にも、事態の重大さが痛いほど感じられた。道ならぬ恋は、庶民であれば異端審問所に逮捕される悲劇を生むかもしれない。とは言え、それは個人的な問題に留まる。

しかし、フランス国王とエスパーニャ王妃の間の秘密となれば話は別である。国際的な大問題にまで拡大するし、秘密自体が莫大な金となる。

「侍女の君が言うんだから、間違いないな」

硬い表情を崩そうとした外記の合いの手に、ルシアはかすかに微笑んだ。が、すぐに真面目な顔に戻って続けた。

「恐らくは、当時、マリー摂政と対立していた、コンデ公アンリ二世が影の黒幕だと思うわ」

ルシアの瞳は怒りに燃えていた。

「大いにありそうな話だな。コンデ公はブルボン家出身だ。おまけにアンリ四世が亡き後、王位継承権は第二位だった。それをマリー摂政の横車で十歳にも満たぬルイ十三世が即位することになったのだ」

嘉兵衛はしたり顔でうなずいた。

「そりゃあコンデ公っておっさんはマリーを憎むわな」

「だからこそ、憎っくきマリー摂政の実家であるメディチ家に一矢《いっし》を報いたのであろう。

メディチ家と対抗する同じフィレンツェの富商バルベリーニ家から、この八月にウルバヌス八世が教皇に即位した。コンデ公はこれを好機ととらえたのだ」

「どういうことだい？」

「ウルバヌス八世は、即位したとたんにローマ教会の中でバルベリーニ一族の地位を次々に引き上げてメディチ家をしのごうとしている。弟のアントニオ・バルベリーニ司教に《愛の宝石箱》を売れば、必ずやイサベル王妃を攻撃すると、コンデ公は読んだのだ。なにせ、王妃はメディチ家の血筋だからな」

嘉兵衛の説明にも外記は反吐《へど》が出そうな悪寒を覚えた。

フィレンツェの富商たちは、何百年にわたって商売敵《がたき》を毒殺するような卑劣な手段を弄《ろう》して、しのぎを削ってきた連中である。だが、それに乗じたコンデ公もまた、負けず劣らず陰険な男に決まっている。

「が、バルベリーニ司教は、よく言えば純粋、悪く言えばガチガチの石頭だったんだね」

「そう。司教にとっては、実家のバルベリーニ家がメディチ家をしのぐとかしのがないとかそんな現世的な話は消し飛ぶほどの言語道断の罪だった。神を恐れぬ罪深き兄妹が、カトリシスモの二大国家であるフランス王とエスパーニャ王妃でいる現実が許せなかったのよ」

「それで、イサベル王妃に秘かに自裁しろとでも迫っているんだな」

外記の言葉に、ルシアの大きな瞳に、うっすらと涙がにじんだ。

「わたくしがあなたたちにお願いに行った聖母生誕日の話よ。バルベリーニ司教の秘書がマドリードに来て王妃陛下に司教の親書を渡したのよ。これが脅迫状だったから、王妃陛下はいちばん信頼できるサルバティエラ閣下にご相談なさったの」

「なるほど、それでこっちにお鉢が回ってきたというわけか……それで、脅迫状には何と書いてあったんだい？」

「万聖節までに、王妃陛下が秘かに自らの生命を絶たなければ、ルイ十三世との道ならぬ行いを教皇庁に告発し、我が国王陛下に通告すると脅しているの」

ルシアの最後の言葉は涙混じりになっていた。

「この話が表に出れば、エスパーニャ帝国としても、体面を保つためにイサベル王妃を生かしておくわけにはいかないな。間違いなく王妃は病死を装って抹殺されるね」

ルシアを苦しめたいわけではなかったが、外記は抱えている問題の大きさを正直に口にしないわけにはいかなかった。

ルシアは、暗い表情でうなずいた。

「コンデ公が糸を引いているとなれば、エスパーニャとフランスの間に大戦争が勃発《ぼっぱつ》する。火を見るより明らかな話だ」

嘉兵衛も乾いた声を出した。

それこそ大問題である。エスパーニャ帝国はネーデルラントとの戦いに疲弊しつつある。

いまこの状況下でフランスと真正面から矛を交えたら、帝国の運命は急坂を転げ落ちてゆくはずだった。

——ドン・トマスとドン・パウロの双肩に、帝国の運命が委ねられている。

グロリエタで聞いたサルバティエラ伯爵の言葉が蘇った。

自分たちのバチカンでの裏仕事は、エスパーニャ帝国を救う大きな任務なのだ。外記の心の奥底に秘めている闘志の炎に火が点いた。

「それは、過去には大きな罪を犯したかもしれない。でも、王妃陛下は、とてもお優しいお方よ。お美しく知性と教養にあふれ、エスパーニャ帝国の王妃としてまたとなきお方なのよ。ね、二人とも、どうか、イサベル王妃陛下を助けて」

振り絞るような声で叫ぶルシアの声が、波間にこだました。

ルシアは、主人であるイサベル王妃を愛しているのだ。外記は、ルシアの立場を超えた愛と献身を目の当たりにして、渾身《こんしん》の力で応援したいと強く願った。

「任せとけって。そのために俺たちは、いまこうして、チヴィタヴェッキアに向かってるんだろ？」

あえて気楽な口調を作った外記は、ルシアの肩をかるく叩いて右眼をつむった。

言葉とは裏腹に、外記の総身の血汐《ちしお》は、沸騰《ふっとう》するほど熱く燃えていた。

夜の海の匂いが胸に清々《すがすが》しい。満天の星が空を埋めて輝いていた。

# 第四章　ベラスケスは聖母マリアに悩まされる

## 1

ベラスケスのタジェル（アトリエ）は、カジャオ広場裏手のラス・デスカルサス・レアレス修道院に続く森に面した静かなところにあった。

サルバティエラ伯爵の依頼を受けざるを得なかったベラスケスは、この十日間で、すでに三度も、タジェルをフェリペ四世とタティアナの密会の場所として貸す羽目に陥っていた。

むろん、他人には一言たりとも漏らせぬ絶対の秘密であった。

弟子のプジョールにも詳しい話はできず、ただ、ある貴人に部屋を貸しているとしか伝えていなかった。

ベラスケスは、フェリペ四世から依頼されているマリア・アナ王女の肖像画に、しっかり手を入れたかった。今月中の完成を約束していたからには、時間が惜しかった。

だが、一方で仕事の時間は、気まぐれなフェリペ四世の来訪によって確実に減っていた。

侍従《じじゅう》から連絡があると、ベラスケスは指示された時間はタジェルを明け渡さなければならない。我が仕事場でありながら、近寄ることすら許されなかった。

今夜も、侍従の一人から「午後八時になったら、タジェルに戻ってよい」と伝えられていた。

行きつけのバルで時間をつぶしていたベラスケスは、八時を少しまわってからタジェルが建つ静かな街区を歩いていた。

修道院の森が視界に入ってくると、ボロをまとった一人の物乞《ものご》いが近づいて来た。

「お慈悲深い旦那さま、どうか……。哀れな男に一マラベディをお恵み下さい」

初老の男は、頭を低く垂れ、哀れっぽい仕草で、両の掌を差し出した。

「これでよいか」

ベラスケスは、ポケットに残っていたバルの釣り銭をつかんで男の掌に載せた。

「沢山の幸運に恵まれますことを《ケ・テンガ・ムチャ・スエルテ》！」

決まり文句を口にした物乞いは、次の瞬間、顔を上げて、ギロリとベラスケスを見据えた。

「そのあたりで酔いを醒ましてこい。まだ、お許しは出ぬ」

物乞いの乾いた唇からつぶやくような低い声が出た。

この男は宮廷秘密警察の吏員なのだ。物乞いに身をやつして国王陛下の情事の場を警固

していると は、ご苦労な話である。

ボロ布に包まれた男の背中を見送ったベラスケスは、不快の念を押し殺して踵を返した。行く当てもなくバル街の方向へ戻って、しばらくぶらぶら歩いていると、一人の影が背後から小走りに近づいてきた。

「ベラスケス、お召しだ。急いでタジェルに戻れ」

追い抜きざま、先刻の物乞いとは別の中年男が、無表情な声を掛けてきた。物売りらしく装っている。

森を背後にしたタジェルのまわりには、うさん臭い男たちが影のように取り巻いていた。錬鉄門の傍らにうずくまる先刻の物乞いを始め、少し遠くで立ち話をする屋敷奉公人と職人の徒弟など、五人の男たちの姿を数えた。すべて、警備の役に就いている警察吏に違いなかった。国王が乗ってきた馬車は見当たらないので、離れた場所に停めてあるのだろう。

ベラスケスは、不気味とも滑稽《こっけい》ともつかぬ光景を見やりながら、タジェルの門を潜った。

居間に入ると、明々と点されたアラニャの下で、富裕な商人にも見える絹織物姿のフェリペ四世が待っていた。

「おお、ディエゴよ。待っていたぞ」

若き国王は、満面に笑みを湛《たた》えて、愉しげに声を掛けてきた。

「陛下には、ご機嫌うるわしく」

身体を大きく折って拝礼の姿勢を取ると、フェリペ四世はベラスケスの肩に手をやり、気さくな調子で命じた。

「お前に仕事を与えよう」

フェリペ四世は伸びかけた口髭を得意げに震わせた。

「わたくし如きにお目をお掛け頂き、ありがたき幸せでございます」

ベラスケスの声は弾んだ。

宮廷画家の地位に就けた切っ掛けも、昨年、オリバーレス伯爵の紹介で描いた肖像画がフェリペ四世本人に気に入られたためだった。

それでも幾らか男らしさを増した現在のフェリペ四世を、少しでも雄々しく描ければ、宮廷内でのベラスケスの地位はさらに向上するものに違いなかった。

相手に気に入られる範囲で美化しなければならないが、真実をねじ曲げてまでフェリペ四世や宮廷を、どこまでも称賛する絵は描けなかったが……。

「それでは、ふたたび陛下のお姿を？」

だが、フェリペ四世は、視線を奥の寝室へ向けた。

「そうではない。タティアナをモデルに絵を描くのだ」

視線をたどると、扉の奥の暗闇から白い部屋着をまとったタティアナが、しどけない姿で現れた。

「こんばんは、ディエゴ。ご機嫌いかが？　陛下は、わたしのお姿をお望みなの」

いつも以上に甘ったるいタティアナの声が響いた。

不作法にもタティアナは国王の傍らに、肌着同然の姿で立った。だが、フェリペ四世は、満足げにタティアナの肩に腕をまわして続けた。

「そうだ。お前の巧みな絵筆によって最高のタティアナ像を描くのだ」

――神の愛を讃える絵を描きなさい
サン・ヒネス教会の聖堂に響いたホカーノ神父の甲高い声が、耳元に聞こえるかの如く蘇った。

王族ならともあれ、俗人である上に身分も不確かで、しかも国王の情婦であるタティアナを描くとなれば、ホカーノ神父の戒《いまし》めをはっきりと破る仕事になる。

「タティアナの肖像画を……描けとの仰せですか？」

呆然《ぼうぜん》として問い返すベラスケスに、フェリペ四世は追い打ちを懸けた。

「ただの肖像画ではない。彼女の顔をモデロに『無原罪の御宿り《インマクラーダ・コンセプシオン》』を仕上げて欲しい」

フェリペ四世の、この言葉は、ベラスケスを震え上がらせた。

歌姫として人気があるとは言っても、一介の歌手をモデロにして聖母の顔に擬《ぎ》するなど、神をも恐れぬ所業だ。

さらに言えば、画題となっている『無原罪の御宿り』そのものに大きな問題があった。

無原罪の御宿り、あるいは無原罪懐胎《かいたい》とは、「マリアはイエスを身ごもったときではなく、自分自身が母アンナの胎内に宿ったときに、すでに原罪の穢《けが》れを免れている、神聖なる存在である」とする考え方である。

最初の人間であるアダムとエヴァがエデンの園で犯した原罪は、キリスト教の根本的な人間観である。神の教えに背き、善悪の知識の木の実を食べたことから、彼らはエデンの園を追放される。二人の子孫である人間は、すべて罪深き汚れた存在なのである。原罪は、人間の世界に幾多の苦しみや情欲の乱れ、救われない生死をもたらす。

神の子イエスは、母のマリアが神の恩寵《おんちょう》により処女で懐胎したことから、生まれながらにして原罪を免れている。では、マリアはどうなのか？

無原罪懐胎を認めなければ、マリアはヨアキムの種がアンナの子宮に入って生まれた紛《まぎ》れもない人間であり、生まれた時にすでに原罪を負っているということになる。

マリアはヨセフという夫の種ではなく、神の恩寵でイエスを身ごもった。それゆえ懐胎した時点で初めて崇敬すべき存在となったと考えるほかはない。

生まれながらに原罪を負っているマリアは、あくまで崇敬の対象であるに過ぎず、信仰の対象とはなり得ない。人間の女を礼拝することは、言うまでもなく誤った行いだからである。

　これに対して、無原罪懐胎の教えでは、母のアンナが懐胎した瞬間に、マリアは神の恩寵により原罪から免れたと考える。マリアはイエスと同じく生まれながらにして神聖なる存在とされる。

　この教えにより、マリアはイエスと同じく、古くから信仰の対象となり、礼拝されてきた。エスパーニャやフランスでは、イエズス会を中心に広く支持されてきた教義だった。それどころか、エスパーニャでは礼拝の主役はイエスではなく、むしろマリアであると言ってよい。

　ロシオの巡礼祭やセビーリャの春祭りなど、各地の祭事で輿に載せられた聖母マリア像は、群衆の熱狂に迎えられる。エスパーニャの庶民は、誰も彼もがマリア像にひれふし、その御足に接吻《せっぷん》する栄誉に涙を流す。

　美術の世界でも、フランシスコ・デ・スルバランを始め、ムリーリョやエル・グレコなど多くの画工が、罪なき可憐な少女マリアを描いてきた。

　少女像を選ぶのは、マリアが生まれながらにして、ただの人間の女ではなく神聖な存在であることを象徴しているのである。

　しかし、無原罪懐胎の教義は、プロテスタンテや東方正教会はもとより、ローマ教皇庁でさえも認めていなかった。ローマ教皇庁が無原罪懐胎の教義を正式に認めたのは、なんと十九世紀も半ばとなった一八五四年のことである。

無原罪懐胎は、ホカーノ神父が許すはずもない画題だった。

ホカーノ神父にしてみれば、マリアをイエスと同じように信仰の対象とすることなど、言語道断と考えているに違いなかった。

「どうした？　ディエゴ。気が進まぬのか？」

フェリペ四世のうらなり顔に不興の色が走った。

「とんでもないことでございます……陛下……」

ベラスケスは狼狽《ろうばい》して、顔の前で手を振った。

「ですが……いまは、手一杯でございます。何としても、マリア・アナ王女さまの麗しきお姿を仕上げなければなりません」

ベラスケスは必死に弁明した。この絵だけはほかの絵描きに頼んで貰いたい。こんな絵を引き受けたら、ホカーノ神父の怒りの炎が自分に向けられる……。

だが、フェリペ四世は素っ気なく首を振った。

「あれは、不要になった」

ベラスケスはうなり声を抑えられなかった。絵描きにとって七分通り完成した絵を未完のまま放置させられる苦しみは深い。

顔色が変わっていたのだろう。フェリペ四世はあわててつけ加えた。

「いや、捨てなくてもよい。ゆっくり仕上げてくれ。また、必要になる日も来るだろう」

「なにゆえに、お要り用ではなくなったのでございましょうか」

フェリペ四世は唇を歪め、不快げに吐き捨てた。

「無礼なイングランド人め。我が妹、マリア・アナは政治の道具ではない」

（では、先日のチャールズ王太子とバッキンガム公爵の来訪と関係が……？）

この三月、チャールズ王太子とバッキンガム公爵（ジョージ・ヴィリアーズ）は英国王ジェームズ一世には無断でマドリードに来訪し、秘かに半年間も滞在した。

この話は公《おおやけ》には秘密事項だが、国王の近臣で知らぬ者はなかった。微行《しのび》での突然の来訪に、オリバーレス伯爵さえあたふたして、枢密院と神学者会議を緊急招集したぐらいだった。イングランドの二人の大物のマドリード出現に、宮廷は大騒ぎになった。

「あのお姿絵はイングランドに、お贈りあそばされるご予定だったのですか？」

「身分をわきまえろ、ディエゴ。差し出がましいぞ」

フェリペ四世は声を荒らげた。

「ご無礼をお許し下さい……」

ベラスケスは絨毯《じゆうたん》に拝跪して、ひたすらに恭敬の態度を取った。この若き国王の寵《ちよう》を失えば、貧乏暮らしに逆戻りである。

（そうか、マリア・アナ王女の肖像画は、花嫁候補の姿を英国に持ち帰るために、わたしに描かせていたのだな）

英国国王ジェームズ一世は、王太子チャールズの王妃にマリア・アナ王女を迎えて、エスパーニャ帝国との友好関係を作りたいものに違いない。フランス王国がフェリペ四世の姉のアナ王女を王妃に迎えたために、焦りを覚えているのかもしれない。

だが、イングランドは、プロテスタンテ国である。

イングランド国教会は、教義上の問題ではなく、政治問題でローマ教皇庁と袂《たもと》を分かった。八十年ほど前の国王ヘンリー八世の離婚を時の教皇クレメンス七世が許さなかったために、イングランドはローマ・カトリコ教会から離脱したのである。

とは言え、全欧州にプロテスタンテの嵐が吹き荒れ、ネーデルラントとの戦いにエスパーニャ帝国が疲弊し始めている。いま、フェリペ四世が、イングランドと縁戚関係を持つとなれば、国内の憤懣《ふんまん》は高まるだろう。ネーデルラントの最大の支援者はイングランドなのである。

ベラスケスには詳しい理由はわからなかったが、マリア・アナ王女の嫁入り話は、うまく運んでいないらしい。

実を言えば、チャールズ王太子は持参金代わりに三年前にエスパーニャに征服されたプファルツ選帝侯領の回復を要求しているのだった。

だが、エスパーニャはチャールズ王太子のカトリコ改宗と、イングランドにおける反カトリコ法の撤廃を要求したため、この結婚話は頓挫《とんざ》した。今月に入って二人は帰国の途に就いていた。

ベラスケスの心中は複雑だった。

プロテスタンテのイングランドとの友好関係を進めるための絵を描くなど、これまた、ホカーノ神父に睨《にら》まれる仕事であった。マリア・アナ王女の肖像画が不要になったことは痛し痒《かゆ》しとも言えた。

「まぁ、よい。立て。それでは、話ができぬではないか」

フェリペ四世は穏やかな声に戻って、ベラスケスの肩に手を置いた。

「ははっ、ありがたきお言葉」

ベラスケスはよろよろと立ち上がると、頭を下げ、ふたたび恐懼《きょうく》の態度を示した。

フェリペ四世は軽くうなずいて、タティアナの下げ髪を撫でながら唇を開いた。

「マリア・アナの絵は、ゆっくり仕上げてよい。まずは、タティアナをモデロに聖母像を描くのだ」

「マリアさまのお姿のモデロなんて恐れ多いのですけれど、陛下の仰せですから」

タティアナは、まるで公爵夫人でもあるかのように、凜然とした態度で言い添えた。

（貴人の寵愛を受けると、自分まで高貴な身分になったように思う女は、少なくないな）

ベラスケスは笑止に思ったが、顔に出すわけにはいかなかった。

「かしこまりました。すべての力を傾けて、よい絵を仕上げます」

ホカーノ神父の顔が浮かんだ。だが、直々の勅諚を断れるわけがなかった。

フェリペ四世の肖像と違って、タティアナを美化する必要はない。緑がかった灰色の瞳をありのままに描写するだけでも、見る者は魅了されるはずである。

「仕上がれば、パラシオを飾る最高の装飾となるだろう。だが、その前に臣民たちに公開しようかとも考えている」

フェリペ四世の本音が読めてきた。

マドリード一の人気を誇る歌姫であるタティアナの顔を、この熱狂的なマリア信仰の国で、『無原罪の御宿り』に仕立てれば、庶民は間違いなく驚喜する。

フェリペ四世の人気は、嫌が上でも急上昇するだろう。

「我が帝国民は、老若男女を問わず、聖母マリアさまへのひたむきな信仰心を持っておりますから、誰もが随喜《ずいき》の涙を流しましょう……」

皮肉の棘《とげ》を真綿にくるんだ言葉に、フェリペ四世が気づくはずはなかった。

「タティアナ、予はそのほうの聖母像を早く見たいぞ」

フェリペ四世は上機嫌に笑うと、タティアナの頬に接吻をした。

「陛下、嬉しゅうございますわ。……よろしくお願いしますね。ディエゴ」

勝ち誇ったようなタティアナの声が、ベラスケスの耳についた。

「テラデーリャスでございます」

玄関からしわがれた声が響いた。

「入ってよいぞ」

部屋の入口で、五十近い禿頭《とくとう》の侍従が腰を曲げて恭敬に頭を下げた。

「陛下、そろそろお戻りの刻限でございます」

「わかった。では、ディエゴ、さっそくに明日より取りかかるがよい」

そのまま踵を返すと、若き国王は侍従を引き従えて、大股に部屋を出て行った。

タティアナも大あわてで部屋着の上に外套を羽織って後を追った。

二台の馬車が遠ざかる馬蹄の音が、外の石畳に響いた。

タジェルに一人残されたベラスケスの胸に、ホカーノ神父のふっくらとした顔が、黒い影となって、どんどん大きくなっていった。

ラス・デスカルサス・レアレス修道院の森で、一羽のフクロウがうそ淋しい声で鳴き始めた。

## 2

窓辺で跳ねる陽光が、画架に仮留めしたリエンソ（画布）に波模様を作っている。

「プジョール、カーテンを閉めてくれ」

右手に持った絵筆を震わせて、ベラスケスは声を尖らせた。

「先生のお嫌いな光の妖精《アダ》が、はしゃいでますね」

弟子のプジョールは、浅黒い顔に白い歯を見せながら、窓辺に向かった。

プジョールは、ベラスケスより三歳下の二十一歳だった。ポルトガル国境に近いエストレマドゥーラ地方の田舎村の生まれだった。父親は、金銀細工の職人だと聞いている。

「いいか。陽光を愛さない絵描きはいない。が、リエンソやモデロの上で跳ね回る光線が邪魔にならない絵描きもいないんだ」

つい、口調が強くなった。ベラスケスは、この仕事に向かい始めてから、時おりふっと襲ってくる苛立ちとも焦燥《しょうそう》ともつかぬ気持ちを抑えられずにいた。

机三つ分くらい隔てた距離でポーズを取っていたタティアナは、身体の緊張を解いて、しょげ顔のプジョールに流し目を送った。

「気難しい先生で、あなたも大変ね」

タティアナは蕩《とろ》けるような笑みを浮かべ、プジョールは耳まで真っ赤になって首を大きく振った。

ベラスケスは心の中で舌打ちした。タティアナの媚を含んだ表情は、いま、リエンソの上に描き出そうとしている聖母には、存在してはならないものだった。

あえて薄化粧にさせているためもあって、タティアナの容貌そのものはとても清潔で気品を漂わせていた。リエンソ越しに初めてタティアナに向かった時には、「これはよい作品を描ける」と予感した。だが、すぐにベラスケスの期待は崩れ去った。

一度でも表情が動くと、とたんに駄目になる。タティアナは全身から成熟した女の色香を放つのである。

たしかに、タティアナは美しい。帝国中から美女の集まるマドリードでも、すれ違うすべての男の目を確実に惹《ひ》きつける女だった。

だが、「男心をそそる」聖母マリアなど、あってよいものではない。まして、『無原罪の御宿り』のマリアに求められる美は、どこまでも純潔であり、無垢でなければならない。

「こんな怖い先生じゃなくったって、マドリードにはたくさんの絵描きさんがいるわよ」

タティアナは含み笑いを漏らして、背の高いプジョールを下から見上げた。

「いえ、ベラスケス先生は、お優しいです。先生の先生なんて、そりゃあもう大変だそうです。興奮すると、弟子に絵筆を投げたり、リエンソをグアダルキビール川に放り込むって話ですから」

エストレマドゥーラ地方の訛りを気にしながらも、プジョールは頬を上気させ、瞳を輝かせて早口に続けた。

「プジョール、あなたは素直で可愛いわ。ひたむきに絵の道を勉強しなさいね。マドリードにはたくさんの誘惑があるけど、負けちゃ駄目。立派な絵描きさんになるといい」

タティアナはプジョールを切れ長の瞳でじっと見詰めると、優しく甘い声で励ましの言葉を口にした。

「頑張ります……きっと、マドリード一の絵描きになってみせます」

プジョールの声は震え、上ずっていた。

「よけいな口をきいている暇があったら、膠《にかわ》をちゃんと煮ておくんだ」

ベラスケスの半ば怒声に、プジョールはあわてて次の間に向かって走り去った。

タティアナは肩をすくめ、一瞬、呆れ顔を浮かべた。が、すぐにモデロの姿勢に戻った。

（プジョール。タティアナだけは、やめておけ。こんな女に惚れたら、この先、ロクなことはないぞ）

ベラスケスは心の中でつぶやいて、絵筆を執り直した。

ベラスケスの師、フランシスコ・パチェーコは、セビーリャ画壇の中心人物であった。カトリコの教義や解釈に基づいた「イコノグラフィー（図像学）」を打ち立てた。

それればかりか、五年前から異端審問所付美術監督官の職にあった。すなわち、異端の嫌疑のある美術を画家の視点から検証し、審問を下す重要な役職である。異端審問所付美術監督官が絵画における異端のルールを決めていると言っても過言ではなかった。

言葉を換えれば、このエスパーニャ帝国では、パチェーコが異端と考えれば、その絵画は異端となるのであった。

たとえば、『無原罪の御宿り』について、師パチェーコは、ヨハネの黙示録《もくしろく》を援用し「太陽をまとい、足下に月を踏み、その頭に十二の星の冠を戴く」べきものと教えていた。パチェーコ自身も六年前にセビーリャ大聖堂を飾る『無原罪の御宿り』を描いていたが、その端麗に過ぎる表情は、少しも女性らしさを感じさせない、塑像《そぞう》を思わせるものだった。

実を言えば、ベラスケスも、師匠の指導の下で五年前に『無原罪の御宿り』を描いていた。この作品は、セビーリャのカルメル会修道士修道院に依頼され、聖堂の祭壇画として描いたものである。少しでも血の通ったマリアを描きたかったベラスケスは、セビーリャ中を探して無垢な表情を持つ少女モデロを選んだのだった。

時を費やしても、タティアナの表情の変化に惑わされて、下絵は少しも進まなかった。

タティアナを帰したベラスケスは——フェリペ四世に提供している——寝台で仮眠した。

思わず寝過ごしてタジェルを出ると、すっかり日は暮れ落ちていた。

ラス・デスカルサス・レアレス修道院の森が切れるあたりまで差し掛かったとき、錬鉄の柵に寄りかかっていた長身の影が、むくっと起き上がった。

「待っていたぞ、ベラスケス」

太くよく通る声音に、ベラスケスの胸は激しく収縮した。

上質のカパを背中に翻し長剣を吊った屈強な男は、異端審問所の捕縛隊長のテオドラ・ロンバルデーロにほかならなかった。

「ロ、ロンバルデーロさま……。な、なにかご用でございますか」

ベラスケスは舌をもつれさせながら、ようやく言葉を吐き出した。

「神父さまがお話があるそうだ。従いて参れ」

ロンバルデーロは無表情に道の端に停めてある飾り気のない有蓋馬車へあごをしゃくった。

馬車が止まった先は、この前と同じ幽霊教会のサン・ヒネスだった。

馬車から降りたベラスケスは、足が萎《な》えて、その場でしゃがみ込みそうになった。

「どうした？　今夜が異端審問であれば、すでに、お前は逮捕されているのだぞ」

背中でロンバルデーロが乾いた声で笑った。

ベラスケスは必死で自分を支えて聖堂に入った。

聖堂に入ると、風は感じないのに、今夜もキリスト磔刑図のレリーフが真鍮の燭台の火影に揺れていた。

ホカーノ神父は、胸の前で十字を切った。ベラスケスはひざまずいてキリスト像を、いや、その実、神父を拝礼した。

「ディエゴよ、お前は、一五六三年にトリエント公会議で定められた聖像についての教令を、知っているか？」

中性的な高いざらついた声が漆喰の壁に響いた。

トンスラ髪の下のふくよかな丸顔からは、どんな感情もうかがえなかった。

「はい、もちろん片時も忘れずに、心の中で唱えております。第一に『司教は、救済に関わる神秘の物語が表された絵画その他の像を通して、信者が信仰箇条を記念し、頻繁《ひんぱん》にそれを思い起こすことによって、教えられ、力づけられるよう、十分に注意して指導しなければならない』でございます」

ベラスケスは淀《よど》みなく答えた。これくらいを暗誦《あんしょう》できないようでは、修道会や大教会を飾る絵の仕事を受けられるものではない。

トリエント教令こそ、宗教画に挑むすべての画家を縛る道徳律だった。

「さすがは、パチェーコの弟子だ。それでは、何のために絵画はあるのだ」

ホカーノ神父は、表情を変えず抑揚《よくよう》のない声で訊いた。

「教令は『信者が聖人たちに倣って自らの生活と行いを正し、神を崇《あが》め、神を愛し、信仰に身を捧げるよう鼓舞《こぶ》されるからである』と定めています」

ホカーノ神父は軽くうなずいて、言葉を発した。

「そうだ。だからこそ、次の定めがあるのだ。すなわち、お前たち画工は『無知の者たちに危険な過ちを犯させる可能性のある、誤った教義を表現したものが据えつけられることのないよう』に絵を描く義務を課されているのだ」

ホカーノ神父の口もとは、わずかに歪んだ。

「わたくしは、信徒としての義務を怠《おこた》った覚えはございません」

ベラスケスには、震える声を防ぐ術がなかった。

「では、何故に下賤《げせん》な女をモデロにして絵を描く」

ホカーノ神父は腐りかけた豚肉を誤って口にしたような顔をした。

やはり、内偵は進んでいたのだ。異端審問所は、『無原罪の御宿り』の仕事について、すべてを知っているのだろう。フェリペ四世とタティアナの許されぬ関係についても……。

隠しても無駄だと、ベラスケスは腹をくくった。

「国王陛下のご依頼とあらば、お断りなどできません」

ベラスケスは勇を振るって、ホカーノ神父にあらがった。

神父は鼻の先で笑うような表情を見せた。

「陛下は、まだお若い。信徒として学ばねばならぬ理も少なくない。だからこそ、今回のような過ちを犯すのだ」

ホカーノ神父は吐き捨てるように決めつけた。

異端審問所の権力には代々の国王といえども、手を出せぬ独立性があった。異端審問所に異端と審判されれば、宮廷の力でも救えないほどだった。

「わたくしへの陛下のご下命は、過ちと仰せですか」

神父の額に怒りの影が走った。

「陛下は、神の許さぬ愛欲《あいよく》に溺《おぼ》れている。それさえ許しがたき行いであるに、穢れた女を聖母に見立てるとは、言語道断だ。これが過ちでなくて何だというのだ。さらに言えば、無原罪懐胎は、トリエント公会議も認めておらぬ誤った考えだ。本来ならば、避けるべき画題でなくて何であろう。聖母マリアは主を宿したからこそ敬うべき存在だが、決して信仰すべき対象ではない」

フェリペ四世から仕事を命ぜられたときにベラスケスが予想した通りの教戒の言葉が続いた。

一呼吸を置いた神父の左右の目尻が、ぴくぴくと震え始めた。

「よいか、人間の女なのだぞ、マリアは。そうだ、元来は汚辱《おじょく》に満ちた存在が、神の恩寵により浄められたに過ぎぬのだ。そもそもマリアを拝礼するなど、過ちもよいところだ。この国の愚劣な蒙民《もうみん》どもは、事もあろうに、マリアを主より尊ぶ。なんとも許し難い話ではないか。女を、女を信仰するとは」

口から泡を飛ばしてまくし立てたホカーノ神父は、感極まったのか絶句した。

ベラスケスは唖然《あぜん》として、肩で息を吐くホカーノ神父を見詰めた。

そこには、教義上の疑義もトリエント教令も、ローマ教皇庁の意向も存在しなかった。

ただ、ただ、女への激しい憎しみが渦巻いているだけだった。

神父は、異常なまでの女嫌いなのだ。マリアに対しても、本心では敬意など抱いてはいない。マリア信仰を否定するのは、マリアが男ではなく、女だからに過ぎないのだ。

ホカーノ神父はふたたび元の抑揚のない調子に戻って続けた。

「いずれにしても、ディエゴ。あの絵を完成させてはならぬ。あんな絵で、蒙民どもをさらに誤った道へ堕《お》とす愚は、何としても避けなければならないのだ」

「しかし……陛下のお怒りが……」

ベラスケスは消え入りそうな声で答えるしかなかった。

「陛下をお諭《さと》し申すのだ。あのような絵を描くべきではない、と」

「そのような大それた行いは、わたくし如き一介の画工には、とても無理な話でございます」

ホカーノ神父は両の瞳を見開いてベラスケスを見据え、脅しつけるように右手の人差し指を突き出した。

「ルシアが可愛くはないのか。お前の罪は、妹の身にも災厄《さいやく》を及ぼすぞ」

首元に冷たい刃物を突きつけられたようにベラスケスの全身はこわばった。

「できる限りの力を尽くします……」

ベラスケスは力なく答えるほかはなかった。

「ところで、その妹だが、どこへ消えたのだな?」

神父は心の底まで覗き込むような眼で、ベラスケスを見詰めた。

「王妃陛下の下命で……バチカンに……ドン・トマスとドン・パウロの両名が一緒です」

ここで隠しても、審問所の吏員が調べれば、いずれは明らかになってしまう話だった。

「そうか、よく正直に答えた。さぁ、神の子よ、祈りなさい」

ホカーノ神父は、磔刑図に向かってひざまずき、額で十字を切った。拝跪したままのベラスケスも額に右手で十字を切った。

「天にまします我らの神よ。御名が尊ばれ、御国が来たらんことを。父と子と聖霊の御名において、アメン」

抑揚のない神父の甲高い声と、ベラスケスの泣き声にも似た祈りが重なって聖堂に響いた。

ベラスケスは、自分とルシアに災厄が降りかからぬことを心の中で秘かに祈っていた。

どこから風が入ってくるのか、蠟燭の炎が二人の影を揺らし続けていた。

# 第五章　バチカンは闇の夜

## 1

紅鶴男爵の出現で予定より半日遅れとなってしまったが、エル・デルフィン号は次の日の昼過ぎには、チヴィタヴェッキア港に入港した。

青空の下、石積みの岸壁には、エル・デルフィンとは比較にならない大型商船が、十隻以上も停泊していた。すべての商船から岸壁に厚板が渡され、大勢の荷揚げ人足が威勢のよい掛け声を上げながら立ち働いていた。

商船の碇綱《いかりづな》を縫うように、手漕船《バルカ》が、アメンボのように行き交っている。ローマの外港は活気にあふれていた。

「俺もバチカンまでつき合いたいんだが、これから荷下ろしの指揮をしなけりゃならんのでな。代わりと言っちゃなんだが、ファドリケを貸してやる」

カピタン・イマノルこと野間半兵衛は、水夫長ファドリケの背中をどやしつけるように叩いた。

頭を掻きながら、ファドリケは白い歯を剝き出して笑った。

「この男は、バチカンまで何度も往復している。道案内させるよ」

「そうだよ。俺ぁいつもカンポ・ディ・フィオーリ広場まで荷物を運んでるんだよ」

半兵衛はうなずきながら、からかうような口調でファドリケに命じた。

「おい、ファドリケ、ドリーア商会に行って、馬車を一台、雇え。昨日まで子豚を運んでたような薄汚いヤツじゃない。お嬢様にふさわしい、上等な有蓋馬車を用意するんだぞ」

「へぇ、お任せを」

ファドリケは船長から下命された船員らしい真面目な顔つきになると、自分の胸を叩いて請け合った。

ローマ見物に向かう田舎貴族の令嬢ルシアと臣下たちといった体《てい》で、三人は馬車を急がせた。

ファドリケは御者の隣に座って、途中で買った葡萄《ぶどう》にむしゃぶりついていた。

明るい陽光を浴びて馬車は海沿いの街道を順調に進んだ。西陽が傾き掛けた頃には、馬蹄の音も高らかに西の方角からローマ市街の石畳に入っていった。

うっそうとした森の向こうに、夕日に赤く染まった巨大なクーポラ（ドーム）が、威圧感を漂わせて立ちはだかっていた。ルネサンスの全盛期から工事が始まったサン・ピエトロ大聖堂は、百数十年の時を経て、ほぼ完成を見ていた。

「あれこそ、カトリシスモの総本山だ」

嘉兵衛は視線を大聖堂に向けたまま、感慨深げな声を出した。

「二人にとっては二度目のバチカンですものね」

「なつかしいか。嘉兵衛」

「そうだな、なつかしくないとも言えぬ。だが、あの頃の己れ自身の姿を思うと、慚愧《ざんき》に堪えぬな」

「この景色に痺《しび》れっぱなしだった小僧の自分を思い出すと、俺も恥ずかしくてわーって叫んで走り出したくなるよ」

「二人とも、なんだか素直に喜んでないわね」

「あれから八年だ。ま、見たくないものもたくさん見たからね」

左手にハドリアヌス霊廟《れいびょう》（サンタンジェロ城）が円形の偉容を見せてきた。

霊廟は大聖堂に隣接するバチカン宮殿と秘密の地下通路で繋がっている。一五二七年のカール五世によるローマ略奪の際には、スイス傭兵部隊に守られたクレメンス七世が、地下通路を通って宮殿から霊廟に逃れ、その生命を守ったと言われている。

霊廟を右に曲がった馬車は、ローマ市街の中央近くを流れるテヴェレ川をサンタンジェロ橋で渡った。イタリア半島で三番目に長い大河である。

テヴェレ川から離れローマの中心街に入った馬車を、外記たちはチェーリ宮殿の近くで降りた。現在はポーリ宮殿と呼ばれている建物で、その壁と一体となったトレヴィの泉で知られる。が、この頃はまだ、ヴィルゴ水道の終端施設として造られた人工の泉が存在するだけだった。

チェーリ宮殿をはじめ、街路を取り巻く壮麗な建物群には灯が入り始めて、あたたかな光彩に包まれている。

「ああ、ローマって右を見ても左を見ても素敵な建物ばかりだわ。ついでだからコロッセオにも寄りたいわね」

大仕事の前の高揚感からか、ルシアははしゃいでいる。

「あれだな。俺たちの今夜の晴れ舞台は」

外記が指さす先には、黒々とした台地の上に、光り輝く島のような堂々とした建物がそびえ立っている。ローマ七丘の一つに数えられ、ローマ一標高の高いクイリナーレの丘に建つクイリナーレ宮殿であった。

「馬鹿者。忍び込むのに晴れ舞台と言うことがあるか」

「ははは、まぁ、そりゃそうだ」

秋の陽はすぐに落ちた。

一行は宮殿近くの薄汚いオステリーア（居酒屋）で、ローマの街が寝静まるまで時間をつぶすことにした。

だが、外記は偵察に出るつもりであった。各建造物の配置が、マドリードを出るときにサルバティエラ伯爵に渡された見取図どおりなのかを確認し、退路を探すことが偵察の目的である。

「ファドリケにはちょっとつきあってもらうぞ」

「いんや、俺は船乗りだ。偵察なんてこたぁできやしねぇ」

「大丈夫だ。おまえとはテヴェレ川の散歩をするだけだ」

「へぇ……散歩かね。外記の旦那の言うことはどうも怪しいね」

ファドリケは不承不承《ふしょうぶしょう》にうなずいた。

「待ち合わせは十一時ちょうど。場所はここだ」

外記は見取り図の一点を指さした。クイリナーレ宮殿北側の裏手、庭園の東端だった。

嘉兵衛は懐《ふところ》から金色に光る真鍮の丸い塊を取り出した。わずかに普及し始めた懐中時計だが、二人は一年ほど前に大枚をはたいてフランス製を購入していた。

「わかった。十一時だな」

外記も懐中時計を取り出した。午後七時を少しまわったところだった。

最新の製品とは違って、秒針や分針はなくて時針だけしかないが、一本針でも十一時ちょうどの待ち合わせなら間違えにくい。

「懐中時計というものは便利だな」

「便利というより、これは我らを守る道具なのだ」

生命の瀬戸際を走らねばならぬ外記たちの作戦の中では、正確な時刻を知ることが、二人を救う場合も少なくない。

「外記のために美味しいものを持って行くわ」

「ありがとう。だが、食う暇がない。さっき馬車の中でチャシーナ（塩漬け肉）をヴィーノで流し込んでおいたから気にしないでくれ」

「俺は葡萄しか食ってねぇ」

ファドリケは情けなげに眉を下げた。

「おまえはすぐに帰す。トルテッリ（挽肉《ひきにく》や野菜を詰めた平たいパスタ）でも、ラザニアでも、後でいくらでも食える。とにかく俺と一緒に来い」

「ローマに着いたばかりじゃねぇか。あんたって人はうちの船長より人使いが荒いな」

「そう愚痴るなって。じゃ、ルシアちゃん。後でね」

外記は右目をつむると、二人を後に残してテヴェレ川の方向へ歩みを進めて行った。

川沿いをともに観察した後に、ファドリケをオステリーアに帰すと、外記はクイリナーレ宮殿の丘へ向かって歩みを進めていった。

三分の一レグア（約二キロ）ほど歩き続けた外記は、宮殿の北東側にひろがる庭園への潜入に難なく成功した。

木陰から見上げる石造り三階建ての壮麗なクイリナーレ宮殿の黒い影は、夜の闇に羽を休める巨大な怪鳥にも思えた。

クイリナーレ宮殿の本宮は、広いコルティーレ（中庭）をぐるりと囲んだ造りとなっていた。すでに出発前にサルバティエラ伯爵から宮殿内の概略は伝えられていた。多くの重要な施設は二階部分に集中しており、三階部分は吹き抜けとなっている部屋がほとんどであるはずだった。また、一階部分は衛兵の詰所や倉庫などで重要な施設は少ないらしい。

目の前の、建物北東側の棟は「祝祭の間」や「鏡の間」など儀式に使われる部屋ばかりで夜間は人気《ひとけ》がない。防備はもっとも手薄で、侵入と離脱はこの北東側を使うべきだった。右手の北西側には鐘撞《かねつ》き堂があり、この下が教皇政庁と教皇執務室が設けられている区画だった。教皇ウルバヌス八世の居住区もあり、警備はもっとも厳しいと見なければならない。

バルベリーニ司教はこの教皇政庁の真向かい、すなわち南東側に五、六室を占めているはずだった。南東は礼拝堂のある棟で、出入口については、こちらの警備も甘かろうはずはなかった。

ローマ出身の聖職者・法律家であるパオロ・コルテーゼによって一五一〇年に執筆された『枢機卿論』によれば、枢機卿宮殿には、臣下たちの控えの間、礼拝堂、謁見室、食器室、骨董品貯蔵室など、二十五の部屋が必要とされている。

だが、クイリナーレ宮殿におけるバルベリーニ司教の現在の住居は、枢機卿就任前とあって飽くまで仮のものに過ぎず、すべてが簡略化されていた。

左手の南西側は宮殿の正面入口で、教皇がお出ましになってローマ市民に祝福を送る回廊があり、その前には正面広場がひろがっていた。

闇空に月はなく、あたりは鎧戸《よろいど》を通して建物内から漏れるわずかな明かりに照らされているだけであった。噴水を囲む刈り込まれた低木の蔭に身をひそめてあたりのようすをうかがう。とりあえず、庭園には護衛兵は配置されていないようだった。

宮殿外郭の防備の薄さや庭園側への護衛兵の配置がないことは、ここが軍事施設でない事実を明らかにしていた。

「やっぱり、バチカンは、ブレダじゃない……」

ブレダはロッテルダムの南南東に位置し北海に臨む城塞都市である。エスパーニャ軍は一五八一、九〇年の二度に渡ってブレダ砦《とりで》を攻め落とそうと、ネーデルラント軍と戦って敗退していた。外記は戦いに参加した年老いた傭兵たちからその堅固さを繰り返し聞かされていた。

外記は明かりの影の部分を選んでは走り、巨大な建物の周囲をつぶさに見てまわった。

矛槍を肩にかついだ二人のスイス傭兵が巡回のために建物の角を曲がってきた。

「何度見ても、あの青黄縞々の制服は派手過ぎだな……」

外記は茂みに身を潜めて衛兵をやり過ごした。

庭園側を南東端まで走った外記の目は、建物を支える基礎の部分に釘付けになった。

建物の角近くに、しゃがみ込んで何とか通れる隧道《ずいどう》の入口が穿《うが》たれている。

「おお、逃げるときは、ここからだ」

懐から鑢《やすり》を取り出した外記は、半円形アーチを塞いでいる錬鉄の格子を引き切り始めた。

小型のランタンを手にした外記は隧道へと入っていった。

2

すでに一時間近く、外記たちは、宮殿南端に位置する礼拝堂の屋根に腹這いになって時を待っていた。

嘉兵衛、ルシアの二人とは庭園の東端で十一時ちょうどに無事に合流した。外記の手引きで庭園側の宮殿北東壁を登り、この屋根の上で衛兵の交替が終わるのを待っていた。

衛兵交替式は南西側の正面広場で行われるはずだった。

建物の向こう側の鐘撞き堂には三基の釣り鐘と聖母像が見えている。

コルティーレを取り巻いて数十箇所、ずらりと並んだ三階、二階の窓は、さすがに灯りがすべて消えていた。だが、無数のアーチが支えている一階の柱廊の天井には等間隔に灯りが点され、身を隠す場所はなさそうだった。

三人は濃いインディゴの忍び装束に身を包み、頭巾《ずきん》から両眼だけを光らせている。外記は左肩から刀の柄を出していた。小柄なルシアの忍び装束姿は、子供のようにも見えた。

テヴェレ川の方角から吹き上がってくる生温かい夜風が、外記の頰を撫でている。

「見ての通り大した警備じゃない。いまどき、この宮殿を襲う人間なんて誰もいないからね」

外記の気楽な口調に、嘉兵衛は厳しい声を出した。

「たしかに外側の備えは甘い。だが、建物内に潜入したら、どんな罠《わな》が待っているかはわからぬぞ」

宮殿正面の広場は、建物外壁に吊されたいくつかの灯籠《とうろう》によって予想以上に明るかった。広場中央には銀兜に赤い制服の宮殿衛兵隊の一個分隊が矛槍や長斧の刃をずらりと光らせて整列している。午前零時の衛兵交替時刻が近づいていた。

遠方から威勢のよい号令が響いた。広場に続く目抜き通りを、西の方向から別の一個分隊が行進してきていた。

行動を起こすには、交替儀式が済んで衛兵が所定の配置に就いてからだった。幸いにも相変わらず建物北東側の庭園部分には衛兵が配置されていない。

「どうも、気に喰わん」

這いつくばった姿勢のまま、嘉兵衛は独り言のようにつぶやいた。

「何が気に喰わんのだ？　嘉兵衛よ」

「バルベリーニ司教がイサベル王妃の罪を糾弾《きゅうだん》している理由が、だ。罪深き兄妹が、カトリシスモの二大国家であるフランス王とエスパーニャ王妃でいることへの怒り……本当にそれだけなのか」

あごに手をやって嘉兵衛は考え深げな顔を見せた。

「嘉兵衛は、ほかに理由があるって思ってるのね」

ルシアの澄んだ声が耳元で聞こえた。

「わからぬ。ただ、どうも釈然としないだけだ……」

嘉兵衛の声が終わらないうちに、外記の視界に衛兵たちが放射状に散開する姿が映った。

「おっ、衛兵の交代が終わったぞ」

新たに任務に就いた一個分隊は、広場のあちらこちらに分かれて立哨《りっしょう》を始めた。

「よし、行こう」

声を押し殺して嘉兵衛が号令を下した。

三人は身を低くして南東側の屋根を中央方向へ三分の一ほど進んだ。

コルティーレ側には十人ほどの衛兵が矛槍を光らせていて、むろん、下りることはできない。反対の南東側の壁を下りて窓から建物内に侵入するしかなかった。

「拙者が先に下りる。二人は十分経ったら、下りて参れ」

「了解」「わかったわ」

嘉兵衛は黙ってうなずくと、潜入を開始した。

外記が真下を覗き込むと、嘉兵衛は煙突《えんとつ》に引っかけた命綱を頼りに南東側の壁を下りた。二階の庇《ひさし》に脚を掛けて貼りつき、中のようすを窺っている。

すぐにガラスを切って窓の一部に穴を開け、切り取った部分を布に包むと、真下の草の上に平らに落とした。

外記はひやっとしたが、軟らかい草むらは落下音も破砕音も響かせなかった。

嘉兵衛はするりと建物内に忍び込んだ。

十分、時計が進むのを外記はじりじりした気持ちで待った。建物内は静まりかえっている。嘉兵衛のことだから、間違いはあるまいが……。

「さぁ、十分経ったぞ」

外記は命綱を伝わって壁を下り、窓から室内に転がり込んだ。

背後にルシアの小柄な身体が現れた。

広々とした豪奢な礼拝堂が、祭壇の右手から漏れる灯りにかすかに照らされている。かまぼこ天井は嫌というほど金泥で装飾されていた。

吹き抜けになった三階の窓なので、大理石の床は恐ろしく低い。

だが、嘉兵衛が残した鉤綱が下へ垂れ下がっている。

外記は懸垂下降して礼拝堂の床に降り立ち、ルシアも続いた。

まわりには、十二使徒を描いた、一見彫像に見える立体画がずらりと並んでいた。

(聖者の皆さま、お邪魔をお許し下さい)

外記は目の前の聖者たちにちょっと目礼を送った。

灯りが漏れてくる祭壇右手の小さな扉から嘉兵衛が半身を現して手招きした。

手振りに従って外記とルシアは扉を出た。

コルティーレ側に面した小さな部屋だった。ランパラに灯りが点されており、天井は天使のフレスコ画で飾られている。

足下の色大理石の床に二人の宮殿衛兵隊の赤い制服を着た男が転がっている。

「殺したのか?」

「いや、しばし眠って貰っただけだ。残りの二人も二時間は起きはせぬ」

嘉兵衛はすごみのある目つきで、隣の部屋を指さした。絨毯の上に二人の護衛兵が転がっていた。

「さすがに手早いな。薬を使ったんだね」

「キノコ毒を元にした眠り薬を吹き矢に仕込んだのだ……さて、司教猊下《げいか》にお目通りを願おう」

嘉兵衛に先導されて、外記とルシアは、衛兵の転がっている少し大きな部屋を通り抜けた。

さらに次の部屋は、中央に大きな木机が配置されていた。火事を恐れてか、この部屋にも灯りは点されていない。壁一面に書架が設えられ、無数の書籍が並ぶところを見ると、司教の執務室か書斎だと思われた。

隣室へ続く豪奢な飾り扉が視界に立ちはだかった。

「鍵が掛けられているな」

嘉兵衛が針金状の鍵開け道具を使って、扉を開けた。

部屋に入ると、コルティーレからの灯りで窓の向こうにはちょうど鐘撞き堂が望める。目が暗闇になれると、背後の部屋と窓から漏れくる灯りに、室内のようすが浮かび上がってきた。ひろさはいま通った二番目の部屋と大きくは変わらなかった。

だが、一段高い上座を持ち、赤大理石を多用した室内の装飾や、分厚い絨毯、豪奢な調度類を備えている。バルベリーニ司教の謁見室ではないかと推察された。

天井と左右の壁の上部は旧約聖書に書かれる創世記の物語を題材としたフレスコ画で埋め尽くされている。窓のない右手の壁にはイエス・キリストの奇跡を描いた巨大な絵画が飾られていた。

隣室へ続く扉もまた、同じくらい豪華な装飾が施されていた。

「隣ではないか……」

嘉兵衛の囁き声がわずかに緊張感を帯びた。

扉を開けると、書斎と同じくらいの面積だが、がらんとした空間がひろがっていた。常夜灯が点され、この部屋は薄明るく照らされていた。

この部屋の天井付近もフレスコ画で埋め尽くされている。

部屋の中央には、天蓋を持つ大きな寝台に一人の男が眠っていた。

(やった！ ここだ！)

外記と嘉兵衛は、目顔でうなずき合った。

すかさず外記は寝台に忍び寄り、眠る男の背中から手をまわして羽交《はが》い締《じ》めにした。ばたばたともがく男の首筋に、嘉兵衛が短剣の刃を静かに押し当てた。

口とあごに半白の立派な髭を蓄えた五十代の男は、低いうなり声を響かせた。

恐怖に震えるあごの小さい整った顔立ちが、知的で際立って気品を持っているように見えた。金糸の入った白絹の夜着も豪華なもので、どう安く見積もっても、バルベリーニ司教本人だろう。

「Ucciderà, se il rumore è fatto.(騒いだら、生命はないわ)」

ルシアが流暢《りゅうちょう》に聞こえるイタリア語で囁いた。

五十年輩の男は、両眼を一杯に見開いて、懸命に首を縦に振った。

「Dove è la “scatola di gioiello di amore”?(『愛の宝石箱』は、どこにあるの?)」

この言葉を耳にした途端、司教の表情は恐怖から大きな驚きに変わった。

「Tu,Dov’ è successo? (ねぇ、どこにあるの?)」

ルシアが重ねて問う言葉にあわせて、嘉兵衛は司教の首筋を短剣でヒタヒタと叩いた。

「Non c’ è niente qui…… È in Firenze (ここには、ない……フィレンツェにある……)」

司教は喉の奥でうめくように答えた。

「ルシア、このおっさんは、お宝がフィレンツェにあるって言ってんだな?」

ルシアは小さくうなずいた。

外記は腹が立った。苦労して教皇政庁へ忍び込んできた意味がないではないか。

「フィレンツェのどこにあるんだ? おい、答えろ!」

外記は司教の胸倉に手を掛けて問い詰めた。

「La magione di Barberini……(バルベリーニの屋敷だ……)」

司教は弱々しく、途切れ途切れに言葉を喉から絞り出した。

外記を焦燥が襲った。

バチカンからフィレンツェまでは三十六レグワ(約二百キロ)も離れている。おまけに、フィレンツェ貴族の屋敷は防備が固い。宝物の隠し方も狡猾《こうかつ》を極めていて、教皇庁とは比較にならないはずだ。バルベリーニの屋敷で、『愛の宝石箱』を探しまわっていては、十一月一日の万聖節に間に合わなくなる。

突然、司教は胸を掻きむしって暴れ始めた。

嘉兵衛はあわてて短剣を首筋から離した。浅く切りつけてしまったのか、司教の首から二筋の血が流れ落ちている。

「ぐおおおおーっ」

司教は両の瞳を血走らせてかっと見開いた。どう見ても、首筋の浅傷《あさで》のせいではなかった。

「騒ぐと、殺すぞ」

嘉兵衛の言葉が耳に入らないのか、司教は寝台から跳ね飛んで、床の上を転げまわった。

口から青い炎が吹き出たように見えた。

海老反りになった司教は全身を激しく痙攣《けいれん》させながら、絨毯の上に大量の血を吐き出した。

全身を強張らせると、そのまま動かなくなった。

「死んだわ……」

ルシアが声を抑えて短く叫んだ。

「そうか、奥歯の義歯に毒を仕込んであったんだな」

外記は司教の顔に現れた紫色の斑点《はんてん》を見て、フィレンツェの商業貴族たちが世界一の毒薬使いである事実を思い起こした。

「おい、こいつは死間《しかん》だ」

額に縦じわを寄せた嘉兵衛は、床に転がった司教の遺体を見下ろしながら低くうなった。

「どういう意味だ。嘉兵衛？」

外記には聞き慣れぬ言葉だった。

「虚偽の情報を敵に流して自裁する役目の忍びさ。死んだ者の語る言葉は誰もが信ずるからな」

嘉兵衛は不快げに吐き捨てた。

「つまり……死ぬための影武者か」

何という胸糞《むなくそ》の悪い詐略《さりやく》だろう。ひと一人の生命を代価に敵に嘘を流すとは……。

「そういうわけだ。本物の司教が、『愛の宝石箱』のありかを漏らして自裁するはずがないだろう」

たしかに嘉兵衛の言うとおりだった。秘密を自白した以上、死ぬには及ばないはずだ。

「そうか、危うくフィレンツェに行かされるところだったな」

バルベリーニ司教を取り巻く教皇庁や、実家であるフィレンツェ商業貴族の持つ狡猾さに、外記は底知れぬ不気味さを覚えた。

「本物は、恐らく……」

嘉兵衛は足音を忍ばせて、まだ開けていない左奥に通ずる扉を開けた。

その途端である。扉の真上の天井が音を立てて開き、黒い鉄格子が激しい勢いで落ちてきた。

反対側でも鉄格子の降りる音が響いた。

外記たちが立つ寝室は、牢獄同然となった。

灯りの点された隣の部屋には、青黄縞々の護衛兵たちが十挺のモスケート銃の筒先を、三人に向けていた。

「気づくのが遅かったようだな。エスパーニャの諸君」

マドリードの宮廷内で聞かれるような、正確な発音のエスパーニャ語が響いた。

部屋の中央に、体型も顔つきも影武者とそっくりな男が立っていた。

ずっと粗末な夜着をまとっている。こちらこそ、本物のアントニオ・マルチェッロ・バルベリーニ司教に違いなかった。

「いいかね。ここバチカンでは、教皇聖下を初め、どの枢機卿の謁見室にも隠し部屋がある。寝室に隠し部屋があっても不思議でも何でもないのだ」

司教は嘲るように笑った。

「これはこれは枢機卿猊下。夜分、御寝《ぎょしん》を騒がせ、恐縮至極にございます」

外記は右手を大仰に下げて、わざとらしく拝礼する姿勢を取った。

「イサベル王妃の手下か。それとも、ガスパール・デ・グスマン（オリバーレス伯爵）の手の者か」

司教の声は柔らかかったが、どこかに毒を含んでいるように響いた。外記たちのエスパーニャ語を聞かれてしまったらしい。だが、《愛の宝石箱》を要求するからには、エスパーニャ帝国の手の者であることは遅かれ早かれわかるだろう。

「通りすがりの旅の者でございます」

外記の軽口に司教の声が不快げに曇った。

「頭巾を取ったらどうだな。予の面前で、無礼であろう」

司教は手を高く差し上げた。

「予の一声で、そのほうたちは蜂の巣なのだぞ」

護衛兵は音を立て、モスケート銃をいっせいに構えた。

3

（鉄格子が邪魔だが……よしっ）

外記は、懐に隠した丸いひんやりとした塊を掌の中でしっかりと握った。

鉄格子の狭間から真鍮の塊を司教の首元へ一直線に投げつける。

ぶんと風が唸った。

外記の狙いは寸分も狂わなかった。

次の瞬間、司教の首に細紐《ほそひも》が蛇《へび》のように巻きついた。

「ぐおおおっ」

司教は両腕を首元へやって、もがき苦しみ始めた。

首から解けぬよう、それでいて絞め殺さぬように、外記は力を加減して細紐を引いた。

苦痛に耐えかねたか、司教は鉄格子から三バラほどの距離で膝を床についてうずくまった。

隙をうかがっていた嘉兵衛が、司教の頭に狙いを定めて短剣を構えた。

左右で銃を構えた護衛兵たちは、誰一人として声を出せず、板のようにこわばった。

「いいかっ。俺たちがその気になりゃ、たった二秒で司教の息の根は止まるんだ」

外記は部屋を震わせるほどの大音声で叫んだ。

うつむく司教の両耳の脇から、どっと汗がにじみ出た。

「Fermata di……（じ、銃を下ろせ……）」

床に視線を落としたまま、息も絶え絶えに司教は命じた。

十挺のモスケートは、わらわらと筒先を床に向けた。

危機を救った武器は《コルガル》だった。外記が創り出し、名付けた投擲《とうてき》武器である。真鍮で造った杯型の塊を二つ、小鼓《こづつみ》のように尻で合わせて短軸で連ね、軸には細い鉄鎖を巻きつけてある。

端を握った鎖を玉軸受によって素早く繰り出し、真鍮の塊を投げつけ、敵の額を割る。二年ほど前に、土産に貰ったマニラあたりで流行《はや》っているというヨーヨーを見て思いついた。外記は敵に命中させるだけでなく、意のままに操れるように修練を積んでいた。

「早く……これを何とかしてくれ……」

顔面蒼白となった司教は、苦しい息の下から懸命に懇願《こんがん》した。

「では、まず、鉄格子を膝の高さまで上げて貰おうか」

嘉兵衛は脅しつけるような調子で第一の要求を突きつけた。

鉄格子を天井一杯まで上げたのでは鎖が切れる。逆にもし切れなければ司教は窒息死する。

「Elevi una grata. Fino ad ginocchio.（鉄格子を上げろ。膝高までだ）」

司教の命に従って、隣の部屋の隅で震えていた役僧が天井から降りている黒紐を引いた。

黒い鉄格子は音を立てて上がった。

鉄格子がわずかに開いたところで、ルシアが抜刀して隙間に潜り込んだ。

うずくまった司教にルシアは素早く迫り、汗の玉が浮き出ている耳の後ろの急所に切っ先を突きつけた。

居並ぶ護衛兵たちは、勢いに呑まれて数歩後ずさりし、不安げにようすをうかがっている。

「もういいわ。二人ともこっちへ来て」

ルシアは切っ先を突きつけたまま振り返って微笑んだ。後から嘉兵衛も素早く滑り込んできた。

外記は鎖を掌から放して鉄格子を潜った。新藤五の切っ先を突きつけた。

嘉兵衛は仁王立ちになって司教に向かい、司教の首に巻きついていた鎖を緩めて軸に巻き取った。

外記は《コルガル》に手を掛け、司教の首に巻きついていた鎖を緩めて軸に巻き取った。

司教の背中をどやしつけて抱え起こすと、血管の浮き出た首筋には紫色の縞模様が残っていた。

「ぶ、無礼者め。ただでは済まさぬぞ」

呼吸の自由を取り戻した司教は、歯を剝き出して毒づいた。

「こんなざまに陥っても、威勢だけはいいんだな」

外記は司教の白い絹織物の背中を軽く小突いた。

バチカンの尊厳が侮辱《ぶじょく》されても、十人の護衛兵も二人の役僧も黙って立ち尽くしているほかはなかった。

「司教猊下……改めて、ご挨拶《あいさつ》申し上げる。我らは、猊下がお持ちのものをいただきに参上した者。用向きは、ただ一つ、《愛の宝石箱》をお渡し下さい」

嘉兵衛は幾らか丁寧な口調に戻って、淡々と用件を告げた。

「あれは、ここにはない……」

司教は鼻の先にしわを寄せて首を振った。

「ほう、影武者と同じ口をきく……フィレンツェにあると言い立てるつもりか。そんな返事しかできぬとあれば……」

言いしな、嘉兵衛は司教の首筋を新藤五の切っ先ですっと引いた。薄皮一枚を傷つけられた白い首に、細く一筋の血が流れた。

「わ、わかった……。わかったから、その刃を引っ込めろ」

司教は舌を引きつらせて仰《の》け反《ぞ》った。

「よし、では、渡して貰おう」

嘉兵衛は低い声ですごんだ。

司教は不快げに眉を引きつらせて立ち上がった。嘉兵衛は油断なく司教の背中に刃を突きつけながら後を従いてゆく。

天蓋のない寝台の傍らまで進むと、司教は脇の小机に据えられた真鍮の飾りを握り、左右に何回か捻った。

豪奢な壁紙で飾られた右手奥の壁が、音もなく開いた。

外記が覗き込むと、中には重そうな鉄扉が仕込まれていた。

司教は襟元を探ると小さな鍵を取り出し、鉄扉を開いた。

中には書類や書物があるばかりで、宝石や貴金属の類いは見られなかった。この隠し金庫は宝物庫ではないらしい。

「さぁ、これだ。持って参れ」

唯一の貴金属と思われる四角い箱を手にして司教は振り返った。

「この箱は、銀製だな」

受け取った宝石箱は、外記の両掌にずしりと重かった。

一面に精緻な植物文様が施された《愛の宝石箱》は、鈍い銀色に輝いていた。

「しかし、思ったほど豪華なものでもないな。交換花嫁のアンヌ王妃は、金細工好きで高価な箱を幾つも作らせていると聞くが……」

外記は、はるばる奪いに来た《愛の宝石箱》を、しげしげと見つめた。

本来は宝石箱というような大層なものではなく、イサベル王妃が王女時代に使っていた小物入れなのだろう。

「お宝は箱じゃないぞ。初めに盗んだ者も、宝石箱が目当てだったのではあるまい」

嘉兵衛がたしなめている間に、ルシアは外記の手から宝石箱を引ったくるようにして取った。

おもむろにルシアは蓋を開いた。赤いベルベットの上に、羊皮紙《ペルガミーノ》が数枚、革紐で筒状に巻かれていた。

羊皮紙は公式文書や高価な写本に使われるものだが、王女ともなると、普通の紙ではなく、日記にも羊皮紙を用いるようだ。

ルシアは注意深く羊皮紙を開くと、一面に綴られた流麗な筆跡を、真剣な表情で追った。

「間違いないわ。これは本物よ……。王妃陛下のお手だし、内容も……」

ルシアは言葉を呑み込んだ。

「用が済んだら、さっさと帰れ……ただし、生きてバチカンから出られるのであれば、な」

司教は、蛸《たこ》に接吻されたような顔つきで毒を吐いた。

「お手数だが、もう少々、おつきあい願おう」

嘉兵衛は細い革紐を取り出すと、司教を後ろ手に縛った。

「何をするっ。放せ、放さんか」

司教は両手を激しく動かして足掻《あが》いた。すぐに、革紐が手首に食い込む苦痛に、顔を歪めて動きを止めた。

「俺たちがバチカンを出る目途《めど》がつくまで、一緒に来るんだ」

外記は司教の肩をつかんでゆすった。

「神を恐れぬ、けがらわしき者どもめ」

司教はあきらめたか、ふんと鼻を鳴らして顔をそらした。

「さぁ、諸君、そこをあけて貰おうか。畏《かしこ》くも司教猊下のお通りだ」

嘉兵衛の堂々とした声音に、護衛兵や役僧は下命されたが如く、いっせいに道を開いた。

ルシアが《愛の宝石箱》を小脇に抱えて長剣の刃を光らせて先陣を進み、続いて後ろ手に縛られながらも傲然《ごうぜん》と肩をそびやかす司教を歩かせた。

嘉兵衛は抜き放った新藤五の切っ先を、司教の首筋に突きつけ大股に歩いて行く。外記はピストラを構え、殿軍《しんがり》を務めた。

衛兵たちが手にするモスケート銃は弾道が安定しないために、命中精度は低い。もし、外記たちに向けて発砲すれば、司教にも当たってしまう恐れは極めて高かった。護衛隊の小隊長が射撃命令を出すはずはなかった。

それでも、外記は背後には常に気を配り、一歩一歩しっかり踏み締めながら足を運んだ。

三人は、入ってきた部屋へは戻らずに、そのまま先へ進んだ
すでに灯りが煌々と点された隣室には、赤い制服に銀兜の宮殿衛兵隊が矛槍の刃を光らせて居並んでいた。

「ほう、勢揃いしているな」

二十人あまりも居並ぶ護衛兵は押し黙って動きをとれないでいる。

右手の部屋へ通ずる扉が開いて、ランパラの常夜灯が点々と灯されていた。

先導するルシアは、灯りに誘われるように扉を潜り抜けた。

侵入した礼拝堂と同じくらいの大広間がひろがっていた。

磨き込まれた大理石の床。壁面をめいっぱいに飾る数々のフレスコ画、天使の彫刻が嫌と言うほど金彩《きんだみ》された天井からは数基の巨大なアラニャが吊り下がっている。いままで通り抜けてきた、どの部屋よりも豪華だった。教皇の謁見の間に違いない。

「おう、こりゃすごいや」

百人を超える青黄の波に視覚を襲われ、外記は一瞬めまいを覚えたほどだった。

青黄縞々のメディチカラーで身を包んだスイス傭兵部隊が、矛槍を光らせて整列していた。

揃って大柄で、エスパーニャでは少ない金髪の男がほとんどだった。誰もが大理石の彫像と見紛《みまご》うほどに、姿勢を崩さず押し黙って立っている。

羽根飾りが華やかな帽子を被った大隊長らしき五十男は、髭を跳ね上げ、目を三角に怒らせていた。

だが、バルベリーニ司教の首筋に新藤五を突きつけられているからには、手出しができるはずもない。傭兵たちは誰もが引きつった顔で、押し黙っている。

「満堂、粛《しゆく》として音無し。閲兵式《えつぺいしき》だな、こりゃ」

外記がおどけると、司教の背中がこわばった。屈辱と怒りに震えているのだろうが、生《せい》殺与奪《さつよだつ》を握られているからには堪え忍ぶしかあるまい。

「そこもとたちは、本気でバチカンから出られると思っているのかね」

アーチ窓で飾られた広間に足を踏み入れた司教が、皮肉っぽい口調で訊いた。

「出ないことにゃ、ローマくんだりまで来た意味がないだろう？」

外記は背後から距離を隔てて、ぞろぞろと従いて来る護衛兵へ視線を置いたまま、横向きの姿勢で答えた。

司教は鼻から息を吐いて、不機嫌に口をつぐんだ。

外記たちは部屋の奥へと進んだ。

天井と壁上部は聖者を描いた多くのフレスコ画で飾られている。だが、両側面の壁は大広間をバルコニーから見下ろすように、一面に俗人を描いた絵画で飾られていた。

中国人らしき者たち、ターバンを巻いた男たち、顔の真っ黒な者たちと人種もさまざまで、バチカンを訪れた各国使節の肖像画のようである。

嘉兵衛が目顔で指し示した壁面に視線を移した外記は、あっと声を上げそうになった。

左手壁のちょうど真ん中あたりに飾られた縦長の人物画に、日本の武士の姿が浮かび上がった。

（ありゃあ……俺たちの絵じゃないか）

ルイス・ソテロと支倉常長を前にして、後ろには随行の四人の上級武士が描かれている。そのうちの二人は、髪型などからして、どう見ても外記と嘉兵衛だった。

《けしからんな。拙者はあの絵のように年寄りではない》

嘉兵衛が日本語で憤然《ふんぜん》と、ただし小声で苦情を口にした。

《俺だってあんな醜男《ぶおとこ》じゃないよ》

外記も不快の念を隠せず、日本語で囁いた。

《野間半兵衛と伊丹宗味の二人もこれを見たらがっかりするであろうな》

使節団としてローマ滞在中に、三十過ぎの絵描きに自分たちの姿をスケッチされた記憶はあったが、完成作品はもとより下絵すら見ていなかった。外記は自分とはかけ離れた絵姿に大いに不満であった。

絵画が自分たちをモデロにしていることを、バルベリーニ司教に気取られてはならなかった。

外記と嘉兵衛は素知らぬ顔で広間を横切った。

現在はイタリア大統領官邸として使われているクイリナーレ宮殿のコラッツィエリの間（王の間）に、慶長使節団を描いた一枚のフレスコ画が残されている。

彼らのローマ到着翌年の一六一六年から一六一七年にかけて、宮廷画家ジョヴァンニ・ランフランコやアゴスティーノ・タッシらが描いた作品である。ソテロと常長の後ろに描かれている四人のサムライのうちの二人が、外記と嘉兵衛であるとされている。

司教を人質として効果的に使うためには、退路に窓は選べない。

だが、この部屋を出ると赤い絨毯の敷かれた階段が階下へ通じていた。

先導するルシアは、迷わず階段へと進んだ。

一階へ下りた外記たちは、司教を小突きながら、無事に宮殿北東側の庭園に出ることができた。

しばらく壁に沿って進むと、宮殿の外壁最下部に穿たれた隧道の入口が見えてきた。

外記が目星をつけておいた退路である。

「外記、司教を頼んだぞ」

嘉兵衛は司教の身体を外記に向かって突き出した。

三十人ほどの護衛兵は八バラ程度の距離を置いて半円形に隊型を作っていた。兵士たちは、三人と司教が立つ方向へ音を立ててモスケート銃を構え、さっと狙いを定めた。

中央には大隊長が抜刀して、嚙《か》みつきそうな視線で外記たちを睨んでいる。

射撃隊の背後には百人を超える青黄縞々が矛槍を構えて立っていた。

「名残は尽きぬが、猊下とは、ここでお別れだ」

外記はピストラの筒先を司教の額に当てた。

「ま、待て、撃つな」

唇をあくあくとさせて、司教は白目を剝いた。

「撃ちゃしないさ……ルシアちゃん、格子を蹴飛ばしてちょうだいな」

外記は格子の前に立ったルシアに向かって声高く頼んだ。

「ちゃんと切れているんでしょうね？」

ルシアが右脚を屈伸させると、隧道入口の鉄格子は、派手な音を立てて後ろへひっくり返った。半円形の暗闇が、ぽっかりとひろがった。

「よしっ、ルシアから入れ。外記、司教を放してやれ」

嘉兵衛は懐から拳大の二つの暗薬と火壺を取り出しながら叫んだ。

「数々のご無礼、お詫び致しますよ。枢機卿猊下」

外記は両手で司教の背中をどんと突いた。

後ろ手に縛られた司教が、よろよろと一歩、前に出た。

外記はすかさず、ピストラを構えたまま、背中から隧道に足を踏み入れた。

嘉兵衛は暗薬を立て続けに放った。

軽い炸裂音とともに、濛々《もうもう》と煙が立ち上った。

「spari!（撃てっ）」

隊長の掛け声で、いっせいにモスケートが火を噴いた。

4

嘉兵衛が暗薬で煙幕を作った動作と軌を一にして、外記たちは入口から五歩ほど離れたあたりに設けられた階段を駆け下りて身を隠した。

弾丸は三人の頭上を通り抜けていった。

階段の下には、天井も壁も四角く切った石積みで造られた通路が奥へと続いていた。かなり間遠い間隔だが、通路には灯りが点されていた。壁を支える柱から粗末な燭台が点々と突き出ている。

右手には幅一バラ少しの川が流れている。自然の河川ではなく、人工の水路であった。泥臭く黴《かび》っぽい臭いが鼻を衝いた。魚の腐ったような得体の知れない悪臭も混ざる。

「こっちだ！　奥へ逃げるぞ」

外記は、嘉兵衛とルシアに手招きすると、先頭に立って走り始めた。

「assalto!（突撃せよ！）」

張り詰めた号令が頭上から響いた。

同時に獣じみた声を上げて、矛槍を構えたたくさんの護衛兵が突撃してきた。

だが、通路は水路と同じくらいで、人間二人がようやく並んで通れるほどの幅員しか持たなかった。どんなに大勢の敵兵であっても、二列縦隊で追うしかなくなる。

外記の付け目はそこだった。

退路として地下道を選んだ第一の理由は、この狭隘《きょうあい》さにこそある。

松明《たいまつ》や灯火を手にしている者はいないようだった。狭い隧道内には蠟燭が点されていたし、大勢の兵士が入って来たからには、うかつに火を使えば、息が詰まる恐れがある。

「せっかく、ここまで従いて来てくれたんだ。強薬玉でもお見舞いしてやったらどうだ？」

走りながら外記がけしかけると、嘉兵衛は暗薬に火壺から点火しながら、冴えぬ顔で首を振った。

「いや、我々のいる場所の天井の壁まで崩れ落ちるかもしれぬ」

護衛兵たちは、二十バラ（一六・六メートル）くらいの距離で立ち止まった。

この距離なら、命中精度の低いモスケートでも外しはしないだろう。

「Tenga una pistola a pronto.（構え）」

隊長の号令が響き渡った。

二列縦隊の先頭で二人の護衛兵がしゃがみ込んで銃を構え、背後で別の二人が立ったまま構えた。

嘉兵衛は暗薬を放った。

煙幕がひろがり、大勢の護衛兵が咳き込む声が隧道の壁に反響した。水路に落ちた者もいるのか、水飛沫《みずしぶき》の上がる音も聞こえた。

「さぁ、いまのうちに身を隠すんだ」

外記は先頭に立って走り始めた。

左右に幾つかのアーチ型の横穴入口が続いた。奥から何本もの支流が本流に向かって流れ込み、足首ほどの高さの小さな堰堤《えんてい》が水音を立てていた。

「右へ入るぞ」

外記の掛け声に応じて、嘉兵衛とルシアは右側三つめの横穴に入ると、突き出た柱の蔭に身を潜めた。

「ルシア、気配を消していろ」

嘉兵衛は押し殺した声で命じた。

算を乱した数十人の地鳴りにも似た足音が隧道に響き渡った。

煙幕が消え去るよりも早く、護衛兵たちが目の前を通り過ぎて行った。

「脇道を奥へ進むんだ」

外記の言葉に嘉兵衛もうなずいた。

「奴らも馬鹿ではあるまい。追っ手は横穴を手分けして探すはずだ」

嘉兵衛の言葉が消えぬうちに、三人を探しまわる何人もの怒声が遠くから響いてきた。

外記を先頭に、三人は本道の半分くらいしかない狭い通路を急ぎ足で歩き始めた。幸い、脇道にも蠟燭の灯りが間遠く点っていた。

「ここで二つに分岐している。左へ進むぞ」

分岐点から石積みの壁は消え、素掘りの隧道となっていた。幅員も何とか正面を向いて歩くのがやっとの程度である。支流に流れ込む支流の幅は、外記の胴幅よりも狭い。

どうにか薄暗闇を作っていた脇道の灯りは、まったく届かなくなった。視界は完全な闇に包まれた。

ルシアが悲鳴を上げた。

「真っ暗よ。歩けないわ」

「我慢してくれ。脇道はこんなに狭いだろ。三人もいて息が詰まるからランタンなんて点けられないよ。俺の肩に手を掛けて、何とか後に従いて来るんだ」

「外記は、こんな暗闇でもフクロウみたいに目が見えるの？」

「見えるとも。右手は水路だから、落っこちないようにね」

ルシアは呆れたように鼻から息を吐くと、外記の右肩に片手を添えてきた。

しばらく進むと、背後に迫っていた護衛兵の気配は感じられなくなった。

「ねぇ、この地下道って、いったい何なの？」

外記の背中でルシアが不審げな声を出した。

「ここはクロアーカ・マクシマだ」

ルシアはうなり声を上げた。

「Cloaca maxima……《大下水溝》って意味ね」

「下手に迷い込んだら、二度とお天道さまが拝めぬとも聞いているが……外記、大丈夫であろうな」

嘉兵衛は声を渋らせて念を押した。

「見込みがなくて、こんな怖いところへ入って来るか。まぁ、任せとけって」

「いったい、どこから来る自信なのよ？ それに、なぜこんな真っ暗闇で道に迷わないの？」

ルシアの問いに、外記は待ってましたとばかりに答えた。

「ふふっ。偵察のときにね、出口への道しるべを作っといたのさ」

「道しるべなんて、どこにも見えないわ」

外記にからかわれていると思ったか、ルシアは憤然とした声を出した。

「シラミを撒《ま》いておいたのか。外記」

嘉兵衛が追い被せるように訊いた。

「そういうわけ。俺は目がいいからね」

「二人で納得してないでよ。道しるべって何の話なの？」

ルシアが不満げに鼻を鳴らした。

「地面を見てご覧よ。十歩間隔で、青くぼーっと光ってるものに気づかないかな?」

外記が振り返ると、立ち止まったルシアの屈み込む気配が感じられた。

「えっ……あ、ほんと、これなに?」

「外へ出たら教えてあげるよ」

十五分以上も歩いただろうか。足下にかすかに光る青い星が三人を導き、外記には見覚えのある場所に出た。前方を壁が塞ぎ支流がいったん消えている。

右手に延びている細い隧道は、別系統の本流との間を繋ぐ連絡通路だった。ここまで来れば、ものの五分もあれば出口に辿り着く。地下通路は地上の道よりずっと短い距離でテヴェレ川へ出る。

「ここからは、川に落ちる心配もないよ」

だが、隧道はひと一人がようやく通れる幅に狭まった。外記は左右の肩を岩壁にこすりながら、遮二無二《しゃにむに》、前へと進んだ。

薄ら灯りが前方に見えてきた。

小さな石橋を隔てた幅広い水路の向こうに石積みの壁が伸びていた。

「本流沿いの通路に出たよ。と言っても、入ってきた本道とは違う系統さ。あと百歩も歩きゃ、めでたく出口だ。ん……」

外記は口をつぐんだ。男たちの低い話し声が、かすかに左前方から響いてくる。

振り返った外記は、唇に指を当ててルシアたちにも知らせた。

（まずいな。左手から連中が来る）

左手の川上側から二人の護衛兵が矛槍を肩にかついで近づいて来た。二人とも若い大男で、一人は金色の口髭をたくわえていた。

脇道に引っ込み外記たちは息を潜めた。二人の兵士は気づかずに目の前を通り過ぎていった。

外記は、護衛兵たちがあきらめて引き返すときを待った。

ところが、男たちは、テヴェレ川への出口近くで立哨を始めた。本道の出口を固める命令を受けているのだろう。このまま待っていたら、夜が明けてしまう。

ルシアと嘉兵衛に、その場で壁に張りついているように手振りで伝える。外記は石橋を渡り、懐へ手を伸ばし本道へ出た。

護衛兵二人は外記の姿に気づき、叫び声を上げながら、矛槍をさっと構えた。

次の瞬間、棒手裏剣は少しも過《あやま》たずに二人の胸元に突き刺さっていた。大きな影が音を立てて石畳に倒れ落ちた。

背後で野太い叫び声が響いた。

振り返ると、十歩くらいの距離で、呆然と立ち尽くす護衛兵の姿があった。

男は大声で喚《わめ》きながら、踵を返した。

「しまった……後ろにもいたのか」

逃げる男の背中へ、外記は立て続けに二本の棒手裏剣を撃ち込んだ。

血煙を上げ、男は排水路へもんどりうって落ちた。派手な水音が天井に反響した。

通路の奥から叫び声が響き、大勢の足音が激しい勢いで近づいて来た。

「見つかった。逃げるぞ」

外記の言葉と同時に、ルシアと嘉兵衛は本道に躍り出た。

出口は馬蹄型にぽかんと大きく口を開けていた。本流から流れ落ちる水音が滔々《とうとう》と響き渡っている。

寝静まった街に消し残った灯りが、静かに流れる川面を薄赤く染めていた。

三人が立つ通路の端に、背後から迫る護衛兵の人声が大きく聞こえてきた。一刻の猶予《ゆうよ》もならない。

「ルシア、ブツを預かる。早く川へ飛び込め」

《愛の宝石箱》を捥《も》ぎ取るようにして受け取ると、外記はルシアの背中を押した。

わっと言うルシアの叫びとともに水飛沫が上がった。

そのとき、六人乗りくらいの小さな手漕船《バルカ》が、ゆっくりと近づいて来た。胴《どう》ノ間《ま》で櫂《かい》を握る男は、水夫長ファドリケだった。

「旦那方、遅かったね。目印はよく光ってたで、すぐわかった」

のんびりとした声が川面から聞こえた。

舷側によじ登ろうとするルシアに手を貸すファドリケに向かって外記は怒鳴った。

「ルシアは自分でも上がれる。こいつを濡らさないように預かってくれ」

「おうさっ。放って下せぇ」

外記は《愛の宝石箱》を、そっと投げた。

両手を開いたファドリケが宝石箱を受け取る姿を確かめ、外記は川へ飛び込んだ。

三人はバルカに転げ込むと、そろって袖の水を絞った。びしょ濡れでは袖が重くて動きが鈍る。

ファドリケは力強く漕ぎ出した。バルカは野鴨《のがも》を思わせる動きでテヴェレ川を南へと下り始めた。

散発的な銃声が響いた。

クロアーカ・マクシマの出口に十数人の護衛兵がイナゴように固まっている。兵士たちは手に手にモスケート銃を構えていた。

「今度は遠慮なしに強薬玉を使ってやるぞ」

言いしな、嘉兵衛は黒い塊を二つ宙に投げた。

大きな炸裂音が響き、炎と黒煙が排水溝の出口から噴き出した。三人の護衛兵の身体が吹っ飛んで水飛沫が上がった。

しばし銃声はやんだ。

「ファドリケ、急ぐぞ」

「へぇ、カピタン。了解です」

　ファドリケは嘉兵衛を船長扱いしている。

「見ろよ。家が密集しているから、奴らは川沿いの追尾は無理だ」

　この状況も外記の退路計算に入っていた。テヴェレ川はローマ市街の中心を流れている。両岸には三階から四階建ての商店や民家などが隙間なく建ち並んでいた。左岸沿いの道は人一人がやっと通れるほどの幅しかなかった。衛兵たちが走れば川に落ちる恐れが強く、立ち止まれば外記たちに船から狙い撃ちされる。効果的な追尾は不能だった。

「しかし、忠良なる兵士諸君が、あそこでお待ちかねだ」

　嘉兵衛が指さす優美なアーチを描くシスト橋には、鈴なりの護衛兵の姿が見られた。

「外記、援護射撃を頼む」

「了解、連射できる弓のほうがいいだろう」

「ねぇ、わたしも弓をとるわ」

　ルシアは不満げに鼻を鳴らした。

「いや、ルシアは櫂をとれ。少しでも早く橋の下を通り過ぎたい」

「わかった。ファドリケ、二人で三倍の速度まで上げましょ」

「まぁ、そんなに無理しねぇでもいいけどな。それより、姫さま、櫂は静かに扱うもんだ」

「そうね、船が揺れたら、狙いが定まらないわね」

ルシアはうなずくと、もう一組の櫂を両手にして、川面に落とした。

船板が揺れ、櫂の飛沫が高くなった。バルカはかなりの速度でシスト橋に近づいてゆく。

外記は、胴ノ間に置いてあった嘉兵衛の革トランクの蓋を開けた。火箭がぎっしり入った矢筒を取り出すと、革紐を肩から掛け、弓弦に薬煉を塗った。

赤銅製の火壺の菜種油に点火して、舳先に立った。準備完了である。

石造りの高欄を銃座にして、ずらりとモスケートの筒先がバルカを狙っている。

「強玉薬と焼火玉《やけびだま》を両方とも使うぞ。バルカを揺らすな」

隣に立つ嘉兵衛は、幾分か高揚した声で命じた。

「焼火玉って？」

「中に松脂《まつやに》と火薬が調合されていてね。炸裂すると、すごい勢いであたりに炎を広げるんだ」

外記は矢じりを火壺に向けて点火した。メラメラと燃え上がる炎が川面に反射した。

身を乗り出してモスケートを構えた小隊に向かって、外記は次々に火箭を見舞った。

雄叫《おたけ》びにも似た何人もの悲鳴が響いた。肩や首に燃える矢じりを撃ち込まれた兵士たちは銃を放り出して、橋上を転げまわった。

額の真ん中に火箭を受けて、そのままテヴェレ川に転げ落ちた兵士もいた。

「さぁ、ハポンの花火の味を教えてやる」

嘉兵衛は、アーチを潜り抜けている間に、次から次へと黒い塊に点火して、振り向きざま、暗い空に放り投げ続けた。

轟音が何度も響いた。木の葉のように兵士たちが宙を舞って、テヴェレ川に大きな水飛沫が上がった。

続いて吹き上げる炎の柱が橋上に立ち昇った。一つ、また一つ。

爆音が宙に消え去ると、うめき声と叫び声が橋を満たした。瞬時に兵士たちの戦闘能力は完全に失われた。

まだ銃声は響いていたが、煙と炎で狙いが定まるはずはなかった。シスト橋への第二弾の攻撃は必要がなかった。

「次は、ティベリーナ島の橋だな」

外記は暗い前方に視線を据えた。

唯一の中洲であるティベリーナ島が、テヴェレ川に黒い影を落としていた。島のほとんどを漆喰壁のファーテベネフラテッリ病院が占めている。中洲を挟んで右岸側にチェスティオ橋が、左岸側にローマで最も古いファブリチオ橋が架かっている。

だが、どちらの橋にも人影は少ない。

バチカンは、この橋までは追撃隊を配置しきれなかったらしい。

「左岸側を行く。ファブリチオ橋を潜るぞ」

嘉兵衛の下知に従って、ファドリケとルシアが櫂を急がせる。

ファブリチオ橋には数人の兵士の姿しか見られなかった。兵士たちはバルカを見てもあたふたするばかりで、攻撃態勢に移れなかった。

嘉兵衛は無言で暗薬に点火して宙に放った。

激しく咳き込む声が響いた。

外記は火箭に点火して構えていたが、橋の下を潜り抜けても追撃はなかった。

二人の漕ぎ手の力で、バルカは順調にテヴェレ川を下った。両岸からは民家が消え、暗い森へと変わった。

振り返ると、サン・ピエトロ大聖堂が遠くの空に、親指の爪ほどの大きさに見えていた。

ローマ市街を抜け出たのだ。

追撃の恐れがなくなって、漕ぎ手をファドリケ一人に任せたルシアが待ちかねたように訊いてきた。

「クロアーカ・マクシマって不思議なところだったけど、下水道なのよね？」

「古代ローマ時代っていうから、二千年も前に造られた大下水道だよ」

大昔、ローマは始末に負えない湿地帯だった。最初に王制が始まったときには市街を取り巻く七つの丘の上にしか人は住めなかった。

狭隘な上に不便なので、五代目のタルクィニウス・プリスクス王は、湿地の水を排水して平地に人が住めるようにしようと考えた。そのためにクロアーカ・マクシマを築いたのである。以来二千年間、ローマ市街に溜まった水を、テヴェレ川に逃がし続けている。

外記の言葉を艇尾近くに座っている嘉兵衛が引き継いだ。

「低地に街はひろがり、時代を追うごとにクロアーカ・マクシマは次々に延伸されたのだ。いまでは、ローマの地下に蜘蛛《くも》の巣の如く張り巡らされている。全貌がわかっている人間は、一人もいないらしい」

「そこがこっちのつけ目だ。テヴェレ川への排水口は幾つもある。バチカン程度の小兵力じゃ、すべての出口に十分な護衛兵を配置するのは無理だ。まさか、教皇聖下の御寝をおっぽり出して、俺たちみたいなコソ泥のために全兵力を差し向けるはずもないしね」

「さすがね。じゃあ、あの暗闇で光っていたのはなんだったの？」

「あれはシラミと申してな。海の中にいる光る虫みたいなものだ。地面に撒くと水分を吸って、しばらくの間は光っている」

「嘉兵衛、シラミっていうのはかゆくなりそうで聞こえが悪いよ。せめて、《海　蛍《ルシエルナガ・マリナ》》って呼んでくれないかな」

「名前などはどうでもよいではないか」

嘉兵衛はあきれ声で答えた。

「漁師たちに獲って貰って、乾燥させておくんだ。あんな感じでほんとに弱い光だから、注意していないと気づかない。だけど、暗闇の道しるべとしては役に立つ。嘉兵衛が教えてくれたハポンの夜間行動の技さ」

二人で組んで仕事をするようになって、すぐに嘉兵衛がシラミを使った。外記は頼み込んで、この夜間行動用の技術を教えて貰っていた。

「驚いた。あなたたちって、ほんとにいろんな技を知ってるのね」

暗闇の中で、ルシアは素直な称賛の言葉を口にして、外記の肩にかるく手を置いた。

「まぁ、ほとんど、嘉兵衛から習った技だけどね」

肩にルシアの掌の温もりを感じながら、外記は意気揚々と笑った。

「ファドリケとはどんな打ち合わせをしてたの？」

「二人で川沿いを散歩したときに、舫《もや》ってあったこの船を拝借して隠して置いたんだ。で、頃合いを見て漕ぎ出して、シラミの光る排水溝を見つけろってね。その近くで待っていてくれって頼んでおいたのさ」

「川風がけっこう冷たかったけんど、チャシーナを囓《かじ》りながら一杯やってたんで寒くなかったよ」

ファドリケはのんきな調子で答えた。

「すごいわ。外記の用意のよさって……でも、わたくしも少し冷えてきたわ。さっき濡れちゃったでしょ」

「一杯、やるかね？　そこに杯も三つ置いてあるで」

ファドリケが革袋を突き出した。

「おお、気がきくな」

嘉兵衛も相好を崩し、錫の酒杯を手にして革袋から赤いヴィーノを注いだ。

「よしっ、バルベリーニ司教猊下に、乾杯だ！」

外記はおどけて杯を突き出した。

「美しき宝……《愛の宝石箱》に！」

「二人の勇敢なハポンに！」

三人は音を立てて酒杯をぶつけ合った。

外記は喉が乾ききっていたことに改めて気づいた。星空の元、喉を潤《うるお》すヴィーノは、まさに勝利の美酒だった。

流れ星が一つ、暗い空を真っ逆さまに落ちていった。

5

次の日の日没直後、エル・デルフィンは、チヴィタヴェッキア港を出帆した。

失われた後帆柱を除き、すべての帆が大きく風を孕み、細身の船体は、西へ西へと進み始めた。

月光に照らされたイタリア半島がどんどん遠ざかってゆく。

「東から西へ進む帰り航路は、行きよりはだいぶん船足が落ちる。それに後帆柱がなくなっちまった。だが、紅鶴男爵みたいな野郎が姿を見せなきゃ、半月でバルセロナだ」

舳先近くに立って風を読み、空を調べていた半兵衛が請け合った。

「帰り道には、海賊は出ないかしら」

「出ないと信じたいですな。お嬢さまの勇敢さには驚きました。ですが、復路では剣を抜くお姿など拝見したくはございません。では、ごゆるりと」

半兵衛は慇懃《いんぎん》に会釈して、舵輪近くの中部甲板へと去った。

「さて、ルシア。お宝を見せて貰おうか」

嘉兵衛は身を乗り出した。

「そうね、二人とも中身は見てなかったものね」

あきらめに近い表情を浮かべたルシアは、近くに置いてあった木樽の鏡板に《愛の宝石箱》を置いた。

「さぁ、開けるわよ……」

ルシアは、蓋を開くと羊皮紙を鏡板の上にひろげた。

羊皮紙の上には華やかな筆跡が躍っていたが、外記の目に一丁字《いっていじ》さえもなかった。

「俺はその……イタリア語は簡単な言葉なら聞いてわかるけど、フランス語は読むのも聞くのも、まるっきり駄目なんだ……」

外記は素直に白状して頭を掻いた。

「少しは学んでおくといい。いつ、フランス軍と刃を合わせる日が来るかわからんのだ。暗闇で敵兵の言葉がわかるかどうかが、生命の境目になる場合もあるのだぞ」

訳知り顔の嘉兵衛に、外記はちょっとムッとした声で訊いた。

「嘉兵衛はいつ、フランス語を覚えたんだ？」

「お前が女の尻を追いまわしている間にな……だが、ここはやはり、ルシアに読んで貰おう」

ルシアはうなずくと、こくんと喉を鳴らした。

「昨日……。春の嵐がリュクサンブール宮殿を揺るがすほどに吹き荒れる深夜、わたくしは罪を犯した。主はこの罪を決して許し給うことはあるまい。だが、わたくしは悔いはすまい。後悔は釘に引っかけた絹の袖のように、我と我が身を引き裂くばかりだから。わたくしの孤独は、捨てられた子猫同様の生まれながらの孤独は永久に消えはしない。ああ、愛し給う君よ。君は、なにゆえに同じブルボンの血を引くのか」

ルシアが朗読を終えても、声を上げる者はなかった。舷側に寄せる波の音だけが夜空に響いた。

リュクサンブール宮殿は、二人の母マリー・ド・メディシスの居城である。ルイ十三世とエリザベート王女が育った宮殿でもあった。

「やっぱり、お妃さまは可哀想よ。わたくしは生まれながらの孤独なんて味わったことないもの」

ルシアの頰に涙が光った。

「何もかも恵まれているように見えるあの可愛い王妃が、そんなに孤独だったなんてなぁ」

富裕な貴顕の家庭の頂点に立つ王家に生まれることが、必ずしも幸福をもたらすものでないのだと外記は痛感した。

「そう言えば、嘉兵衛。クイリナーレ宮殿の屋根の上で、バルベリーニ司教がイサベル王妃を脅迫している理由に納得がいかない、って言ってたな」

外記は気に懸かっていた話を切り出した。

「ああ、あれか……罪深き兄妹がカトリシスモの二大国家であるフランス王とエスパーニャ王妃でいることへの厭悪がバルベリーニ司教を衝き動かしている、そんなことは信じられぬという話か」

何事かを考え込んでいた嘉兵衛は、外記の言葉に我に返ったように答えた。

「そうそう。で、バルベリーニ司教本人に会って何かわかったか？」

嘉兵衛は鼻先で、ふふんと笑った。

「あの男は、そんなタマではない。司教はこの文書を公開すると恫喝《どうかつ》することによって、秘かにイサベル王妃を抹殺させてエスパーニャ王室に屈辱を与えるのが目的だ。それによりエスパーニャとフランスの間で戦端を開かせたいのだ」

「バチカンは高みの見物か。だけど、カトリシスモの両雄が衰えるだけで、バチカンには何の得もないだろ？」

「たしかにバチカンには百害あって一利なしだろう……しかし、バルベリーニ家にとっては、どうかな？」

「そうか、教皇やバルベリーニ司教の実家はメディチ家と並ぶ死の商人だ。大戦争が始まりゃ、武器が売れる。武器商人は肥え太るわけか」

外記は背中に冷水を浴びせられたような寒気を覚えた。

「バルベリーニ家がライバルのメディチ家を出し抜く絶好の機会ではないか。しかも、イサベル王妃の実母マリーは宮廷内の勢力争いに敗れて幽閉されていた。昨年、自由の身となったばかりだ。いま実家のメディチ家を利するような行動を採れば、宮廷や国民から批判が集中する。フランスが戦争するとなれば、武器の主要な発注先はバルベリーニ家を措いてほかにはない」

「よくわかった。どう見ても、あのおっさん、ご清潔には見えなかったもんな」

「とんでもない生臭……いや、キナ臭坊主だ」

嘉兵衛は顔をしかめて吐き捨てた。

「カトリコであることが嫌になるな……」

外記のつぶやきに嘉兵衛はいよいよ渋い顔になった。

「とっくに嫌になっておる」

嘉兵衛は顔を船尾に向け暗い沖合を眺めながら言葉を継いだ。

「アカプルコでもマドリードに入ったときにも熱烈な歓迎を受けた我々使節団が、ローマに入った頃から雲行きがおかしくなったのも、カトリシスモ内の利益争奪の勢力争いのためだったではないか」

「まさかイエズス会が俺たち使節団の邪魔をしていたとはねぇ」

外記の胸にも真実を知ったときの不愉快な思いが蘇った。

八年前、フェリペ三世の使節団に対する態度が怪しくなり、支倉常長の交渉が頓挫した第一の理由は、日本のキリシタン弾圧の実態が国王に伝わっていたためである。だが、この裏には日本におけるフランシスコ修道会の台頭を嫌うイエズス修道会の暗躍があったとも言われている。

古く十三世紀のイタリアで生まれたフランシスコ会は、いわば主流派であり、多くの教皇を輩出し、異端審問においても中心的な存在であった。

これに対するイエズス会は、一五三四年にフランシスコ・ザビエルらによって創設された。全世界に宣教師を派遣して「教皇の精鋭部隊」とも呼ばれた積極的な布教活動を行い、日本にも初めてキリスト教をもたらした。

後発であるイエズス会はフランシスコ会に対して少数派と言える。二〇一三年まで教皇を輩出できなかったことからも、バチカンにおけるその勢力関係はうかがえよう。

慶長遣欧使節団のローマ訪問当時、イエズス会はフランシスコ会のソテロに率いられた使節団を敵視していた。

フランシスコ会が日本で布教に成功すれば、ザビエル以来イエズス会が日本で努力していたことが水泡に帰す恐れがあった。そこで、フェリペ三世を焚《た》きつけ、インディアス枢機会議を抱き込んで、使節団のスペイン国外退去命令を出させるまでに至ったとも考えられている。

嘉兵衛は暗い顔つきで外記に向き直った。

「拙者の父は、慶長元年の師走《しわす》に、長崎の地で殉教した」

「初めて聞く話だな」

外記は驚きを抑えつつ、嘉兵衛の淋しげな横顔に向かって答えた。

「太閤秀吉《たいこうひでよし》のために捕らえられ、左耳を切り取られて長崎に送られた。修道士や信徒たちとともに西坂《にしざか》と申す丘で十字架に架けられ、胸を竹槍で突かれて死んだのだ」

豊臣《とよとみ》秀吉は、慶長元年（一五九七）京に住むフランシスコ会員を初めとするキリシタンの全員を捕縛して磔《はりつけ》に処するよう命じた。前年の師走に出された豊臣政権二度目の禁教令に対するフランシスコ会の布教活動が挑戦的であったためとも言われている。だが、真相は必ずしも明らかではない。

命を受けた京都奉行の石田三成《いしだみつなり》は、イエズス会関係者は救おうと試みたが成功しなかった。イエズス会関係者を含む二十名の日本人、四名のスペイン人宣教師、それぞれ一名のメキシコ人、ポルトガル人が捕縛され、二十六人の男性が長崎で磔刑《たっけい》となった。

「嘉兵衛が、日本のフランシスコ会信徒代表という立場なのは、お父上が殉教者でもあるからなのだな」

「そうとも言えよう。まだ幼かった拙者は、捕縛の網を潜り抜けた。それで、殉教のおりにペドロ・バウティスタ司祭の架けられた磔柱を秘かに削り取った。この木片で十字架を作ってローマまで持って行き、十八年後に教皇聖下に献呈《けんてい》したのだ」

「あ、十一月三日のあの日、嘉兵衛がパウルス五世に献呈した十字架はそれだったのか」

外記は、教皇に小箱をうやうやしく捧げ渡していた嘉兵衛の姿をありありと思い出した。

が、そのときには十字架であることしか教えられなかった。

「そうだ、あの十字架は父と俺が世話になったフランシスコ会の宣教師を架けた磔柱の一部だ」

「そうだったのか……。なんで俺には黙ってたんだ」

「ローマに着いた頃、おぬしはカトリコではない上に、まだガキだったからな。それに、これは俺や半兵衛のように身内の者が殉教した我らにしかわからん話だ」

野間半兵衛の従兄弟も長崎の殉教者の一人であった。

「ガキと言っても十六だったけどな……」

外記は不満げに鼻を鳴らした。

「ところで拙者が国から持って来た遺物は十字架だけではない。ローマに向かう前に支倉常長どのが洗礼を受けたデスカルサス・レアレス修道院にも遺物を献呈した」

「覚えている。立派な螺鈿細工《らでんざいく》の長櫃《ながびつ》を献呈していたな。あれには何が入っていたのだ」

「長崎で父と司祭が殉教したおりに、拙者は二人の骨を拾い、マドリードまで持って来たのだ」

殉教者の遺骨や遺品を、カトリコ世界では「聖遺物」として崇敬の対象とする。

一六一五年の二月十七日、マドリードのデスカルサス・レアレス修道院で支倉常長の洗礼式が行われた。洗礼式には、前国王フェリペ三世、その娘で後にルイ十三世の妻となるアナ・マリア（アンヌ・ドートリッシュ）王女、トレド枢機卿、きらびやかに着飾った数多《あまた》の貴族たちが列席していた。

修道院の「聖遺物」の間には、いまも日本漆器の洋櫃に納められた遺骨が残されている。この古い洋櫃は支倉常長ら使節団一行の瀧野嘉兵衛らが持ち込んだものと考えられている。瀧野嘉兵衛と野間半兵衛、さらに摂津の商人だった伊丹宗味の居残り組三人は、それぞれ豊臣秀吉に家族を殺された殉教者の縁者だった。

三人はローマ教皇庁に対し、長崎西坂の殉教者たちを聖人の列に加えるように請願する運動を行った。教皇庁では調査を始め、早くも一六二七年の秋には列福が実現した。後の世に言う「二十六聖人」である。

「だが、最近のローマ教皇庁の連中の専横にはうんざりだ。これでは拙者が憎み続けてきた太閤と変わるところがない。フィレンツェの武器売りの片棒を担いでいるバルベリーニ司教に世の中を引っ掻き回されて、多くの人を戦いの苦しみに追いやられてたまるか」

両眼を見開いた嘉兵衛の瞳には怒りが炎の如く燃えていた。

「司教の悪だくみのせいで、エスパーニャとフランスで多くの兵士たちを死なせることになるわ。お妃さまも追い詰められていらっしゃるのよ。許せない」

ルシアは激しく声を震わせた。

「大丈夫だよ。お宝は、もうこっちのもんだ」

外記はルシアの肩に手を置いて、明るい声を出した。

嘉兵衛は真剣な顔つきで二人を見た。

「拙者は生命に代えても、《愛の宝石箱》を、万聖節までにマドリードに持ち帰る。これは拙者の戦いなのだ」

嘉兵衛の言葉は外記の耳に強く残った。

中空高い満月はいよいよ冴え渡り、波間に華やかに光の織り模様を作っていた。

6

「エスパーニャ本土が見えましたっ！」

見張員の声に起こされて、外記は船首甲板に出た。

舳先近くでルシアと半兵衛が沖を見詰めて立っていた。

ゆるやかにうねる地中海は、夜明け前の微かな光に濃紺の色を取り戻しつつあった。

眠りから醒めようとする水平線の彼方に、うっすらとエスパーニャの大地が黒い縞模様を見せていた。東の水平線が淡い緋色に染まり始めた。

「おはよう、気持ちのよい夜明けね。とうとうエスパーニャに戻ってきたわ」

振り返ったルシアの襟元で、白い襟飾《フレーズ》りが揺れた。

ルシアは、バルセロナでエル・デルフィンに乗り込んだ時と同じような、爽やかな上流婦人の装いに身を包んでいた。

見る見るルシアの薄紅色の絹織物が判別できる明るさになってきた。

「久し振りにそんな姿を見ると、惚れ直しちゃうな」

外記はしげしげとルシアの娘らしい形装を眺め回した。

「剣も寝室に置いてきたわ。もう、海賊はやって来ないでしょ」

ルシアは自分の腰のあたりを軽く叩いて明るく笑った。

「例の紅鶴男爵は、とうとう姿を現さなかったな」

「往路は運が悪かったんだ。航海のたびに海賊連中に襲われてたら、生命が幾つあっても足りない」

両手を空に高く伸ばして、あくび混じりに半兵衛は答えた。

「嘉兵衛はどうしたの？　今朝に限ってお寝坊じゃないの」

ルシアが不思議そうに訊いた。

「昨夜は遅くまで、なんだかごちゃごちゃとやってたからね」

昨夜の嘉兵衛はいつまでも洋灯《ランパラ》を消さずに細工物をしていた。暗薬など投擲火器類の作製をはじめ、嘉兵衛の夜なべ仕事は少しも珍しくないので、放っておいて外記は先に寝た。

「ねぇ、船よ。あれ、大きいんじゃないの？」

ルシアが沖を指さした。

右舷斜めの彼方に黒い三本の帆柱を持つ船影が現れていた。

「およそ、二海里。こっちは向かい風だ。三十分もしないうちに行き違うな」

すでに半兵衛は、望遠鏡を右眼に当てていた。

「旗を巻いて逃げ出さなくていいのか？」

「大丈夫だ。あれはエスパーニャ軍艦だ」

「まさか海軍のふりした、海賊船じゃないだろうな」

外記の懸念を半兵衛は一笑に付した。

「いや、あの艦影には見覚えがある。《サンタ・ロサ》という名の中型軍艦《フラガータ》で紛れもなくバルセロナの沿岸警備隊だ」

外記は渡された望遠鏡を右眼に当てた。

こちらへ向かってくる船は、二層甲板の制式軍艦だった。主帆柱には白地に紅い筋違紋の旗がマストの上に翻っていた。エスパーニャ海軍旗に違いなかった。

三十分経つか経たないうちに、サンタ・ロサは砲弾の届く距離に近づいた。

片舷に二列、十六門の砲列を持っている。すっきりとした船型は船足が速そうだった。

甲板上には五十人近い水兵たちが立ち働いている。

「停船命令を出している。艦尾の旗流信号を見ろ」

半兵衛が指さす先へ視線を移すと、五枚の色とりどりの旗がするすると揚がっていった。

「素直に命令に従うのか？」

外記の心にはどこか引っ掛かるものがあった。

「無視すれば、砲撃されるだけだ……野郎どもっ、すべての帆から風を抜けぇ」

半兵衛は振り返って忙しげに立ち働く当直の水夫たちに怒鳴った。

帆綱はゆるめられ、船全体からバタバタと帆がはためく音が聞こえ始めた。

エル・デルフィンは急に船足を落とし、漂泊状態になった。

サンタ・ロサは、ぐんぐんと距離を詰めてきた。

舷側に立ってこちらを指さす水兵たちの姿や、居並ぶ海兵隊員の薄灰色の制服姿が視界に迫ってきた。

「恐らく、海賊や密輸船を捕まえるための臨検だろう。取調官が乗り込んでくるはずだ」

「念のため、部屋から剣を取って来るわ」

半兵衛の言葉にルシアは急ぎ足で貴賓室へ戻った。

娘らしい薄紅色の絹織物の肩から無骨な革紐で剣を下げている姿は、ひいき目に見ても不格好だった。

「おいおい、せっかくの女っ振りが台無しじゃないか」

外記の嘆きにルシアは陽気に頬を膨らました。

「格好なんか気にしていられないでしょ。でも、心配する必要はないわね。エル・デルフィンはサルバティエラ伯爵閣下の持ち船だし、わたくしたち、海賊でも密輸業者でもないもの」

「ところで半兵衛。臨検ってのは、しょっちゅうある話なのかい？」

「ジブラルタルあたりでは、カディスの警備隊が時おりやっているが、このあたりじゃ一度も経験してない。それに、お嬢さまのお言葉通り、この船は艦尾にサルバティエラ伯爵家の紋章を掲げている。警備隊だって主立った家の旗印は知らぬはずはない」

半兵衛は得心がゆかぬ顔つきで中部甲板へと踵を返した。外記とルシアは後に続いて舵輪付近に足を運んだ。

とうとうサンタ・ロサはエル・デルフィンの真横に並んだ。片舷十六門の砲門はすべて開かれていて、いつでも砲撃できる状態になっていた。

サンタ・ロサの水兵が投げた艫綱《ともづな》を舷側に結ぶと、厚板が渡された。サンタ・ロサの甲板のほうが高いので、両船の通路には、かなりの傾斜が生まれた。

先頭を切って、カパを翻した貴族の装いを身にまとった男が大股に厚板を渡って来た。秀でた鷲鼻が特徴的な四十男だった。

背後には銀の鎧冑《よろいかぶと》に身を包んだ六名の海兵隊員が短槍を手にしてつき従っていた。誰しも岩のようにがっしりとした大男である。

男は傲然と肩をそびやかして、外記たちの前に立ちはだかった。

「わたしはテオドラ・ロンバルデーロ大尉だ。ドン・トルラ男爵と呼んで貰ってもいい。国王陛下の密命で、この船を臨検させていただく」

ロンバルデーロは鋭い目で半兵衛を見据え、黒髭を跳ね上げながら言い放った。

野太いよく通る声だった。発声も男爵の名にふさわしい品格を持っていた。だが、耳に届いた瞬間に、冷たい刃物を首筋に当てられたような不快な感覚を抱いた。外記は、その野太い声をどこかで聞いたような気がしていた。

「本船をお預かりするカピタン・イマノルでございます。男爵閣下、本船はエル・デルフィンと申しまして、大臣サルバティエラ伯爵閣下の持ち船でございます。ご探索はご無用かと存じますが」

半兵衛は両眼を見開き、毅然《きぜん》とした態度で言い返した。

「サルバティエラ家所有の商船である事実を疑っているのではない。秘かにうろんな三名が乗り込んでいる、との一報が入ったのでな……」

ロンバルデーロは、外記とルシアの顔を交互に見て口の端を歪めた。

（サルバティエラ伯爵に対抗する勢力がいるわけだな。あるいは、王妃陛下を陥れようと

している連中の手先か……。いずれにしても、《愛の宝石箱》を奪いに来たわけだ)

「そのほう、エスパーニャ人ではないようだが、名は何と申す?」

あごに手をやりながら、ロンバルデーロは傲岸不遜《ごうがんふそん》な態度で訊いてきた。

「ドン・パウロ・小寺外記だ。うろんとは聞き捨てならぬな。これでも歴とした、爵位持ちだぞ」

外記は憤然と鼻から息を吐いて答えたが、ロンバルデーロは、鼻の先にしわを寄せて笑った。

「ほほう、自らをうろん者と認めるわけだな。ドン・パウロ」

「俺たちがうろんだと決めつける理由を言え」

外記が食って掛かると、ロンバルデーロは一枚の羊皮紙を目の前に突き出すように掲げた。

「内乱を画策しているとの疑いで、国王陛下よりドン・パウロらに逮捕命令が出ている」

本物かはわからないが、国王の署名が記されていた。

「ふん、逮捕されるような覚えは、さらさらないね」

「ともかく、一緒に来て貰おう」

ロンバルデーロが右手をさっと挙げると、六人の兵士たちが外記を半円形に取り囲んでいっせいに短槍を構えた。

昇り始めた朝日に、敵の刃がギラギラと反射して、外記の目を射た。

半兵衛もまわりの水夫たちも、小さく叫び声を上げてささっと後ずさりした。

「マドリードまでの馬車は手配済みだ。お前なんかと一緒の旅は真っ平ご免だ」

外記は腰に差していた刀を抜き放った。

「なるほど、これが国王陛下にご無礼な振る舞いを働いたおりのハポンの剣か」

ロンバルデーロもすらりと長剣を抜いて、切っ先を突き出すように構えた。

あの日の話を知っているからには、宮廷内部と深く関わっている人間に違いない。

「要するに、帝室内の内紛か。誰の手先なんだ」

外記は刀を八相に構えて声を励ました。

「我が輩は誰の手先でもない。国王陛下のご命令で、お前を逮捕しに参ったが……そう聞きわけがないのでは困るな……」

ロンバルデーロは左手で兵士たちに手招きするような合図を送った。

とたん、外記を取り囲んでいた兵士のうちの左側の二人が右へと身体をさばいた。

外記の傍らには肩から剣を抜いて構えたルシアが立っていた。

(まずい……ルシアが……)

だが、外記は動けなかった。いまここで姿勢を崩せば、その隙に乗じられ、自分がロンバルデーロの剣の餌食《えじき》になるだけである。

二人の大男は、短槍を手に獣じみた叫び声を上げながらルシアに突進した。

「何するのっ、やめなさい」

ルシアは槍の穂先を左右から突っ込まれて、身動きが取れない。

左側の男が短槍をかなりと投げ捨て、腰から短剣を引き抜くと、ルシアに襲いかかった。

ルシアが長剣で突いた瞬間、男は身体をひねって切っ先をかわした。

足もとが不安定になったルシアの体側に、槍を捨てたもう一人の男が体当たりを喰らわせた。

衝撃でルシアは長剣を放り出してしまった。

「放しなさい。放してよっ」

歯を食い縛ってルシアは激しくあらがった。

だが、屈強な海兵隊員たちの腕力にかなうはずはなかった。

一人の男に羽交い締めにされ、もう一人の男に首筋に短剣を突きつけられた。

「おいっ、ルシアを放せっ」

外記は声をきわめて叫んだ。

「おとなしく剣を捨てろ。国王陛下の命に従い、縄を受けるのだ」

ロンバルデーロは外記に向かって切っ先を揺らめかしながら、余裕たっぷりにうそぶいた。

「さもなくば、この娘の美貌は二度と兄の絵のモデロにはなれぬように、切り刻まれるぞ」

ベラスケスのことも知っている。ロンバルデーロは、三人について相当な予備知識を得ているようである。

海兵隊員はルシアの首筋を短剣の刃でヒタヒタと叩いた。

歯を食い縛ったルシアは、首筋を引きつらせた。

「やめろ、わかった。剣を捨てるから、ルシアを放してくれ」

外記が剣を鞘に納めた、そのときである。

「これが望みなんだろう。持って参るがよい」

抜き身の新藤五を右手に構えた嘉兵衛が、左手に《愛の宝石箱》を携えて現れた。

「ほほう、ドン・トマス。物わかりがよいではないか」

ロンバルデーロは口もとを歪めるように笑った。

「その代わり、ルシアを解放し、ただちにこの船から立ち去れ。そもそも我々の身柄には関心がないはずだ」

嘉兵衛は抑揚の少ない声で要求を口にした。

外記は耳を疑った。ルシアは絶体絶命かもしれない。しかし、あれだけ苦労して手に入れた《愛の宝石箱》を得体の知れぬ宮廷内の勢力に、唯々諾々《いいだくだく》と渡してしまうとは嘉兵衛らしくない。

「駄目よ。宝石箱を渡しちゃ駄目。わたくしの生命なんかよりも、ずっと大事なものだわ」

ルシアはもがきながら、声を振り絞って叫んだ。

「いや、ルシア。この宝石箱には、君の美貌や生命と掛け替えになるような価値はない」

嘉兵衛は、静かな声音で諭すように言った。

「よし、娘を放してやれ」

二人の海兵隊員から解放されたルシアは、勢いよく飛び出して嘉兵衛の傍らに逃れた。

「宝石箱をこちらへ持って参れ」

ロンバルデーロの下命に、短槍を構えていた一人の海兵隊員が嘉兵衛の元へ走った。

嘉兵衛は黙って宝石箱を突き出した。

海兵隊員から宝石箱を受け取ったロンバルデーロは、おもむろに蓋を開けて羊皮紙を取り出し、顔の前でひろげた。

「間違いない。これこそ、求めていた《愛の宝石箱》だ」

文面を一瞥《いちべつ》したロンバルデーロは、大きくうなずいた。

「これ以上、我々に危害を加えるつもりなら、マドリードに戻り、貴兄を訴える。本船はサルバティエラ伯爵の持ち船だ。どなたかは知らぬが、貴兄を遣わしたお方にご迷惑がかかるであろう」

嘉兵衛は両眼に強い光を宿し、低い声でロンバルデーロを脅しつけた。

「よろしい、では、我々は、早速にこの船を立ち去ろう」

ロンバルデーロは薄ら笑いを浮かべてうなずいた。

短槍組の先頭に立って、ロンバルデーロは悠々《ゆうゆう》と厚板を渡った。ルシアを拘束《こうそく》していた二人の海兵隊員が、ピストラを取り出して外記たちの居並ぶ方向へ筒先を向け、殿軍を務めた。

「嘉兵衛……強薬玉を……」

外記は嘉兵衛に囁いた。

「我が帝国の制式軍艦に攻撃できると思うのか。後でどんな祟《たた》りがあるか、わからんぞ。それに、あの男と一緒に宝石箱を吹っ飛ばす気か」

嘉兵衛の反駁に外記は黙って引き下がるほかはなかった。

見る間に厚板は外され、両船を繋ぐ太綱は巻き取られた。

「どうするつもりなの。お妃さまが死んじゃう。エスパーニャとフランスの間に大戦争が始まるかもしれないのよ」

ルシアは泣きじゃくりながら、嘉兵衛の胸を両の拳で叩いた。

嘉兵衛は無言で表情を変えず、ルシアの好きにさせていた。

サンタ・ロサの帆綱が引かれ、三本の帆柱で白い帆が風を孕み始めた。

次の瞬間である。

サンタ・ロサ片舷の砲門がいっせいに火を噴いた。

「伏せろっ。嘉兵衛、ルシアっ」

外記はルシアの背中を突き飛ばした。

目の前に飛んできた砲弾が、立っていた三人の水夫を吹き飛ばした。

一人は海に吹っ飛ばされ、一人は粉微塵《こなみじん》になった船材に頭を潰された。残る一人の手足は四散し、外記の足もとに物言わぬ頭が転がってきた。

「きゃあああっ」

ルシアの悲鳴が響いた。

頭上から主帆横桁の滑車が幾つも降ってきた。

「ば……馬鹿な……制式軍艦が、大臣の船に砲撃するつもりか」

隣に伏せた嘉兵衛は、うなり声を上げた。

外記たちに剣を突きつける行為と、大臣の持ち船に砲撃を加える行為の持つ意味は、まるで違う。砲撃自体が、王室に対する叛逆《はんぎゃく》行為と見なされるはずだ。

外記にも、ロンバルデーロの真意は理解できなかった。

敵砲の仰角は低く、砲火は主として外記たちが立つ船板より低い位置に浴びせられた。

甲板上の人間を狙っているのではなく、エル・デルフィンの沈没を第一義とした砲に違いなかった。

(敵は急いでいる。……短時間で立ち去り、何としても我々に追跡させたくないのだ)

外記には、敵の砲術作戦が理解できた。

舳先後ろあたりの砲列甲板から、主帆柱の半分ほどの高さに炎が吹き出た。二層に積載された火薬に引火したのだ。爆音が耳を劈《つんざ》き、足下から多くの水夫たちの絶叫が響いた。

誘爆は続き、船体のあちらこちらから、爆音とともに様々な高さに炎が立ち上った。

「俺の、俺の船があっ」

半兵衛が半狂乱になって両手で髪をかきむしった。

「あきらめろっ。半兵衛、この船は沈むぞっ」

外記は呆然と突っ立った半兵衛の頬桁《ほおげた》を張り飛ばした。

「みんな、海に飛び込め。本船が沈むときには大波が生まれて呑み込まれる。一刻も早く船から離れろっ」

嘉兵衛は堂々とした声で、甲板に生き残っていた水夫たちに命を下した。

外記はルシアの肩をつかんで、舷側の手摺りを飛び越えた。

両脚から波間に突っ込んだが、外記はすぐに波の上に顔を出した。浮いていた太腿くらいの船材につかまって立ち泳ぎを始めることができた。

わずかな距離で、ルシアも嘉兵衛も半兵衛も板材を支えにして泳いでいた。

ずぶ濡れの四人の水夫が櫂を漕ぐ中型のバルカが近づいて来た。

「さぁ、船に上がんなせぇ。敵船はもう襲ってこねぇよ」

ファドリケが手を差し伸ばしていた。外記たちは次々にバルカの胴ノ間に転げ込んだ。

サンタ・ロサは握り拳ほどの大きさに見える距離まで遠ざかっていた。

「俺は間違っていた。まさか、あいつが大砲を撃つとは思わなかった」

嘉兵衛は肩を落としてつぶやいた。

四人の熟練水夫たちの力強い櫂の力でバルカは沈みゆくエル・デルフィンからあっという間に離れた。

「ああ、海豚《いるか》野郎が……俺の生命の次に大事な海豚が……」

悲痛な半兵衛の叫び声が波間に響いた。

木材の軋み折れる轟音が響き、エル・デルフィンは徐々に地中海に呑み込まれていった。

「あれでは、二層以下に乗っていた野郎どもは、誰も助からない」

半兵衛は放心して、虚ろな声を出した。

大きな水柱が上がり、船体は完全に波間に消えた。

晴れ渡った空に、茫然自失《ぼうぜんじしつ》の半兵衛を尻目に、無数の鷗がゆったりと飛び交っていた。

# 第六章　聖母マリアは魔女なのか

## 1

カジャオ広場裏手のベラスケスのタジェル（アトリエ）には、生成《きな》りのカーテン越しに午後の陽射しが降り注いでいた。開け放った窓から、木の葉越しの風がそよいで来る。心地よい気候のはずだが、目の前の作品に集中しているベラスケスの身体は火照《ほて》り続けていた。

額の汗を拭った布を弟子のプジョールに放ると、ベラスケスは絵筆を執り直した。

リエンソに描いた大地に立つ聖母マリアは、七分通りの出来上がりだった。

（描いてはならない絵。人前で発表できぬ絵。それにもかかわらず、こんなにも筆に力が入る理由がわからぬ……）

ベラスケスは人間の顔を描くときには、相対するモデロのかたちではなく、常に人間そのものを描こうとしていた。

タティアナに聖母マリアを求める難しさは、モデロとしてこの場所に立たせたときから、少しも変わってはいなかった。困難な課題に挑むベラスケスの胸は、かえって熱くたぎっていた。

だが、造形上の困難を乗り越えて会心の作が生まれたとしても、ホカーノ神父が公開を許すはずはなかった。

タティアナの中に清らかな少女を見出せるかもしれない、仮に発表できなくとも、自分が納得できる絵が描ければいい。そんな思いがベラスケスの画家魂《がかだましい》を駆り立てるのかもしれなかった。

（すべては黒《ネグロ》だ。色が生きるか死ぬかは、黒の使い方次第なんだ）

簡潔な色使いで、リエンソ上に最高の色彩世界を構成しようと、ベラスケスは絵の具と奮闘し続けていた。

構図を決めた段階から、師パチェーコが求める「太陽をまとい、足下に月を踏み、その頭に十二の星の冠を戴く」様式を破る冒険は避けた。

五年前にセビーリャで描いた『無原罪の御宿り』と同じく、太陽は聖母像の背に隠し、陽光の輝きのみで表現した。暗い空に湧き出る群雲《むらくも》に、薄い朱色にぼかした陽光が豊かな陰影を投げかけていた。

対照的に聖母の足下に輝く上弦の月は、透明感を出すために透かし絵の如く描き、背後には黒く沈んだ山並みを描いた。聖母の処女性を表象するために、月光はどこまでも透んだ光でなければならなかった。

マリアが身にまとう衣は、少女らしさを思わせる薄桃色を、肩から掛けるローブには至純を象徴する白を選んだ。どちらも絹織物の柔らかさをいくぶん誇張した陰影で表した。背景や聖母の肢体は満足の行く出来映えだったが、肝心のマリアの容貌には絵筆のとまどいがはっきりと残っていた。

ベラスケスは一番細い面相筆を手にしたまま、タティアナの容貌に視線を集中させて、心の中で迷いうめいていた。ベラスケスが悩みを顔に出せば、タティアナはそれに反応して美しい表情を作ろうと必ず意識する。それでは彼女の自然な表情を引き出すことはできない。

「嘉兵衛は、なぜ、セビージャではなく、コリア・デル・リオなんて小さな街に上陸したんだい？」

ベラスケスは、さりげなくタティアナに話し掛けた。

「グアダルキビール川を遡ってくる大型船は、セビージャに入る前に必ずコリアに寄港するのよ。それで、あの日……八年前の十月の話よ。二隻の大型ガレー船が川を遡ってきた。大型船の時は、街の人間は大勢が港に集まるの。あたしもワクワクして出かけた。インディアスから大勢の人がやってきたって言うんだもの」

想い出を辿るタティアナのアルトが、漆喰天井に滑らかに響いた。

「その時が嘉兵衛との出会いかい」

　ベラスケスの合いの手にタティアナは弾んだ声を出した。

「驚いたわ。だって、ほら、それまでハポンなんて人たちは見たことがないでしょ。みんなが、キラキラ光る絹織物の、とってもきれいな衣装を身につけていた。あれはキモノって言うんですって」

　何回かモデロとして接するうちにベラスケスは、タティアナが無垢な少女にも似た表情を見せる瞬間に気づいていた。

　瀧野嘉兵衛と初めて出会った八年前の想い出話をするときには、タティアナの表情から大人の女の媚が消えた。不思議と成熟した女の色香も淡く霞んでゆく。

　話し言葉さえもが、十代の小娘のように甘ったるく舌足らずに変わった。それでいて宙に浮かんだタティアナの言葉は、いつも生き生きと輝くのだった。

　タティアナとしても、フェリペ四世はもとより宮廷の重臣たちと会話するときには構えに構え、ことさらに上品さを装っているのだろう。

　ベラスケスは年齢も近い上に、身分を気にするほどの地位でもない。タティアナにとっては、肩が凝らずに話せる数少ない相手なのかもしれなかった。

　ともあれベラスケスは、それほど興味があるわけでもない嘉兵衛にまつわる質問を重ねながら、絵筆を進めざるを得なかった。

「外記の刀の鞘も実に精緻な美に満ちている。ハポンの工芸品は優れているのだね。ところで、八年前の嘉兵衛は、なかなかの男前だったんだろうな」

誘い水の効果は、てきめんだった。

「もちろんよ。三十人いた使節団の中で、文句なく一番のグアッポだわ。副使は髭を生やしたおじさんだったけど、だいたいは若い男だった」

「その中には外記もいたのだよね」

「そのはずよ。でもね、嘉兵衛のほかの男にはまったく目が行かなかったの。船を下りたときの嘉兵衛は、正使の神父のそばで刀を引きつけ、怪しい振る舞いをする者がいれば叩き斬るぞ、っていう顔してたの。あの目にやられたんだと思うな。すごく強い……強い意志の力を感じたの」

タティアナは、うっとりと遠くを見る目付になった。

（これだ……。この表情だ）

会話に熱中するタティアナの顔に、待ち望んでいた表情が浮かんだ。

ベラスケスは高鳴る鼓動を抑えつつ、タティアナの輝く瞳を凝視した。八年前に戻った無垢な輝きを心の中に強く刻みつけようと試みた。

陽炎《かげろう》のように移ろうモデロの表情を、そのままリエンソに留める技はない。まずは、心のリエンソに描き、後でゆっくりと緻密に筆を運ぶしかなかった。

五年前の聖母像で描いた伏し目がちで敬虔な祈りを捧げる姿は、タティアナの華やかな顔立ちには似合わなかった。ベラスケスは思いきって顔の部分の構図を変えた。

心持ちあごを上げ、上目遣いに天を望む……マリアが天使の訪れを期待するかの如き構図を選んだ。福音の訪れを待つ明るく無邪気な少女として、聖母を描こうと試みた。

リエンソ上の聖母の顔にベラスケスは、淡いベージュの絵の具を塗り重ねて消していった。

隣に立ってリエンソを覗き込んでいたプジョールが息を吞む音が聞こえた。

「少し、顔を天井に向けてくれないかな。天井が透き通っていて夜空がひろがっている。夜空から大天使ミカエルが降りてくる。君は、それを見上げる。そう、そんな感じだ」

リエンソ上の大胆な作業とは裏腹に、ベラスケスは淡々とした声で要求を告げた。

タティアナの仕草は、ベラスケスの要求を完璧《かんぺき》に満たしていた。だが、演技をさせたために、表情にはあからさまな作為が浮かび上がってしまった。

ベラスケスは手早く聖母の輪郭を絵筆で形作ると、ふたたびタティアナを自然体に戻すための会話を続けた。

「で、嘉兵衛とは、どうして知り合ったんだい？」

「コリアの街って、大した店もないんだけど、『鴛鴦亭《バト・マンダリン》』って酒場があるのよ。あたし、まだ十五歳だったけど、その店で歌ってたから……。いまと違って、ビリャンシーコとかの俗謡だけどね」

「嘉兵衛もその店に顔を出したんだね」

「そう。滞在中にハポン使節団の人が何度か食事に来たわ。それで、妙に蒸し暑い火曜日に、あの人が何人かで連れ立って食事に来たの。嘉兵衛が店の入口に姿を現したときのこと、いまでもはっきり覚えているわ。あたし、ドキドキして、歌う声が上ずっちゃった」

タティアナは悪戯っぽい顔で笑って、言葉を継いだ。

「あの人、片言だけど、エスパーニャの言葉が話せたの。頭がいいから、航海中に覚えたのね。あたし、店が跳ねるまで一人で飲んで待っててって囁いて……二人で港の近くまで散歩したわ。で、あたし、雑木林の蔭であの人を押し倒して、無理矢理に唇を奪っちゃった」

手放しでのろけるタティアナに、ベラスケスは鼻白みながらも言葉を続けた。

「昔から手が早かったんだな。君は」

「冗談を言わないで、初めてよ、そんなことしたの。だって、男を知らなかったのよ。そのときは」

タティアナはすっかり成熟した女の表情に戻ってしまった。ベラスケスは内心で舌打ちした。

「これは失礼……。で、二人は逢い続けたんだね」

「マドリードに向けて発つ日まで、嘉兵衛が抜け出せる日には必ず逢ったわ。でも、まだ、そういう関係にはなっていなかったの。川辺で二人で並んで座って話す嘉兵衛は、いつも夢見る瞳をしていた。あの人、二十五だったけど、まるで少年みたいだった」

瞬間、タティアナの顔に、無垢な表情が生まれかけた。

「嘉兵衛がそんな目をしていた日があったとはな」

嘉兵衛の虚無的に見えるいつも醒めた目付を思い浮かべて、ベラスケスは、驚きを隠せなかった。

「でも、いくらあたしが誘っても嘉兵衛はうんと言わなかったの。あたし自信なくしちゃった。女として魅力がないのかって……」

「嘉兵衛は君を……その……抱かなかったんだね」

ベラスケスはいつの間にか絵筆を忘れ、タティアナの話に引き込まれていた。

「それどころか、キスだってしてくれなかったわ。あの人、女を知らない上に、聖職者になりたがっていたのよ」

「嘉兵衛がかい？」

ベラスケスは驚きの声を上げた。

「ええ、そうよ。ハポンで司祭さまと一緒に殉教した人の子どもなんですって。だから、あの人は神父になる夢を持ってこの国に来たの。だから、女に手を出すはずなかったの」

「信じられないな。サムライと言うんだっけ、彼は戦士そのものじゃないか。戦士と神父じゃ、鷹《たか》と鳩《はと》ほどにも違うぞ」

「でも、あの人、あたしを袖にして使節団としてローマに向かう途中で、じっさいに聖職者になろうとしたのよ」

「なんだって？」

「アルカラの修道院で行われたミサに参列したときの話よ。ミサの厳かな雰囲気に感激して、あの人、その場で髷《まげ》を落とし刀を棄てたんだから」

「そうだったのか……でも願いはかなえられなかったんだな」

「使節団の者が神父になることはできないって、認められなかったの。それで嘉兵衛は仕方なく、いったん棄てた刀をまた腰に差すことになったのよ」

「それじゃあ、なぜ君とつきあうことになったんだい？」

「ローマから帰ってきて、貿易の交渉が失敗してセビージャのロレート修道院ってとこで、一年くらい鬱々とすごしていたのよ。噂を聞いてあたし会いに行ったの。それで外へ連れ出して無理矢理キスして、一緒に暮らそうって言ったの……」

「誘惑したんだね。嘉兵衛はその誘惑に勝てなかったというわけか」

「その頃あの人、いろんな意味でカトリシスモに失望していたから……」

嘉兵衛は、はるばるハポンから嵐の海を越えて過大な期待を抱いてエスパーニャにやって来たのだろう。ローマやこのエスパーニャで、嘉兵衛がカトリコの権勢の振るい方や、その腐敗にどんな気持ちを抱いたのか……。ホカーノ神父に脅され続けているベラスケスには痛いほどによくわかった。

「いまじゃ、すっかり夢も希望もなくしちゃったみたいだけど、八年前のあの人は、カトリシスモの信仰と、この国のきらびやかな文化に熱い思いを抱いていたのよ。プジョール、ちょうど、あなたみたいな瞳をしていたわ」

　タティアナは、あからさまに媚を含んだ笑顔で、プジョールに流し目を送った。

「いや、僕は、そんな……」

　プジョールは口ごもったまま頬を上気させ、潤んだ目でタティアナを見詰めた。

「今日は、もう終わりにしよう」

　タティアナの表情に翻弄されながらリエンソと取り組むことに、ベラスケスは疲れを覚えてきた。

「あら、あたしならまだ、大丈夫よ。今夜は舞台は入っていないから」

　タティアナは口先だけではなく、まだ、このタジェルに留まっていたいようだった。

「いいんだ。これから後は、一人でこなさなければいけない仕事が残っている」

　つかみ得た印象を、今夜のうちに形にしておきたかった。プジョールも帰して夜更けまで絵筆を運ぶ必要があった。

「おい、プジョール、修道院の前までひとっ走りして、お供の方に馬車をまわすように伝えて来い」

この若者を、タティアナの側に近づけたくなかった。

プジョールはぴょこんとお辞儀をして戸口へ向けて走り去った。

それからもベラスケスの挑戦の日々は続いた。

昼は、タティアナの時間が許す限りタジェルに来て貰って絵筆を振るい、朝夕は細かい修正作業を繰り返す日々が続いた。

深更までリエンソに向かい続け、画架の下で毛布を被って眠る日も少なくはなかった。

いちばん苦労した口もとの微笑も、アルカイク・スマイルに似て、わずかに甘さを帯びた、無垢な聖母にふさわしい表情に描けた。

ここまで惹きつけられた仕事はいままで経験した覚えがなかった。ホカーノ神父の影に怯えつつも、ベラスケスにはどうしても絵筆を捨てられなかった。

(聖母左右の肩のあたりの雲は、濃緑色で、もう少し黒を隠そう)

ベラスケスはリエンソから少し身体を離し、あらためて聖母の全体像を確認していた。

窓の外ではロビニア（ハリエンジュ）の林が午後の陽射しに黄色く輝いていた。仕事を始めて半月あまり、『無原罪の御宿り』は、いよいよ完成に近づいていた。

タティアナから天衣無縫《てんいむほう》で無邪気な少女の姿を引き出し、マリアの姿に描き出す課題は、ほぼ成功していた。

（今回の仕事は、これからのわたしの画家人生にとって、必ずや大きな道標になるはずだ）

ベラスケスは、危険なモデロであるタティアナに感謝の念さえ抱いていた。

だが、もしこの絵が世に出れば、異端審問所が黙ってはいない。完成したら盗難に遭ったとか何とか理由をつけて、どこかに隠してしまおうとの考えが固まっていた。

夕刻近くなって、玄関に馬車が止まり、何人かが降り立つ気配が感じられた。

玄関にプジョールを迎えに出すと、すぐにテラデーリャス侍従の禿頭が現れた。

「ベラスケス、陛下のお成りだ。謹《つつし》んでお迎え奉るのだ」

テラデーリャスのもったいぶった声の後ろから、郷士《イダルゴ》に身をやつした微行《しのび》姿のフェリペ四世が現れた。『無原罪の御宿り』に取りかかってから、フェリペ四世は初めてタジェルに姿を現した。

ベラスケスはあわてて身体を折って拝礼の姿勢を取った。

「いや、そのままでよい。ディエゴは仕事を続けておれ」

若き国王はいつも以上に気さくな言葉を掛けてきた。

だが、緊張のあまり、おかしな色でも入れたら修復に時間を取られる。ベラスケスは筆を執り直す気にはなれなかった。

「九分どおり仕上がってはおりますが……」

畏《かしこ》まるベラスケスには答えを返さず、フェリペ四世はツカツカと画架の前に足を運んだ。

ベラスケスには御意《ぎょい》にかなう、たしかな自信があった。

聖母像に視線を移した途端、フェリペ四世の目元がパッと明るく輝いた。

「おお、これは素晴らしい！　予はディエゴが、これほどの腕を持つとは思わなかった。まさに主の福音を伝える絵だ。タティアナ、モデロのそのほうよりも、はるかに美しく魅力的でないか」

政治的には無能だが、絵画については優れた鑑識眼を持つ国王は、心からの喜びの声を上げた。フェリペ四世は世界一の美術愛好家であり、欧州一の美術蒐集家であった。国王のコレクションは、後にプラド美術館へと発展してゆく。

「嫉《や》妬けますわ。ベラスケスに嫉妬すると申すのか？」

「ほう？　ベラスケスに嫉妬すると申すのか？」

「いいえ、リエンソの上のマリアさまに」

タティアナは如才《じょさい》ない笑顔を浮かべた。リエンソ上のマリアの微笑みとは似ても似つかぬ、作為的な笑みだった。

「タティアナが嫉妬くのも無理はない。これは予の知る限り最高の『無原罪の御宿り』だ。あのエル・グレコの作ですら足下にも及ばぬ。ディエゴよ。そのほうは歴史に残る仕事を成し遂げようとしているのだ。予は、この絵を依頼したことを嬉しく思うぞ」

フェリペ四世は、ようやく伸びた口髭をしきりと捻りながら、満足げにうなずいた。

国王の手放しの賛辞に、ベラスケスの胸にもさすがに熱いものが込み上げてきた。

「まことにかたじけなきお言葉、ディエゴめは、恐懼《きょうく》におののくばかりでございます」

ベラスケスは、ひたすらな恭敬の態度を崩せなかった。

ホカーノ神父からは、この絵を完成させられない理由を国王に対して申し立てろと告げられていた。だが、とてもではないが、そんな話はおくびにも出せるものではなかった。

「完成した暁《あかつき》には、宮廷内は言うに及ばず、全エスパーニャ臣民に見せてやりたいものだ。仕事の邪魔をした。帰るぞ、テラデーリャス」

言い捨てると、フェリペ四世はさっと踵を返した。

(完成はさせる……だが、公開すれば、わたしの未来はないのだ……)

フェリペ四世が残していった曇りなき笑顔とは裏腹に、ベラスケスの心には暗雲が立ち昇り始めた。

ラス・デスカルサス・レアレス修道院から、夕べのミサの開始を告げる鐘の音が複雑な音韻で響き渡っていた。

## 2

修道院の森からミルロ（クロウタドリ）の軽やかなさえずりが聞こえてくる。

（白いミルロが舞い降りる……か……）

ベラスケスはぼんやりとスペインの慣用表現を心に思い浮かべていた。

ヨーロッパ東部では春を告げる鳥とも言われるが、マドリードでは一年中その美しい歌声が楽しめた。ミルロは人にも慣れやすく、上流階級《クラセ・アルタ》には人気のある小鳥だが、羽の白いものはいない。価値のある珍しい人や物の訪れを表現する言葉だった。

ベラスケスは、聖母マリアの腰から足下あたりの空間に面相筆で細かい色を入れていた。左右の空間には無数の花が咲き乱れている。五年前に描いた『無原罪の御宿り』には採り入れなかったモチーフであった。

白百合、石榴《ざくろ》、薔薇……。聖母を祝福する花の数は少なくない。白百合は聖母マリアに捧げる花であり純潔と清楚を表す。石榴の実は白百合の花とともに純潔の意味を持つとともに、「再生」や「不死」の暗示でもある。薔薇はカトリシスモ教会そのものを示してもいた。また、カトリコではマリアを「聖なる薔薇《サンタ・ロサ》」とも呼ぶ。まさにマリア自身の象徴でもあった。

華やかさを出したいが、あまり浮き立たせると、うるさくなって主題を弱める。画架全体を何度も眺め直して、主題のマリアに強い視線が集中するように色彩の均衡を取った。

ベラスケスは最後に白の絵の具を取り出した。

この絵の魂とも言える、マリアの瞳と唇の輝きを微調整するために白を使う。

ベラスケスは、リエンソに触れんばかりに顔を近づけて面相筆を運んだ。遠く離れて全体像を確認し、ふたたび画架に歩み寄っては、一本の筆を入れる作業を繰り返した。

ついにマリアは、背景から浮き上がり天に向かってはばたいた。神の祝福に目を見張って無邪気に驚き神に選ばれし悦《よろこ》びを、至純の微笑みで人間の世界に訴えた。

(終わった……もう入れるべき色は、何もない)

ベラスケスは、胸郭に溜めていた息を一度に吐き出すように、深く息を吐いた。

どうしたのだろう。自分でも予想できなかった感慨が身体の奥底から突き上げてきた。叫び出したい衝動を懸命に抑え、鼓動を鎮めるために、ベラスケスはしばし瞑目《めいもく》した。

「とうとう……完成したのね？」

無言のうちにタティアナは悟った。ベラスケスがうなずく間もなく、タティアナは姿勢を崩し傍らに駆け寄ってきた。

「すごい……。すごい絵よ。この絵を見た誰もが、マリアさまの栄光に憧れ、祈りを捧げるわ。いいえ、そんなよそよそしい言い方は止めましょう。誰だってマリアさまを深く深く愛してしまうわ」

上ずった声でタティアナは、叫ぶように言い切った。

「わたくしがモデロなんて、おそれ多い……。ディエゴ……」

タティアナは言葉を詰まらせると、ベラスケスの首に両手をまわした。

その瞳に宿った喜びの光に、ベラスケスの心にも温かいものがこみ上げてきた。

「ありがとう。この絵は、わたしにとっても最高の宝物よ」

タティアナの熱い唇がベラスケスの唇に捺し当てられた。

ベラスケスには、タティアナの接吻が天使から与えられた賛辞のように思われた。タティアナのなすがままに、全身の力を抜いて抱擁《ほうよう》を受け止めていた。

扉を激しく閉める音が響き、ベラスケスは我に返った。

プジョールがいない。

（あいつにも困ったものだ……）

プジョールに言うべきことは言わなければならないと、ベラスケスは心に決めた。タティアナはプジョールの動きは気にもせずに、抱きしめる両腕の力を強めてきた。

「ね……今夜、逢わない……」

タティアナは囁きながらベラスケスの耳たぶを甘嚙《あまが》みした。ついさっき浮かべた表情とは、あまりにも落差が大きく、ベラスケスは混乱せざるを得なかった。

「お食事をご馳走するわ……その後、ゆっくりお礼をさせて……あなたのお部屋で……」

耳たぶに絡みつく熱い舌に、ベラスケスの背筋に激しい緊張が走った。タティアナの指が緊張を解くようにやわらかくやさしく背中を這いまわった。

「君は……何を言っているんだ」

ベラスケスはタティアナを素晴らしいモデロとしか考えておらず、むろん女として愛する気持ちなどは生まれていなかった。

「男のすぐれた才能は、女を燃えさせるの」

タティアナの首筋から生々しい女の香りが漂って鼻腔をくすぐった。

あらがいがたい身体のうずきに、ベラスケスは懸命に耐えた。タティアナの唇がふたたび唇をふさいだ。熱くぬめる舌が滑り込んできた。

「……馬鹿なことを言うな。君は陛下の持ち物ではないか」

ベラスケスは、突き放すようにしてタティアナの身体をはねのけた。

次の瞬間、ベラスケスは驚くべきものを見た。

タティアナの顔には恥じらいはおろか、照れも衒《てら》いも見られなかった。そこにはただ、勝利者の笑みしかなかったのである。

「その気になったら、いつでもいいのよ」

タティアナは少しも悪びれずに微笑んだ。

いつの間にかミルロの鳴き声は消えていた。

タティアナを帰して、陽が傾き掛けたタジェルの椅子に、一人、ベラスケスは座ってい た。プジョールも、あれきり姿を現さなかった。

（タティアナは……なんて女なんだ……）

さげすみの心とは裏腹な身体の奥底に残る熱いうずきに、ベラスケスは戸惑い続けてい た。

戸口に馬車が着いた。かなりの人数が玄関付近に参集している気配が感じられた。

玄関に出ると、宮廷警備隊の兵士たちが制服に威儀を正し長槍を肩に居並んでいた。

槍の穂先には覆いが掛けられており、儀仗《ぎじょう》の意味合いの強い出動と思われた。

少なくともベラスケスを逮捕に来たわけではなさそうである。

大型の有蓋馬車から降り立った中背の貴族を見て、ベラスケスは驚きに目を見張った。

「オリバーレス伯爵閣下、ようこそ、お越し下さいました」

馬車に駆け寄ったベラスケスは、ひたすらな敬愛の念を込めて会釈した。

サルバティエラ伯爵と並んで、自分を宮廷画家の地位に引き揚げてくれたこの大恩人に、
ベラスケスは感謝の思いを欠かした日はなかった。

「陛下がな、そろそろ完成する頃だろうから、見て参れとの御諚《おおせ》でな」

オリバーレス伯爵はフクロウにも似た丸い瞳に明るい光を宿してベラスケスを見た。伯

爵は、フェリペ四世がこのタジェルを何度も訪れている事実は知らないはずだった。

「恐悦至極《きょうえつしごく》にございます。陛下は千里眼をお持ちなのでございましょうか。実は、まさに今日、仕上がりましてございます」

「ほう、それは折りよい話だな。仕上がったとあれば、予が参った意味も大きい」

「伯爵閣下は、お一人でお見えで？」

「いや、珍しい客も一緒だ……」

オリバーレス伯爵は馬車を振り返った。

昇降口から白い僧衣がゆったりとした歩みで姿を現した。

トンスラ髪の下に色白のふっくらとした顔を認めて、ベラスケスの背中は凍った。

「ホ、ホカーノ神父さま……」

ベラスケスの心臓は悪魔の手でつかまれたかの如く激しく収縮した。

「いや、これは意外だ。貴僧がディエゴをお見知りとは」

オリバーレス伯爵は、のんきな声で二人の顔を見比べた。

「なに、絵画論を交わしたことがありましてな。ディエゴよ、久し振りだ」

石畳に降り立ったホカーノ神父の甲高い声に、ベラスケスの鼓膜《こまく》の奥で心臓の鼓動が樽工場で打ち交わされる槌の音のように響いた。

「わ、わたくし如き者の寓居《ぐうきょ》にお越しいただくとは……」

かすれた声で、その場を取り繕うほかなかった。

「陛下のご依頼あそばされた『無原罪の御宿り』が、どのように仕上がっているか、実に楽しみだ」

ホカーノ神父の一言一言が、頭に降り注ぐ雹《ひょう》にも感じられた。ベラスケスは頬を引きつらせ、ただただ黙ってうなずくしかなかった。

「今日は、もう一人、連れがある」

オリバーレス伯爵の言葉に誘われるように、二人目の白い僧服の男が馬車のステップを降りて来た。ベラスケスには見覚えのない高僧だった。

こちらは六十歳前後か、ベラスケスの父親と言ってもおかしくない年頃だった。きれいな白髪、彫りが深い容貌には落ち着きと気品が感じられた。

「お手前が、噂に名高いベラスケスか……」

神父は穏やかな声で言って、ベラスケスの顔をまじまじと見つめた。

灰色がかった瞳は、ホカーノ神父とはまるで正反対で、鷹揚さと慈愛を湛えているように思われた。ベラスケスは幾らか安堵して、自らの名を名乗った。

「初めて拝謁の栄を賜り光栄でございます。わたくし、陛下の絵画の御用を務めさせていただいております、ディエゴ・ロドリゲス・デ・シルバ・イ・ベラスケスにございます」

神父は親しげな笑みを満面に湛えた。

「なかなかと律儀な男だな。わしは、レベリアーノ・アルメンダリス神父だ」

名乗られた途端、神父の背景に稲妻《いなずま》が閃《ひらめ》いた。そんな錯覚にベラスケスは陥った。

「アルメンダリス猊下……異端審問所の……」

震える声を覆い隠す術はなかった。

ベラスケスの耳の奥でふたたび槌音が鳴り始めた。アルメンダリス神父はサラゴサ大司教区の大司教を務めた後、五年前から異端審問官に就任していた。

人格高潔を以て知られ、審問の際には、敬虔な信仰と慈愛の信念に基づき、歯に衣《きぬ》着せずに鋭い舌鋒《ぜっぽう》を振るう人物と聞いている。アルメンダリス神父の鋭意努力で、マヨール広場の刑場に送られずに済んだ人間は無数にいるはずだった。

とは言え、異端審問官である事実に変わりはなかった。

「どうしたのだな……わしの顔は、そんなに見慣れぬものか」

アルメンダリス神父は怪訝に眉を寄せた。

「いえ、あまりにおそれ多い高貴なお方が三人もお越しなので、ディエゴめは足が萎えそうでございます」

喩《たと》えでも謙遜《けんそん》でもなく、ベラスケスは実際に、その場に立っているのがやっとだった。

理由は口にできるはずもなかったが……。

「わたしも絵が好きなことでは、誰にも負けぬ。ことに今日はホカーノ師から誘いを受けめた。


「たので、いそいそと参った次第よ」

アルメンダリス神父は、謹厳な顔つきに似つかわしくない、おどけた声で口もとをゆるめた。

だが、ベラスケスの全身には悪寒が走った。

異端審問所の高僧が二人訪れる。……これは、まさに異端審問の事前調査ではないか。

もはや、完成した絵を隠すことなどはできない。いったん両神父の目に曝《さら》した以上は、隠すなどすれば、証拠を隠滅《いんめつ》した罪に問われてしまう。

ベラスケスの心には、嵐の前の如く黒雲が流れ始めた。

「と、とにかく、お入り下さいませ」

意味もなく平身低頭しながら、ベラスケスは訪客をタジェルに招じ入れた。

「取り散らかしておりますご無礼をお許し下さい。ふだんは使用人も置いておりませんし、ただ一人の弟子も帰してしまいました。何のお構いもできません」

玄関ホールでくどくどと言い訳するベラスケスに、オリバーレス伯爵は鷹揚に手を振った。

「仕上がった絵さえ見られれば、それでよいのだ。我らはすぐに帰る。気にせずとも構わぬ」

タジェルの中央には、隠しようもない『無原罪の御宿り』が、夕方の斜光線を浴びていた。

三人の訪客は一様に立ち止まった。

「おお、これは素晴らしい」

絵に見入ったオリバーレス伯爵は、軽い叫び声を上げた。

「セビーリャ近郊には領地を持つので、三年ほど前にフランシスコ・パチェーコが描いたセビーリャ大聖堂を飾る『無原罪の御宿り』を見ましてな。しかし、あの絵よりもはるかに立ち勝っている。ことに聖母の表情がいい。誰もが敬愛する顔に描けている」

伯爵はためつすがめつ、何度もリエンソ全体に視線を巡らした。

「この作は、かつて見た、どの『無原罪の御宿り』よりも優れている。伯爵がおっしゃるように、庶人の敬愛の念を鼓舞する聖母のお顔立ちですな」

アルメンダリス神父も、素直な称賛の言葉を口にした。

ホカーノ神父の声はなかった。

ベラスケスが盗み見ると、ホカーノ神父の視線も『無原罪の御宿り』に向けて一直線に注がれていた。

だが、神父の顔にはわずかな表情の変化も見られなかった。ギリシャ時代の彫像のように押し黙って立つばかりだった。

「天使像は描かぬのだな。エル・グレコの絵では、空に熾天使《してんし》や大天使が飛び交っておったが」

アルメンダリス神父は、振り返って穏やかに尋ねた。

「は……。しかし、師のパチェーコが定めたヨハネ黙示録の援用構図は守っております。すなわち、《太陽をまとい、足下に月を踏み、その頭に十二の星の冠を戴いていた》という構図でございます」

歯を鳴らさぬよう努めながら、ベラスケスは懸命に答えた。

「いやいや、これは審問ではないぞ。ただの絵画談義だ。そう、固くならずともよい」

アルメンダリス神父は、軽く声を立てて笑った。

「絵を見て下さる方のお心が、ひとえに聖母マリアさまに向けられますようにと願いまして……」

「なるほど、奥床《おくゆか》しい技法だな。たしかに、天使を描き奉るには、また、別の難しさがあろう」

どこまでも親しみを隠さないアルメンダリス神父に、ベラスケスの緊張は幾らか和らいだ。

「御意にございます。天使さまを描くだけの力は、いまのわたくしにはございませぬ。神の祝福は太陽と月の光、また、白百合、薔薇の花と石榴の実で象徴しております」

「しかし、花々は、随分と控えめに描いたものだな」

「はい、聖母像との均衡を、ひたすらに考えましてございます」

それでも、ベラスケスは神学校《セミナリオ》で口頭試問を受ける生徒そのものの態度で答えざるを得なかった。

アルメンダリス神父は聖母像の左右の空間に視線を巡らしながら、言葉を続けた。

「画幅の全体を通じて、エル・グレコに比べ抑えめの色づかいだ。が、それがかえって、聖母像の純真さをよく表現しているではないか。いや、結構だ」

ベラスケスは、神父が思ったよりも派手な色づかいを好むことに気づいた。

「公開の日が待ち遠しいな。帰って陛下にご報告を申し上げよう。予想を超える傑作を仕上げておった、と」

オリバーレス伯爵の言葉を最後に、三人は『無原罪の御宿り』から離れた。

ホカーノ神父は終始ずっと無言だった。

最後に馬車に乗り込むときに、瞬きの少ない目でベラスケスを見据えながら、抑揚のない声で囁いた。

「よく描けている。だが、忘れまいぞ。絵画は一度、画家の手を離れれば、独りで歩き始めるものだ」

ホカーノ神父の真意はわからなかった。だが、それが警句であることは間違いなかった。

『無原罪の御宿り』が公開された後、どんな運命が自分を見舞うというのだろう。

夕闇が迫る石畳を立ち去る馬車の背を見詰めながら、ベラスケスの心は、煉瓦《れんが》の壁が崩れてのし掛かってくるように重苦しかった。

3

突然の訪客が帰った日の夜、自宅に戻ったベラスケスは、熱を出して寝込んだ。制作の疲れが蓄積した上に、招かざる客たちの来訪に身体が保たなかったのだろう。

三日三晩にわたって寝床を離れられず、襲い来る頭痛に耐えながらうなり続けていた。

ようやく熱が収まった日の朝、侍従のテラデーリャスから、昼前には『無原罪の御宿り』をパラシオに運び込みたい、との使いがあった。ベラスケスはふらつく身体に鞭を入れてタジェルに急いだ。

タジェルには大型の荷馬車が停まり、大勢の人足《にんそく》が待機していた。下男をやって呼び出したプジョールも先に来ていた。

運び出しは黒服姿のテラデーリャス自らが指揮を執っていた。フェリペ四世の意気込みが伝わってきて、ベラスケスは恐縮せざるを得なかった。

「陛下からの思し召しだ。納めるがよい」

勿体《もったい》をつけて、テラデーリャスは真新しい革袋を手渡した。

両手で受け取った革袋は、ずしりと重かった。ベラスケスが予想していた三倍ほどの報酬ではなかろうか。

「明後日の夕刻、宮中で市内の主立ったお方をお招きしての舞踏会が催される。陛下には、この絵をご披露《ひろう》あそばされるとの御諚だ。ご来賓から絵についてのご下問などあるやもしれぬ。それゆえ、参内して控えておるようにとの御意だ。午後六時前にパラシオに参れ」

テラデーリャスは傲岸と肩をそびやかし、人足頭に指示を与えに去った。

タジェルに入り、画架の上にぽつんと載っている『無原罪の御宿り』を見て、ベラスケスの胸には熱いものが込み上げてきた。

ホカーノ神父の影に怯え、タティアナをモデロとする難しさに打ち克《か》って仕上げた作品である。本音を言えば手もとから離したくはなかった。

異端審問所への不安は消えなかった。だが、あれからホカーノ神父は沈黙を守り続けていた。呼び出される機会はおろか、何一つ音沙汰《おとさた》がなかった。

いつも悪魔の使者のように現れるロンバルデーロも、一向に姿を見せなかった。

「じゃ、旦那、梱包《こんぽう》を始めても、よろしいですね」

人足頭の言葉に我に返ったベラスケスは静かにあごを引いた。

「ああ、丁寧に頼むよ」

ベラスケスは自分のもとを離れる愛しい作品を、もう一度じっくり仔細《しさい》に見渡してから別れを告げた。

荷馬車が去った後のがらんとしたタジェルには、ベラスケスとプジョールが残された。

「プジョール、お前に言いたいことがある」

ベラスケスは感情を抑えて切り出した。プジョールの若々しい顔に、不安の影がよぎった。

「どのようなお話でございましょうか」

「一言だけだ。タティアナには惚れるな」

ベラスケスは、重々しい口調を作って、戒《いまし》めの言葉を口にした。

「なぜですか。あの人は、素晴らしい女性だ」

ベラスケスの予想とは違って、プジョールの目は挑戦的に青く光った。

「あの女は、お前如き小僧が意のままにできる女ではない。あんな女に関わっていると、必ず身を滅ぼすぞ」

プジョールの顔色が、さっと変わった。

「せ、先生……。たとえ、先生でも、あの人を侮辱するようなお言葉は許せません」

浅黒い顔を怒りに赤く染めてプジョールは歯を剝き出した。

「現にそのように、心を乱されているではないか。浮ついた心根では絵の修行などできぬぞ。お前は一人前の絵描きになりたくて、遠くバダホスの街からマドリードに出て、わたしのところに来たのではないのか」

「ですが、先生。人を恋うる気持ちは、絵描きにとっては制作への大きな力となるはずです」

バダホス訛りを跳ね返すように言葉に力を入れ、プジョールは熱を込めてあらがった。

少しも耳を貸そうとしないプジョールに、温厚なベラスケスもさすがに腹が立ってきた。

「生意気を言うな。恋などは、一人前の絵描きになってから、いくらでもできる」

プジョールの瞳には、憎しみと嫉妬とが激しい炎と燃えていた。

「先生は……先生は、あの人が好きなんだ。だから、わたしを、あの人から遠ざけようとしているのです」

プジョールの握った両拳が、ブルブルと震えていた。

勘違いもはなはだしい。だが、タティアナがベラスケスの唇を奪ったときに、この男は嫉妬に狂って飛び出した。

「馬鹿を言うんじゃない。わたしはお前の身を思って、言いたくない話を口にしているんだ。少しは素直に聞いたらどうなんだ」

「卑劣だ。先生は卑劣です。僕は負けない。絶対に負けないっ」

ベラスケスの言葉を最後まで聞かずに、捨て台詞を残してプジョールはタジェルを飛び出していった。

（坂を転げ落ちる荷車を止める力は、わたしにはなかったな……）

タティアナの気まぐれな感情に翻弄されるプジョールの明日を思うと、ベラスケスの心は暗く翳《かげ》った。

（だが、わたし自身はどうなのだ……）

あの日から、タティアナの身体の温もりが、背中を這いまわった指先の感触が、甘やかな匂いがベラスケスの心を乱していた。

（馬鹿な、あんな多情な女を愛してどうなるというのだ）

ベラスケスは、タティアナの想い出に悩まされる度に、頭を振って彼女の面影を追い払ってきた。

二日後の夕刻、ベラスケスは正装に威儀を正して自宅を出た。従者代わりに伴おうと考えていたプジョールは、あれきり姿を現していなかった。

パラシオに着いたベラスケスは、テラデーリャス侍従の指示で会場に近い控えの間に待機させられた。

廊下の奥にある《孔雀《くじゃく》の間》からは、オルケスタの演奏が華々しく響いていた。

控えの間に設えられた大鏡の前で、ベラスケスは何度も髪形を整えていた。その後は、部屋の中を檻の中の熊《オソ》のように行ったり来たりするほかに、いまのベラスケスにできることはなかった。

ベラスケスは鏡に映った自分の姿を見て、マドリード市の紋章を思って苦笑した。

マドリード市の紋章は、熊が後ろ足で立って、山桃《やまもも》の木の幹に両前足を添え高い枝の実を貪ろうとする意匠だった。

いまでは熊を見掛ける機会とてないが、フェリペ二世時代にトレドからマドリードに宮廷が移されてから六十二年しか経っていない。ルネサンス期までのマドリードは決して大きい街ではなかった。かつては山桃が無尽蔵《むじんぞう》に生え、甘い実を狙う熊も出没した。

ノックの音が響き、赤いお仕着せを身に着けた給仕が入って来た。

「ベラスケスさま、お召しにございます」

自分の喉が大きく鳴る音が、ベラスケスの耳に響いた。

給仕の背に続いたベラスケスは、磨き込まれたチェッカー模様の大理石の床を、足もとがよろけないようにゆっくりと歩いた。

見上げるような大男の衛兵が、広間の扉の両脇で矛槍を構えて警固に当たっていた。

多くの人々の笑いさざめく声が、オルケスタの奏《かな》でる陽気な旋律の間から響いてくる。

扉の向こうの《孔雀の間》には、メディナ＝シドニア公爵、アルバ公爵、サンタ・クルス侯爵を始め、マドリード在住の主だった貴族と、その夫人や子女が参集しているのだ。

本来は職人に近い身分の宮廷画家などが顔を出せる場ではなかった。だが、フェリペ四世は、マドリードの貴顕が一堂に会するこの舞踏会でベラスケスを売り出そうと企図してくれていた。

今夜の舞踏会を実際に肝煎《きもい》っているのは、オリバーレス伯爵のはずだった。帝国第一の権力者であるオリバーレス伯爵が『無原罪の御宿り』をいたく気に入ってくれたことも大きかった。

戸口の傍らに立つ給仕の手によって扉が開かれた。

一瞬、ベラスケスの目は眩《くら》んだ。

天井に等間隔に並ぶ大きなアラニャの灯りは、陽の光をあざむくほどに明るかった。

貴婦人たちが身にまとう艶やかな絹織物の不統一な色彩の渦が、ベラスケスの神経に激しく突き刺さった。

視界を取り戻すと、五十人近い招待客の視線がいっせいにベラスケスに注がれている。

胸の鼓動はどんどん高鳴っていった。

「おお、ディエゴ、よく参った」

広間中央の壁際で玉座にいるフェリペ四世が青い絹織物の袖を振って手招きした。隣にはきらびやかな宝飾類で華やかに胸元を飾ったイサベル王妃が微笑む姿があった。

傍らには酒杯を手にして、頬を染めているオリバーレス伯爵や、貴婦人と談笑するサルバティエラ伯爵の姿も見られた。

右手はるか上方の壁に飾られた『無原罪の御宿り』には、黒い覆い布が掛けられていた。

両脇に下がっている紐を引くと覆い布が床に落ちる仕組みと思われた。

ベラスケスは身体を硬くして玉座近くに進み、片膝を床について、拝跪の姿勢を取った。

床に視線を落として控えの姿勢を保っていると、フェリペ四世が玉座から立ち上がる気配が感じられた。

「皆の者、紹介しよう。あれなる聖母マリア像は、このディエゴ・ベラスケスの手になるものだ」

フェリペ四世の張りのある声が響き、オルケスタが高らかにファンファリアを奏でた。

ベラスケスはわずかに視線を上げた。

小太鼓の連打が雰囲気を盛り上げる。オルケスタの盛大な和音とともに、作品左右の下に立った給仕たちの手によって紐が引かれた。

いままさに『無原罪の御宿り』が、マドリードの貴顕たちの面前に公表されようとしている。

覆い布がはらりと床に落ちると、渦潮《うずしお》にも似た大きなどよめきが、《孔雀の間》にひろがった。

「なんてきれいなマリアさまなの。それにとっても愛らしいわ」

「美しい。だが、清らかだ。天を望む表情に、神の福音の尊さがよく表れておる」

「パラシオ一番の宗教画となるのは間違いないですわね」

「構図が素晴らしいのう。誰もが聖母を崇めるように描かれておるわい」

「色づかいだって素敵よ。マリアさまの薄桃色の衣を見て。透き通るようよ」

ベラスケスは立て続けに与えられる我が作品への賛辞に涙があふれてきた。

描いてはならぬ絵として制作に取り掛かった時の鬱屈した感情が蘇った。人前に発表できぬ作品を描き続けるほどの虚《むな》しさは画家として堪えられぬものだった。

だが、いま、我が聖母は、多くの人々に祝福され、神の福音を伝えているではないか。

「かように優れた作品を仕上げたベラスケスの才能と努力は、類《たぐ》い稀《まれ》なるものでございます。彼の者の如き不世出《ふせいしゅつ》の画家を宮中に抱えていることも、陛下のご威光あらたかなる所以《ゆえん》でございましょう」

玉座の傍らでオリバーレス伯爵が、朗々《ろうろう》たる声音で、廷臣を代表するかのようにフェリペ四世に祝意を述べた。

「予も、ベラスケスに『無原罪の御宿り』を描かせたことを満足に思う」

フェリペ四世は訪客たちを見渡しながら満足げにうなずいた。ここにベラスケスの宮廷画家としての地位は確固たるものとなった。

ベラスケスは輝かしい栄光に包まれて半ば恍惚と立っていた。

そのときである。

「おや……。聖母像の胸の右あたりに、おかしな顔が描かれておるではないか」

しわがれた声が響いた。

驚いて、声の方向へ視線を移すと、一人の老貴族が真下に立って作品を見上げていた。

岩に刻みつけたような厳つい顔つきの髪も髭も真っ白な老人は、六十歳近いバリエ・デ・オリザバ伯爵だった。

フィリピン臨時総督、パナマ地方長官兼軍司令官などを歴任したインディアスの英雄的軍人として知られる。マニラからの帰国途上に難船して上総国岩田浜《かずさのくにいわたはま》に漂着し、徳川家康《とくがわいえやす》に拝謁したドン・ロドリゴとは、この老人の若き日の姿であった。

「ほれ、ちょうど白百合の花が描かれているあたりの右じゃよ」

オリザバ伯爵は、あごを上げたまま、右手の人差し指で『無原罪の御宿り』を指さした。

ベラスケスはあわてて、オリザバ伯爵が指摘した空間に目をやった。

むろん顔など見えるはずはなかった。

だが、筆が荒れている。色づかいに違和感がある。

（そんな馬鹿な。あんなに荒っぽいやり残しをするはずがない）

ベラスケスは、目の前で起こっている事態が理解できなかった。

（何かの間違いだ。これは悪い夢に違いない）

ベラスケスは現実を直視できなかった。輝かしい栄光は、ものの五分で朝露の如く消え去った。

だが、いかに目を凝らしてみても、怪しい顔など発見できない。オリザバ伯爵の言葉は信じられなかった。

「左右には白百合と薔薇、石榴が描いてあるけど、顔なんて見えないですわ」

オリザバ夫人と覚しき、品よく顔立ちの整った老女が怪訝な顔で作品を見上げている。

「いや、たしかに顔が……顔が見える。あれは悪魔《デモニオ》に違いない」

だが、オリザバ伯爵は気難しげに額にしわを寄せて譲らなかった。

「太陽の光と雲、あとは花や実しか見えないですよ」

隣に立っていた若い美男子の貴族も、不審そうに眉を寄せた。

やはり、オリザバ伯爵の気の迷いなのだ。長年、インディアスの激しい陽光に曝されて、伯爵の目はおかしくなっているものに違いない。

ベラスケスが胸を撫で下ろした瞬間だった。

「ねぇ、おかしな顔って、あれのことでしょ。茶色みたいな灰色みたいな」

つけ黒子《ぼくろ》が魅力的な三十前後の小柄な貴婦人が甲高い声で叫んだ。

「わたくしにも見えるわ。もしかして、魔女《ブルハ》じゃないの？　そうよ、あれは魔女の顔よ」

でっぷりと太った中年の貴婦人が怖ろしげに眉をひそめた。貴婦人の丸い肩は、はっきりと震えていた。

「そんなもの、どこにも見えやせんぞ。オリザバ伯は長年の南海暮らしで、もうろくしたんじゃないのか」

「ぶ、無礼な。いま一度はっきり申してみい」

「伯爵夫人は、ヴィーノの飲み過ぎじゃないのかしら」

「失礼ね。わたくし、生まれてこの方、お酒など口にした覚えはございませんわ」

賛否の声が飛び交い、《孔雀の間》は騒然となった。

オルケスタは弦や管をやめて、なりを潜めている。七人の楽士たちも怖々《こわごわ》、『無原罪の御宿り』へ視線を向けていた。

フェリペ四世は作品を見上げて、しきりと首をひねっていた。

サルバティエラ伯爵が、オリバーレス伯爵に何事か耳打ちした。オリバーレス伯爵は、ベラスケスが立つ場所へ大股に歩み寄ってきた。

「ディエゴ、広間を出ろ。わたしに従いて来るんだ」

フクロウに似た丸い目を大きく見開いて、オリバーレス伯爵は強い口調で命じた。

「わたくしの絵に怪しい点がないことを、この場ではっきりさせて下さい」

ベラスケスは懸命にあらがったが、オリバーレス伯爵は大きく首を振った。

「お前がこの場にいると、騒ぎが大きくなる。それとも、質問攻めに遭いたいのか」

オリバーレス伯爵の瞳には、ベラスケスに対する厚意と憂慮の光が宿っていた。

「ご指示に従います」

ベラスケスはうなだれて、オリバーレス伯爵が急ぎ足で戸口へ向かう後を追った。

オリバーレス伯爵は、さっきまでいた控えの間に入っていった。ベラスケスが後に続くと、伯爵は自ら内鍵を掛けた。

「ベラスケス。いったい、どういうことだ」

オリバーレス伯爵は、ベラスケスの目をじっと見詰めて声を潜めた。

「逆に、わたしが伺いたいです。わたしには顔なんてものは見えませんでした」

ベラスケスは泣き出したい気持ちを堪えて答えた。

「わたしにも見えなかった。だが、オリザバ伯と、ほかに二人ほどのご婦人が顔が見えると明言していたではないか」

オリバーレス伯爵は、憂鬱そうに眉を曇らせた。

「実は作品の位置が遠くて、あまりはっきりとは見えなかったのですが、オリザバ閣下が顔が見えると仰せになっていたあたりの色づかいが少しおかしいのです。きっと何者かが手を加えたものに相違ありません」

ベラスケスの必死の抗弁に、オリバーレス伯爵はあごに手をやって考え込んでいたが、直接の答えを返さなかった。

「とにかく、広間に戻ることは許さぬ。理由ははっきりとはわからぬが、お前の絵で今夜の舞踏会は台無しになった。騒ぎを起こした犯人が、あの『無原罪の御宿り』であることには間違いがないのだからな」

「申し訳ございません……。陛下はもとより、閣下にも多大なご迷惑をお掛け申しました」

ベラスケスは肩をがっくりと落として、かすれた声で答えた。

「追って沙汰あるまで、この部屋に控えておれ。訪客の手前、看守をつけるが、事態が明らかになるまでの話だ。なに、あの絵に怪しい点がなかったことは、タジェルで見分したわたし自身がよく知っている」

オリバーレス伯爵の温かい言葉に、ベラスケスの目元に涙がにじみ出た。

「ありがとうございます。閣下だけが、わたくしの心の支えでございます」

膝をついたベラスケスは、オリバーレス伯爵を拝礼するように両手を合わて組んだ。

「だがな、あのようにはっきり魔女などと言われては、とんでもない話に発展する。異端審問所が乗り出してくるぞ」

オリバーレス伯爵は、これ以上はないと言うくらい渋い顔を浮かべて踵を返した。

ベラスケスは独り、控の間に残された。断崖に立たされて、背中から誰かの両手で押されている気分だった。

タジェルにホカーノ神父を迎えたときと同じく、頭から雹が浴びせられた気分だった。氷の塊が突き刺さる錯覚に、ベラスケスは思わず頭を押さえてしまった。

何事もなかったように、《孔雀の間》からオルケスタの円舞曲が聞こえてきた。『無原罪の御宿り』にふたたび覆いが掛け直され、紳士淑女が舞踏を始めているようすが目に浮かんだ。

ベラスケスの耳には、三拍子の古い舞曲があたかも葬送行進曲であるかの如く重苦しく響いた。

一時間ほど経つと、廊下では大勢の男女が退出してゆく足音や囁き声が響き続けていた。やがて深夜の大聖堂にも似た静寂が訪れた。

ベラスケスは時の経つのも気づかずに、床にうずくまって放心したままでいた。

訪れた輝かしい栄光と、あっという間の崩壊。すべてが夢の中のできごとのように思われた。ベラスケスの心は灰色の霧に覆われた夜明け前の大地のように色彩を失っていた。

自分に襲いかかってきた大きな危機ですら、実感に乏しかった。

どれほど時間が過ぎたろう。廊下に何人かの人間が近づく気配が感じられた。

扉を開けて大柄な男が入って来た。地味な黒ずくめの服を身につけている。背後には黒い制服姿の兵士が四人つき従っていた。

「宮廷警察のイグナシオ・バリオス警部だ」

五十年輩の男は、口髭をひねりながら背をそびやかした。

「わたしは……収監されるのですか?」

ベラスケスは男を見上げながら、ぼんやりと訊いた。

「立つんだ。家に帰してやる」

バリオスという警察吏は恩着せがましく言って、ふんと鼻を鳴らした。

「わたしに罪のないことが、わかっていただけたのですね」

ベラスケスの心は、色彩を取り戻しかけた。

「お前の罪は、これから上のほうで審議される。ただ、パラシオに留め置くわけにはいかん。また、家から出ることは許さん。今夜から宮廷警察が、お前の家を監視する」

横柄な調子でバリオスはあごを反らした。

「軟禁されるのですか？　ですが、わたしは何の罪も犯していません」

心がふたたびしぼんだベラスケスは、弱々しい声であらがった。

「牢屋に入れられなかっただけ幸いだと思え。オリバーレス伯爵閣下に感謝することだな。あの方のお執り成しがなければ、今頃は地下牢で鼠と話しているところだ」

バリオスは手振りで退出を促した。

4

自宅へ戻ってからずっと、ベラスケスは寝室から出ずにいた。

絵を描くわけにもいかなかったが、描く気も起こらなかった。三度の食事は使用人に寝室へ運ばせた。

三人いる使用人たちも、主人の身の上を気遣ってか、音も立てぬように過ごしていた。

（顔が見えるだと……悪魔の顔だと……）

何度、思い返してみても、ベラスケスの目には顔らしきものなど見えなかった。

だが、三人が指摘した聖母像の胸の右、白百合の花の外側には違和感があった。

アラニャの光のせいではない。たしかに、ベラスケスには覚えのない筆さばきが認められた。

（加筆した者がいるのだ）

他の人間に不自然に見えないように加筆するには、あの絵をよほど詳しく知悉《ちしつ》していなければならない。さらに、ベラスケスの筆さばきを真似できるだけの技術を持っている必要があった。

（プジョールに違いない……あの馬鹿者が）

この二つの条件を兼ね備えた人間は、プジョール以外にはあり得なかった。

タティアナとベラスケスの関係を誤解し嫉妬に狂って、こんな愚かな振る舞いに出たものに相違なかった。

プジョールが犯人だとすれば、あの男と対決すれば、真実を明らかにできる。

（だが、あの絵は一昨日、テラデーリャスがパラシオに運んだのだ。尋常の手段で身分なきプジョールが、パラシオに入れるわけがない。と、すれば……）

宮廷内に手引きした者がいるはずだ。

――絵画は一度、画家の手を離れれば、独りで歩き始めるものだ。

ベラスケスの胸に、タジェルを去るときに残したホカーノ神父の言葉が、まざまざと蘇った。

タティアナをモデルに『無原罪の御宿り』を描き上げたことを、やはりホカーノ神父は許せなかったのか。プジョールを使嗾《しそう》して作品に小細工をさせたのだろうか。

（異端審問所は、この先、わたしをどう裁くつもりなのか）

ベラスケスの背中には冷たい汗が流れ始めた。

居間の扉を力なく叩く音が聞こえた。

「宮廷警察のバリオスさまがお見えです」

使用人の老爺が部屋に入ってきてオドオドとした声で告げた。

「ディエゴ・ベラスケス、皇帝陛下の命により、お前をパラシオまで連行する」

午後の陽光を背に受けたバリオスの立ち姿は、目の前に急に石壁がそびえたように感じられた。

「逮捕するという意味ですか」

訊き返すベラスケスの声は震えた。

「とにかく、馬車に乗れ」

気難しげに御者台に座ったバリオスの表情に、ベラスケスは重ねての質問をためらった。

迎えの馬車は鉄格子がはまったようなものではなく、質素ながらも普通の有蓋馬車だった。ベラスケスは囚人の扱いを受けていないことに幾らかの安堵を覚えた。だが、いったい、どのような立場で、なんのために連行されると言うのだろう。

バリオスが先導する兵士たちに護送されて、ベラスケスは長い回廊をどこまでも歩かされた。

連れて行かれた部屋は、ベラスケスが立ち入った覚えのない宮廷最奥の棟にあった。両開きの大きな扉の左右には、大柄な護衛兵が矛槍を光らせて立っていた。

ベラスケスは思わず首をすくめた。舞踏会の日には何とも感じなかった矛槍の刃が、ベラスケス自身の首を切り落とすための武器に思えた。

「入室したら、お声が掛かるまで、ひたすらに平伏しておるのだ。よいな」

バリオスが押し殺したような声で命じた。

「お召しにより、ディエゴ・ベラスケスが参りました」

高らかに呼ばわるバリオスの声に応じて扉が開かれた。

数多の窓から差し込む西陽の光線に目がくらんだ。ベラスケスは視界を取り戻す間もなく、大理石の床に視線を落とし、平伏の姿勢を取った。

「ベラスケス、面《おもて》を上げろ」

聞き覚えがある中音が響いた。

オリバーレス伯爵が、地味な濃紺の絹織物に身を包んで椅子に座っていた。

左隣にはサルバティエラ伯爵、右隣には、恐れていたとおり、ホカーノ神父が座っていた。

ベラスケスの額から汗が噴き出した。

ホカーノ神父の右には、レベリアーノ・アルメンダリス神父。サルバティエラ伯爵の左には見知らぬ若い男が座っていた。黒い司祭服を身につけ帽子を被っている。ベラスケスとあまり変わらぬ年頃と見受けられた。

この部屋には、問題の『無原罪の御宿り』は見当たらなかった。

「あの騒ぎの翌朝、枢密院と神学者会議の全員を招集した。結果、この問題についての査問委員会を設置すると決定した」

オリバーレス伯爵は、神経質に眉を震わせた。

枢密院は上級貴族で構成される国政の諮問機関であり、神学者会議はその名の通り宗教上の問題を学術的に問擬する諮問機関であった。

「わたしが枢密院を代表して座長となる。わたしには、この問題の原因を探り、宮廷周辺の混乱を収束させる責任がある。査問委員は仕上がった日にタジェルであの絵を見た三人と、臣下を代表してサルバティエラ伯、神学者会議からはグラシアン神父の六人だ」

グラシアン神父は、明るい瞳を輝かせて初対面のベラスケスに会釈を送った。緊張しきったベラスケスは神父の好意的な笑みに救われて丁重に会釈を返した。

一六〇一年生まれのバルタサル・グラシアンはイエズス会の若き司祭であるが、スペインを代表する哲学者、神学者でもあった。『エル・クリティコン（あら探し屋）』に代表される彼が残した著作は、後年、数多くの哲学者や思想家に対して多大な影響を及ぼした。

ほかの人々は、すべて知己だったが、誰もが無表情に押し黙っていた。

「ベラスケス、お前は、騒ぎの根本である絵画の描き手であり、査問の中心たるべき者なのでここに召した」

オリバーレス伯爵が発言を促すような素振りを見せた。ベラスケスは自分の罪を糾弾される場に臨んで、どんな返事をしてよいかわからなかった。

「ただ、ただ、おそれ多いことでございます」

あごまで伝わる冷汗を拭ってベラスケスは形ばかりの答えを返した。

オリバーレス伯爵は渋い顔でうなずき、一同を軽く見渡した。

「さて、まず最初に確認すべきは、オリザバ伯が指摘した怪しい顔が、本当に見えるのか否かだ。あの絵が仕上がった日にも、騒ぎが起きた当日も、さらには先ほどの見分でも、わたしには、そのような像は少しも見えなかった」

査問委員の面々は、すでに『無原罪の御宿り』の見分を終えていた。

「わたしは、今回の問題は、オザリバ伯の見間違えに過ぎないのではないかと思います。五十名を超える招待客の中で、顔が見えると申し立てたのは、たったの三人。わたしにも、顔はおろか、花や実以外には何も見えなかった。わたしの見分では、あの絵に怪しい点は少しも見受けられなかった」

サルバティエラ伯爵は、一同を見渡しながら堂々たる声音で言い切った。

救いの手を差し伸べてくれたサルバティエラ伯爵に、ベラスケスは内心で手を合わせた。

グラシアン神父が微笑みを浮かべながら、言葉を引き継いだ。

「あの晩、オザリバ閣下のお言葉に、残りのお二人、トロックス伯爵夫人とウクレース伯爵夫人が刺激を受けて引きずられた。つまり、ヒステリー《イステリア》を起こして、見えないものを見た可能性は否定できないでしょうね。二人とも妙齢の女性ですから」

グラシアン神父は、きわめて合理的な意見を口にした。だが、トロックス夫人は老女と呼んでいい年齢だった。神父は諧謔《かいぎゃく》好きなのか、神学者という謹厳な立場とはほど遠い人物だった。

二人の伯爵は静かに笑い、場の雰囲気がいくらか和んだ。

「いや、イステリアなどではない」

アルメンダリス神父の厳しい声が天井に響いた。

「残念ながら、先の見分では、わたしもはっきりと顔を認識した。白百合の花の右手だ」

白い眉を震わせてアルメンダリス神父は苦しげに続けた。

タジェルではあの絵に好意的だった神父のこの言葉は、ベラスケスを打ちのめした。

「本当ですか。本当に顔なんて見えたのですか」

グラシアン神父が口を尖らせて反駁すると、アルメンダリス神父の顔に怒気が浮かんだ。

「わしがイステリアだとでも言うつもりかね」

唾を飛ばすアルメンダリス神父に、グラシアン神父は首をすくめた。

「とんでもありません。ただ、わたしには何も見えなかったものですから……」

グラシアン神父の恐懼の態度に、アルメンダリス神父は穏やかな表情に戻って続けた。

「たしかに、あの絵が仕上がった日に、ベラスケスのタジェルで見たときには、そのような怪しい影は見えなかった。しかし、先ほど、この部屋で見た折には、間違いなく像は浮かんでいたのだ。それも……牛と人と羊の頭を持つ《悪魔》だ。茶色いシルエットで悪魔が浮かんでいたのだ」

アルメンダリス神父は、興奮を抑えるためか胸に手を置いて一語一語をゆっくりと発話した。

（悪魔……。やはり、見えるのは、悪魔なのか）

ベラスケスの脳裏には、両手に手枷《てかせ》をはめられ、三角帽子を被せられて火刑場に向かう己の姿が浮かんだ。両膝は隠しようもなくガクガクと震え始めた。波のように襲い来る目眩《めまい》にベラスケスは耐えた。

だが、ベラスケスにはただの違和感にしか感じられない加筆を、なぜ、アルメンダリス神父はこうも明確にシルエタとして認識しているのだろう。

「第二正典の『トビト記』に記される《アスモデウス》か……」

グラシアン神父がかすれた声でつぶやいた。

「神父、わたしは不勉強で、初めて聞いた名だが？」

オリバーレス伯爵が額にしわを寄せて説明を促した。

「牛と人と羊の頭を持つ悪魔は、《アスモデウス》と呼ばれます。牛、人、羊の三つの頭を持ち、足は鵞鳥《がちょう》で、毒蛇の尻尾《しっぽ》が生えている。軍旗と槍を持って竜にまたがり口から火を噴く怖ろしい姿をしているそうです。詳しい説明は省きますが、《アスモデウス》は人間の七つの大罪のうちの《色情》を司《つかさど》る悪魔とされています」

グラシアン神父が明確な発声で知見を披露すると、オリバーレス、サルバティエラの両伯爵は低い声でうなった。

ベラスケスは旧約聖書の続編に収められている『トビト記』を目にしたことがなかった。さらに言えば《アスモデウス》など存在すら知らなかった。

加筆がプジョールの仕業《しわざ》だとすれば、入れ知恵した人間がいるものに相違なかった。ベラスケスはホカーノ神父の顔を盗み見た。ホカーノ神父は視線を宙に固定したまま、少しも表情を変えなかった。

「わたしにも顔などは見えなかった。いったい、怪《あや》しの顔はまことに存在するのか」

オリバーレス伯爵は顔を傾け右ひじを机について長く息を吐いた。

「ベラスケスのタジェルではそんな像が見えなかったことはたしかです。先ほども何も見えなかった。しかし……」

表情を動かさず、ホカーノ神父は甲高い声で続けた。

「舞踏会での三人に続き、ほかならぬアルメンダリス師が確認した以上、悪魔の像は、見える人間には見えるものと考えるほかありません。オリバーレス閣下には、お言葉を返すようですが、怪しい像の実否はすでに検討課題ではない。問題は、その像が何故に浮かんだか、また、どうして見える者と見えぬ者がいるか、でしょう。これは由々しき問題です。ベラスケス、お前に訊くが、白百合の右手に顔などを描き込んではおらぬのだな」

ホカーノ神父はベラスケスの顔を覗き込むようにして訊いた。

「もちろん……そのようなものは……描いておりません」

貼りつく舌を剝がしながら、ベラスケスはどうにかこうにか答えを返した。

「ベラスケスの言葉を信ずるとすれば、浮かんだ顔は神秘の像です。わたしには、これはホカーノ神父はいきなり両の瞳を見開き、強い調子で言い放った。

「か、神が何を警告しているというのかね」

オリバーレス伯爵は、たじろぎながら尋ねた。

「あの『無原罪の御宿り』を依頼した国王陛下のお振る舞いへの警告です」

低い声だが、ホカーノ神父ははっきりと、フェリペ四世への非難の言葉を口にした。

「不敬ではないか、ホカーノ神父」

サルバティエラ伯爵が色をなして詰め寄ったが、ホカーノ神父は眉も動かさずに平然と答えた。

「不敬の誹《そし》りはあえて否定しません。が……これに目をお通しいただきたい」

ホカーノ神父は一枚の羊皮紙を眼前で掲げた。細かいペン書きの文字でびっしりと埋まっていた。

神父が机上にひろげると、ほかの査問委員はいっせいに羊皮紙を覗き込んだ。下座のベラスケスには見えなかったが、ホカーノ神父は平板な声で羊皮紙に記された文章を朗読し始めた。

――フェリペ四世陛下は、ベラスケスのタジェルで一ヶ月余にわたって、タティアナ・ギゼ・デ・ラ・ロサと道ならぬ情交に耽《ふけ》り、痴情《ちじょう》からタティアナをモデロに『無原罪の御宿り』の制作をベラスケスに依頼した。

羊皮紙に記された文書から要点を抜き出せば、こんなところだった。ホカーノ神父は、査問委員たちに爆弾を投げつけたのだ。

一座の貴顕たちは、凍りついたように、しばし身体の動きを止めていた。なかでも、共犯者の一人と言えるサルバティエラ伯爵の顔色は真っ青だった。伯爵の首筋がかすかに震えている。

「なんと、陛下が……。かような破廉恥な……」

アルメンダリス神父は目を剝いて絶句した。異端審問官でありながら、神父はこの調査には携わっていなかったらしい。

「タティアナ・ギゼ・デ・ラ・ロサとはあの、マドリード一の歌姫と呼ばれる女か」

オリバーレス伯爵が身を乗り出して尋ねた。

「さよう。ここ一ヶ月の陛下の道ならぬ行いについて、異端審問所は内偵を行っておりました。この一枚は概要です。詳細は何枚にも及びます。しかし、この場には最も重要な証人がいる」

ホカーノ神父は、射すような目でベラスケスを見据えた。

「ベラスケス、あの絵のモデロは、タティアナに間違いないな」

「は……さ、さようでございます」

歯の根が合わぬ自分を励まして、ベラスケスは正直に答えるほかはなかった。

「タティアナをモデロとしてお選びあそばされたのは、陛下が道ならぬ行いに耽り、あの下賤な女への痴情から発したものなのだな」

ホカーノ神父は、一語一語はっきり区切って威迫するように訊いた。

「恐れ入りましてございます」

反論などできるはずはなかった。その場に平伏したベラスケスの背中を汗が流れ落ち続けた。

「オリバーレス閣下、おわかりでしょうか。ベラスケスの証言によって、審問所の調査に少しの誤りもないことが立証されました。陛下は神の道に反し、下賤な女と非道な行いを繰り返しておりました。かかる魂の汚れた女を聖母に見立てるなどとは、断じて許しがたきお振る舞い。カトリシスモの宗主国であるエスパーニャ大帝国を統《す》べる国王にふさわしいとは申せませぬ。これと申すも、国王陛下はタティアナという魔女に籠絡《ろうらく》され、身も心も悪魔に蝕《むしば》まれておられるからです」

ホカーノ神父は滔々《とうとう》とまくし立て、フェリペ四世の罪を指弾し、タティアナを魔女と決めつけた。

「タティアナが魔女だと、ホカーノ神父は考えておるのかね」

オリバーレス伯爵は、フクロウに似た丸い目を見開いてうなり声で尋ねた。

「魔女でなくて何だというのですか。神の栄光を汚《けが》し、宮廷を恥辱にまみれさせ、帝国に黒雲の如き災厄をもたらす。タティアナの意図は明確です。国王陛下を色情で迷わせて、悪魔の企《たくら》みをやり遂げようとしているのです」

ホカーノ神父の中性的な声音は、奇妙に浮かれているようにも聞こえた。

「魔女ねぇ……魔女なんてものが実在するのでしょうか。魔女は悪魔に従属する人間で、悪魔との契約や肉体的な交わりによって超常的な力、つまり魔術を身につけるとされています。イングランドやネーデルラントには魔女と裁定されて火焙《ひあぶ》りにされる無辜《むこ》の民が少なくないと聞いています。が、我がエスパーニャの異端審問所は、いわゆる《魔女狩り》を行う機関ではないはずです。異端者の発見に真実、努めていると信じていますが」

グラシアン神父の口調はいささか皮肉めいていた。

「黙らっしゃい。悪魔が存在する限り、悪魔に心を売った魔女はおる。我が審問所も慎重な審問の結果、魔女と裁定した者は数は少ないながら存在するのだ。神学者会議は異端審問所に槍をつけるご所存か」

アルメンダリス神父は唾を飛ばして、グラシアン神父に憤《いきどお》りをぶつけた。

「いや……そんなつもりは、毛頭ありません」

若いグラシアン神父は肩をすぼめて旗を巻くほかはなかった。

しばし、張り詰めた沈黙が一座を覆った。

「異端審問所は、タティアナ・ギゼ・デ・ラ・ロサを魔女の嫌疑で逮捕し、異端審問に付します」

ゆっくりと口を開いたホカーノ神父は、言葉に強い力を込めて宣言した。

ベラスケスは梶棒《こんぼう》で頭を殴られたような錯覚に陥った。

今後の審問でタティアナが魔女と裁断されれば、火刑場送りは間違いなかった。

よほど、有力な反証がない限り、タティアナは生きたまま火焙りにされる。事態はほぼ絶望的だった。

我が身にも同じ災難が降りかかるかもしれない。ベラスケスの全身は熱病に罹《かか》ったかの如く小刻みに震え始めた。

「と考えれば、ベラスケスには罪がないと考えてもよいでしょう。たしかに、ベラスケスは陛下の神をも怖れぬ振る舞いに荷担した。不埒《ふらち》な『無原罪の御宿り』を描き続け、絵筆を折る勇気もなかった。が、しかし陛下に忠義を尽くすは、臣下臣民の最も重要なる責務です。エスパーニャ帝国臣民として、やむを得ぬ仕儀と考えるべきでしょう」

サルバティエラ伯爵は、引きずり込んだ責任を思ってか、懸命にベラスケスを庇ってくれた。

ホカーノ神父は口もとをわずかに歪めて笑った。

「陛下の無謀な行いに荷担している臣下を調べ上げたら、多くの者の罪を指弾しなければならない。たとえば調査書にも書きましたが、陛下がベラスケスのタジェルに微行する際には、常にテラデーリャス侍従が同行している。ベラスケスの罪を問うとなれば、侍従も同罪です。また、警固に当たった宮廷警察の幹部も、逮捕しなければならなくなります」

ベラスケスの震えは収まり始めた。ホカーノ神父はベラスケスの罪を問うつもりはなさそうである。

ベラスケスは固唾《かたず》を呑んで、ホカーノ神父の次の言葉を待った。

「この問題を徹底的に追及してゆけば、宮廷は大混乱に陥ってしまいます。異端審問所は宮廷を混乱に陥れる愚は避けたいと考えております。どうですかな、伯爵閣下」

ホカーノ神父は意味ありげに、サルバティエラ伯爵を見た。

「むろん、事態を穏便に収束させる必要があります」

共犯者であるサルバティエラ伯爵は、異端審問所に首根っこを押さえられていることに気づいたか、深く息を吸い込んで答えた。

タティアナには悪いが、ベラスケスは狼の檻から抜け出たような安堵感を覚えていた。

「わたしにも、異論はない……が、しかし、タティアナの逮捕を陛下が黙ってお許しあるとは思えぬ」

オリバーレス伯爵は憂鬱そうな声でつぶやいた。

「近々、陛下には、ご勇退をいただく」

ホカーノ神父は一座を見回して重々しい調子でうそぶいた。

一瞬にして、部屋の空気が凍りついた。

誰もがあまりの事態の成り行きに、咳払い一つできずにいた。

ややあって、呆然としたオリバーレス伯爵の声が響いた。

「貴僧は正気で、そんなことを言っているのかね」

ホカーノ神父は瞬き一つせず、平然と言い放った。

「教皇庁に直属するフランス異端審問所とは異なり、我が異端審問所は、教皇聖下から権限を委譲されたエスパーニャ国王の下にあります。しかし、国王が国王として機能していない以上、我々は、本旨に戻って教皇聖下の直属機関として機能してもよいはずだ。つまり、ローマ教皇庁の裁可を経て、フェリペ四世陛下を異端審問に付すこともできるのです」

「ば、馬鹿な……。エスパーニャ帝国始まって以来、そのような無道が行われた例しはない。異端審問所は、帝国を崩壊させるつもりか」

オリバーレス伯爵は首に血管を浮き上がらせて叫んだ。

ホカーノ神父は平然とした顔で言葉を続けた。

「しかしながら、廷臣の調査を避けると同様に、事を荒立てて帝国に混乱を招くことは、異端審問所の本意ではありません。陛下がご退位なさって隠棲《いんせい》されるのであれば、すべては隠密裡に収めようと考えています」

「次期国王に、何人《なんびと》を据えようと言うつもりか」

サルバティエラ伯爵が、気ぜわしく訊いた。

「さよう、陛下の弟宮、フェルナンド・デ・アウストリア枢機卿王子殿下に還俗《げんぞく》していただき、王位に就いていただくのが最上かと存じます」

ベラスケスは、あっと声を出しそうになった。

ホカーノ神父の本音は、ここにあったのだ。

神父にとっては、ベラスケスなどはフェリペ四世を追い落とす道具に過ぎず、罪に問う必要もなかった。むしろ、聖母像に人為的な細工を施していないという事実の証人として生かしておくべき存在なのだ。罪に問われるタティアナも道具の一つなのだ。

プジョールをそそのかして絵に加筆をさせた張本人も、ホカーノ神父以外にはあり得ない。

アウストリア枢機卿が世に立てば、教会勢力の力は嫌でも拡大する。カトリシスモの厳格な規律を維持し、プロテスタンテ諸国への対抗姿勢を格段に強めてゆける。

「それは、名案だ。枢機卿王子殿下は、陛下よりも、ずっとご聡明だ」

アルメンダリス神父は、あごに手をやってしきりとうなずいた。

「よろしいですな。オリバーレス閣下」

ホカーノ神父に重大な決断を突きつけられ、オリバーレス伯爵はいささかあわてたように口を開いた。

「まずは、タティアナの異端審問が先だ。陛下のご譲位問題は、そう急がずともよいだろう」

「わかりました。しかし、陛下がご勇退されぬとあれば、異端審問所はローマ教皇庁に事態を報告しなければなりません」

「な、なんという……僭越《せんえつ》な……」

明らかな脅しに、オリバーレス伯爵は怒りに頬を震わせた。

しかし、オリバーレス伯爵は反論できなかった。ローマ教皇庁を敵にまわせば、廷臣たちにも国民にも見放される。主席大臣としての地位を保てるはずはなかった。オリバーレス伯爵は失脚するほかはないのだ。

気まずい空気の中、査問委員会は終わった。ベラスケスは扉の近くに畏《かしこ》まって委員たちの退出を見送るしかなかった。

「オリバーレス閣下。今後は枢機卿王子殿下にお近づきになったほうがよろしいですね」

去りしなのホカーノ神父の捨て台詞に、オリバーレス伯爵の首が怒りにふくれ上がった。

だが、やはり伯爵は反駁を避けた。

「わたしは、常に帝国と臣民の幸福のために生きてゆく……それだけだ……」

オリバーレス伯爵は独白するようつぶやくと、傲然と背中を伸ばし、大股に歩み去った。

サルバティエラ伯爵は血の気の失せた顔で、逃げるように三人の聖職者たちを追い抜いていった。

パティオから夕べの小鳥たちの鳴き声が響いてきた。

5

自宅へ戻されてから、ベラスケスは夕食もそこそこに、寝台へ倒れ込んだ。

査問委員会はベラスケスの神経を完膚《かんぷ》なきまでに痛めつけていた。

虚脱した心は、タティアナに対する同情や、彼女の不幸に於ける自分の責任などを感じさせてくれなかった。ベラスケスは、意識を失うように眠りについた。

翌朝、寝過ごしたベラスケスはバリオスの来訪で起こされた。

窓から外を見ると、数人の兵士の姿が見えた。昨日の査問委員会で問責は無罪と決したはずなのに、いままでと少しも変わらない警固体勢が敷かれている。禁足も解けてはいなかった。

「わたしの身のまわりには、いつまで宮廷警察が張りついているんですか」

ベラスケスがうんざりとした声を出すと、バリオスは口髭をしごきながら玄関前に停まっている馬車にあごをしゃくった。

「上から命令があるまでだ。とにかく馬車に乗れ」

オリバーレス伯爵の呼び出しと考えていたが、どんよりとした不機嫌な空の下、セゴビア街道を西へ進む馬車はパラシオを通り過ぎてしまった。

馬車はマンサナーレス川に架かるセゴビア橋のたもとで停まった。

「降りろ。ここだ。お前に見せたいものがある」

昇降口の傍らに立ったバリオスは橋の下を指さした。

（こんな場所に、いったい何があると言うんだ？）

ベラスケスは砂礫《されき》ばかりの橋下を覗き込んだ。リボンを思わせて頼りなく流れる細長い川は白灰色に沈んでいた。

手前側、左岸の河原に人だかりがしている。黒服に身を包んだ市警察の吏員が何人か出張ってきていた。

バリオスに引っ張られるようにして、両脇に枯れ草が茂る小径にベラスケスは足を踏み入れた。

滑る小砂利に足を取られぬよう気をつけながら、ベラスケスは河原へ降りて行った。小商人や洗濯女、職人たちなど雑多な庶民たちが、ヒソヒソと噂話をしている。

人垣の中からバリオスと同じくらいの年頃の銀髪の男が抜け出てきた。

「ベラスケスさんですな。市警察のカンパーノ警部です。いや、お呼び立てして申し訳ない。この男の確認をお願いしたいんです」

バリオスとは違って、カンパーノは恭敬な態度で頭を下げた。

ベラスケスの胸に不安な予感が沸き起こった。

「おいっ、この方をお通ししろ」

カンパーノが手を振ると、警察吏たちが怒声を張り上げて野次馬たちを散らせた。

砂利の上に、麻布を掛けられた人間の身体が横たえられていた。

全身に嫌な寒けが走った。一人の警察吏が麻布の覆いをまくって見せた。

悪い予感は的中した。解剖学的にあり得ぬ角度で首が曲がっている土気色の顔は、プジョールに間違いなかった。

(プジョール！　いったいどうしてこんなことに！)

叫び出しそうになる自分を抑えて、ベラスケスは胸の前で十字を切った。

「ベラスケスさん、この顔に見覚えはありませんかな」

カンパーノが振り返って、ベラスケスの顔を覗き込んだ。

「プジョール……。プジョール・ユベーロ……わたしの弟子です」

ベラスケスは乾いた声で答えた。

「やはり、そうでしたか。一つ仕事が片づいて、ありがたい」

カンパーノは慇懃《いんぎん》な笑みを浮かべて言葉を継いだ。

「市警察に通報してきた男は、蝸牛売り《カラコレス》の小僧です。朝早く通りかかったら、人だかりがしていた。覗き込んでみると貴方のお弟子だという話でしてな。小僧は、時おりカラコレスを売りに行って、プジョールとは顔見知りだそうです」

カンパーノの言葉をバリオスが引き継いだ。

「お前のほかに、プジョールの顔を見知っている身元の確かな人間はおらんだろう。で、まぁ仕方なく、ここへ連れてきたわけだ」

バリオスは管轄外の仕事を押しつけられた不快感を顔一杯に表して舌打ちした。

「プジョールは、どうして死んだんでしょうか」

ベラスケスはカンパーノに恐る恐る尋ねた。

「遺書はありませんが、自殺ですよ。プジョールは橋から飛び降りて首の骨を折って死んだのですな。セゴビア橋は自殺の名所です。本職が市警察に奉職してからマンサナーレス川で死亡した者は三十人を超えます。が、溺死者はおりません。すべてがこの橋から飛び降りた者でしてね。それに、実は、昨夜……」

カンパーノはバリオスの顔色をうかがった。

「話して構わん。いずれ町中の噂になるんだ」

バリオスはふんと鼻を鳴らした。

「昨夜、《魔法の杖劇場》で上演されていたカルデロン・バルカの舞台が跳ねた後、マドリード一の歌姫、タティアナ・ギゼ・デ・ラ・ロサが異端審問所に逮捕されました」

（こんなに早くか……）

ベラスケスは、異端審問所の手回しのよさに背筋が冷たくなった。

「逮捕のときに、捕縛隊に襲い掛かっていった男がいます。ほかならぬ、プジョールです。捕縛隊の兵士にあっさり捕まり、我々市警察が身柄を預かりました。素手《すで》で兵士にむしゃぶりついただけですし、すぐに釈放しましたが、随分と興奮しており、『タティアナが捕まったのは僕のせいだ』などとわめいていたそうです」

（プジョールが査問委員会の決定を知るはずはない。が、加筆した結果が、このわたしではなく、予想もしていなかったタティアナに及んで混乱に襲われたのだ）

タティアナに入れ込んだばかりに、あたら若い生命を失う羽目に陥ったプジョールの運命を思って、ベラスケスは暗澹《あんたん》たる思いに囚われた。

カンパーノは、ベラスケスの思いを他所《よそ》に、乾いた唇を舐めながら言葉を続けた。

「ま、プジョールが、タティアナに懸想《けそう》していたのは間違いないでしょう。愛する女が異端審問に掛けられるわけですから、世をはかなんでも、おかしくはない。誰だって惚れた女が火焙りになるところを見たいもんじゃないですからな」

「その……プジョールは、タティアナとつきあっていたんですか？」

タティアナとはどんな関係にあったのか。気になるところだった。

「カルデロンの話では、タティアナの情夫ではなかったようです。むしろ、ここ数日はタティアナが嫌がるのにつきまとっていたらしい。そもそも大勢の貴顕のパトロンを持つタティアナが、プジョールのような貧乏人を相手にするとは思えませんからな」

バリオスがわざとらしく咳払いをすると、カンパーノは言葉が過ぎたことに気づいて首をすくめた。

「プジョールが橋から飛び降りたところを目撃した人間はいるのですか」

ベラスケスの問いに、カンパーノは鼻にしわを寄せて笑った。

「いいえ、いまの死体の状態から考えても、飛び降りた時刻は昨日の夜ふけです。セゴビア街道を深夜に通り掛かる者なんて、物盗りか幽霊くらいしか、いやしませんよ」

鼓膜の奥でキーンと耳鳴りがした。

(プジョールは本当に自殺したのだろうか……)

ベラスケスの脳裏には、まざまざと昨夜のセゴビア橋が浮かび上がった。

小雨がぱらつく橋の中ほどに停まる一台の馬車。中から、四人の男に羽交い締めにされたプジョールが押し出されてくる。

男たちがプジョールの四肢をつかんで、橋の欄干《らんかん》から暗い宙へ投げ飛ばす。

川面に響き渡るプジョールの絶叫。水飛沫が上がり、プジョールの小柄な身体は流れの中でのたうち、すぐに動かなくなる。

馬車は市街地目指して戻ってゆく。何事もなかったように……。

証拠はない。本当にタティアナの運命を狂わせた自責の念から来る自殺なのかもしれない。

しかし、ホカーノなら、フェリペ四世追い落とし工作に関して、一番の証人となるプジョールを生かしておくだろうか。

貧乏な絵描きの弟子が一人、死んだところで、マドリードでは大した騒ぎにならない。いまここに集まっている野次馬たちも、明日の晩にはセゴビア橋の事件など、きれいさっぱり忘れてしまうだろう。

ベラスケス自身は『無原罪の御宿り』を描いただけで、何の証人にもならない。だから、無罪放免になっているのだ。だが、加筆をしたプジョールは、ホカーノ神父にとっては、もっとも都合の悪い存在だ。

「では、後刻、調書に署名を願います」

我に返ると、不思議そうにベラスケスを見詰めるカンパーノの顔が目の前にあった。

6

空には幾らか青い領域がひろがり始めた午後、ベラスケスは自宅に意外な人物の訪問を受けた。

ラス・デスカルサス・レアレス修道院の森から、緑の香りを一杯に載せた微風が、応接室に吹き込んでいた。

「いや、いい風だ。わしは、田舎の修道院暮らしが長い。どちらを向いても建物だらけのマドリードは苦手でな」

ソファの向こうで微笑んでいるのは、白い僧服に身を包んだアルメンダリス神父だった。

神父の温かい表情に、ベラスケスはここ数日来ずっと感じられなかった心の安らぎを覚えた。

「昨日の査問委員会で、お前さんはわしの発言で窮地に陥った。国王陛下がご勇退なされば、宮廷画家として築き上げてきた地位も、もろくも崩れよう。絵描きとしてのこれまでの努力も水の泡となる」

ベラスケスは涙がこぼれ落ちそうになった。

「お言葉、痛み入ります。アルメンダリス猊下にかくも温かいお心遣いをいただけるわたくしは幸せでございます」

下女に持ってこさせたチョコラテと皿に山盛りの葡萄《ウバ》を勧めながら、ベラスケスはひたすらな感謝を伝えた。

「わしは真実を曲げた物言いができぬ。昨日の見分の際に悪魔の像はたしかに見えたのだ。だが、あの日、タジェルでは、そんなものは見えなかった。ホカーノ師の言葉通り、あれは神の警告と考えている」

アルメンダリス神父は、両眼を光らせて言い切ると、表情を和らげて言葉を継いだ。

「だが、警告は陛下に向けられたものであって、お前さんに向けられたものではない。わしはベラスケスの技倆《ぎりょう》と才能を買っている」

「お言葉、胸に沁みます」

神父は口もとに笑みを浮かべて言葉を続けた。

「あの『無原罪の御宿り』も、陛下と女歌手の問題を離れ、一幅の絵画として見たときには、次代に残る傑作に違いない。わしは、これからも、あのように優れた作品を描いて貰いたいと願っている。そこで、お前さんが宮廷画家として生きてゆけぬ羽目に陥ったら、我々教会の面々が絵を頼むよう推挙してゆくつもりだ」

言葉を切ると、神父はチョコラテを口にした。

「あ、ありがとうございます。猊下のお言葉、ディエゴめには暗夜の灯でございます」

神父は笑みを浮かべて無言でうなずくと、《ティータ・デ・バーガ》を口もとに持っていった。

牛の乳首を意味する勾玉型《まがたまがた》の緑葡萄で、ベラスケスは味よりも、この葡萄の房の優雅な形が気に入っていた。

「気にされるな。オリバーレス伯爵は、仮にアウストリア枢機卿王子を擁立《ようりつ》する場合には、イサベル王妃を摂政に立てるご所存らしい。教会勢力があまりに強くなるのを怖れているのだろう。陛下がご勇退なされば、いままで寵愛を受けていた者は、誰もが厳しい立場に置かれる。お前さんが筆を折るような事態は避けたいからな。前にも言ったが、わしは絵が好きなんだ……。うむ、この葡萄は、皮は薄くて身も締まっているが、幾分か酸味が強いな」

神父は唇をすくめてみせた。

「リオハ産の早摘みですので、まだ糖度が足りないかと……。《カルデナル》のほうは、随分と甘くなっているようです」

ベラスケスは、赤葡萄の《カルデナル》を勧めながら、この葡萄の名が枢機卿を意味すると気づいた。枢機卿の僧衣の色が鮮やかな赤であることに因《ちな》むのだろう。査問委員会が終わった時のオリバーレス伯爵の渋い顔つきが蘇った。

アルメンダリス神父は《カルデナル》の皮を剝いて口の中に放り込むと、舌鼓《したつづみ》を打った。

「こりゃ美味い。みずみずしく甘さも、じゅうぶんだ。こっちの《カルデナル》が好みに合うな。しかし、赤葡萄は渋いものが多いのに、これは甘い。まるで白葡萄のようだ。子どもの頃のわしは、赤葡萄は白葡萄が熟成したものだと思っておったよ。八歳で神学校に入ったときに、学友に笑われてな」

神父は声を立てて笑いながら、言葉を継いだ。

「外見で区別できるのは、皮の色の濃さの違いだからな」

屈託ない顔で赤葡萄にむしゃぶりついている神父の顔を見て、ベラスケスの額に汗がにじみ出た。

(アルメンダリス神父は、赤と緑の色の区別が明確にできていない……そうだ。神父は色覚が正常ではないのだ……)

「この……二種類はいかがですか……。皮の色の濃さが違うだけでしょうか」

ベラスケスは、震える声を抑えながら、何気なさを装って尋ねた。

「はははは、こんなに形が違っていては、いくら、わしにでも違う品種とわかるよ。なにせ、白葡萄は牛の乳首だからな。赤葡萄のほうは満月のような形ではないか」

神父は何の疑いもない顔で、とんでもない言葉を口にした。神父には葡萄の皮の赤と緑の色彩の区別ができないのだ。

「そう……ですね……」

ベラスケスの頭の中に稲妻が走った。

(もし、プジョールの加筆を、色覚に問題を持つ者が手伝っていたら……。元々描いてあった赤と緑の色彩に、新たに赤と緑の二色の点を描き足して、悪魔の形を構成する加筆をしたのなら……。わたしには、不明確な加筆としか見えなくても、色覚に問題を持つ人間には赤と緑が一体となって《アスモデウス》の像に見えるかもしれない)

セビーリャ時代、絵画の勉強のために、ベラスケスは解剖学を中心に医学の初歩を学んでいた。色覚の問題はそんなに珍しいものではないはずだ。

ベラスケスの鼓動は、どんどん早くなっていった。

(査問委員会で、アルメンダリス神父は《アスモデウス》の像を茶色いシルエットと言っていた。赤も緑も茶色っぽく見える型の症例があると聞いている。もし、オリザバ伯爵とトロックス伯爵夫人、ウクレース伯爵夫人の三人が色覚に問題を抱えているとしたら、三人にしか《アスモデウス》の像が認識できなかったのは当然の話だ)

ベラスケスの額に汗がにじみ出た。

(五十人の招待客に三人も色覚に問題を持つ者がいるのは、確率的には多すぎるかもしれないが、貴族は血縁の近い者同士の結婚が圧倒的に多い。問題を持つ人間の割合が多かったとしても、決して不思議な話ではない……。そうだ、やはり、《アスモデウス》は、色覚の問題を利用した騙《だま》し絵《え》だったのだ！)

ベラスケスは顔を天井に向けて、目をつむり、胸の鼓動を鎮めようと試みた。

「どうしたのかね？　心ここにあらずと言った顔をしておるが」

ベラスケスはあわてて神父の顔を見た。怪訝そうに眉をひそめていたが、ベラスケスの内心の動揺に気づいているようすは、見られなかった。

「申し訳ありません。猊下のご厚情にお応え申すためには、今後、どんな勉強をしていったらよいかを思案しておりました……」

もつれる舌を剝がすようにして、ベラスケスは懸命に答えを取りつくろった。

「見上げた心がけだ。なに、教会の仕事は、いくらでもある。今度また会うときには、必ずいい話を持ってこよう。名前も《カルデナル》だけあって、美味い葡萄を馳走になった」

神父は立ち上がった。

玄関までどう送ったかを覚えていないほど、ベラスケスは興奮していた。

部屋に戻ったベラスケスは、寝台に倒れ込むと、自分の思考が正しいかどうかを何度も反芻《はんすう》した。が、結論は変わらなかった。

（プジョールは『無原罪の御宿り』に赤と緑の点を書き込んだのだ。不可解な謎はそう考えなければ解きようがない！）

窓の外から夕闇が迫ってきた。光を失ってゆく部屋の中で、ベラスケスはいつまでも考え込んでいた。修道院から清澄な鐘の音が静かに響き渡り始めた。

# 第七章　一路、マドリードへ向かう

## 1

帆に風を一杯に孕んだ《サンタ・ロサ》は、見る見る水平線の彼方へと消え去った。

危機は去った。だが、生き残った者は、バルカに乗る九名だけだった。

《エル・デルフィン》が海の藻屑と消えたいま、バルセロナまでの行く手には多くの危険が伴った。海図はおろか羅針儀《らしんぎ》一つ持っていないのだから、陸の地形を目印にして航路を選ぶほかはなかった。

「まぁ、知ってる港が見えるまでは船旅がいいだよ。幸い、波は静かだで」

このあたりの海岸線に陸路は整備されておらず、船乗りならば迷わず船路を選ぶ。水夫長のファドリケもちろん、真っ直ぐ陸《おか》を目指すことなど考えてもいなかった。

昇る太陽を背に受け、青くうっすらと延びる陸地を目指して、四人の水夫たちは櫂を動かし続けた。

幸い波は穏やかで、小一時間も経った頃には、岸辺の苫屋《とまや》が目視できるほどに本土は近づいた。数艘の漁船が舫《もや》ってある小さな港が見えてきた。

「あの港は、ビラノバ・イラ・ヘルトルに違えねぇ」

ファドリケが望遠鏡で陸地を眺めながら大きな声を上げた。

「バルセロナの西隣の港だよ。ずいぶんと西に流されたもんだ。港の左っ手の浜に着けるで。おい、野郎ども、精出して漕げっ」

望遠鏡を目元から離すと、ファドリケは声を張り上げた。

カピタン・イマノルこと野間半兵衛は、胴ノ間の真ん中あたりに放心したように座っているだけで、ものの役に立つ状態ではなかった。

いつの間にか沖合から雲が湧き東北の風が吹き出したが、程なくバルカは白砂輝く小さな入江に漂着した。

「港の後ろの丘に建っている煉瓦造りのちっぽけな教会には見覚えがある。やっぱり、ここはビラノバ・イラ・ヘルトル村だ。バルセロナまでは五レグア（三十キロ弱）ちょっとあるが、駄馬ぐらいは雇えるだよ」

ファドリケは先に浜へ立ってルシアを抱え下ろしながら言い切った。

外記は勢いよくバルカから飛び降りた。力を込めて両脚を砂浜に踏みしめ、ふたたび陸地に立てる悦びを身体で感じ取った。

「ファドリケ。テヴェレ川の時に続けて、お前のおかげで生命拾いしたぜ」

外記が肩をぽんと叩くと、ファドリケはニッと歯を剝き出して笑った。

陽はすっかり翳り、水平線から吹いてくる風は段々と強さを増してきた。

「うへぇ、こりゃ、寒くてかなわないよ」

身にまとった衣類は半分ほど乾いていたが、身体の底から震えが出てきた。

水夫たちは手早く火をおこして、大きな焚き火を作ってくれた。海に放り出されて生き残った四人は、焚き火のまわりに寄り集まって手をかざし始めた。

「あたたかい。生き返るみたいな気持ちよ」

船に救われてからも硬い表情を崩さなかったルシアが、ようやく口もとをゆるめた。

「生命は助かっても、俺の海豚《いるか》野郎は……海の底だ……俺も一緒に沈みゃよかったよ」

砂浜に突っ立った半兵衛は、沖合を見詰めながら虚ろな声を出した。

「何を言ってんだ。生命さえありゃ、船なんていくらでも手に入る。だいいち、船が沈んだのは、お前の責任じゃないんだ」

外記は慰め顔で半兵衛の肩を叩いてから、バルカの中でもずっと不審に思っていた疑念を口にした。

「サルバティエラ伯爵の持ち船とわかっていて、大砲を撃ちかけてくるなんて、やっぱり妙だと思わないか」

「そうだな。ドン・トルラ男爵とか、ロンバルデーロとか名乗ったあの男は、バルセロナ沿岸警備隊を意のままに操る強い権力の下で動いていたわけだ。さらに言えば、サルバティエラ伯爵と対抗し、伯爵から苦情を持ち込まれても平気な勢力の手先だ」

潮水に濡れた新藤五の手入れを早くも始めながら、嘉兵衛は考え深げに答えた。

「ちくしょう、あの黒髭野郎のせいで、散々、苦労してバチカンに忍び込んだ結果が、ぜんぶ水の泡だ」

胸に激しい怒りが燃え上がってきた外記は、手にしていた流木の枝を折り割って焚き火に放り込んだ。枝が爆《は》ぜる音が浜辺に響いた。

「そんなことより、王妃さまが死んじゃうわ。それに、フランスとの間に戦争が始まるかもしれないのよ。嘉兵衛はなんで、あんなにあっさりあきらめたのよ」

声を荒らげてルシアは嘉兵衛に嚙みついた。

「嘉兵衛の馬鹿。何よりも大事な宝石箱と引き替えに生命を守ってくれたって、わたくしはちっとも嬉しくなんかないわ」

ルシアは両手に拳を作って嘉兵衛の胸を強い力で叩き続けた。

「憎まれ役には慣れておる……が、まぁ、これを見ろ」

嘉兵衛は表情を変えずにルシアを軽く突き放すと、上着の隠しから細長い円筒形の金属筒を取り出した。白鑞《ペルトレ》（錫合金のピューター）と覚しき金属で作られた筒は銀色に鈍く光っている。

「手品の種は、ここにある」

音を立てて筒の蓋を開け、嘉兵衛は茶色く巻いた羊皮紙を取り出した。

嘉兵衛の手許を見詰める外記は、喉の渇きを覚えたが、唾が出てこなかった。

「か、嘉兵衛……。まさか、それって……」

声を震わせながらも、見開かれたルシアの両眼は生き生きと輝いた。

「そうとも、これこそが本物のイサベラ王妃の日記さ」

何気ない口調で、嘉兵衛は羊皮紙を顔の前で開いて見せた。

見覚えのある華麗な筆跡が躍っていた。

「あの銀の宝石箱は、地中海土産にドン・トルラ男爵閣下に献上したが、別に惜しくもないであろう」

嘉兵衛は、羊皮紙を外記とルシアによく見せるように、しわを伸ばして掲げた。

間違いなかった。バチカンで奪った日記そのものだった。

「しかし、ヤツは中身を確かめてたじゃないか」

外記は詰め寄ったが、嘉兵衛はとぼけた顔で答えた。

「イサベラ王妃は怒り肩の癖字を書くんで、贋作《がんさく》には時間が掛かったぞ」

「じゃあ、敵が奪った羊皮紙は……嘉兵衛が書いた偽物の日記なの？」

とてもではないが信じられない、というルシアの声だった。

「船の上で悪い予感に襲われた。上陸したら、誰かが奪いに来るのではないか、とな。拙者の予想よりも早く敵はやって来たがね」

嘉兵衛は羊皮紙を手早く巻いて文書筒にしまった。

「日記をすり替えたのか。それでゆうべは遅くまでなにか細工してたんだな」

「でも、贋作と鑑定されるまで、王妃さまは不名誉にさらされる羽目になるわ」

眉を曇らせ、ルシアは唇を尖らせた。たしかに、外記もルシアも気づかないほどに偽書はよくできていた。筆跡を鑑定するためには時を費やすだろう。

「その点も心配無用だ。

嘉兵衛は伸びたあご髭を引き抜きながら答えた。

「だけど、セピアは、仮に水が掛かったってそんなに簡単に落ちたりはしないぜ」

烏賊《いか》の内臓から採った墨を酸で沈澱《ちんでん》させ、いったん乾燥して水戻しした烏賊墨《いかすみ》インクは、かなり定着がよいはずだ。

「あれは、セピアで書いたのではない。俺が露草から抽出した特殊なティンタ（インク）を使ったんだ」

何気ない口調を保ったままの嘉兵衛の言葉に外記は小さく叫んだ。

「露草だって？　あの青い花が咲く……」

嘉兵衛は口もとにわずかに笑みを浮かべた。

「エスパーニャでは何と呼ぶか知らぬが、この浜の近くにも、きっと露草の仲間は生えておろう。京では大帽子花《おおぼうしばな》と呼ぶが、その青い花弁を絞った染料を着物を染める前の下描きに使っている。大帽子花で描いた線は水で流すときれいに消えてしまうのだ。何かと便利なので拙者は日頃から露草のティンタを作り置きしている。今回もトランクの中に忍ばせて参った」

「だけど、黒髭男爵が大事な羊皮紙に水を掛けたりするわけないだろ？」

外記の言葉は、つい、詰問口調になった。

「いや、ロンバルデーロは絶対に羊皮紙に水を掛けるはずだ」

嘉兵衛は、外記とルシアを見渡して、きっぱりと断言した。

「なんで、そんなに自信たっぷりなのよ」

「《愛の宝石箱》には、底の部分に赤いビロードが敷いてあったであろう」

嘉兵衛は外記たちの目を覗き込みながら訊いた。

「ああ、中に綿でも入っているようだったな。ああいう飾り箱なら、当たり前の造りだよ」

「その綿を取り替えたのだ。綿の代わりに綿布の袋にシンジャル石を細かく砕いた粉末を詰めたのよ」

「なんだい？　その……シンジャル石ってのは、初耳だぞ」

外記は思わず頓狂な声を出した。

「アラビアのシンジャルでしか採れぬ不思議な石だ。ちょっと気温が高くなると潮解《ちょうかい》する。氷や雪を溶かし皮革製品を浸食するのだ。だから、いま頃、《愛の宝石箱》は、ヌルヌル状態だ。ロンバルデーロは嫌でも羊皮紙を洗わなければならなくなる」

嘉兵衛は片目をつむって見せた。

「すごいぞ、嘉兵衛！　ヌルヌルで革も傷んでくれれば洗わざるを得ない。洗えば大帽子草のティンタはきれいに流れ落ちるって仕掛けか」

「まぁ、そういう細工だ」

外記の心からの称賛に嘉兵衛は得意げに笑ってうなずいた。

「どうして嘉兵衛は、シンジャル石なんてもの持っているの？」

「シンジャル石は強力に湿気を吸う。火薬を湿気《しめ》らせないために、アラビアから苦労して手に入れておるのだ……おい、誰か酒を持っておらぬか？　喉が渇いて堪らぬぞ」

嘉兵衛は水夫たちに向かって声を張り上げた。

「ブランディなら、少しはあるで……」

ファドリケがバルカから、鹿角の口がついた小さな革水筒を取り出してきた。

「さすがは海の男だな。少し貰うぞ」

嘉兵衛は革袋を引ったくって口もとに持っていった。

「俺にも飲ませろ。酒でも飲まなきゃ、やってられん……俺の海豚野郎め、俺はお前を気に入っていたのに、なんで消えちまったんだ」

一年分の成功報酬を失わずに済んだのに、半兵衛の心は沈んだままのように見えた。船を失った痛手は、根っからの海の男をすっかり腑抜《ふぬ》けにしていた。

「わたくしもほしい」

半兵衛の手から革袋を奪ったルシアは小躍りして口もとに持っていった。

「俺にもよこせっ」

もう一口分しか残っていなかった上に革の臭いが移っていたが、喉を潤す琥珀色《こはくいろ》の液体は心地よかった。

外記の気持ちを知ってか知らずか、雲間から明るい陽射しが浜辺に生き生きとした光を落とし始めた。

2

海に浸かって汚れがひどい服をバルセロナの街で買い替えたが、急いでいたために上等なものは手に入らなかった。

「このパンタロネス、なかなかかわいいと思わない？」

小柄なルシアに至っては庶民の子供用の、しかも男児用の服を着る羽目になったが、本人は活動的なズボン姿を気に入っているようである。

さらに帰りの旅に必要な酒や食料などを買い揃えた後、外記たちは二頭立ての有蓋馬車を購入することに成功した。海に落ちたときに、外記も嘉兵衛も所持金だけは日本流の胴巻きに入れていて無事だったのである。

外記、嘉兵衛、ルシアの三人は、街々で馬を替えながら馬車を走らせ続け、エスパーニャの大地を西へと急いだ。《エル・デルフィン》を沈められた経緯を報告するために、野間半兵衛も馬車に乗り込んでいた。

ファドリケはほかの水夫たちとともに別の馬車で四人の後を追った。

中間地点のサラゴサも無事に過ぎた。ちょうど行程の四分の三を終え、マドリードまであと二十五レグワ（約百四十キロ）ほどに迫った日のことである。替え馬を手に入れたアルコレア・デル・ピナル村の宿屋を出て、外記たちの馬車は山岳地帯に入っていった。

暦《こよみ》は十月二十九日になっていた。ローマ教皇庁が期限と告げている万聖節の前日、すなわち十月三十一日までには、是が非でもマドリードに入らなければならない。

御者台の外記は、のんびりとチャシーナを囓りながらヴィーノを飲んでいた。

「あと三日だな……ギリギリで間に合いそうだ」

手綱を手にした嘉兵衛がそんな言葉を口にしたその時だった。

馬が激しくいななき、馬車が急につんのめるように止まった。街道にはもうもうと土煙が上がった。

「あれを見てみろ」

土煙が静まるなか、嘉兵衛が指さす先を見て外記は息を呑んだ。

前方の吊り橋が落ちているではないか。

「ロンバルデーロめ、念の入ったことをしおって」

「あの黒髭男爵の奴か……」

外記は御者台から飛び降りた。嘉兵衛も続けて降りてきた。

灌木に囲まれた断崖上に建っている木製の小さな主塔から張られているはずの張り綱はご丁寧に左右とも切れ落ちていた。

老朽化して断裂したものではなく、鋭利な刃物で切った跡がある。ロンバルデーロの妨害に間違いはなかった。

「どう見たって、奴の仕業だな」

「執念深そうな男だったではないか」

谷底をのぞき込むと、目がくらみそうに深い。白い帯のような激しい流れにいくつもの橋床が散乱していた。

「ひゃーっ。下から冷たい風が吹き上げてくるね」

「どうする……」

谷をのぞき込んだ半兵衛も絶句した。

「あと三日しかないのよ」

背後からルシアの悲鳴にも似た叫び声が聞こえた。

「まわり道なんてしていたら王妃さまが死んじゃう」

「ルシア、ちょっとは黙らぬか」

嘉兵衛が叱りつけると、ルシアはばつが悪そうに肩をすくめた。

「この谷は深いが幅はたいしたことがない。十バラ（八・三メートル）くらいだろう。向こう岸へ縄を投げて立木に引っかければ何とかなるんじゃないか」

ルシアとともに馬車から降りてきた半兵衛が腕組みしながら口にした言葉だった。

「そんなことができるのか」

外記にはとても無理な話に思えた。

「俺は船乗りだぜ。縄の扱いには慣れている」

半兵衛は得意げに親指で自分の胸を指さした。

「たしかに半兵衛ならできるだろう。だが、問題は向こう岸に着いてからだ。馬をどうするつもりだ」

「そうか、山を歩いて街に降りてたら日が暮れちまう。半日いや一日近い損だな」

外記の言葉に嘉兵衛は大きく頷いた。

「馬車は無理でも、馬は渡したい。だが、馬が綱渡りなどできるはずもなかろう」

「嘉兵衛の言う通りだ。で、どうする？」

重苦しい空気がその場を包んだ。

腕を組んで考え込んでいた嘉兵衛が珍しく興奮気味の声で叫んだ。

「そうだ！　あれを使うのだ」

嘉兵衛はやおら右手の森を指さした。

「あれって……森のこと。いったい何を使うの？」

ルシアはぽかんと森を見上げた。

「アカシデの木だ。あれならどれも十バラ以上の高さがある」

「なるほど！　そいつはいい」

外記は嘉兵衛の考えがすぐに理解できた。

カバの仲間のアカシデは二十バラ近くの樹高に成長する。断崖のまわりの左右の森には、峡谷の幅を超える木が何本も天に向かってそびえ立っていた。

「三本ばかり倒して橋を作ればよいのだ。馬車は無理だが、馬だけなら曳いて渡れば何とかなるだろう」

「橋のようなかたちにできるように、向こう岸にうまく倒すのはむずかしいな」

半兵衛は思案顔で森を見た。断崖ぎりぎりまで森は続いている。幸いにも斜面に下草は少なく、足場には苦労しなくてすみそうだった。

「ちょうどよい木が何本かある。アカシデを切り倒す時に、綱で曳いて必要な方向に力を掛け、倒れる方向を操ればよいのだ」

「よし、善は急げだ。俺は何をすればいい？」

外記は嘉兵衛の顔を見ながら気ぜわしく訊いた。

「まぁ待て。いま、適当な木を選んでいるところだ……」

嘉兵衛は森を眺め回しながら、自信ありげにうなずいた。

「拙者と外記で斧《おの》を使う。半兵衛とルシアが綱で倒れる方向をうまく操ってくれ」

外記たち三人は斧や綱を取りに馬車に走った。山道を倒木がふさいでいることなどは珍しくもないので、馬車にはそうした道具が備えてある。

幸いにもよく切れる斧が何丁かあった。嘉兵衛が先頭になって木を切り始めた。

「おい、外記。そんな方向から刃を入れたら、あらぬ方向に倒れるだけだぞ」

「嘉兵衛はきこりをしていたこともあるのか」

「あるわけがない。こんな大木を切るのは初めてだ。よけいな口を利く暇があったら、黙ってこのあたりに真っ直ぐに斧を入れろ」

「へいへい、親方」

外記は嘉兵衛の指し示したあたりを力を入れて切り始めた。

「よしっ、半兵衛、そのままの方向で綱を引けっ」

「合点、承知の助っ」

幹が胴鳴《どうな》りするような音を立てて、アカシデは思い通りの位置に倒れてくれた。

「やったわ！」

綱を放したルシアは小躍りした。

ものの一時間ほどで、三本の太いアカシデが並び、隙間はあるものの、なんとか橋らしきものが向こう岸との間を繋いだ。

「さぁ、まずはルシアと半兵衛が歩いて渡れ」

「震えが止まらない。落ちたらまず助からないもの」

仮橋に乗った途端、ルシアは悲鳴を上げた。

「仕方のない娘だ。ほれ、これを身体に巻くのだ。半兵衛、あの木ともやい結びにしてルシアが落ちたら曳いてやれ。そうさな、川面ギリギリくらいの長さでいいだろう」

「ああ、だけど、いまの綱引きですっかり手が疲れちまったから、いざという時お嬢さまを支えられんかもしれんな」

とぼけた笑いを浮かべる半兵衛にルシアは、大きく頰をふくらませた。

「みんなで、わたくしをからかってるのね。いいわ。綱なんてなくても渡ってみせる」

ルシアは強がりを口にしたが、震えながらへっぴり腰で向こう岸に渡った。

「ファルダじゃなくってよかった」

渡りきってルシアはまたも強がりを口にしたが、声は震えたままだった。

半兵衛は、地上を歩くように何の緊張感もなくやすやすと渡り終えた。さすがは船乗りである。

「困ったな。馬が脅えちゃってるよ」

外記は馬の首を撫でながら、弱り声を出した。

「だましだまし渡すしかないであろう」

嘉兵衛の言葉通り、なだめたりすかしたりして、二頭の馬を向こう岸に渡した。一連の作業の中でもっともひやひやする瞬間だった。

深い峡谷を渡り終えた四人は、馬を木に繋ぐと、岩場に腰を下ろして一息入れることにした。

「ま、みんな喉が渇いたろ。これでもやってくれ」

半兵衛が革の水筒を差し出した。

「そうこなくっちゃな」

外記は引ったくった水筒を口もとに持っていった。嘉兵衛もルシアも次々にヴィーノを口にした。

「ところで前から訊きたいと思っていたんだけど、外記と嘉兵衛はどうしていろいろな術を知っているの」

「いや、俺はぜんぶ嘉兵衛に習ったんだよ。前から気になっていたんだが、嘉兵衛はもしかすると……」

「そうだ、若き日には忍びの修行をした」

「やはりそうだったのか」

「拙者の父の兄、つまり伯父《おじ》の瀧野吉政《よしまさ》は伊賀《いが》十二人衆の一人で、伊賀柏原《かしはら》城主であった」

嘉兵衛の言葉は外記の予想を裏切らなかった。

「ええ？　本当かい。じゃあ、天正《てんしょう》伊賀の乱のときに……」

「ああ、叔父も父も織田信長の軍勢に攻められて討ち死にしかけた。が、降伏して生き延びた。拙者の父は、そのときに京へ逃れたのよ。幼い頃から瀧野流の伊賀忍術を父に習ったのだ」

「そうだったのか」

「二人の話していること、さっぱりわからないわ」

ルシアは頬を膨らませた。

「嘉兵衛の家は、代々、伊賀というハポンの特殊精鋭部隊の一族だったんだ。それで忍術っていう名前の戦術を修めているってわけさ」

「そうだったの。嘉兵衛が魔法みたいな術を使えるのはそれでなのね」

「拙者の親族は、信長、秀吉と代々の権力者に運命を弄《もてあそ》ばれた。二人が死に、徳川家康が幕府を開いても一度として心の安まる日はなかった」

「なるほど、それでハポンを逃げ出したってわけか」

外記の問いかけに嘉兵衛は黙って暗い目でうなずいた。

「また、わたくしだけ話から取り残されてる」

「えーと。次々に替わったハポンの王さまが信用できなくて、嘉兵衛はエスパーニャに逃げてきたんだよ」

「逃げてきたのではない。新天地を求めたのだ」

「で、新天地の住み心地はどうだい」

外記の軽口に、嘉兵衛も口もとに剽《ひょう》げた笑みを取り戻した。

「何処《いずこ》も同じ秋の夕暮れ、と言うわけだ」

「ま、世界のどこにも楽園なんてものはありはしないだろうな。さてと、麓《ふもと》の村まで一気に駆け下りて馬車を買うことにしようか」

「うむ、急いで旅を続けなければならぬ。ルシアよ、拙者の馬に乗れ」

「ええ、お願いするわね」

「え？　俺は半兵衛と二人乗りかよ」

ルシアに抱きつかれ、やわらかい胸を背に感じながら山を下る楽しみは消えた。

「頼むぜ、外記の大将」

半兵衛がにやつきながら外記の肩を叩いた。

崖沿いに四人の明るい笑い声が響いた。

3

西の空低く、宵月が輝くマドリードに着いたのは、四日後、期限ギリギリの十月三十一日であった。すでに午後九時過ぎになっていた。

「なんとか間に合ったではないか」

「ほんと！　王妃さまをお助けできたわ」

「まぁ、俺たちに任せて正解ってわけだな」

御者台で手綱を取っている半兵衛は加われなかったが、三人は馬車の中で、乾杯……する酒杯はなかったので、革袋の水筒に入ったヴィーノをまわし飲みした。

市街地に入った外記たちは、取るものも取り敢えず、夏の離宮の南側に位置するサルバティエラ伯爵の広壮な屋敷を訪ねた。

取次の者に用向きを告げると、伯爵は臙脂色《えんじいろ》の部屋着をまとった寛《くつろ》いだ姿で客間に現れた。

「宝石箱は失いましたが、肝心の王妃さまの日記は、この通り、たしかに奪還致しました」

外記はうやうやしい仕草で、羊皮紙の入った保管筒を差し出した。

サルバティエラ伯爵は、保管筒の蓋を開け、注意深く羊皮紙を開いた。

手もとに視線を落とす伯爵の双眸《そうぼう》が明るく輝いた。

「よくやった！」

顔を上げた伯爵は大仰な喜びの態度を見せた。

「さすがはハポンの勇者たちだ。そのほうたちに《愛の宝石箱》と帝国の運命を託したわたしの目に狂いはなかった」

伯爵は張りのある声で、惜しみない称賛の言葉を与えた。

「ルシアよ、そのほうの忠節は忘れまいぞ。王妃陛下は、この日記を自らの手で焼き捨てるまでは生きた心地がしないと日々仰せだったのだ」

「お言葉、痛み入ります。ドン・トマスとドン・パウロの知恵と勇気によりまして、王妃陛下の思し召しにお応えできました」

身体を折って返礼したルシアは、頬を紅潮させて胸を張った。

「後ほど秘かに参内して、王妃陛下にお渡し申そう。実は、三日前に枢機卿団の秘書であるフランチェスコ・アポッローニという人物がマドリード入りしている。取りも直さず、明日の万聖節までにイサベラ王妃陛下が自らの身を以て罪を償わない場合に、バチカンに報告するための密偵だ。だが、間に合った」

伯爵は満足げにうなずいた。伯爵はやはりすべての秘密を知っていたのだ。

バチカンと地中海で味わった幾多の苦労は実を結んだのだ。外記は、全身をさわやかな風が吹き抜けてゆくようなすがすがしさを味わっていた。

「その……今回の仕事には、幾多の困難が伴いました。往路の地中海では、戦列艦を操る怖ろしい海賊《紅鶴男爵》を撃退致しました。バチカンでは、精鋭衛兵隊の矛槍の嵐に、三人並んで危うく《安息のミサ》を受けるところでございました。虎口《ここう》を脱し、ようやくエスパーニャ本土が見えてきたと安堵したのも束の間《つかま》、さらに手強い敵が待ち受けておりました……」

嘉兵衛のなめらかな口舌を、苦衷に満ちた半兵衛の声がさえぎった。

「伯爵閣下……お詫びを申さねばなりません。バルセロナ沖でお預かりしていた《エル・デルフィン》を失いました」

半兵衛は言葉を切って悄然《しょうぜん》と肩を落とした。

「なんだと！　あの船が沈んだと申すか」

サルバティエラ伯爵は目を見張り、驚きの声を上げた。

「閣下、半兵衛の責任ではありません。バルセロナの沿岸警備隊に砲撃を加えられたのです。敵艦は《サンタ・ロサ》という名のフラガータです。本土が見えたあたりの海域で、臨検と称して乗り込んできた男たちが、《愛の宝石箱》を奪おうとしたのです」

外記の説明をさえぎって嘉兵衛が弾んだ声で続けた。

「無理に争って時を費やすよりも、ここは、敵をあざむくが最上の策と心得まして、わたくしの工夫した偽文書を収めた《愛の宝石箱》をあえて奪わせました。ところが、敵は去りしな、《エル・デルフィン》に猛烈な砲撃を加えて参ったのでございます。沿岸警備隊を操っていた男は、テオドラ・ロンバルデーロ大尉あるいは、ドン・トルラ男爵と名乗りました」

「なに……ロンバルデーロと……そうか……」

伯爵の頬が、ぴくりと波打った。

「お心当たりがございますか？」

外記が尋ねると、伯爵は厳かな顔つきになって、その場の全員を見渡した。

「そのほうたち、かたく他言は無用だぞ」

重々しい声で念を押した伯爵に、外記たちは無言でいっせいにうなずいた。

「ロンバルデーロと申す男は、テルシオの大隊長の経歴を持つ軍人だ。現在は異端審問所の捕縛隊長を務めている。審問所長官、パウリーノ・ゾベル・デ・ホカーノ神父の右腕と言ってもいい。つまり、《愛の宝石箱》を奪おうと目論《もくろ》んで《エル・デルフィン》を沈めた敵は、ホカーノ神父の率いる教会勢力だ」

伯爵は苦り切った表情で舌打ちした。

バチカンと結託《けったく》して、イサベル王妃を陥れようとする教会勢力は、このエスパーニャ帝国で、いったい何を画策しているのだろうか。

「サルバティエラ閣下に対し、何たるご無礼な！」

嘉兵衛は大げさに憤って見せた。だが、外記には、伯爵のあきらめ顔の理由が知りたかった。重要な財産である船と船員たちの生命を奪われた伯爵は、何故《なにゆえ》に、教会勢力に苦情を持ち込めないのか。

外記の内心を見透かすように、伯爵は顔をしかめて口を開いた。

「いま、我ら国王陛下に忠良なる臣下は大いなる苦境に立たされておる。教会勢力は、実に卑劣な手段を用いて、おそれ多くも、陛下をご退位に追い込もうとしておるのだ」

「何ですって！」

外記は自分の声が裏返るのを避けられなかった。緊張が部屋の中にひろがった。

フェリペ四世は有能とは言えぬ青瓢箪だったが、国民には人気があった。またエスパーニャでは何代にもわたって国王に臣下が退位を迫るような事態は起きていなかった。

「国王陛下にご退位を迫るなんて……この国にそんな不遜《ふそん》な人間がいるのでしょうか」

呟き込むように尋ねるルシアに、伯爵は苦渋に満ちた表情でうなずいた。

「謀反勢力の中心がホカーノ神父だ。だからこそ、いわば国王派であり、王妃陛下とも親しくさせて頂いているわたしを、ホカーノ神父は挑発しているのだ。売られた喧嘩を買えば、彼らは図に乗り、一挙に国王派の粛正《しゆくせい》に乗り出すだろう。ここは堪え忍ぶしかない」

伯爵はまずいものでも呑み込むような表情を見せて言葉を継いだ。

「彼ら教会勢力は、アウストリア枢機卿王子殿下を擁立して実権を掌握しようとしているのだ。だが、万が一、殿下がご即位されるようなこととなったとしたら……聡明の聞こえが高いとはいえ、殿下はまだ十三歳に過ぎぬ」

外記は王宮で自分を助けてくれた王子の姿を思い出した。賢そうだが、たしかにまだ少年でしかなかった。

「オリバーレス閣下を筆頭とする我ら枢密院は、フランス王国との紐帯《ちゆうたい》を維持し、イサベル王妃陛下を摂政に立てる所存でいる。王妃陛下を君側からお支え申すことで、何とかエスパーニャ帝国の権勢を教会勢力に侵食されぬように守り通すほかない」

サルバティエラ伯爵は、両の瞳に激しい意志の輝きを宿らせて言い放った。

「教会勢力は摂政を置かせぬために、イサベル王妃陛下を追い落とす術として、《愛の宝石箱》を奪う必要があったわけでございますね」

嘉兵衛の相槌に、伯爵は眉間にしわを寄せてさらに厳しい顔つきになった。

「加えて言えば、彼ら教会勢力は、オリバーレス伯爵を失脚させたいのだ。オリバーレス閣下は、帝国の発展を推進するためには有為《ゆうい》の人材を登用する必要がある、とお考えだ。そのためには、純血令や騎士団令などの血の純潔を重んじる風潮を改革しようとなさっている。守旧派にとっては、脅威でなくて何であろう」

「仰せの通りでございますな。開明的な政治家はいつの世も守旧派にとって怨敵《おんてき》でございましょう」

「それだけではない。閣下は不安定になっているジェノヴァの金融資本に見切りをつけて、ポルトガル王国で活躍するユダヤ人《フディオ》銀行家の力を利用しようとされている。この政策に反対する人間は少なくない。決して教会勢力だけではないのだ」

サルバティエラ伯爵は、眉間にしわを寄せて吐き捨てた。

「守旧派と結びついた教会勢力は、フランスと戦争しても構わないと考えているのですね。我が帝国がフランス王国と戦うとなれば、武器の主要な発注先はフィレンツェのバルベリーニ家となるはずです。教皇ウルバヌス八世とバルベリーニ司教兄弟の実家が儲かりますからな」

嘉兵衛が船中でも口にしていた持論を展開すると、伯爵は驚きの表情を浮かべた。

「実にうがった見方だが、真実を衝いているかもしれぬ。しかし、休戦協定が切れた一昨年からネーデルラントとの戦争は再開しているのだ。もし、いま、フランスと矛を交えれば、我が帝国は完全に疲弊してしまう」

伯爵の額には憂慮の影が色濃く宿った。

「もう一つ、別の勢力がございますね。閣下はこの五月、わたくしどもが叙爵された栄誉を覚えておいででしょうか。あの折に、わたくしどもがお救い申したお二人の貴顕は、イングランド王太子とバッキンガム公爵であると国王陛下は仰せられました。宮廷内にはイングランドとの繫がりを強くしたいと企図している勢力もまた存在するわけでございましょう」

外記は八月から気に懸かっていた質問をぶつけてみた。

「そうだ。実を申せば、イングランドと結ぶお考えが強かったのは、陛下ご自身なのだ。国王陛下は強大な海軍力を持つイングランドと結び、フランスやバチカンとの均衡を保とうとお考えだったのだ。イングランド王ジェームズ一世の懇請に応じ、最愛の妹宮であるマリア・アナ王女を王太子に入輿《にゅうよ》するお考えさえお持ちだった。この話は、王太子が堅物過ぎたり、バッキンガム公爵が陛下に対して不遜な態度を取ったりしたために、ほぼ頓挫した。が、あの時に二人を襲った者たちは、我が帝国がプロテスタンテのイングランドと結ぶことを快く思わぬ者たちだ」

「これまた、教会勢力でございましょうか」

セゴビア橋を走るベルリーナの屋根で戦った凄腕の剣士はロンバルデーロであると外記は確信した。

「その可能性は、高いだろう……」

伯爵は暗い目で言葉を途切れさせた。

では、タティアナを通じて外記たちにイングランド王太子らを秘かに守らせようとした者は誰だろう。

謁見の際のようすを思い起こすと、フェリペ四世自身でないことは確かである。いずれにしても親イングランド派勢力であることは間違いない。

フィレンツェの武器商人と結託した親バチカン勢力、王妃を摂政に立てようとする親フランス勢力、さらには親イングランド勢力……。

外記はいままで考えもしなかった宮廷内部の複雑な権力争いの構図に、頭がクラクラしてきた。

「閣下は、エスパーニャ帝国の繁栄のためには、どの国と結ぶ方策が最上とお考えですか」

外記は思い切って、伯爵の立場を尋ねてみた。

「わたしは、国王陛下と王妃陛下に、いつ何時と言えども忠節を誓う者だ。両陛下のお志を無にしては、いかなる外交もあり得ぬ」

伯爵の表情が険しく変わった。

「ただ、バチカンの威光を笠に着る教会勢力が無限に強くなれば、臣民はルネサンス以前の窮屈千万な生活に舞い戻る羽目に陥る。この国の民は、ふたたびカトリシスモの厳しい戒律に苦しめられる暗黒の時代がやってくる。舞踏会も禁令、美術も音楽も神を讃えるもの以外は許されぬようになるだろう。教会勢力を何としてものさばらせてはならぬのだ」

伯爵は宣言するかのように、強い口調で言い切った。

「先ほども申しましたが……そのう……今回の仕事には幾多の苦難を乗り越えて参りました。むろん、エスパーニャ帝国に対する我らの愛国心は、度重なる生命の危機も、ものともしませんでしたが……」

嘉兵衛は両手を擦り合わせながら、遠慮がちを装って報酬の要求を口にした。

「心配するな。約束の報酬は用意してある」

伯爵はいささか鼻白みながらも、卓上の呼び鈴を振った。

二人の下男が大きな木箱を運び込んだ。

蓋が開くと西瓜大の革袋が並んでいた。

「ドン・パウロとドン・トマスそれぞれに一人、一千エスクードを与える。ルシアにも報奨の意味で同じだけ与えよう。知勇すぐれた三名には、今後とも帝国のために粉骨して貰いたい」

外記たちは呼吸を合わせたように頭を下げた。

これだけあれば、当分は危ない橋を渡らずに済むし、好きなだけ酒を飲める。金貨は外記や嘉兵衛の寿命を延ばす唯一の妙薬だった。

「カピタン・イマノルには五百だ。それから週明けにでもカディスに下って、新しい船を購《あがな》って参れ」

「わたくしにふたたび、海へ出よと仰せ下さいますか」

半兵衛の声が大きく震えた。

「その通りだ。船名は《エル・デルフィン二世》とすればよかろう。カピタンはお前のほかにはおらぬではないか。地中海貿易はやめたくないからな」

「ありがたき幸せ。身命に代えましても、エスパーニャ一のよき船を手に入れて参ります」

床に這いうずくまった半兵衛の頰に、涙が流れ落ちた。

「ところで、ルシア……。そのほうの兄、ディエゴも、危うく宮廷内の醜い権力争いの犠牲になるところだったのだ」

「兄が……兄が、どのような災厄に遭ったのでございますか」

ルシアはこわばった面持ちで尋ねた。

「教会勢力が陛下にご退位を迫っているのは、ベラスケスが描いた絵が発端なのだ。ベラスケスは陛下のご依頼で、マドリード一の歌姫、タティアナ・ギゼ・デ・ラ・ロサをモデロに、『無原罪の御宿り』を描いた。ところが、この絵が完成して臣下に公開された舞踏会で、三人の招待客が悪魔が見えると言い出した。わたしには少しも見えなかったのだが、騒ぎは大きくなり、オリバーレス閣下を座長に査問委員会が開かれた」

「兄は……兄のディエゴは……」

ルシアの表情は凍りついていた。

伯爵は鷹揚な仕草で、ひらひらと掌を振った。

「心配するな。教会勢力は、ベラスケスには罪がない、と裁定した。お前の兄は無事だ」

「主よ、御恵みに感謝致します」

ルシアは大きく息を吐いて胸の前で十字を切った。

「ここだけの話だが、陛下とタティアナの間には道ならぬ関係があったのだ。ホカーノ神父は悪魔の影を神の警告と断じ、陛下の道ならぬ行いの調査報告を盾にしてご勇退を迫ると宣言した。タティアナは、フェリペ陛下を籠絡した《魔女《ブルハ》》の嫌疑で審問所に逮捕された」

サルバティエラ伯爵は、口惜しげに唇を噛んだ。危機が迫っているのはタティアナだった。

「まことでございますか……」

外記の全身から血の気が引いた。傍らの嘉兵衛へ外記は視線を向けた。嘉兵衛の顔からはバチカンで散々見た彫像のように表情が消えていた。だが、膝頭の小刻みな震えは、嘉兵衛が大きく動揺していることを物語っていた。

「十日の《レオ一世教皇の日》の朝には、マヨール広場で異端審問が行われる。哀れな話だが、タティアナは火刑台送りと決まったようなものだ。かねてより見知っておった女だけに、助けてやれないわたしの無力さに胸が痛む……」

「何ですって！　タティアナが火刑台に！」

外記は貴顕の前であることも忘れて叫んでいた。

「そうか、ドン・パウロもあの歌姫と知り合いだったか」

伯爵は軽い驚きの声を上げた。

「いささか……伯爵閣下、ご無礼なようですが、これで失礼致します」

外記の態度の急変に伯爵は、あっけに取られた表情を浮かべたが、引き留めなかった。

「多大なる報酬に心より感謝を申し上げます」

外記は木箱の中から報酬が入った革袋を抱え上げ、突っ立ったままの嘉兵衛の背中をどやしつけた。

嘉兵衛はまるで石ころが入っているかのように、何の感興も示さずに革袋を受け取った。続けて外記は茫然としたままのルシアの腕をつかんで、革袋を押しつけるように渡した。

「旅の疲れが落ち着いたら顔を出せ。また頼みたい仕事もある」

伯爵は好意に満ちた笑みを浮かべて、外記たちの辞去を許した。

「ありがとうございます。必ず伺います。おい、嘉兵衛、ルシア、おいとましよう」

外記は伯爵に頭を下げ、二人を追い立てながら、急ぎ部屋を出た。

大きな革袋を腹の前で抱え、ルシアはおろおろと、嘉兵衛は木偶人形《でくにんぎよう》のようにぎこちない足取りで従いて来た。

外記は襲い来る焦燥感と懸命に戦いつつ、玄関を目指して、ひたすらに足を運び続けた。

廊下の大時計が陰鬱な鐘の音を響かせて午後十時を告げていた。

## 4

屋敷の居間に淡い紫色の部屋着姿で、ベラスケスはぽつねんと座っていた。

「お兄さま、ルシアよ。ただいま帰りました」

ルシアは革袋を床に置き、はしゃいだ声で部屋に駆け込んだ。

ぼんやりと立ち上がったベラスケスに抱きつき、ルシアは頬に激しく接吻の嵐を浴びせた。

「よかった……ルシア、無事に帰って来たんだな」

ベラスケスは、ルシアの髪を撫でながら、喉を詰まらせた。

二人は、しばしお互いの無事を確かめるように抱擁し続けていた。

外記は抱えてきた革袋を壁際の低い飾り棚の上に置き、ルシアの分も抱え上げて隣に並べた。

嘉兵衛も外記にならって革袋を隣に並べた。

ルシアが身体を離したところで、外記は気ぜわしく切り出した。

「捕まったタティアナについて、詳しい話を聞かせて貰おうじゃないか。ディエゴ」

ベラスケスは満面に苦渋の表情を浮かべた。

「わたしにも、どうしてよいかわからないんだ……。ただ、国王陛下に頼まれた絵を描いただけなのに、タティアナがあんな目に遭うなんて……」

手振りで三人を長椅子に座らせると、ベラスケスは酒杯と酒瓶を持って来た。

四つの酒杯に黄金色の液体を注ぐと、ベラスケスが先手となって、ヘレス酒をくっとあおった。

「話は、一ヶ月半前に遡るんだ……」

ベラスケスは、フェリペ四世から『無原罪の御宿り』の依頼を受けた時点から、査問委員会の決定が下るまでを詳しく話して聞かせた。

外記たちは、五、六本の酒瓶が空になるまでヘレス酒を呑み続けて話を聞いた。

「となると、悪魔の像はプジョールって弟子が赤や緑の点を描き込んだせいで見えるのか。しかし、簡単には信じられない話だなぁ」

理屈ではわかっても、外記には、なかなか納得しがたい話だった。

「生まれつき、色の識別が苦手な人間は、男には意外に多いんだ。百人の男がいれば、色覚の怪しい人間は数人はいるんじゃないだろうか。だいたい普段の会話で我々は色名を厳密に識別したりはしないだろう？」

「どういう意味だ？」

「たとえば、赤みの強い橙色の夕陽を《真っ赤な夕陽》とか呼ぶじゃないか。わたしは生まれてこの方、真紅の夕陽など見たことがない。色名を厳しく峻別《しゅんべつ》する必要などないから、実生活では、なかなか気づかれない」

「そうだな。木々の色を緑って言うが、季節や種類によっては黄色味が強いね。けど、わざわざ黄緑の森なんて呼ばないよな」

ベラスケスは得たりとばかりにうなずいた。

「その通りだよ。だけど、わたしたち絵描きにとっては、細かい色が勝負だからね。色にいつもこだわっている。だから、この問題には気づきやすい」

ベラスケスの説明は、外記にも得心のゆくものだった。

「だったら、お兄さまが伯爵閣下たちに、きちんと説明したらいいと思うわ。そうすれば、浮かんだ像が悪魔なんかじゃないってことがはっきりするでしょ」

ルシアは鼻息荒く食ってかかった。

「でも、説明してどうなるのさ？　赤と緑の点を描き込んだプジョールはホカーノ神父に殺されているんだぞ。ディエゴが犯人にされてしまう」

外記はルシアの肩に手を掛けて、やんわりと戒めた。

「いや、犯人扱いするくらいなら、最初から牢獄にぶち込んでいるはずではないか。ディエゴが無罪放免になった理由は、描き上げた段階では、その絵に何ら怪しい点はなかった、としたいからに違いあるまい」

伯爵邸を出てからずっと言葉を発しなかった嘉兵衛が、重々しく口を開いた。

「そうか、犯人は必要ないってわけか」

「国王が不埒な行いをしたので、神の警告で悪魔の像が浮かんだ……つまり、教会勢力は神の奇跡として、どこまでも通したいのだ。人間の力ではなく。そこへディエゴが、加筆の主張をして見よ。立証などする前に確実に消される」

嘉兵衛は額に深い縦じわを寄せて、厳しい口調で警告を発した。

「そうだな……たしかに、嘉兵衛の言う通りだ。教会勢力は国王を追い落とす布石として、否でも応でも異端判決宣告式《アウト・デ・フェ》を執り行いたいわけだ」

うなり声を上げながら外記が賛意を示すと、嘉兵衛は無表情に戻って立ち上がった。

「よけいな足掻きはやめたほうがよい。かえってディエゴが危地に陥るだけだ。タティアナは自業自得だ。あきらめるしかない。拙者は帰るぞ。馳走になった」

嘉兵衛はくるりと踵を返すと、大股に出口へ向かって歩き始めた。

「よせよ、嘉兵衛、一人でどうするつもりだ？」

外記は嘉兵衛の広い背中に声を掛けた。

「どうするもこうするも、久方ぶりにねぐらへ帰って飽きるまで酒を呑むのよ」

嘉兵衛は振り向きもせずに、背中で無愛想に答えた。

「お前の魂胆はわかってるよ。家に帰るなら、なんで革袋を置いてゆく」

嘉兵衛の背中が、ぴくりと震えた。

「忘れただけだ……」

嘉兵衛は、うっそりと言葉少なに答えた。

「馬鹿ぁ言うな。お前が、一千エスクードもの金貨を他人の家に置いてゆくほど間抜けな男か」

外記はからかうように飾り棚を指さした。

「外記が申している意味が、さっぱりわからん」

あくまでとぼける嘉兵衛に、むかっ腹を立てた外記は、歯を剝き出した。

「いいか、プレモスセンテスにある審問所の牢獄は、堅固な石壁で何重にも守られている。

おまけに、フランドルの激戦場で生き残ったテルシオ出身の猛者《もさ》が一個中隊で守っているんだぞ」

「だから、何だというのだ」

「槍兵が二百、モスケート銃兵が五十はいるだろう。そこへ一人で乗り込んで、針山みたいに槍を突き立てられたいのか」

外記の言葉が宙に残っているうちに、嘉兵衛が大理石の床を踵で踏みつける硬い音が響いた。

「じゃあ、あの売女《ばいた》を見殺しにしろと申すのかっ」

嘉兵衛は獣の雄たけびにも似た声で絶叫した。

「落ち着け。嘉兵衛……」

外記は、かつて目にした覚えのない嘉兵衛の激高《げっこう》振《ぶ》りに驚かされた。

「たしかに、あいつはロクでなしだ。だが、あの女がいまみたいな尻軽になった原因は、拙者に甲斐性がなかったからだ。タティアナが歌手になりたいと申すのに、拙者には何の力もなかった。だから、あいつはパトロンに走った。結果、タティアナはマドリード一の歌姫と呼ばれるまで出世した。なんで拙者にあの女を非難することなどできようか」

嘉兵衛は白目を剝き、口から泡を飛ばしながらまくし立てた。

「それだけではない。タティアナが歌手になろうとしたのにはほかにも理由があったのだ」

「どんな理由なの？」

ルシアの澄んだ声が響いた。

「タティアナはコンベルソの血筋なんだ……」

「なんだって！」

なぜか我を忘れたように、ベラスケスが大きな声で叫んだ。

「コンベルソって言うと……つまり、その」

外記の問いに嘉兵衛は大きく顔をしかめた。

「ユダヤ教から改宗したカトリコだ。言うまでもなくコンベルソは異端審問所に目をつけられやすい。それにハポンである拙者だって、いつ睨まれてもおかしくはない。初め、タティアナが自分を歌手として売り出そうとしたのは我らの幸せを考えたからだ。貴顕と近づきになって、いざという時には二人を守って貰おうと考えたのだ」

嘉兵衛は力なく肩を落とした。

「そ、そうだったのか……」

ベラスケスの頬は、はっきりと引きつっていた。

「嘉兵衛は、いまでもタティアナを愛しているのね」

ルシアの瞳も声音も潤んでいた。

「愛だの恋だの、そんな歯の浮くような言葉は、とっくに忘れてしまった。だが、仮にも、拙者の女房だった女だ。魔女扱いされて、火焙りにされるところを黙って見ているわけにはゆかぬ」

言葉を切った嘉兵衛は、三人をぐるりと見渡した。

「これは、拙者の男としてのケジメなのだ。行かせてくれっ」

嘉兵衛の叫びが壁を震わせた。

「嘉兵衛らしくもないよ。お前は肝心なことを忘れてる」

「なにを忘れていると申すのだ」

「もし、首尾よくタティアナを牢から救い出せたとしよう。バチカンから生きて帰った俺たちだ。力を尽くせば、異端審問所の牢屋くらい破れるかもしれない。だけどね、牢屋から助けるだけでは、タティアナをいまの地獄から救い出せるわけじゃないぞ」

外記は柔らかい口調を選んで、教え諭すように言葉を連ねた。

「どういう意味だ？」

嘉兵衛は瞳を見開いて訊いた。

「いいか、異端審問所は帝国中に役人を派遣しているんだ。草の根を分けてもタティアナを探し出そうとするだろう。嘉兵衛は、タティアナと一緒に逃亡者として一生を終えるつもりか。宿を借りるにもコソコソ、酒場で呑んでいる時にもビクビク……。そんな暮らしをするために、俺たちは、エスパーニャに残ったのか？」

外記の言葉は、嘉兵衛を打ちのめしたようだった。

「そうか……タティアナも二度と表の舞台に立てなくなるな……」

嘉兵衛は、苦しげに喉の奥で言った。

「その通りさ。裏の仕事は請け負っても、いつもお天道様の下で大手を振って歩きたい、そう思って俺は生きてる。嘉兵衛だって同じだろう？　そしたら、牢獄から盗み出すなんて姑息《こそく》な手を使っても、無駄だ」

「だが、タティアナは、このままでは火焙りだ……」

嘉兵衛は力なくつぶやいた。

「いまは俺にも、いい知恵が浮かばない。そうだな……話の発端となったディエゴのタジェルに行ってみるか。ディエゴ、タジェルを借りていいかな」

外記はあえて明るい声で、ベラスケスに頼んだ。

「禁足が解けるまでは、どうせ近寄れないんだ。好きなだけ使ってくれ」

あっけにとられていたベラスケスは、我に返ったように答えた。

「いや、きっと、そんなに長いことじゃないよ。さぁ、嘉兵衛、行くぞ」

外記が嘉兵衛の背中を押すと、行く手にルシアが立ちはだかった。

「待って、わたくしも連れてってよ」

大きな危険にルシアを巻き込む不安が外記の胸によぎった。だが、聡明で勇敢なルシアの力は、どうしても必要になりそうだった。

「そうだな……ルシアの知恵も借りたいな」

「わたくしたち三人は、エスパーニャ一の最強の相棒よ。いいわね、お兄さま？」

ルシアは声をきわめてベラスケスに詰め寄った。

「わ、わかった……。だが、くれぐれも危ない真似はしないでくれ。ようやくお前の無事な姿を見られたんだ」

ベラスケスは気弱に承諾の意思を示した。

「さぁ、行こう。タティアナを悪魔の教会の手から救い出すんだ」

外記は、拳を天に向けて突き出し、強い口調で言い放った。内心の焦りを少しも見せぬために……。

タティアナや嘉兵衛が傷つけ合いながらも懸命に生きてきた日々、人間が大切にしている思いを、虫けらの如く踏みにじる教会勢力に対して、心の底から闘志が湧いてきた。

外記の頬は、熱く火照っていた。

# 第八章　異端判決宣告式《アウト・デ・フエ》には『天の女王《レジーナ・チエリ》』が響く

## 1

タティアナのことが頭の中をぐるぐるとまわり続けてベラスケスは寝つかれなかった。彼女を女として愛しているわけではない。だが、心惹かれていたことはたしかだった。そんなタティアナが火刑台に送られる悲劇にベラスケスの心はかき乱され続けていた。救い出そうと懸命になっている嘉兵衛や外記の無謀な熱意も頭の中を支配していた。

明け方近くにようやく眠りに就いた。まわりの木々に停まった小鳥たちがいっせいに鳴き始めた時刻に、来客を告げる下男の声に起こされた。

玄関に立つ男の顔を見たベラスケスの背筋に冷たい汗が流れ落ちた。朝の静寂を破ったのは、黒革のチャケタを身に着けたロンバルデーロ大尉だった。

ロンバルデーロは瞬きの少ない瞳でベラスケスを見ると低い声で命じた。

「すぐ支度をして従いて参れ」

「家から出てはいけないと、申し渡されております」

ベラスケスは声の震えを隠せなかった。

「禁足は解いてやった。すでに宮廷警察の連中は張りついておらぬ」

ロンバルデーロは、唇を歪めて笑うと背後の屋外を指さした。

一台の黒い有蓋馬車が止まっていた。言葉通り、あたりに人影はなかった。

押し込まれるように馬車に乗ると、すぐに黒布で目隠しがされた。

「どこへ……どこへ参るのですか」

「来ればわかる。よけいな詮索《せんさく》はせぬほうがよい」

怯えた声で尋ねるベラスケスに、ロンバルデーロは抑揚の少ない声で答えた。

馬車は石畳の道を走り続けた。向かう先はいつもの幽霊教会のサン・ヒネスではないようである。

石畳が切れて露土の道に入り、十分ほど走った後で、ベラスケスは馬車から降ろされた。

自宅を出てから四十分は経っただろう。

横顔に風が当たる。目隠しされたままで、ベラスケスは柱廊《ポルティコ》らしき長い通路を歩かされた。

何人かの人間が立つ気配の漂う場所を過ぎると、全身にひやっとする冷気を感じ、建物内に入った感覚を覚えた。

蝶番《ちょうつがい》が軋み、分厚い扉が開くような音が響き渡った。

背中を押されて部屋に入ると、扉は背後で閉じられた。

ロンバルデーロが目隠しを外した。

石積みの部屋の中に、白い僧衣姿を見出したベラスケスの心は凍りついた。予想の通り、いちばん怖れていたホカーノ神父が立っていた。

「参ったか、神の子よ」

窓から注ぎ込む朝の陽射しを受けて、トンスラ髪の下で響く猫なで声が、ひときわ薄気味悪く響いた。

「どうしたのだ？　顔色が冴えぬではないか」

古い磔刑図を背にしたホカーノ神父の表情は穏やかなままだった。ベラスケスは足の震えを抑えつつようやく声を出した。

「神父さま、わたくしめにいかなるご用事が……」

「お前に絵を描いて貰いたくて呼んだ。むろん報酬は充分に出そう」

ホカーノ神父は口もとを歪めて、微かに笑った。

「わたしくに絵を描けと仰せでございますか……して、どのような画題で？」

ベラスケスには、ホカーノ神父の真意が測りかねた。

「まずは、モデロに会わせよう」

神父が目顔で命ずると、ロンバルデーロが隣の部屋に通ずる木扉の向こうに消えた。

扉がふたたび開いた。一人の女が押し出されてきた。

隣室の闇から浮かび上がった人影を見たベラスケスは、息を呑んだ。

「君だったのか。タティアナ……」

タティアナは無言でかすかにうなずいた。

彼女はマヨール広場で催される異端判決宣告式《アウト・デ・フェ》の場でしか見掛けぬ白い木綿の悔罪服《サンベニート》を着せられていた。膝頭を覆う丈の長いシャツに似た悔罪服に身を包み、素っ気ない下げ髪で化粧を落としたタティアナは、それでも美しかった。

胸が激しく収縮した。タティアナへの恋情ではない。虐《しいた》げられた籠の鳥を目にしたベラスケスの心は張り裂けそうに痛んだ。部屋の中がすっと暗くなった。

ベラスケスを正気に戻したのは、ホカーノ神父の低い笑い声だった。一瞬だが、意識が混濁していたのかもしれない。

「そうだ。お前のモデロは、今回もこの女だ。神への冒瀆《ぼうとく》であった国王の依頼とは正反対に、今回は神の御心に沿うた絵を描くのだ」

ホカーノ神父は、珍しくも愉快そうに声を上ずらせた。

唇を閉じたままのタティアナの顔には、表情がまったくなかった。悲しみも恐怖も、拭い去ったように消えて、きれいな人形と変わりがなかった。

頬には、やつれの影が見えてはいた。だが、打ち傷の痕などは見られなかった。異端審問所が多くの場合に使うと聞く拷問の類いは受けていないのだろう。ベラスケスはわずかに安堵を覚えた。

「この女は、魔女だ。お前の筆の力で魔女を魔女として描くのだ」

ホカーノ神父は喉の奥で声なく笑った。

「タティアナの魔女姿を絵にして……どうなさるおつもりですか？」

「例の『無原罪の御宿り』は、聖母の姿を借りているだけに不愉快でならぬ。この女の本性をお前の画筆で焙り出し、庶人にあまねく知らしめるのだ」

ホカーノ神父の意図が見えてきた。ベラスケスの描いた『無原罪の御宿り』は、あの会場に居た、ふつうの色覚を持つほとんどの人間にとっては、神々しい聖母として映ったはずである。

異端審問所は、フェリペ四世を追い落とす布石として「怖ろしい魔女、タティアナ」を市民に強く印象づけたいのだ。ベラスケスにタティアナの魔女姿を描かせ、火刑台と並べて公開する計略に相違あるまい。

「リエンソは隣の部屋に用意してある」

ホカーノはタティアナが出てきた部屋の闇へ、あごをしゃくった。

「ここで描くのでございますか。絵の具も絵筆も……道具がございませぬが」

ベラスケスは内心の腹立ちを抑えられずにホカーノの言葉に異を唱えた。

「お前のタジェルに取りに行かせる。必要な物を申せ」

神父の表情は反論を許さぬものだった。タジェルにタティアナを連れ帰る許しが出るはずはなかった。

「わかりました。使用人あてに手紙を書きましょう……ただ、一つだけお願いがございます」

ベラスケスの絵描き魂が、心の底からの勇気を導き出した。たとえ、どんな目的のためでも一枚の絵を描くからには最高の努力を払いたい。

「申すがよい」

「絵を描く上では、わたくしとタティアナを二人だけにしていただきたいのです。そばに監視がついているようでは、まともな絵など描けるものではございませぬ」

神父はしばらく黙っていたが、やがてわずかにあごを引いた。

「許して遣わそう。ただし、必ず明日の日暮れまでに仕上げるのだ。よいな」

ホカーノ神父は、絵画制作についてまったく無知だった。仮にベラスケスの筆の力がエスパーニャ一だとしても、テンペラ画は一日や二日で仕上げられる代物ではない。

「しかし、二日では下地を充分に作る作業すらできません」

ベラスケスは声をきわめてあらがった。

「構わぬ。お前は、この魔女の恐ろしさを描けばよいのだ。下地などはどうでもよい」

神父は木で鼻をくくったような答えを返した。

（わたしの絵は安芝居の看板ではないんだぞ）

充分な時間を与えず、画家に下地も塗らせない注文は絵画に対する冒瀆《ぼうとく》である。いまのベラスケスは、ホカーノ神父に対する恐怖を感じていなかった。初めてこの中性的な陰謀家に激しい怒りを覚えた。

「大した絵は描けませぬが、仰せとあれば、やむを得ませぬ。劇場《テアトロ》の看板でも描きましょう」

怒りを隠しつつもベラスケスは、切り口上で皮肉な言葉を叩きつけた。

ホカーノ神父は、不快げに眉を寄せたが、無言のまま、掌で隣室に向かうように命じた。

鎧戸が開かれたために、部屋の中には充分な明るさがあった。

長い間、二人は向かい合ったまま黙って座っていた。タティアナの生命が不当に奪われるまで、時間は幾らも残っていなかった。ベラスケスはタティアナに掛けるべきいかなる言葉をも見い出せなかった。

窓辺にセリニュス（ヒワの仲間）がやってきて軽やかにさえずった。タティアナの表情がわずかに動いた。

「ディエゴ……あなたが無事で、よかったわ」

タティアナの口から出た最初の言葉はベラスケスへの気遣いだった。ベラスケスの両眼は涙でかすんだ。

「ありがとう……。けれど、君は無事ではない……ひどい目には遭わされなかったのか」

神父たちは、蔭で聞き耳を立てているのだろう。ベラスケスの心の中で炎のように燃えているホカーノ神父への憤りで、そんなことは気にならなかった。

「ただ牢屋に入れられていただけよ。魔女だと告げられてね。わたしが自白しようがしまいが、あの人たちは無理にでもわたしを魔女として処刑したいのよ。だから、拷問には意味がないんでしょ」

タティアナに戻った表情は、すべてをあきらめきった人間が見せる虚脱だった。ベラスケスは痛ましさで胸が苦しくなった。

「怖くないのか……君は……」

「怖かった。ずっと一人で泣き続けていた。でも、もう疲れたわ」

タティアナは、ぼんやりと宙へ視線をさまよわせていた。

こんな表情のタティアナを、どう描けというのだろうか。虚脱は、魔女が見せる表情としては最もふさわしくない。

タティアナへの哀憐《あいれん》の情とは裏腹に、絵描きとしての本能が導いた悩みにベラスケスは内心で驚きを覚えた。

不当に殺されようとしている人間を前にして、相手の表情を真剣につかもうとする自分は何者なのだろうか。

「こうなるのが、わたしの運命だった気がするの。四年前に、セビージャを出たときからね。わたし、もしかするとセビージャを出た晩に本当に悪魔に魂を売ったのかもしれない……」

タティアナは、ぼんやりとした表情のまま、つぶやくように話し続けた。

「嘉兵衛を裏切った話をしているのかい?」

ベラスケスの予想に反して、嘉兵衛の名を出しても、タティアナの表情は変わらなかった。

「そうよ、わたしは歌手になりたかった。嘉兵衛はわたしを真剣に愛してくれたけど、手もとから離そうとしなかった。わたしをマドリードへ連れて来たグアディクス伯爵の馬車は悪魔の乗り物だったのかもしれない……。牢屋に入れられてから、そんな風に考えていたの」

「悪魔の馬車が、君を懐かしき街セビージャから、この混沌《こんとん》とした都会マドリードに連れ去った……」

タティアナは小さくうなずいて、厚い唇を開いた。

「あの日から、わたしはどんな男に抱かれても、決して人を愛せない女になった。嘉兵衛も、どんな美女と寝ても誰一人愛せない男になってしまった。わたしが悪魔に魂を売ったせいだわ」

自責の言葉とは裏腹に、タティアナの投げやりな口調は変わらなかった。

「それは、違うな……タティアナ、君は間違っているよ」

ベラスケスは、言葉に力を込めて反駁した。

「君はいまでも男を愛しているじゃないか」

「いいえ……誰も愛せないの」

「ほかならぬ瀧野嘉兵衛を愛してるさ。タジェルで絵筆を走らせていた時、僕は、君を懐かしきセビージャの想い出に誘《いざな》おうとしていた。僕の企みに君は気づいていなかったのかい？」

「ディエゴ、あなたがどんな企みを持っていたと言うの？」

「『無原罪の御宿り』を描こうとして、僕は聖母にふさわしい清らかな表情を君に求めた。偽りのない表情をね。ところが、君の笑顔からは、いつも拭いようのない媚が消えなかった。でも、君が少女のような清らかな表情を見せる瞬間が何度もあった。セビージャ時代の話をしている時だよ」

「嘉兵衛との暮らしの話をしている時、わたし、そんな顔を見せていたのかしら」

タティアナの緑がかった灰色の瞳に光が戻り始めた。

「そうさ。だから、僕は八年前に話を振って、少女を思わせる君の表情を引き出しては、大急ぎで絵筆を走らせていたんだ」

「少しも気づかなかった……。嫌な人ね、ディエゴったら」

タティアナはかすかに笑ったようだった。

「君は嘉兵衛をいまでも激しく愛しているのさ。生き生きとした女の感情を持ち続けているんだ。決して悪魔に魂を売ってなんかいない」

愛らしい唇をすぼめて、タティアナは小首を傾げた。

「そうなのかしら……。でも、嘉兵衛を心の乾いた男に貶《おとし》めたわたしの罪は消えないわ」

タティアナは虚ろな表情に戻って言葉を続けた。

「なにを言ってるんだ。嘉兵衛の心のどこが乾いている？　昨夜、僕は嘉兵衛に会った。嘉兵衛は一人でここへ来て、二百五十人の兵隊の手から君を救うつもりだったんだぞ。君を助けることこそが、自分のケジメだって叫んでいたんだ」

ベラスケスは熱を入れて舌鋒を振るった。ただし、外に聞こえぬように声をひそめながら……。

「嘘でしょう？　そんな嘉兵衛なんて信じられない」

タティアナは素っ気ない調子で反問した。だが、ベラスケスはタティアナの瞳に仄見《ほのみ》えた期待の光を見逃さなかった。

「誰が嘘なんて吐《つ》くものか。外記が必死で止めたんで、なんとか思い留まったんだ」

タティアナの心に食い込むように、灰色の瞳を見つめながらベラスケスは言葉を続けた。

「嘉兵衛が、あたしのために生命懸けで……」

タティアナは、苦しげに声を詰まらせると、両の掌で顔を覆った。

「そうさ、外記の説得がなければ、いま頃、この城の外庭で針鼠みたいに槍を突き立てられて無様な骸《むくろ》になって転がっているところさ」

顔を上げたタティアナの瞳は、異様な輝きを帯びていた。

「そんな話、聞かせないでっ」

タティアナは突然に立ち上がって、窓ガラスが割れるような金属的な叫び声を上げた。

「いやよ、いや。そんなの、いやぁ。あたし、火焙りになんてなりたくないっ」

駄々《だだ》っ子《こ》が泣きわめくように、イステリアの発作のように、タティアナは叫び続けた。

「いったい、どうしたんだ？　タティアナ……」

ベラスケスは目の前で半狂乱の叫びを上げるタティアナを、茫然と見やった。

「だって、嘉兵衛がそんな気持ちなら、あたし死にたくない。いまでも嘉兵衛があたしを愛してくれるんなら、もう一遍、やり直すのよ。歌手としての名声も、国王陛下も、高貴なパトロンたちも、何の価値もない。あたし、すべてを捨てるわ」

「タティアナ……君は……」

ベラスケスは、痛ましさに言葉を失った。

「セビージャの、あの小さい家に帰るの。あたし、嘉兵衛に、子羊のシチュー煮《カルデレタ・デル・コルデロ》を作ったげるの。だって、あの人のいちばんの好物なのよ。いつも子どもみたいに喜んでお腹いっぱい食べてくれたわ」

タティアナの瞳から、透明な涙があふれ出た。

「許せない……」

突然、タティアナの表情が大きく変化した。額に大きな縦じわが刻まれ、大きく見開かれた灰色の瞳がびくびくと震え始めた。厚い唇が大きく歪んだ。

「あのホカーノ神父。異端審問所の連中。誰一人として許せない。あたしの力で、みんな、火焙りにしてやりたい。あたし、ただじゃ殺されないわ。死んだらほんとに魔女になって、あたしたちを苦しめた奴らを全員、呪《のろ》い殺してやる」

灰色の瞳に青い稲妻を走らせ、白目を痙攣させるタティアナは、まさに魔女そのものだった。

だが、憤怒のタティアナは、なお美しかった。いまのタティアナの魔力を持って誘惑すれば、どんな堅物の修道士でも、悪魔の道に陥るに違いない。

(この表情だ！　これこそ、美しき魔女だ)

愛への執着、幸福の渇望。そんな感情が、時に人間を魔界に落とすのだ。ベラスケスは絵描きとして大きな真実をつかんでいる実感を覚えて興奮を抑えられなかった。

「タティアナ、もうすぐ絵の道具が来る。僕は、いままで描いたどんな女より美しい魔女を描いてみせるよ」

(だが、この俺も、エスパーニャ一の絵描きとなるために、悪魔に魂を売った人間なのかもしれない……)

死に逝《ゆ》くタティアナに対する友人としての思いよりも、絵への執着が立ち勝ることをべラスケスは空恐ろしく感じていた。

タティアナの全身から放たれている愛と生への激しい執着をどれだけ美しく描けるかが勝負だった。

男としてのタティアナへの感情は消え去っていた。心の中を支配するものは、ただただ、魔女としてのタティアナを描きたい情熱、いや、執念だった。

二日間、ベラスケス自身はほとんど寝ずに絵筆を使い続けた。眠気は襲ってこなかった。

タティアナは椅子に座ったまま、時々意識を失っていた。

西陽が最後の力を振り絞って部屋の中を照らしている。

「できた……」

ベラスケスは筆を置いた。

持てるすべての力は尽くした。下地も作れぬ限られた時間の中で、最高の色遣いで美しき魔女タティアナを描けた。

「どうかな……時間がなかったんで充分な仕事とは言えないが……」

ベラスケスは画架をタティアナの座る方向に向けた。

タティアナは両の瞳を大きく見開き、しばし、食い入るようにリエンソに描かれた自分の姿を見つめていた。黒衣をまとって月夜の丘に立ち、髪を風になびかせた姿だった。

「素晴らしいわ、ディエゴ。『無原罪の御宿り』よりも、こっちが本当のあたしだわ」

タティアナは唇の端でかすかに笑って、静かに言葉を継いだ。

「死に逝くわたしにとって最高のはなむけよ」

「そんなこと言っちゃいけない。タティアナ」

自分でも驚くほど、激しく厳しい声が出た。

「ディエゴ……だって……わたしの生命はあとわずかなのよ」

タティアナは驚いて眉を寄せた。

「嘉兵衛が、きっと君をコリア・デル・リオに連れて帰る。だから、いいね。最後まで……マヨール広場に引き出されても、最後まで嘉兵衛を信じて待つんだ」

ベラスケスはタティアナの肩に右手を添え、力強く言い切った。

「わかったわ。あたし、ホカーノ神父なんかに負けない。嘉兵衛を信じるわ」

タティアナは、瞳を輝かせてうなずいた。

（嘉兵衛よ。どうか、どうか……タティアナを助けてくれ……）

唇を引き結び、心の底で強く祈りながら、ベラスケスは部屋を出た。

2

（外記と嘉兵衛は、本気でタティアナを救い出すつもりなのか……。いや、どんなに本気

だとしても、これではやはり、とうてい不可能な話だ）

　十一月九日、深夜のマヨール広場に入ったベラスケスは絶望的な想いに襲われた。一度は心を奪われかけたタティアナがもうすぐ火焙りになる。ベラスケスの足は大きくよろけた。まともに真っ直ぐ歩くためにはかなりの努力が必要だった。

　石畳のそこかしこには大きな篝火《かがりび》が焚かれて、広場は祭りの夜のように明るかった。

　カサ・デ・パナデリアの二つ並んだ尖塔を中心に、フェリペ三世時代に建てられた建造物で広場はぐるりと囲まれている。一階部分はアーチの美しい柱廊が続き、多くは屋根裏部屋を持つ花崗岩造りの四階建ての建物だった。

　眺めのよい窓を持つ部屋は、すべて貴族や富裕な商人が占領していた。窓という窓は縁飾りのレースや、金銀の装飾品で飾られていた。加えて、最も力を持つ金羊毛騎士団《オルデン・デル・トイソン・デ・オロ》、エスパーニャ一古い カラトラバ騎士団《オルデン・デ・カラトラバ》など、各種騎士団の紋章の旗が、華やかに翻っていた。

　ポルティコの下には、下級の聖職者はもとより、職人や召使い、小商人に学生、得体の知れない男や女。何百人という群衆が場所取りのために右往左往していた。物見高い群衆は明け方には二千人は超えるはずだった。

「小ぬか雨降るフランドルの戦場で、御国のために失いしこの右脚。志高きお方よ、わずかなりとも喜捨を給え」

汚い革服を着て杖をついたフランドル傷痍兵《しょういへい》の物乞いも散見された。たいていは偽者と人々も知っているので、実入りは少ないはずだった。

ポルティコに沿って、銀色に輝く鎧兜に身を固めた異端審問所の警備兵が、矛槍を手に手に居並んでいる。その数は百人は数えよう。さらに随所に黒帽に黒い革服を身につけた市警察の吏員が帯剣して警備態勢を取っていた。

広場中央には白い台が設えられ、人の背丈の三倍ほどもある緑色の十字架が立てられていた。台の正面には、剣とオリーブの枝の間に十字架が描かれている。これこそ異端審問所の紋章であり、宣告式の主催者の権威を象徴していた。

緑の十字架を背景にして六人の裁判官席が用意されていた。今回の裁判長を誰が務めるかは知らなかったが、裁判官席の一つはホカーノ神父が占めるはずだった。

裁判官席の前には、白木の低い台が据えられていた。これが、タティアナがひざまずく予定の被告人席だった。

尖塔と反対側の広場正面には、赤い絹の天蓋で覆われた仮ごしらえの桟敷席《さじきせき》が続いていた。五段の座席の列を持つ桟敷は、国王陛下夫妻を中心に、オリバーレス伯爵を初めとする大臣たちが座る貴賓席だった。

桟敷席の各所には、垂れ幕やタペストリーとともに、輝けるアブスブルゴ家の紋章の旗が掲げられていた。

盾の内部にカスティーリャとレオン、アラゴンとシチリアといったエスパーニャ王国を構成する各国々の紋章が描かれ、さらにグラナダ、ポルトガルなどエスパーニャ帝国が支配する各国家の国章が組み合わされる。その上に王冠が載る複雑な紋章である。

貴賓席や裁判官席は、蠟燭のランパラが随所に点されていた。国王陛下夫妻も裁判官たちも夜明け前には席に就く予定だった。

ふだんの異端判決宣告式では、何十人という異端の罪で訴追された者が裁かれる。異端の罪は、隠れユダヤ教徒《フダイサンテ》、イスラム教徒《モスリコ》が中心であることは言うまでもない。

だが、断罪される人間は、冒瀆者、重婚者、同性愛者など、本来の異端と言うべき者を含めて多岐にわたった。一方、魔法使いや魔女など、魔性の者の罪で訴追される者はまれだった。

宣告式では、軽罪の者には審問官から鞭打刑や国外追放を宣告される。重罪の者では、ガレー船の漕手刑と終身懲役刑を申し渡される者が多かった。

だが、民衆が待ち望んでいる刑は、むろん火刑台送りだった。

――十一月十日、日の出とともに、マヨール広場に於いて異端判決宣告式を執り行う。魔女の罪によって訴追されたタティアナ・ギゼ・デ・ラ・ロサに、厳粛なる神の審判が下るであろう。

市内各所の高札場に張り出された国王の触書は、このように簡明なものだった。

宣告前にもかかわらず、今日の群衆は最高の娯楽を手に入れる約束を得ていたと言ってよい。なぜなら、夜明けとともに始まる今日の異端判決宣告式は、魔女の罪で告発されたマドリード一の歌姫タティアナ・ギゼ・デ・ラ・ロサただ一人を裁く特別の宣告式だったからである。

もし、タティアナが無罪に留まるのであれば、これだけの大掛かりな準備が必要なわけはない。タティアナの運命は、マヨール広場の入念な準備ですでに明らかになっているのである。

西暦四六一年十一月十日に世を去ったレオ一世は、地方教会の改革や教皇権の強化につとめ、大教皇と称され死後に列聖された。

審問所が宣告式に《レオ一世教皇の日》を選んだ理由は、レオ一世こそが異端を弾圧するための正統論の確立に力を尽くした人物だったことによる。

さらに言えば、レオ一世は聖職者のあらゆる結婚を禁止した。この日を選ぶとは、実にホカーノ神父らしい発想だとベラスケスは思っていた。

ベラスケスには、ホカーノ神父を中心とする教会勢力が、フェリペ四世を追い落とすために、あらゆる手段を用いて演出効果を高めようと画策している姿が目に浮かんだ。

篝火の東側の闇に一基の白い十字架がぼんやりと浮かび上がっていた。

これこそがタティアナが登る予定の火刑台だった。火刑台の左右には幾分か背の低い二本の白い十字架が立てられ、二枚の絵が掲げられていた。ベラスケスを苦しめ続けた『無原罪の御宿り』と、昨日の夕刻に描き上げた『魔女像』にほかならなかった。

ベラスケスは二つの絵を近くで見ようと、広場の東へ向かって歩みを進めた。

蜂蜜を使った飲み物やアーモンド菓子を売り歩く小商人が、しきりと売り声を張り上げている。果物売りの姿も負けずに多かった。

柱廊の一角に、酒と肴《さかな》を売る屋台店が出ていた。

「今夜は特別に一時から店を開けたんだ。旦那さん、朝まではまだ間があるで、ちょいと一杯やっていかないかね」

樽のように腹の突き出た店の親爺が声を掛けてきた。

「いや、酒を飲みに来たのではない」

ベラスケスは不機嫌に言葉短く答えた。

「なんだよ、死神みたいな不景気な面ぁしやがって」

背中に罵声《ばせい》を浴びせられながら、店先を通り過ぎようとするベラスケスの耳には、客の騒ぐ声が入って来た。酒場の店先に置かれた長椅子には、五人ばかりの男が酒杯を手に、笑いさざめいていた。ベラスケスは聞くともなく立ち止まった。

「十時頃に来たときはよ。墓場みてぇにひっそりしてたのに、どうでい、この賑わいは」

「みんな楽しみで朝が待てねぇ連中ばかりだろ」

イタチに似た顔つきの職人がヨダレを垂らしそうな顔つきを見せた。頭の禿げ上がった小商人風の男が、目尻を下げて相槌を打った。

「どうせなら、小僧や婆ぁより若い女が苦しむところのほうが、見応えがあるってもんだ」

「ただの女じゃねぇんだぜ。何ったってよ、マドリード一の歌姫だ」

「俺ぁ、劇場から出てくるタティアナの顔を見たことがあるぞ。そりゃあ、すこぶるつきのいい女だった。いい身体してたしよぉ。あの別嬪《べっぴん》が足下から火で焙られて悶える顔はこたえられないだろうな。服が燃えちまえば身体は剝き出しだしよ」

どこかの屋敷の下男らしい身なりの男は下卑《げび》た笑い声を立てた。

「おまけに最後は、そのきれいなお顔が、ドロドロに焼けただれちまうんだぜ」

「歌姫だけに、いい声で叫ぶだろうな」

「いやいや、断末魔《だんまつま》の叫びは、どんな女だって、獣じみた声を出すに違いねぇ」

「そいつは楽しみだ。へへへ、こんなに美味い酒はないねぇ」

下男は大口を開けて安酒を流し込むと、袖口で唇を拭った。

ベラスケスは耐えきれずに、強い視線で男たちを睨みつけた。

いっせいにひるむ男たちを尻目に、ベラスケスは大股に広場の中央へ進んだ。

「な……なんだ……あいつはよぉ」

「いい身なりだしよ。金持ちだろ。きっと、その魔女にたぶらかされたクチだろうぜ」

「魔女と連《つる》んでるなら、あの男も悪魔の仲間だ」

「かまうこたぁねぇ。石をぶつけろ」

背中に、男たちの投げた小石のひとつが当たった。

この連中の抱く感覚は、上は貴族たちから、下はボロをまとった物乞いまでに共通するものに違いなかった。エスパーニャ人には、異端判決宣告式を楽しみに生きている人間が少なくないのだ。

教会勢力にとっては、自らの権威を見せつける最も効果ある示威の場だった。また、大臣たち為政者にしてみれば、国民の政治への憤懣をそらす大きな効果を持っていた。

異端判決宣告式は、それが他人事《ひとごと》である限りはエスパーニャ国民の誰しもが望んでいる素晴らしい娯楽の式典なのである。ベラスケスは、あらためて心がうそ寒くなった。

銀色の鎖で囲まれている火刑場のまわりには灯りが少なかった。警備兵も十字架の左右に二名が配置されているに留まっていた。

タティアナが磔にされる時刻までは数時間ある。現在は人影もなく警備を固める必要も少ないからだろう。

ベラスケスは鎖の側まで足を進め、二枚の絵を見上げた。

右の『無原罪の御宿り』を注視する。だが、やはりこの距離と明るさでは、プジョールの加筆痕は、ぼんやりとした違和感としてしか映らなかった。

左に掲げられた『魔女像』へ視線を移した。

（よくホカーノ神父が、この絵を許したな……）

黒衣のタティアナは身体をひねって、右に立つ山羊《やぎ》の頭を持つ悪魔を見詰める姿勢を取っていた。悪魔は古書に散見される吊り上がった目付で牙を持つ醜怪な顔つきを選び、できるだけ怖ろしく描いてみた。この構図だけならホカーノ神父にも異論はないはずである。

問題は、リエンソ上に熱をこめて表現したタティアナの表情だった。

ベラスケスはタティアナを、愛の執着に悶え苦しみ、悪魔さえをも誘惑しようとする姿に描いた。それでいて、気品を損ねぬよう、どこまでも美しい線を崩さぬよう意を砕いた。

艶やかさと可憐さの相矛盾する女の魅力の均衡を目指した。

タティアナの緑がかった灰色の目は、悪魔に見立てた嘉兵衛を激しく求め、わずかに開いた厚い唇は熱い接吻を待っていた。

少なくとも男が見れば、誰しも魅入られずにはいられない。どんな貞操堅固な夫でも誘惑されれば妻を裏切らずにはいられない、そんなタティアナの姿が描けた。そうベラスケスは自負していた。

だが、女性に対して異常な嫌悪を抱くホカーノ神父にしてみれば、愛欲に苦しみ悶えるタティアナ像は、最も忌むべき女の姿に映るのだろう。神父にとっては、男を愛欲の世界に引き込む女こそ魔女そのものに違いない。許しはあっさりと出た。ベラスケスの隠した意図には気づかれなかった。

「なんだ、ベラスケス、お前も見物か」

聞き覚えのある無愛想な声に振り返ると、のそっと立っている大柄な男は、宮廷警察のイグナシオ・バリオス警部だった。背後に五人の警察吏を従えていた。

「大変な警固振りですね」

ベラスケスは当たり障りのない答えを返した。禁足が解け、ようやく顔を見なくて済むと思っていたバリオスと口をきくのはおっくうだった。

「まもなく国王陛下ご夫妻もご臨席になる。万が一にも、うろんな者が潜んでいては大変だ。我らは午前零時から厳戒態勢を敷いているのだ」

「タティアナを助け出そうなんて、不埒な輩《やから》が現れんとも限りませんからね」

ベラスケスは額に冷や汗を流しながら、探りを入れてみた。

バリオスは黒い瞳を見開いて、一瞬うっと黙った。が、すぐに大きな声を立てて笑い始めた。

「お前は、つまらん冗談が上手いな。タティアナは、異端審問所の精鋭が五十人で守るんだぞ。どこの誰が助け出すというのだ。ネーデルラント軍か？」

無愛想な顔に戻って言うバリオスの冗談こそ、つまらなかった。

ベラスケスは冷たい石畳に腰を下ろすと、二枚の絵に視線を戻し、時を忘れて眺め続けていた。タティアナの表情をつかむために苦労したタジェルでの時間が思い出された。最後に会った異端審問所の牢獄での姿も……。

警察吏員たちの叱咤の声にベラスケスは我に返った。

火刑台のまわりには、いつの間にか大勢の見物人が取り巻いていた。人々は素晴らしい見世物を楽しもうと、飲み物や食べ物を手に人垣を作っていた。近くで篝火が新たに焚かれた。だが、二枚の絵までは充分な光量がまわってくれなかった。陽が昇ってからの演出効果を狙ったものだろうか。

「おお、囚人が到着したぞ」

すぐ隣で警固に就いていたバリオスは、広場の左手を見やって叫んだ。

サル通りの方角から銀の鎧兜をまとった大柄な異端審問所警備兵の一団が現れた。手に矛槍を構えている兵士たちの数は、バリオスの言葉通り五十名ほどだろう。

兜の代わりに黒いソンブレロを被り、カパをまとった平装で先頭に立つ男は、紛れもなくロンバルデーロだった。

警備兵の間には、濃灰色のチャケタの袖に気味の悪い黒い喪章《もしょう》を着け、黒杖を手にした異端審問所取締官の姿も見えた。姿は見えぬが、一団がタティアナを囲んでいることは確かだった。

雪崩《なだれ》を打って近づこうとする群衆は、市警察の吏員たちによって押し返された。

四人護送団の後には、白い僧服を身につけた異端審問所裁判官が続いた。ホカーノ神父とアルメンダリス神父のほかは見知らぬ僧侶たちだった。一様に押し黙って進む姿は、神の僕《しもべ》とはほど遠く、ベラスケスには地獄の法官たちに見えた。

ひときわ高い裁判長席にはアルメンダリス神父が座り、右横にホカーノ神父が座った。

(裁判長はアルメンダリス神父だ！)

一瞬、気持ちが明るくなりかけた。だが、たとえ温厚派のアルメンダリス神父が主宰しても、宣告式の結論は変わらないはずだった。

桟敷席の下で近衛部隊の兵士が高らかにラッパを吹き鳴らした。警固に就いているあらゆる兵士が姿勢を正し、矛槍の石突きで石畳を突く音が響いた。ほしいままに騒いでいた群衆は徐々に静まっていった。

静寂を取り戻したマヨール広場に警蹕《けいひつ》の声が響き渡った。

(国王陛下のお運びだ……)

ベラスケスは、桟敷席から背後の建物に続く垂れ幕で覆われた空中歩廊に目をやった。

煌々と輝くランパラの灯りに、黒いビロードの衣装を金銀の装飾品で飾ったフェリペ四世が、たくさんの宮臣を従えて歩く姿が目に映った。

背後にはエメラルド《エスメラルダ》に輝く繻子《しゅす》のドレスをまとったイサベラ王妃が、愛らしい栗色の巻き髪を羽根飾りや宝石で飾って続いた。

オリバーレス伯爵の姿も、サルバティエラ伯爵の姿も見られた。得意満面で最後尾を歩いている三十歳くらいの人物は、貴族にしては小男のバラハス伯爵だった。

国王陛下夫妻と宮廷の高官たちは、バラハス伯爵が広場に所有している建物と桟敷席を繋ぐ仮設の歩廊を通って広場に入ってきた。この通路はバラハス伯爵の館から外周の建物を貫いて延々と作られていた。

群衆は警備兵の威圧を忘れて、歓呼の声で国王陛下夫妻を迎えた。有能とは言えぬフェリペ四世だったが、若く気さくな——軽忽《けいこつ》とも言えるが——国王は、エスパーニャ国民には人気が高いのである。

夜明けまでは、まだ一時間はあるだろうが、異端判決宣告式を開式する準備は整った。

二千人にもふくれ上がった群衆がうずうずと朝を待つ期待感に、マヨール広場には得体の知れぬ熱気が渦巻いていた。

群衆の騒ぎ声が響き続ける。ベラスケスは胸が押し潰されそうな苦しみに耐えながら火刑台の下に立っていた。

3

被告人席の方向で、陰気な太鼓が打ち鳴らされた。

視線を移すと、被告人席を取り囲んでいた異端審問所警備兵は靴音を立てていっせいに踵を返し、五十歩ほど外側へ行進して陣形をひろげた。

矛槍を手にして立哨する警備兵の背後に、被告人席に立たされたタティアナの姿が、勢いが弱くなった篝火の炎に照らし出された。

あの日と同じように、白い悔罪服を着せられ、油をつけていない下げ髪が風に揺れていた。

青白い顔からは、拭い去ったように表情が消え、まるで古い木彫り人形だった。あの晩、タティアナから噴き出した生への執着も、教会勢力への呪詛《じゅそ》も、もはや仄見えもしなかった。そこには、一切の感情が存在していなかった。

裁判官席でアルメンダリス神父が立ち上がった。

群衆は静まり返って神父を注視した。

「被告人タティアナ・ギゼ・デ・ラ・ロサよ。自らの罪を悔い、神の前に正しき告白を為すために、お前に、しばし時を与える」

神父の声が、広場に堂々と響いた。

タティアナは何らの反応も示さず、ぼんやりと突っ立ったままだった。

「魔女《ブルハ》が現れたぞーっ」

「汚らわしい魔女めっ。くたばっちまえーっ」

ベラスケスの左右から、口汚い罵り声が次々にタティアナに浴びせられた。

教会勢力はタティアナの姿を群衆の目によく曝《さら》し、エスパーニャの平和を乱す魔女への憎悪をより募らせるつもりらしい。

（なにが、正しき告白だ……。タティアナを辱めるだけが目的じゃないか）

画業には理解を示してくれるアルメンダリス神父ではあるが、ベラスケスの胸には青い怒りの炎が渦巻いていた。人格高潔と称《たた》えられてきた神父は、か弱きタティアナの生命を、政治の道具に使う勢力の代弁者となっているだけだった。

アルメンダリス神父が着座したすぐ後のことだった。

広場の四隅の上空から、白い煙か霧のようなものが忍び寄ってきた。

「なんだぁ？　この霧は？　なんで、いきなり霧が出るんだ」

ベラスケスの右横で若い男の叫び声が上がった。

煙霧は生き物のように広場を包み始めた。

群衆が動揺するさざめきが、渦潮のように広場にひろがった。

アルメンダリス神父も、ふたたび立ち上がってようすをうかがうような素振りを見せた。

「素敵な香りがするわ。まるで、天国の香りみたい」

　左手から少女の感嘆の声が聞こえた。

　霧がひろがるとともに、得も言われぬ芳香がマヨール広場を包んだ。

　不思議な香りだった。咲く花の香りに負けぬほど華やかでありながら、植物の生々しさは少しも感じさせない。教会で祭典に用いる乳香とは比べものにならぬ芳醇《ほうじゅん》さを持っていた。

　ベラスケスが生きてきた二十四年の人生で、似たような香りを嗅いだ経験はなかった。まさに天界の芳香だった。

　どこからともなく竪琴《アルパ》をゆっくりと掻き鳴らす音が響き始めた。続いて静かなオルガノが安らかな和音を奏でる。

　やがて、心を洗うような男女の歌声が広場を満たしていった。

　救い主を育てし母よ
　開かれし天国の門よ
　光り輝く海の星よ

　聖母マリアがまとう白い絹布の光沢にも似た、繊細でゆったりとしたテンポの旋律は、人間が歌っているものとは思えなかった。この世の苦しみを洗い流すような癒《い》やしに満ちた天使の歌声にも聞こえた。

（これは『救い主のうるわしき母《アルマ・レデンプトリス・マーテル》』の旋律だ……）

カトリコ教会で歌われるグレゴリオ聖歌のうちでも、聖母マリアのための四つのアンティフォナの一曲だった。

アンティフォナは合唱を二部に分けて交互に歌う形式の聖歌である。

修道士と修道女がともに歌う習慣のない教会聖歌とは異なり、右手からは豊かに低い男声合唱が、左手からは伸びやかに澄んだ女声合唱が響いていた。

やさしい旋律は、天から降るようにも、まわりの建物の屋根近くから聞こえるようにも思えた。だが、建物の一部屋に楽隊が鎮座して演奏しているのではなかった。音楽はマヨール広場全体に、ゆるやかに漂うように響いていた。

「おいっ、あれを見ろおっ。塔の上だっ」

不思議な演奏に我を忘れて聴き入っている群衆の心を、中年男の震える叫び声が破った。

ベラスケスはあわてて、まだ暗い空を見上げた。

二つ並んだカサ・デ・パナデリアの尖塔の上空はるかに、青い発光物体が輝き始めた。

青白く燐光を放つ影は、ゆらりと宙を舞いながら、広場へと、ゆっくり降りてきた。

尖塔近くまで降りてきた青白い燐光の中から、一人の人影が姿を現した。

人影は白いふわりとした薄絹のような衣をまとっていた。まわりの燐光が薄らぐと、影自体が青白く輝き始めた。

人影はゆったりと両手を宙に開いて、左右の掌をたおやかに天に向かって仰がせた。

目を凝らすと、たしかに若い女性の姿をしている。

袖も裾もたっぷりした衣なので、身体の線は覆い隠されていた。トレドにあるエル・グレコが晩年に描いた『無原罪の御宿り』の衣とよく似ていた。髪は金色に輝くベールで覆われていた。

わずかに青紫色を帯び始めた黎明《れいめい》の北空を背景に輝くその姿は、誰であれ見る者に深い崇敬の念を与える気高さを全身から放っていた。

マリアの形象を追い求め続けたベラスケスの目から見ても、清らかで厳かな聖母像に見えた。

「ああ、なんてこと！　信じられない。マリアさまよ！」

「アメン、マリアさまが、このマドリードにご降臨なさった」

「奇跡《ミラグロ》だ。奇跡が起こった！」

広場を埋める人々は、興奮して声を張り上げ続けた。

桟敷席に座る国王夫妻や宮臣たちも、裁判席に座る僧侶たちも、警備に就いているすべての兵士や警察吏たちも、声一つ立てられずにマリアを見守っているばかりだった。

青白く輝く聖母は、尖塔近くの空中を、広場の中央へ向かってゆっくりと動き始めた。薄絹の青い輝きがきらめくことから、両脚は動いているようだった。だが、歩くというよりは、宙を舞う感じでマリアは広場を斜めに横切るように進んだ。

どこからか流れ来る旋律は、マリアのための四つのアンティフォナの中から、幾分か早いリズムの、『幸いなるかな天の女王《アヴェ・レジーナ・チェリ》』に変わった。

幸いあれ、この上もなく美しき人よ、尊き宝玉よ
幸いあれ、乙女の輝きよ、その輝ける恵みよ

複数のパートが対話するような歌声を重ねてゆく。あたかも、たくさんの天使たちが空中のあちらこちらで聖母マリアを礼賛しているかのような錯覚にベラスケスは陥った。

聖歌に和してマリアを讃える歌詞を口ずさむ声が、広場のそこかしこに響き始めた。

「サンタ・マリア！（聖なるマリア！）」

「アヴェ・マリア！（おめでとう、マリア！）」

「マリアを崇《あが》めよ、神の栄光を讃えよ！」

マヨール広場は、ぐわんと響くマリア礼賛の言葉に満ちた。

ベラスケスの左右では、両手を組み全身を折って地に伏し、空中のマリアを礼拝している老若男女も少なくなかった。

宙を舞うマリアが動きを止めた。マリアの足下には異端審問所を象徴する巨大な緑の十字架が立っていた。

人々は息を詰めて、マリアを見詰めた。被告席に立っていたタティアナも、驚愕《きようがく》という表情を取り戻していた。唇をぽかんと開け、両眼を大きく見開いて、上空を見上げている。

マリアは開いていた両の掌を揺らめかせ、三度ほど緑の十字架へ風を送るような仕草を見せた。

次の瞬間、緑十字を支えている白い台が大きな音を立てて炸裂した。剣とオリーブの枝の間に十字架を描いた異端審問所の紋章も木っ端微塵に吹っ飛んだ。

逃げ惑う人々の悲鳴が、空気を切り裂いた。

立木が倒れるような音を響かせ、緑の十字架はタティアナが立つ被告席とは反対の方向に倒れ崩れた。石畳の上に溜まった砂がもうもうと舞い上がった。

続けて空中のマリアは、わずかに身体を進めてタティアナの真上に立った。

真っ直ぐにマリアを見詰めるタティアナの表情は、恐怖に歪んだ。

だが、それはすぐに穏やかな微笑へと変わった。

マリアがたっぷりとした左袖を何度かなびかせると、宙にたくさんの赤い花びらが舞った。

ベラスケスは風に乗ってふわりと舞ってきた一枚を、掌で捉まえた。赤い薔薇の花弁だった。

マリアはタティアナに祝福を授けると、そのまま、広場をベラスケスが立つ方向へと進んできた。

白い十字架の火刑台の上で、ふたたびマリアは止まった。

マリアは火刑台に向かってうつむくと、右の袖で顔を覆った。見る者には、マリアが悲しみに涙を流している姿に映った。

宙に光り輝く光彩が舞った。

人々は歓声を上げ、空から舞い落ちる輝く物体を捕まえようと宙に向かって手を伸ばし、地面に落ちたものを拾い始めた。

ベラスケスが拾い上げてみると、涙型をした親指ほどの透明な硝子《クリスタル》だった。

「マリアさまは泣いていらっしゃるわ」

「そうだ、マリアさまはお悲しみだ」

「尊い涙を落とされ、汚れたマヨール広場を清められたのだ」

涙を手にした者たちは、口々に叫んだ。

マリアはふたたび宙を進み、広場の端近くまで来ると、かき消すようにふっと消えた。

南側のサンタ・マリア・ラ・マヨール教会から、聖なる鐘の音が澄んだ音で響き渡った。

いまは教会の建物は閉鎖され誰もいないはずだった。

広場に流れていた旋律は、明るく華やかな『天の女王《レジーナ・チエリ》』に変わった。聖母マリアのためのアンティフォナである。

男声と女声の晴れ晴れとした輝かしい歌声が誇らしげに響き渡った。

天使たちから聖母マリアに向けた惜しみない祝福がマヨール広場にひろがった。

天の女王よ　歓び給え　アレルヤ
あなたに宿られし方は　アレルヤ
預言の如く復活された　アレルヤ
我らのために祈り給え　アレルヤ

歌える者は歌い、歌えぬ者も声をきわめてアレルヤに唱和した。マヨール広場は神を祝福する力強い祈りに充ち満ちた。

次の瞬間、広場の屋根という屋根から明るい光を輝かせ、淡い橙色《だいだいいろ》の物体が天に向かって飛び立った。

「天使だ！　天使が、マリアさまをお迎えに見えたのだ！」

「マリアさまが、神の国にお帰りになる」

「マリアさま、再来を！　エスパーニャの大地に、ふたたびのご降臨を！」

感極まった人々は半ば泣き叫ぶように、聖母マリアに別れを告げた。

いつの間にか音楽も鳴りやみ、広場には静寂が戻った。

マヨール広場には、神の奇跡に出遭えた人々の興奮が大きな波となってうねり続けた。

「おい、この涙には文字が書いてあるぞ」

近くで学生風の若者が驚きの声を上げた。

「なんだって！　ああ、本当だ。『神はタティアナの罪を赦《ゆる》し、ホカーノの罪を裁く』と書いてある」

隣で徒弟風の若者が大声を張り上げた。

ベラスケスもあわてて、一度チャケタの隠しにしまった硝子の涙を手に取ってみた。光に透かすと、若者が叫んだ通りの言葉が彫りつけてあった。

「緑の十字架が、神の怒りの火に焼かれたではないか。悪魔はホカーノだ！」

「異端審問所こそ神に裁かれるのだ。ホカーノこそが悪魔だ！」

「ホカーノを火刑台送りにしろっ！」

マヨール広場には「ホカーノを火刑台に送れ」の大合唱がひろがった。うわんという大きなこだまが跳ね返り続けた。

日頃の異端審問所への憤懣が一挙に爆発したのである。

「被告人を十字架に掛けろっ」

甲高くざらついた苛立つ声が、裁判官席で響いた。

「ええいっ、何をしておる。宣告式は火刑台で行う」

傍らで袖を引っ張って戒めるアルメンダリス神父を尻目に、ホカーノ神父は歯を剝き出し、口から泡を飛ばしながら叫んだ。

「ホカーノ猊下のお言葉が聞こえぬのか。タティアナを火刑台へ移せっ」

ロンバルデーロの厳めしいしわがれ声が響いた。警備兵たちはバネ仕掛けの人形を思わせる勢いでタティアナの身体をつかんで引っ立てた。

哀れなタティアナは歩く力も失ったのか、ずるずると身体を引っ張られていった。

「タティアナを殺すな！」

「タティアナの罪は神が許し給うたのだ」

「異端審問所の悪行を許すな」

群衆は半狂乱になって叫び続けた。

ホカーノ神父は裁判官席を降りて、火刑台に歩みを進めた。

「タティアナ・ギゼ・デ・ラ・ロサよ。汝《なんじ》を悪魔に魂を売った魔女として、神の御名に於いて火刑に処す」

両眼に異様な光で輝かせたホカーノ神父が無理無体に宣告をなした。

「ホカーノ神父、やめなさいっ。お手前は錯乱されたか」

アルメンダリス神父が、力強く袖を引いたが、ホカーノ神父は聞き入れようとはしなかった。

「刑吏たち、火を放てっ」

異端審問所の警備兵ではなく、世俗裁判所の刑吏たちが松明に火を入れた。

処刑は世俗の刑吏の手で行われる定めだった。異端審問所は宣告だけをなして、最後の最後に被告人を司法当局に引き渡して処刑させていた。要するに、異端審問所は教会勢力なので、一滴の血を流すことも許されていなかったのだ。

おお、何という手前勝手な理屈だろう。

刑吏たちは手にした松明の火を堆《うずたか》く積まれた薪に点火した。めらめらと炎が起ち上がって夜の闇を焦がした。

タティアナの全身が痙攣し、美しい顔が恐怖に大きく歪んだ。

そのときである。

火刑台の上に雨が降り始めた。中空から雨滴が小雨程度の勢いで一分間ほど火刑台に降り注いだ。

燃え上がった炎は、音を立ててあっという間に消えた。

「奇跡だ！　神はタティアナをお救い給うた」

「見ろ、神はホカーノの悪行を許さなかったぞ」

一人の下級の聖職者が、ベラスケスの描いた絵を指さして叫んだ。

「おいっ、あの魔女の絵を見ろっ」

「ほんとだ！　悪魔の代わりに、坊さんが描いてあるぞ」

タティアナを魔女として描いた右の絵に描き出した悪魔は、いつの間にか僧形に変わっている。

「あの坊主は、ホカーノじゃないか」

「そうだ、ホカーノのクソ野郎だ」

広場には、「ホカーノを火刑台に送れ」の大合唱が響き渡った。

それればかりではない。群衆は雪崩を打って裁判官席に殺到し始めた。ロンバルデーロが剣を抜いて脅しつけたが、ひるむ者は誰もいなかった。

群衆は異端審問所警備兵が公の場で血を流せない定めを知っていた。警備兵捕縛隊は夜の街でこそ怖ろしい存在なのだ。群衆は平気の平左で警備兵に迫っていった。

広場で人を殺傷できる警察吏が後ろから泡を食って駆け寄せてきたが、ホカーノ神父のまわりにできた人垣に遮られて近づけない。

「ホカーノ猊下をお護りしろっ」

ロンバルデーロの号令に従って、警備兵たちはホカーノ神父を取り囲み裁判官席まで護送した。

ホカーノ神父は、よろよろと裁判官席に這い戻った。

「パウリーノ・ゾベル・デ・ホカーノ神父。残念だが、猊下を《魔性の者》の嫌疑で逮捕する」

アルメンダリス神父は、重々しい声で告げざるを得なかった。ホカーノ神父は白目を剝いて、その場に仰向けに昏倒《こんとう》した。

「やったぞ、あのくそ忌々しいホカーノ野郎は、異端審問の餌食だ」

「ホカーノの悪運もこれで終わりだぜっ」

「ざまぁ見やがれ、くそ坊主っ」

群衆は文字どおり狂喜乱舞した。その場で跳ねまわる娘たち。肩を叩き抱き合う若者たち。なけなしの酒を頭から掛け合う男たち。様々な歓びの姿が広場を埋め尽くした。

歓び悶える群衆の声は、いつまでもマヨール広場に響き続けた。

聖母の消えた東の空が、白み始めてきた。

# 第九章　エスパーニャに栄光あれ！

## 1

「ホカーノを殺せ！」の大合唱が広場に響き続けていた。

「いい具合に、みんなホカーノに気持ちがいってる。俺が右のデカいのを片づける。嘉兵衛は左の背高のっぽを殺《や》ってくれ」

外記が囁くと、嘉兵衛は無言でうなずいた。

火刑台の傍らで立哨している警備兵は相変わらず二人だった。

外記たちが異端審問所警備兵の鎧兜をまとっているために、立哨兵は刺客の接近にまったく気づいていなかった。

足音を忍ばせた外記は大柄な男に背後から迫り、口を手で押さえた。兜の錏《しころ》を巻き上げ、後頭部の急所を狙う。渾身の力を込めて鎧通しを打ち込んだ。

一瞬、男は手足をばたつかせた。が、こわばった身体からは、すぐに力が抜けた。

外記は、大柄な男の身体をその場に静かにうずくまらせると、白い十字架に駆け寄っていった。

背高のっぽも、矛槍を抱えたまま座り込んでいた。すでに嘉兵衛は火刑台の下に積まれた薪に右脚を掛けていた。

焦げて湿った薪の上で、外記は両脚を開き広場全体に目を配った。背後で嘉兵衛が十字架によじ上る気配が感じられた。

「タティアナ、拙者だ。口をきくな」

嘉兵衛が縄を切った。タティアナを縛《いまし》めていた縄が、はらりと落ちてきた。

「ロンバルデーロは、ホカーノ神父を介抱《かいほう》している。警備隊の連中もそのまわりを固めている。いまが好機だぞ、嘉兵衛」

外記の声に応ずるように、タティアナを抱きかかえた嘉兵衛が降りてきた。

「よしっ、タティアナ、参るぞ」

嘉兵衛が囁くと、タティアナは激しい喜びの表情でうなずいた。

精神的にとことんまで痛めつけられたためか、タティアナは足下さえ覚束《おぼつか》なかった。

外記と嘉兵衛はタティアナの身体を両脇から抱え、堂々と広場を歩き始めた。あたかも、上官の命令で囚人の身柄を、他所へ移しているかの如くに二人は振る舞った。

矛槍を手に背を反らして傲然と歩く外記たちに、群衆はあっさりと道を開けた。腰に落とし差ししたハポンの刀に気付く者は誰もいなかった。

脱出口には、火刑台との距離が近く、人気《ひとけ》の少ないヘロナ通りを選んである。建物が作る影で真っ暗なヘロナ通りに入ると、酔い潰れた老人が一人、寝っ転がっているだけだった。あたりは人気のない工房ばかりが建ち並んでいた。

二人は矛槍を投げ捨て鎧兜を脱いだ。下にはふだんのチャケタを着込んである。

広場を訪れる馬車を繋ぐための棒杭に、栗毛と黒馬、二頭の駿馬を用意してあった。

「嘉兵衛、あなたが助けに来てくれるなんて」

タティアナは、一心不乱に嘉兵衛に抱きついた。

「そんな話は後だ。すぐに追っ手が来るぞ。悔罪服では他人目《ひとめ》につく。まずはこれを羽織れ」

嘉兵衛は隠し持っていた薄手の黒いショールをタティアナの背中から掛けた。タティアナは、恥ずかしそうにうつむいた。まるで結婚したての新妻のように。

「いや、こんなに簡単に広場を抜け出せるとは思ってなかったよ」

外記は両脚の枷となっていた脛楯を外しながら、清々した気分で明るい声を出した。

ところが、背後から早駆けの音が石畳に響いてきた。

「待てっ。そこを通すわけにはいかん」

抜刀したロンバルデーロが、戦場で斬り込んでくる騎馬武者のような姿で迫ってきた。

不動明王そっくりの憤怒の表情を浮かべて白馬の腹を蹴り続けている。

「なわけないか……」

外記は石畳の真ん中に立ちはだかると、棒手裏剣を三本、掌に隠した。

「嘉兵衛、タティアナを早くっ」

外記は振り返って叫んだ。

「だが、外記……ロンバルデーロは、ただの腕ではないぞ」

タティアナを背中にかばいつつ、嘉兵衛はとまどいの表情を見せた。

「いいから行けっ。こいつとは、セゴビア橋以来の因縁《いんねん》だ。今日こそ勝負をつける」

外記は焦れて声を張り上げた。

嘉兵衛は無言でうなずいて、タティアナを黒馬に乗せた。

自分もひらりと飛び乗った。

「外記、無事に帰ってきて。あなたは坊《チコ》やなんかじゃない。男の中の男《オンブレ・カバリエロソ》よ」

遠ざかる黒馬の背でタティアナは力強く叫んだ。

馬上のロンバルデーロは、左手で短剣を抜くと、タティアナに向かって投げつけた。

「おっと、そうはさせないよ」

外記は、一本目の棒手裏剣をロンバルデーロの短剣目掛けて打った。空中に火花が散って、ロンバルデーロの凶刃は石畳に落ちた。

嘉兵衛たちを乗せた黒馬は、そのままヘロナ通りをサンタ・クルス教会の方向へ走り去った。

次の一本を、外記は白馬の眉間を目掛けて打つ。

棒手裏剣は白馬の左目の下に突き刺さった。

鋭くいななき竿立《さおだ》ちになった白馬を、ロンバルデーロは見事な手綱さばきで御した。

最後の一本をロンバルデーロの右胸目掛け、渾身の力を込めて外記は打った。

だが、ロンバルデーロはすんでのところで鞍から飛び降りた。

白馬は、嘉兵衛たちの黒馬を追いかけるように、いななきながら東南東へ逃げていった。

「あんたも無粋な男だな。せっかく愛を取り戻した二人なのに、邪魔しないでやれよ」

外記は、腰の刀をすらりと抜いて上段に構えた。

「小僧め、ふざけおって……。お前は、我が輩の邪魔立てばかりして参ったな。王妃の日記を偽物とすり替えたであろう。あの時も腸《はらわた》を引きずり出してやろうと思っていた。だが……」

ロンバルデーロは音を立てて、長剣を抜いた。

左足を前に出し、右の頬の横で構える。

真っ直ぐ突き出された切っ先から強い殺気が放たれた。

「今日という今日は許さぬ。我が輩の生命とも仰ぐホカーノさまに、あのような不埒な真似を……」

ロンバルデーロは怒りに言葉を失っていた。

黒髭も膝頭も全身が小刻みに震えていた。

長身から怒りの炎が燃え上がっている。

「おや、あんたら……そんなに愛し合ってたの？」

外記は鼻の先でせせら笑った。相手が感情的になっている場合に火に油を注いで煽《あお》るのは、剣技のうちと心得ている。心が平らかでなければ、剣の腕は必ず曇る。

笑みを絶やさぬまま、外記は一殺の気合いで刀を敵の頭上に振り下ろした。

ロンバルデーロは、右まわりに長剣をさばいて受けた。

火花が散る。金臭い臭いが鼻を衝く。

外記の一刀は強い力ではじき返された。

同時に二人は後ろへ跳び、三バラほどの距離で間合いを取り直した。

（惜しい、あと少しだった……）

ロンバルデーロは、右へ動きながら間合いを計っている。

外記もまた右へ身体をさばいて立ち位置を変えた。

「ホカーノさまのお力で、この汚れきったエスパーニャを、世界一美しい帝国に建て直す。我が輩は、そのために生命をかけて戦ってきたのだ」

ロンバルデーロは、目を見開き黒髭を振り立てて言い放った。

「要するに、あんたたちが、いけ好かないものを滅ぼしたいだけでしょ？」

作戦ではなく、外記の本音の言葉だった。

左足を突き出したロンバルデーロは、ほぼ青眼に構えて腕を右に引きつけた。

突きを入れる構えである。

外記は八相に構え直した。

「何を申すか。そもそも異端者《エレヘ》の豚どもに、この世に生きている価値などあるというのか」

ロンバルデーロの白目は、はっきりと血走っていた。

突き出された剣の切っ先が小刻みに震えている。

「さぁねぇ。だが、俺の故郷のハポンじゃ、カトリシスモは入って来たばかりだ。右を向いても左を向いても異教徒《パガーノ》だらけの国だよ。中国《チーナ》だっておんなじだ。世界中の国と喧嘩し続けるつもりかい」

ロンバルデーロは言葉に詰まった。

「死ねえいっ」

気合いとともに両手で激しい突きを入れた。

長剣が風音を作ってうなる。

外記は必死で右に跳躍し、白刃から逃げた。

両者はふたたび離れて間合いを取り直す。

「では、この国の話に限ってもよい。いまのエスパーニャは、上は国王から、下は村役場の小役人に至るまで堕落しきった者ばかりだ。権力と金と女。それ以外に求めるものがないとは何たる唾棄《だき》すべき破廉恥な連中だ。そもそもエスパーニャ帝国がエスパーニャ帝国であるゆえんは、その正当性はどこにある？」

「そんな難しいことは、誰にだって簡単には答えられやしないよ」

ロンバルデーロは一歩踏み出し、低い姿勢を取って長剣を構え直した。

外記は八相から中段に構え直した。

「とりゃあああっ」

ロンバルデーロが目にもとまらぬ早業で踏み込んできた。

必殺の突きが外記の胸を狙う。

外記は身体を思い切り捻りながら左へ跳んだ。

胸の前で長剣が、ぶるるとしなって震えている。

（やはりこいつは強い……）

すんでの所で逃れた外記は肩で大きく息をついた。

「明々白々たることだ。我が国がカトリシスモの宗主国だからではないか。主の御教えを奉ずるからこそ、肌の色や目の色が違えども我らはエスパーニャの臣民と言えるのだ。さればこそ異端者なる亡国の徒はすべて取り除かなければならぬのだ。奴らは害虫以下だ」

「ひどいな。あんたは人間を害虫扱いするのか」

外記は刃を光らせて下段に構え直した。

ロンバルデーロは半歩下がって身体をひねり、剣を胸の前で構えた。

「何が悪い。清廉なホカーノさまが実権を握られた暁には、害虫どもも滅びるときだ。この濁世は終わり、清らかで神の栄光に満ちたエスパーニャに生まれ変われたのだ。それを、貴様たちが、すべて台無しにしおった」

ふたたび、ロンバルデーロの光背が赤黒く燃え上がった。

ロンバルデーロは、バルベリーニ司教などとは異なり、純粋な男のようだった。

だが、この純粋さが罪なきタティアナを火刑台に送ろうとしていたのだから、始末に悪い。狂信者は、場合によっては極悪人よりも人々を苦しめるのではないか。

「だってさ、世の中ってのは、きれいなものも汚いものも、ごちゃごちゃにあるから面白いんじゃないか。ゴミだと思ってたものの中に宝物が隠れてるかもしれない。ゴミか宝かなんて、そんなに簡単にわかりゃしないよ。あんたたちの頭の中の振り子の加減で善か悪かとか決められちゃ、かなわないね」

外記は右へ身体を移して間合いを計りながら、これまた本音を吐き捨てた。

「ええい、論は聞かぬ。行くぞっ」

ロンバルデーロは、風を唸らせ、必殺の突きを入れてきた。
外記は左に跳躍して、光る切っ先を避けた。
しゅっしゅっと空を切る音が響き続ける。
ロンバルデーロは次々に突きを入れてくる。
外記は左右に跳躍を繰り返し、迫り来る刃から身体をかわし続けた。
我と彼、二人とも、息が上がりかけ、膝が震え始めた。
外記は心臓が膨れあがって胸から飛び出しそうな感覚に襲われていた。
二人は飛び退いて四バラほど離れた位置で対峙《たいじ》した。
ロンバルデーロは、腕を左に下ろし、切っ先を正面下に下げた構えをとった。
疲れから生じた隙を装って、外記の油断を誘おうとしている。
だが、ロンバルデーロの視線は飢えた狼のように狂気じみた光を放っていた。
敵の全身に、強い殺気がみなぎった。
ロンバルデーロが空を跳んだ。
「死ねやーっ」
左肩に敵の長剣が、恐ろしい勢いで突き出された。
外記はわずかの間合いでからくも兇刃を避けた。
（もらったっ！）

次の瞬間、外記は石畳に右膝をつき、気合いを籠めて敵の顔を薙《な》ぎ払った。

ロンバルデーロのあごから額に掛けて輝く刃が走る。

黒いソンブレロが宙を舞った。

ロンバルデーロの顔が、斜めに割れた。

声も立てずに、ロンバルデーロは前方に突っ伏した。

ドサッという音が響き、石畳が血汐でみるみる染まってゆく。

（無心必殺……これが侍の剣だ）

外記は刃の血糊《ちのり》を懐紙《かいし》で拭い、刀を鞘に納めた。

「バチカンに行ったことあるかい？　建物や美術品は立派でも、ちっともきれいなところじゃなかったぜ。俺は清濁併せ呑んだ混沌としたマドリードのほうがずっと好きだな」

生者に話しかけるように、ロンバルデーロの亡骸《なきがら》に向かって、最後の言葉を投げ掛けた。

あたりはすっかり明るくなり、マヨール広場から戻ってくる人影がぱらぱらと見えた。

外記は栗毛にまたがると、手綱を取った。

左手の屋根から昇り始めたリモン色の太陽に向かって栗毛は全速力で駆け始めた。

## 2

マヨール広場事件の翌日、ベラスケスはサン・ヒネス教会裏手に建つ外記たちの新しい隠れ家を訪ねた。

「ずいぶん急な引っ越しだったな」

「前の家は、誰かに嗅ぎつけられてるかもしれないからね。一昨日の晩にあわてて引っ越したんだ。俺は、この家はどうも虫が好かないんだけど、嘉兵衛は家賃が安いって、前からお気に入りでね。まぁ、とにかく入れよ」

酒杯片手に出てきた外記は、軽い口調でベラスケスを招き入れた。

花で囲まれた小ぎれいなパティオに入ると、奥のほうから大勢の人間が集まって酒盛りを開いている声が響いてきた。

外記は奥まった居間にベラスケスを案内した。嘉兵衛やタティアナ、ルシアそのほかにも何人かが酒杯を片手に談笑していた。

「こんなに騒いでも、大丈夫なのかい？」

タティアナの処分がはっきりしていない以上、異端審問所の目は、いまなお怖ろしかった。

「大丈夫さ。今度の家は広いんだ。パティオを隔てた表通りまでは、音が響く気遣いはないよ。それに事件が終わったからには、今さら警察を怖れる必要もないさ」

外記は笑いながら、気楽な調子で答えた。

「わたしには、昨夜の事件は神のもたらした奇跡にしか見えなかった。あれは本当に外記や嘉兵衛がやった仕事なのかい？」

居間に入ったベラスケスは、訊きたくてウズウズしていた話を切り出した。

「ディエゴは、いまでも自分の妹を、マリアさまだと思い込んでるのか？」

外記は、にやにや笑いを浮かべながら、からかうように訊いた。

「じゃあ、やっぱり、あれはルシアだったんだな」

「そうよ、お兄さま。見違えたでしょ？」

駆け寄ってきたルシアは、悪戯っぽく笑って片目をつむって見せた。

ルシア本人から聞いても、昨夜のマリア降臨の奇跡がすべて外記たちが仕組んだ技とは、どうにも信じ難かった。

「時間を追って説明して貰いたいな。まずは、あの霧だ。あれは、どうやって起こしたんだ」

「あんなものは、造作はない。ゆるやかに作用する煙幕玉の一種を広場の端に立っていた篝火にいくつか放り込んだのよ」

居間の隅で、ヘレス酒をラッパ飲みしていた嘉兵衛は、表情も変えずに答えた。

「なるほど、だが、それじゃ煙の臭いが鼻につくだろう」

焦げ臭いような臭いは感じられなかったから、誰しも霧だと考えたのだ。

「だから、一部の煙幕玉には、拙者がハポンから持ち込んだ《伽羅《きやら》》を仕込んだ。主に東オリエンテの占城国《チャンパこく》で採れる香木でな。一斤でも町中が香るほどの力を持つが、砂金よりはるかに高い……拙者は、少しずつ削って煙幕玉に仕込む都度に、もったいなくて涙がこぼれ落ちたよ」

嘉兵衛の情けなさそうな顔がおかしくて、ベラスケスは笑いをこらえながら言葉を続けた。

「オリエンテの香木か。道理で、摩訶不思議《まかふしぎ》な香りがしたわけだ。次いで、音楽はどうしたんだ？　何とも美しいアンティフォナ聖歌だったじゃないか」

「あれは、彼の力を借りた……」

外記は背後の椅子に座って、タティアナと話し込んでいた人物を紹介した。

「ベラスケスさん、あなたの『無原罪の御宿り』には、感嘆しました。わたしは王宮の舞踏会で騒ぎがあったときに、あの場にいたのですよ」

振り返った眼のくりっとした明るい表情の男には見覚えがあった。

気鋭の劇作家であり詩人であるペドロ・カルデロン・デ・ラ・バルカだった。

「カルデロン……劇作家のカルデロン先生ですね」

ベラスケスが驚きの声を上げると、カルデロンは満面に笑みを湛えて会釈した。

「あの『無原罪の御宿り』をもう一度、見たいものです」

「マヨール広場から持ち出されて異端審問所が保管していると聞いています。破棄されるかもしれませんし、今後、陽の目を見ることはないでしょう」

「それは残念だな。あれほどの傑作だというのに……」

「今回はカルデロンさんが全面協力してくれたんだ。いつも軍師の嘉兵衛が、タティアナが心配で動揺しちまって、まるっきり役に立たないんだ。で、昨夜のシナリオ《ギオン・デ・テアトロ》は、彼と俺の二人で書いたんだぜ」

外記は得意げに鼻をうごめかした。

「タティアナを異端審問所に奪われた悲しさと悔しさで夜も眠れませんでしたからね。ドン・パウロが、わたしのところを訪ねてくれて、本当によかった。タティアナは、わたしにとって最高の歌手であり、女優ですから」

「カルデロン先生……。こんなわたしのために、そこまで……」

タティアナは瞳を潤ませ、喉を詰まらせた。

カルデロンはちょっと照れて頬を染めた。

「ねぇ、カルデロン先生。わたくしも、《魔法の杖劇場《テアトロ・デ・バリタ》》に出演できるかしら」

ルシアは、悪戯っぽい笑顔で尋ねた。

「ええ、ルシア。あなたなら、個性的でいい女優になるね。何より身のこなしが軽い。幅広い演技のできる女優となるに違いない」

カルデロンは、陽気に頬を膨らませながら請け合った。

「嬉しいわ。わたくし、いつかお芝居に出てみたい」

ルシアにうなずいてみせると、カルデロンはベラスケスに向き直って説明を続けた。

「舞台監督を初め、劇団の連中はもちろん、信頼できる者にはすべて協力させました。楽団や歌手も、《魔法の杖劇場》で演奏したり歌っている音楽家たちです」

「そうだったんですか。だから、あんなに美しく人の心を揺さぶるハーモニーが流れたのですね。しかし、どこで演奏していたのですか？」

「ドン・パウロたちが、まわりの建物の屋根裏部屋を五つほどおさえてくれましてね。そこにオルガノや竪琴《アルパ》、合唱団を分散させたのです。あちらこちらから歌声が聞こえたから、天から響く旋律にも聞こえたでしょう。オルガノの音にテンポを合わせて歌ったのです」

カルデロンの言葉を外記が引き継いだ。

「劇団員は、見物人の中にも何十人も潜んでいたんだぜ。彼らは鍛えているから声が通る。群衆が、こちらの筋書き通りに動いたのは、潜んでいた劇団員が声を張り上げてくれたおかげだ。塔の上に注目させたのも、マリアさまだと叫んだのも、みんな劇団の役者たちなんだ」

ベラスケスは唸り声を上げざるを得なかった。自分のまわりで叫んでいた見物人、町娘や学生たちが役者だったとは！

「それで最後には、ホカーノが悪魔だと煽動《せんどう》したのか」

ベラスケスは、半ば呆れ声で尋ねた。

「そういうわけだ。昨日の広場に集まったような烏合《うごう》の衆《しゅう》は、それぞれバラバラの意思で行動しているようだが、意外に操作しやすい。千人単位の暴動だって、たった一人の叫び声が切っ掛けの場合が少なくないんだ」

「なんて悪知恵が働く男だ。ところで、ルシアのマリアは、どうやって空から下ろしたんだ？　カルデロン先生のお考えなのか？」

カルデロンは、いままでにない大がかりな舞台装置を次々に編み出す演出家でもあると聞いている。

「たしかに、ヒントは、カルデロンさんから貰った。あれは大がかりな仕掛けが必要だったんだ。カサ・デ・パナデリアの二つ並んだ尖塔の裏側に、船の斜帆柱みたいなものを立てたのさ。そこから滑車に通した鉄索で鉄籠を下ろした。ロクロの力でね。太い鉄索はエスパーニャでは作れない。ヴェネチアから輸入してあったものだ」

一気に喋った外記は、息を吐いて酒杯のヘレス酒を飲み干した。

「このあたりの実際の工夫は、わたしがやったんですよ」

外記や嘉兵衛と共通する東洋人の顔立ちを持つ男が会話に加わってきた。

「彼は、一緒にこの国にやって来た古い友人のハポンで、カピタン・イマノル半兵衛だ。ヴェネチアを往復する貿易船のカピタンだよ。いまは……その……ちょっと船を探してるんだがね」

外記が紹介すると、半兵衛と呼ばれたカピタンは会釈してから気さくな調子で答えた。

「バルセロナやセビージャと違って、マドリードには船材屋がないんで弱りました。水夫長のファドリケと一緒に、昔の仲間の船大工や水夫を集めました。徹夜で、鋸を引いたり、金槌《かなづち》を使ったりしましてね。何とか間に合わせたんです」

カピタンはにこやかに笑って酒杯を口にした。

「斜帆柱から吊した鉄籠にルシアを乗せていたってわけですか。だけど、青白く光っていたのは、どういう仕掛けなんですか？」

「あれは、イングランドで採れる《蛍石《フローライト》》という鉱物だ。加熱すると冷めるまで光っている不思議な石だ。この蛍石を鉄籠の外側に幾つも取りつけ、ロウソクの炎で焙った。屋根の上での仕事だから、手間が掛かったな」

嘉兵衛がふたたび、淡々とした口調で説明を加えた。

「マリアに扮したルシアの身体が光っていたのは、どういう仕掛けなのかな？」

炎で焙った蛍石を身体に貼りつけるわけにはゆくまい。この質問には外記が代わって答えた。

「あれはね、《海蛍》という、インディアスの海で採れる、虫みたいなものを使ったのさ。乾燥させた海蛍をルシアの羽織った薄絹に糊でくまなく貼りつけた。で、こいつは湿ると光るから、ルシアを下ろす前に霧吹きで湿らせたんだ」

「バチカンで敵から逃げるときに、ローマの地下水道の闇でも海蛍を使ったのよ。真っ暗な地下道で、いい目印になったわ」

ルシアは、はしゃいで床でステップを踏むような仕草を見せた。

「じゃあ、ルシアが宙を舞ったのは？」

「あれも大仕掛けだよ。広場の上に太い鉄索を一本張った。建物の両側にロクロを据えつけ、滑車つきのハーネスで固定したルシアの身体を引っ張ったのさ。行きと帰りで反対方向にね。これもカルデロン先生のアイディアだ」

外記の言葉に覆い被せるように、カルデロンの明るい声が響いた。

「いつか、芝居で使おうと思っていたんですよ。カピタン・イマノルたちの協力で実現できました。次の舞台には、ぜひ、採り入れたい」

「綱とロクロは、船乗りには欠かせない仕事道具ですからね。まぁ、使い慣れてますよ」

カピタン・イマノルは気取らない性格らしく、今度もさらっと答えた。

「タティアナに薔薇を降らせたり、硝子の涙を降らせたのは、難しくもなかっただろうね。でも、ルシアが手をかざしたときに異端審問所の緑の十字架に雷が落ちたのは？」

「あれは白い台の中に炸薬を仕込んでおいたのさ。で、頃合いを見計らって、群衆に紛れ込んでいた仲間が導火線に点火しただけさ」

酒杯にヘレス酒を注ぎながら外記は笑った。

「ルシアが戻ったところで消えたのは、布か何かで隠したのか」

ベラスケスは、外記たちの発想方法を真似して考えてみた。

「ご名答。黒布で覆って屋根の裏側に隠した。昨夜は、マヨール広場を取り巻く建物のうち、広場と反対側の窓には完全に人気がなかったんだ。屋根の裏側は格好の楽屋だったよ」

「じゃあ、光り輝く天使たちが昇天した仕掛けは？」

これはベラスケスにとっては、とても解けそうもない大きな謎だった。

「あれは天灯《てんとう》という代物だ。軽い木で丸い枠を造り、その上に大型の紙袋を固定してある。木枠の真ん中に一本の棒を通して、中間に油を浸した紙を固定させてあるんだ。油が燃えると、中の空気が暖められて紙袋は空へ昇る仕掛けだ。千五百年近く昔のチーナで諸葛《しょかつ》亮《りょう》孔明《こうめい》という名軍師が発明したと伝えられている」

嘉兵衛は事もなげに答えたが、ベラスケスは昨夜の情景を思い浮かべて舌を巻いた。闇空に舞い上がった、あの輝ける天使たちが、人間の創り出した仕掛けだとは。

「嘉兵衛はいろんな技を知っているのよ。不思議な人なの。そうそう、わたくし、ちょっと用事があるの。みんな、ゆっくり呑んでってね」

ルシアは軽く手を振ると、さっと部屋を飛び出して行った。

「火刑台に雨を降らせたのは、いったいどういう仕掛けなんだい？」

「あれは、穴を開けた鉛管を建物の間に吊っておいて、消防用の手押しポンプで水を送ったんだ。ところで、こっちも訊きたいんだが、水を掛けたら悪魔の絵がホカーノに変わっただろ。どんな絵の具を使ったんだい？」

外記は、好奇心旺盛に瞳を輝かせて尋ねた。

「リエンソの上に油彩でホカーノ神父の姿を描いて、水に流れる弱い糊で紙を貼ったんだ。この紙の上にフレスコで悪魔を描いた。フレスコは生乾きの漆喰に石灰水で溶いた顔料を塗って描く手法だ。漆喰が乾くと顔料が定着する仕組みさ。今回の場合は、水でフレスコ絵の具ばかりか薄紙が流れ落ちたからね。悪魔に代わって、ホカーノ神父がはっきりと姿を現したというわけさ」

ベラスケスは、異端審問所の牢獄で魔女を描かされたときに、自分の怒りを籠めてホカーノと悪魔をダブらせて描いた。

家から届けられた絵の具箱の中には、外記から「いざとなったら火刑台には雨を降らせる」との連絡があった。そうでなければ、さすがにそんな危険な真似はできなかった。ふだん肖像画を描く際も、ベラスケスは相手に対して抱いた真実のイメージを下地のすぐ上に描く場合が少なくなかった。真実の姿の上に、顧客が喜ぶような肖像を塗り重ねてゆくのである。

フェリペ四世に気に入られた肖像にしても、一番下には完成した肖像とは懸け離れた締まりのない顔を描いてあった。真実を描きたい、これはベラスケスの絵描きとしての意地だった。

「あれは、俺も予想していなかったから、驚かされたよ」

外記は本当に驚いているようすだった。

「ははは、ところで、外記。昨夜の大芝居を打つために、いったい何人の人が協力したんだ？」

ベラスケスは、先ほどから気に懸かっていた話を尋ねてみた。

「そうさな、俺たちは別として、楽団が二十人、広場に五十人、屋根の上に四十人、ってとこかな。おかげで、バチカンまで生命懸けで往復して得た報酬は丸っきりすっ飛んだよ」

「百人を軽く超えるじゃないか。そんなに大勢の人が手伝っていたのか！」

ベラスケスの声は裏返った。

「ああ、そうだ。こんな女を救うために、三人で合わせて実に五千六百七十三エスクード も使ってしまった。残りはたった三百二十七だ。また、次の仕事を探さなきゃならんと思うと、気ぶせりでならぬ」

嘉兵衛は顔を目一杯にしかめて不満を口にした。だが、本心では、目の前で黙って微笑んでいるタティアナの姿を、誰よりも喜んでいるものに違いない。

「強がり言ったって遅いぜ、嘉兵衛。タティアナが火刑台送りって聞いてから、いつものお前じゃなかっただろ。すっかりあわてふためいて、オロオロしちゃってさ」

外記は、このときとばかりに嘉兵衛をからかった。

「拙者が、いつ、オロオロしたって言うんだ」

嘉兵衛は噛みつきそうな顔に変わって声を張り上げた。

「まぁまぁ、お二人さん。大きな声を上げないで」

カピタンが酒で赤くなった顔に笑いを浮かべながら二人をなだめた。ハポン仲間の友情はいいもんだな、とベラスケスはうらやましく思った。

「だが、百人を超える人間が関わっていたら、いつかは、バレてしまうだろう？」

ベラスケスの心を襲った不安を、外記は一言のもとに否定した。

「バレたって、大丈夫さ。すべての群衆が信じた昨夜の奇跡を、オリバーレス伯爵が否定するはずはない」

ベラスケスには、外記の言葉の意味は、すぐに理解できた。

「そうか、国王陛下を退位へ追い込み、伯爵自身を失脚させようとしていたホカーノ神父を異端審問所送りにできたんだもんな。いまさらあれは芝居でした、なんて話は、大臣連中は意地でも口にしないというわけか」

ベラスケスは、『無原罪の御宿り』の査問委員会の光景を思い出した。オリバーレス伯爵に対するホカーノ神父の不遜な態度や、反論できぬ伯爵の姿を。

「そういうわけ。もう、昨夜の奇跡が覆《くつがえ》る怖れはないよ。たとえ、どんな証拠が見つかってもね」

外記はのんきな口ぶりで言うと、二杯目のヘレス酒を飲み干した。水瓶から柄杓《ひしゃく》ですくった水を口もとに持っていった外記は、なぜかあわてて吐き出した。

「それに、オリバーレス伯爵とサルバティエラ伯爵には、今回の顚末《てんまつ》を綴った手紙を届けてある。オリバーレス伯爵は警察に対しても命令しているだろう。余計な詮索はするな、ってね。すぐにタティアナは警察の追及からも自由の身になれるはずだ」

瓶からヘレス酒を急いで注いだ酒杯をあおると、外記は自信たっぷりに言い切った。

「みんな、みんなありがとう。わたしはエスパーニャ一の幸せな女です。あなた方は、生命を懸けてわたしを助けて下さった。みんなから受けた恩に報いる生き方なんて、とてもできないけど、わたしは死ぬまで忘れません」

タティアナは豊かな表情を取り戻した。微笑む頬に幾筋もの涙が流れ落ちた。タティアナの涙は、部屋の灯りにきらきらと輝いた。

アプロディテを思わせるこのタティアナの姿をモデロに、思うさま画筆を振るいたいとベラスケスは思った。

3

「大丈夫なのか。拝謁などを願い出て」

謁見室の階段状になった拝謁席で膝をついてフェリペ四世の出座を待つ外記に、隣で同じ姿勢の嘉兵衛が囁いた。

「決まってるだろ。陛下はセゴビア橋の事件の後に『望むときは、いつでも拝謁を願い出てよい』と仰せあったんだぞ。それにあの時とは違って俺たちは準爵士《カバジェーロ》だ。一介の浮浪人じゃないんだ」

近衛兵に背後を固められ、外記たちは小一時間も控えていた。

警蹕の声が高らかに響いた。

濃緑色の絹織物に宝玉をちりばめた衣装をまとったフェリペ四世と、薄桃色の衣裳を身につけたイサベラ王妃が多くの廷臣を従えて現れた。

ルシアも澄ました顔で、イサベラ王妃の傍らに従っていた。

　国王陛下夫妻のみならず、オリバーレス伯爵とサルバティエラ伯爵の姿も現れた。

　上座の王侯や貴族は次々に着座した。

（しめしめ、役者が揃ったな）

　外記は内心でほくそ笑んだ。いつになく気弱になっている嘉兵衛に代わって、今日はできるだけ大きな報酬をせしめようという腹づもりだった。

「おお、ハポンの男たちだな……ドン……はて、何と申したか」

　フェリペ四世は、薄髭の生えた間延びした顔を曇らせた。

「ドン・トマスに、ドン・パウロでございます」

　傍らからオリバーレス伯爵がすぐさま言い添えた。

「で、なにか予に申したい話があるそうだな」

「実は一昨日でございますが、わたくしどももマヨール広場におりました。エスパーニャ帝国に神の恩寵が下されたあの奇跡に触れ、感涙の思いで広場を出ました。そのとき神の御心に逆らう輩がおりましたので、ハポンの剣で一刀のもとに成敗《せいばい》致しました」

　外記は、ここを先途と自分たちの功を誇った。

「何者だ。神の御心に背いた不届き者と申す輩は」

　フェリペ四世は青い目を光らせて、外記の顔を見た。

「テオドラ・ロンバルデーロと申す男でございます」

首を傾げるフェリペ四世は、ロンバルデーロの名前にはまったく記憶がないようだった。

「男爵位を賜り、異端審問所の捕縛隊長をしておりましたが、昨日の早朝、ヘロス通りで刺殺されているところを市警察が発見しております」

オリバーレス伯爵が淡々と続けた。

「そのロンバルデーロが、いかなる不埒《ふらち》な真似をしたと申すか」

「情け深くも、神がその罪を許し給うたタティアナ・ギゼ・デ・ラ・ロサを、秘かに斬殺しようとしておったのでございます」

外記は、国王の反応を待った。

「神の御心に背き、かような……許せぬな」

フェリペ四世の顔が怒りに震えた。

「陛下のご威光によって神は我がエスパーニャを救われたのでございます。その恩寵に背くとは言語道断。斬って捨てて然るべき男でございます。この者たちの功や大なりと申せましょう。そもそもロンバルデーロは、悪魔ホカーノの一の手下でございました」

オリバーレス伯爵は力を籠めて外記たちの後押しをした。あの日とは大違いだった。

それもそのはずである。外記たちの働きは、ホカーノの企みからオリバーレス伯爵を救ったのだから。

「あの悪魔の手先を成敗したと申すのだな……して、タティアナはいかがした?」

フェリペ四世は不安げに眉を曇らせながら下問した。

「タティアナは、余儀なくわたくしどもが保護しております。ふたたび不埒な輩が襲って参らぬとも限りませぬので」

「うむ。でかした! 罪なき女を、よくぞ救った」

膝をたたいたフェリペ四世の顔に、大きな安堵の色が表れた。タティアナに対する思し召しは消えていないようである。

嘉兵衛の顔をそっと盗み見ると、何とも言えぬ複雑な表情を浮かべている。

いずれにしても、フェリペ四世のこの言葉で、タティアナの罪は公式に許された。

「そのほうたちに恩賞を与えよう。今日ただいまから、ドン・トマスとドン・パウロは着帽のままでよいぞ」

フェリペ四世は、得意げに背を反らして言い放った。

「まことでございますか! 私どもに大貴族《グランデ》の栄誉を……」

外記と嘉兵衛は顔を見合わせた。まさかこれほどの言葉が掛かるとは予想していなかった。

国王の前で脱帽の義務を免除される特権(女子は起立の義務を免除)は、エスパーニャでは最高の名誉とみなされていた。この特権保持者はグランデと呼ばれる。

通常は伯爵以上の貴族に与えられ、爵位に付随して世襲される栄誉だが、中には例外もあった。帰化人が与えられた例もある。

サルバティエラ伯爵が血相を変えた。

「陛下、この二人に、グランデの栄誉をお与え遊ばすと仰せですか……あまりにも過分なお言葉かと存じますが」

伯爵はグランデの特権を与えられていなかった。外記たちは伯爵よりは二段階も下がる木っ端貴族でありながら、栄誉では伯爵を超えることになる。

「よいではないか。二人の力がなければ、我がエスパーニャ帝国は、神に見放されたかもしれぬのだぞ。神が救わんとしたタティアナがほしいままに殺されていれば、きっと神の怒りの業火でマドリードは焼かれたであろう。二人の功は大きいではないか」

フェリペ四世は珍しく自信たっぷりに言葉を続けた。

「さようではございますが。神の御心に従って生きるは、我ら臣下として当然の責務かと心得ますが」

サルバティエラ伯爵は額をぴくぴくと震わせながら反駁した。

（ハポン風に言えば、狐《きつね》と狸《たぬき》の化かし合いだな……）

外記たちがさまざまな手段を用い、多くの人間を動員して「奇跡」を起こしタティアナを火刑台から救った事実は、フェリペ四世は百も承知なはずである。さらに謀反人《むほんにん》のホカーノ神父を排撃した功をも知っているに違いない。だからこそ過分の特権を与えようというのだ。

「陛下、この者たちには、充分な栄誉を与えて然《しか》るべきかと存じますわ」

イサベラ王妃の澄んだ声が響いた。

「うむ、よいな、ガスパール」

フェリペ四世は、幾分甘えた声でオリバーレス伯爵に同意を求めた。

「陛下のご英断を」

オリバーレス伯爵は、うやうやしく一礼した。

「よし、決まった。二人とも大儀であった」

外記と嘉兵衛はふたたび顔を見合わせた。

グランデの称号は身に余る。しかし領地が伴わなければ、爵位と同じく絵に描いた餅で一文の得にもならない。ここは実になる栄誉を加えて貰わねばならない。

外記が口を開きかけた、そのときである。

「陛下、失念しておりましたが、この者たちから陛下に献上奉りたいものを預かっております」

サルバティエラ伯爵の口から出た言葉の意味が、外記には理解できなかった。むろん、心当たりは、まるでなかった。

「そうか、奥ゆかしいな。早く申せばよかろう」

フェリペ四世は、何気ない口ぶりで、サルバティエラ伯爵に手を伸ばした。

「こちらでございます」

サルバティエラ伯爵は、銀色に鈍く光る細長い物体を両手で捧げ渡した。

外記は後頭部を殴られたような衝撃を覚えた。

あろうことか嘉兵衛が作った白鑞《ベルトレ》の文書筒だった。

「これは何の文書だ？」

フェリペ四世は不思議そうに文書筒の蓋を開けて、羊皮紙を取り出した。

（そうかっ、こいつこそが悪魔だったか）

外記は怒りに震える手で刀の柄に手を掛けた。

嘉兵衛が外記の手を押さえた。嘉兵衛も炎が噴き出しそうな目をしている。

だが、ここでサルバティエラ伯爵を斬ったからといって、解決する問題ではなかった。

すべてを外記は悟った。サルバティエラはホカーノ神父を上回る権謀術数《けんぼうじゅっすう》の男だった。

イサベラ王妃に近い立場をとることでフランス王国によい顔を見せておきながら、ローマ教皇庁にもすり寄るふりをしていたのだろう。

タティアナを道具としたホカーノ神父の企みにも、何らかのかたちで荷担していたはずだ。ベラスケスの話によれば、フェリペ四世にタティアナを近づけたのはサルバティエラ伯爵だったという。

その実、裏でイングランドと組んでいたのは、この男だったのだ。

タティアナが持ち込んだイングランド王太子を守るセゴビア橋の仕事も、伯爵の指示だったのに違いない。

さらに、ホカーノに対して隙を作り、わざと自分の持ち船《エル・デルフィン》をロンバルデーロに襲わせたのだ。どちらに転んでも、《愛の宝石箱》《ジョエーロ・デル・アモル》は、自分の手に落ちる仕掛けだったのだ。

サルバティエラ伯爵の陰謀の筋道がはっきりと見えた。

ホカーノ神父がフェリペ四世を退位に持ち込み、オリバーレス伯爵が失脚する。これが、第一段階。

第二段階は《愛の宝石箱》を用いて、イサベラ王妃を排斥《はいせき》する。

続いてロンバルデーロによる《エル・デルフィン》襲撃の罪を材料にして、ホカーノたちの教会勢力を一掃するつもりだったものに違いない。

最後は、十四歳のアウストリア枢機卿王子を傀儡《かいらい》として、自分がイングランドの海軍力を背景に帝国の実権を握るつもりだったのだ。だからこそ、英国王太子とマリア・アナ王女の結婚を実現させたかったのだ。

セゴビア橋の一件で、教会勢力による英王太子への攻撃に対するサルバティエラ伯爵の反撃を、外記たちは肩代わりさせられていたというわけだ。

だが、ホカーノを追い詰めた外記たちの行動で伯爵のすべての計画が狂った。王妃の日記は、伯爵の最後の切り札なのだ。

「王妃よ……そなた……」

フェリペ四世は文書から顔を上げて、イサベラ王妃へ向き直った。

イサベラ王妃の喉元がぴくりと震えた。

「このような手間を掛けてくれて、予は嬉しく思うぞ。予もそのほうを思う気持ちに変わりはない」

フェリペ四世は、機嫌よく笑って、温かい目で王妃を見つめた。

王妃はとまどいつつ、やわらかな笑みを返した。

外記と嘉兵衛は、またも顔を見合わせざるを得なかった。狐につままれたとは、まさにこのことである。

国王陛下夫妻は、睦《むつ》まじく奥の扉へと消えた。ルシアも静かに後に従ったが、謁見室を出る直前に振り返って外記に向かって右眼をつむってよこした。

（そうか、ルシアの仕業だったか……）

外記は感嘆の思いで、ルシアの細い背中を見送った。

オリバーレス伯爵は、外記たちに穏やかな笑みを残し、ゆったりとした歩みで退出した。

しばらくの間、サルバティエラ伯爵は黙って立ち尽くしていた。

眉間に深い縦じわを刻み、中空を見詰めるサルバティエラ伯爵の全身が、大きく震え続けている。敗北感を懸命に抑えているように外記には思えた。

やがて、伯爵は、険悪な目付で周囲をじろりと見まわし、荒々しく踵を返した。

「サルバティエラ閣下に申し上げます。後刻、ロンドン土産を、お屋敷まで持参したく存じますが」

外記は退出しようとするサルバティエラ伯爵に大声で呼びかけた。

「なに……ロンドンだと？」

サルバティエラ伯爵の顔色が目に見えて変わった。

「さようでございます。閣下はことのほか、イングランドのウィスキをお好みと、うかがいましたもので」

丁寧な言葉遣いとは裏腹に、外記は恫喝の眼で伯爵を見据えた。

「いや……何かの聞き間違いであろう。イングランドの酒など飲まぬ。持参には及ばんぞ」

サルバティエラ伯爵は、そっぽを向くと、早口に言い捨てた。

「お気に召さぬとは残念でございます。もし、お入り用であれば、いつなりとお申しつけ下さい」

皮肉な口調に、伯爵は唇を大きく歪め、外記を睨みつけた。

そのとき、背後の大理石の床に数人の靴音が響いた。

振り返ると、黒ずくめの服を身につけた五十年輩の大柄な男を先頭に、武装した黒い制服姿の四人の警吏が、気負い込んだようすで室内に入ってきた。

（なんだ？　こいつらは？）

自分たちを捕らえに来たと思って、外記は一瞬、身構えた。だが、男と警吏たちは外記と嘉兵衛には目もくれずにサルバティエラ伯爵の前に立ちふさがった。

「宮廷警察のイグナシオ・バリオス警部です」

「何か用か？」

サルバティエラ伯爵は不機嫌そのものの声であごを突き出した。

「国王陛下の命により、あなたを拘束します」

「なんだと？　わたしが何ゆえに拘束されなければならぬのだ」

伯爵の両眼に青い炎が燃えた。

「王室に対する不敬の罪の疑いです。お屋敷までお供します」

「じょ、冗談を申すなっ」

伯爵は白目を剝いて声を震わせた。

「我々は冗談など申しません。お屋敷でご謹慎《きんしん》されたい。追って沙汰するとのご命令です」

バリオス警部は表情を変えず淡々と答えた。

「くそっ、あの女狐めっ。わたしを色気で籠絡《ろうらく》してこき使うから、こちらも一矢報いただけのことではないかっ」

サルバティエラ伯爵は髪の毛を振り乱して怒声を張り上げた。

「伯爵閣下は惑乱なさっている。お怪我をされぬようにお支え申せっ」

あられもない発言に肝を冷やしたか、バリオス警部は大慌てで部下たちに下命した。

四人の警吏が伯爵の手足をつかもうと駆け寄った。

「下郎ども、わたしに触れるなぁ」

伯爵は一人の兵士の肩をつかんで突き飛ばした。

警吏は背中から思いっきり床にはね飛ばされた。

「乱暴はおやめください。決してあなたさまのお為にはなりません」

諭すようなバリオスの声に伯爵もようやく肩から力を抜いた。

宮廷警察の吏員たちに囲まれた伯爵は、肩を怒らせ大股に歩み去っていった。

呆気にとられていた外記は、嘉兵衛に向かってぼんやりと訊いた。

「女狐って誰だ？」

「お美しいイサベル王妃陛下のことではないのか」

嘉兵衛は気の抜けたような声で答えた。

「その……つまり二人は……やばい仲だったということか」

外記は自分の口から出す言葉にとまどいを覚えていた。あの無垢な少女のようなイサベル王妃にとても似つかわしくない話だった。

「そのようだな。しかし、伯爵は鼻の下を伸ばしてこき使われるほど甘い男じゃなかったってわけだ。逆に王妃を追い落とそうとした」

「だけど、今度は王妃に鼻薬を嗅がされて、フェリペ四世が伯爵つぶしにかかったってわけか……しかし素早いな」

「サルバティエラ伯爵にあることないこと言われたら、イサベラ王妃の立場はない。迅速《じんそく》に口封じというわけだろう。この検束《けんそく》にはオリバーレス伯爵も一枚嚙んでいるかもしれぬな」

「伯爵はこれからどうなるんだ？」

「ま、国王もそれほど事を荒立てるつもりはないだろう。恫喝するだけかもしれぬ。どんなに重くても子息に後を継がせる隠居処分が関の山だろう」

「宮廷も教会も狐と狸が巣くい、魑魅魍魎《ちみもうりょう》が跋扈《ばっこ》する気味の悪い世界だな。誰一人、信じられやしない。なんだか嫌になるよ」

「この話、ルシアには黙っておこうではないか。あの娘は心底、イサベル王妃を敬愛しておるからな」

「俺に異存はない」

外記は、すっきりしない気持ちを抱えて謁見の間を出た。

パラシオの南門まで戻ると、後からルシアが追いかけてきた。

「文書筒の中身をすり替えたな。いつ、やったんだ？」

ルシアの肩をつかんで、外記は訊きただした。

「昨夜遅く、サルバティエラ邸に忍び込んだのよ。所用が立て込んでいる王妃さまには、お目に掛かれなかったけれど、手紙をお出ししたの。そうしたら、サルバティエラ伯爵は病気と称して訪ねて来ないって話でしょう。怪しいから王妃陛下から国王陛下へのラブレターと取り替えといたの」

「すごいな！　俺には言葉がないよ。とにかく君はすごい人だ！」

「ルシア、拙者からも改めて礼を言わせて貰う。君のおかげでエスパーニャは救われた」

外記と嘉兵衛の手放しの賛辞に、ルシアは頬を染めて唇の端にちろっと舌を出した。

（やっぱりルシアに王妃の醜聞は聞かせられないな）

純粋なルシアの姿に、外記は永遠に黙っていようと心に決めた。

南門の前に、二頭立てのベルリーナが停まっていた。

馬車の前には、すっきりとした白いドレスを着たタティアナが立っていた。

「嘉兵衛……一緒にコリア・デル・リオに帰りましょう。グアダルキビール川沿いの小さい、あのお家に」

　タティアナは、ソンブレロの下から、真っ直ぐに嘉兵衛を見詰めた。

「馬鹿を申すな。昨夜のカルデロンの言葉を聞かなかったのか。お前は、最高の歌手であり、女優だと言っておったではないか。カルデロンはいまにエスパーニャ一の劇作家になる男だぞ」

　苦渋に満ちた顔つきで、嘉兵衛はタティアナを諭した。

　タティアナは、小さな子供がいやいやするように首を振った。帽子が南風に揺れた。

「あたし、あなたと生きていきたいの。また、あなたに子羊のシチュー煮《カルデレタ・デル・コルデロ》を作ってあげたいのよ」

　タティアナは、まるで怒っているような真剣な目付で、嘉兵衛を口説《くど》いた。

「拙者はご免だ……せっかくのお前の好機《オポルトゥニダッド》をフイにしたくはない」

　肩を落とした嘉兵衛の顔に、言いようのない寂しさの蔭が漂っていた。

「嘉兵衛、しばらくセビージャで静養して来いよ。マドリードに戻りたくなったら、戻ってくればいいだろ。セビージャはバチカンよりはずっと近いぜ。カルデロン先生には俺から言っとく。タティアナは、しばらく休業しますってね」

　外記は、無理矢理ぐいぐい嘉兵衛の背中を押した。

「おぬしは、本当にお節介な男だな」

嘉兵衛は、静かにタティアナの手を取った。

嘉兵衛とタティアナは黙って馬車に乗り込んだ。

タティアナは、瞳を潤ませて、窓から別れの会釈を外記たちへ送った。

二人を乗せたベルリーナは、蹄の音を立ててセゴビア街道の方向へ走り去っていった。

「マドリードに帰ってくるかしらね。あの二人……」

豆粒ほどになった馬車を、手をかざして見送りながら、ルシアはつぶやいた。

「さぁて。でも、これでよかったんじゃないか。嘉兵衛との愛を選び、すべてのパトロンを捨てて、もう一度、歌手が目指せるか。タティアナも、本気が試されるときだよ」

「そうねぇ、二人の愛が本物なら、きっと揃ってマドリードに帰ってくるわね」

ルシアはうっとりと、空を見上げた。

「ねぇ、ルシア……生命知らずな君に、俺は、本気になったよ」

細い肩を抱き寄せ、ルシアの苺《フレサ》のような唇に、外記は唇を捺し当てた。

ルシアは拒まなかった。外記は漆黒の髪を優しく撫でた。

しばし、二人は黙って抱擁し続けていた。

「いつの日にか、わたくしを本気にして。いまのタティアナみたいにね」

身体を離したルシアは、大きな黒い瞳を輝かせ、口もとに明るい笑みを浮かべた。

「じゃ、王妃さまが待っていらっしゃるから」

手を振って走り去るルシアを、外記は追いかけることができなかった。

（やっぱり、俺はまだ、チコなのかな……）

「外記、今日こそ約束を果たして貰うぞ」

すごむ声に振り返ると、画材を抱えたベラスケスが、黒い画匠ガウンを翻して立っていた。

「いっけね。しつこいヤツのお出ましだ……」

外記は肩をすくめた。

「報酬は二倍支払うから、君の顔を描かせてくれ。君はこの国には十人もいないハポンだ。僕はハポンの顔をきちっと知りたいんだ。肖像画家としての一生の頼みだ」

ベラスケスは、両手を合わせた。

「ディエゴは、俺と同い年だろ？　お前の一生はまだまだ続くじゃないか」

外記は片目をつむってみせると、ベラスケスに背を向けた。

「逃げる気かーっ」

「俺は、尻にタコができるのは嫌なんだ」

叫び声を上げながら外記は逃げ続けた。

五分も走って立ち止まると、ベラスケスの姿は、街道にゆらゆら上る陽炎の彼方に消え失せていた。

マンサナーレス川から吹いてきた微風に、外記は身を委ねた。どこからか漂うロメロ(ローズマリー)の香りが胸に心地よい。

「今夜はカルデロン先生と、スペアリブの炭火焼き《チュレラ・ア・ラ・バリラ》でも食いに行くか」

急にあの明るい瞳に会いたくなった。外記は石畳をゆっくりと歩き始めた。

4

夕刻、外記は初めてカルデロンの屋敷を訪ねた。

(こりゃあ思ってたよりずっと立派だな)

カルデロンはまだ売り出し初めの劇作家である。それにもかかわらず、花崗岩で造られた屋敷は、小規模ながらもアーチ型の柱廊も備えた立派なものだった。むろん、外記たちの住まいとは比較になるものではない。

(日本で言えば、観世太夫《かんぜだゆう》のような立場なのか)

車寄せには一台の小振りだが瀟洒な客用馬車が止まっていた。

客間に通されると、普段着姿のカルデロンが満面の笑みをたたえて現れた。

「ああ、ドン・パウロ。ちょうどいいところに来てくれましたね。今夜はヒタニージャを呼んで踊りを観ようという趣向なんですよ」

「ヒタニージャの踊りとは珍しいね」

「そうでしょう。最近、あちこちの屋敷を訪ねて歌や踊りを見せる一団があってね」

「気持ちのよい晩だね、外記」

突如、背後から姿を現したのは、宮殿前で撒いたはずのベラスケスだった。

「ディエゴ。お前も来てたのか……」

「なんだよ、そのしかめっ面は。踊りが終わったら、君の顔を描かせてくれないか」

（ここで会ったが百年目か……）

さすがに外記もあきらめのときと観念した。

「描きたきゃ勝手に描けよ。でも、俺は好きに飲んでるぜ」

「ありがとう！　これでやっと願いがかなう」

ベラスケスは文字通り小躍りした。

「ところで、お二方、踊りが始まる前に、わたしから相談があるんです。嘉兵衛とタティアナに結婚祝いの贈り物をしたくてね」

カルデロンは弾んだ声を出した。

「まだ、結婚するって決まったわけじゃないだろ？」

「いずれ必ずそうなりますよ。結婚してもタティアナにはマドリードの舞台には戻ってきてほしいのですが」

「ま、どっちにしても先の話だろ。嘉兵衛はあの通り素直じゃない男だからね。タティアナが明日にもと望んでも、すぐにうんとは言わないだろう」

「ところが、わたしの贈り物は準備に時間が掛かりそうなんだよ」

「なにを贈るつもりなんだい？」

「今回の奇跡に至る顚末を小説《ノヴェラ》の形で残したいと思いましてね」

「だけど、カルデロン先生。それは……」

ベラスケスは言葉を呑んだ。

外記にもそんな作品が生まれたらどんなに危険なものとなるのかは痛いほどわかった。

だが、カルデロンは平然と続けた。

「そう、王家や教会勢力を真っ向から批判する作品となってしまう。いくらホカーノの脅威が消えたと言っても、そんなものが人目に触れたらわたしの身も危ない。だけどね、この事実は後世に残すべきだ」

「俺は賛成だ。二人の愛は、大変な苦労の末に実ったんだからね」

外記はわくわくしてきた。今回の事件は自分の人生の中でもひとつの記念碑のようなものだ。カルデロンの筆で後の世に伝えて貰うのは悪くない。

「でも……わたしはやっぱり心配です」

身を震わせてベラスケスは、脅えた声を出した。

「ベラスケスさん、どうかわかってほしい。どんなに危険を伴っても書きたいものは書かないと苦しくて仕方がない。それが物書きの習性であり宿命なんだ」

「創作者としての先生のお気持ちは、絵描きである以上はわたしにも、よくわかるのですけれど……」

ベラスケスはホカーノ神父に直接脅されていたのだ。尻込みする気持ちは外記にも理解できた。

「これはね、後世の人々に対するわたしの義務でもあると思っているんです。王家の身勝手さと教会勢力の専横に泣くのは、名もなき弱き者たちだったという事実を、後の世の人々に伝えなければならない」

「天下のカルデロン先生に、そこまで言われては、むげに反対はできないですね」

熱を込めるカルデロンに、ベラスケスも折れた。

「署名も入れず、むろん発表はしない。原テクストを一部作るだけで印刷などはしません。完成したら、ドン・トマスとタティアナに、一度、読んで貰えばいいんだ」

「おい、俺にも読ませてくれよ」

「わたしもお願いしたいな」

「もちろん二人にも読ませますとも。それ以前に、わたしは事実のほんの一端しか知らないのです。そこで、すべてを知っているお二方に話を聞かせて貰いたいと思ってね」

「望むところだ」

「くれぐれも保管には気をつけてほしいのですが……」

ベラスケスの不安は消えないようだったが、カルデロンは胸を叩いて請け合った。

「言うまでもない。鍵つきの金庫に厳重に保管します。わたしだって火刑台に送られるのはごめんだからね」

急にベラスケスの瞳が明るく輝いた。

「ついでだから、わたしも贈り物をしよう」

「わかったぞ。例のマリア像だな」

外記に向かってベラスケスは明るい笑顔を見せた。

「そうとも、ホカーノに奪われた『無原罪の御宿り』を、ふたたびタティアナを聖母像に見立てて、今度は背景を入れずシンプルに描いて見せよう」

「それはいい。きっと二人とも喜ぶでしょう」

カルデロンは一も二もなく賛同したが、外記はとまどいを隠せなかった。

「うーん、困ったな」

「どうした、外記？」

「俺は二人と違って芸がない。文章も絵もだめだからね……贈る物がないよ」

「それなら、記念品でも作ってやればよい」

「それがいいよ、外記」

カルデロンの提案にベラスケスも嬉しそうにうなずいた。

「そうか、じゃ、マドリードいちばんの職人たちに作らせるよ。コルガンテがいいかな」

「コルガンテはタティアナにはぴったりの贈り物だな。わたしがこれから描くマリア像を元にして象牙に刻ませたらどうだい？　テンペラ画とは別に彫像用の下絵を描くよ」

「当代一の肖像画家の下絵だ。これは実に豪華な贈り物になりますよ」

「ありがたい……そうだ。裏側には嘉兵衛の家の紋章を刻んで入れてやろう」

「ほう、ハポンでもサムライの家には紋章があるんだね」

ベラスケスは身を乗り出した。

「ああ、この国の貴族の紋章とはだいぶようすが違うけどね。俺の家のは『藤橘巴《ふじたちばなどもえ》』っていって難しくて描けない。でも、嘉兵衛の瀧野家の紋章は簡単だ」

外記は消えた手焙りの灰の上に『丸に二つ引』を描いて見せた。

「へぇ、こんなシンプルな紋章なのか。じゃ、その紋章の原画も描いてあげるよ。彫刻職人に渡してやってくれ」

「すまないが、よろしく頼むよ」

「中が開けられるようにして、わたしがお祝いの言葉を書くから、それも刻んで貰いたいと思うんだけど」

「そりゃあいいね。カルデロンさんの言葉なら、嘉兵衛も喜ぶだろう」

「ところで、コリア・デル・リオに帰ったら、ドン・トマスは、子羊のシチュー煮《カルデレタ・デル・コルデロ》攻めでしょうね」

カルデロンが冗談めかして眉をひょいと上げた。

「嘉兵衛が、子羊嫌いになるのが目に見えるようだよ」

「外記は二人のコリア・デル・リオの家に行ったことが？」

「いや、話に聞くだけさ。あいつの家の横の広場にはローマ時代の石碑があるんだそうだ……ローマの神々が見守っている家だとか言っていたよ」

「ローマの神々だなんて、ホカーノが聞いたらトンスラ頭を真っ赤にして怒り出しますよ」

カルデロンの軽口に、しばし三人は笑い転げた。

「旦那さま、踊りの支度が調いました。パティオまでお出ましくださいませ」

使用人の案内でカルデロンと二人の訪客はパティオに身体を移した。

パラシオと同じように白い薔薇の花が咲き匂っている。黒い鋳鉄製の籠型ストーブの中で炭が熾《おこ》っているので、外記たちが座った観客席はじゅうぶんに温かかった。

観客席の反対側には椅子が三つ並べられ、一人の女と二人の男が座っていた。

三人ともヒターノ特有の浅黒い肌を持っていた。切れ長の瞳が印象的な女は、タティアナにも負けぬほどの妖艶さを持っていた。ものの本で読んだクレオパトラとは、このような容貌だったのではないかと外記は思った。

女は見たことのないような不思議な長いファルダの衣裳を身につけていた。華やかな色合いは外記の目にはまるで羽をすぼめた孔雀のように見えた。

男の一人は五弦のギターラ（バロックギター）を手にしている。楽器を持たないもう一人の男は歌手なのであろう。

外記たちの姿を目にすると、演者は誰しも、いっせいに立ち上がって丁重にお辞儀を送り、ふたたび椅子に座り直した。

ギターラがアラビア風にも聞こえるエキゾチックな旋律を静かに響かせ始めた。

歌が始まった。外記は耳をそばだてた。こんな歌は聴いたことがない。しゃがれた歌声は哀調を帯びているのに力強く、それでいてデリケートな感情を生々しく伝えている。

舞姫は立ち上がり、背筋を伸ばしさっそうとパティオの中央に進んだ。

正面の空を見つめ、左右の腕を上げるや、舞姫は激しく両足を踏み鳴らし始めた。硬い石床に夕立のような足拍子が響き渡った。

外記は息を呑んだ。踊り始めに入った途端、パティオには突如として雷雲が湧き起こり、稲妻が火花を散らし始めたかのような錯覚を覚えた。

哀調を帯びた曲が進むと、天から何ものかが降りてきて舞姫に乗り憑《うつ》ったように思えた。舞姫の踊りは、時に哀しみに満ち、次の瞬間には、生きる希望を切ないほどに表現している。

目の前で繰り広げられる情熱的で生き生きとしたヒタニージャの踊りに、強く惹かれ始めた自分を外記は感じていた。

これがエスパーニャの踊りなのだ。いままでに見た、イタリアやフランスからやって来た上品な踊りとは明らかに根本から違う。貴族のための芸術ではない。庶民が生きるための踊りなのだ。

ギターラの音と歌声と、外記たちの歓声がパティオに響き続けて、曲は終わった。

エスパーニャも悪くない。この国はさまざまな人々の多様な生き方や考えを清濁あわせ呑んで、どこか茫洋《ぼうよう》としている。

この国でどんな明日が待っているだろう。ハポンを捨てて、せっかくエスパーニャに残ったんだ。自分の人生は、いつまでも本気でゆこう。本気で生きてゆけば、必ず人生の答えが見つかる。エスパーニャはそれだけの懐の深さを持っているはずだ。

頬を切る十一月の風の冷たさを心地よく感じて、外記は夜空を見上げた。

濃紺の天空に銀河《ビア・ラクテア》が白く大きな弧を描いて輝き、青、黄、赤、白と、色とりどりの無数の星がまたたいている。

襲いかかるタウロ（牡牛座《おうしざ》）に向かって棍棒を振り上げるオリオンがひときわ目立って見えてしまう自分がおかしくて、外記は軽く笑い声を上げた。

「どうしたんだい？」

隣に座るベラスケスが怪訝な顔で訊いてきた。

「いや……やっぱり俺はこれからも戦い続けるのかなと思ってね」

「うん？　ああ、次の曲が始まるようだよ」

ギターラのゆったりとした旋律がパティオに流れ始めた。

華やかに光る夜空が、エスパーニャでのこれからの日々を祝福してくれているように思えて、外記の心はわけもなく弾んでいた。

# 終章 新たな旅立ち

## 1

美酒に酔ったような心地よい酩酊感《めいていかん》がわたしを襲っていた。

「ほんとに驚きの物語だった……」

隣でリディアの茫然としたような声が聞こえた。

「とにかくこれは素晴らしい文化遺産だ」

わたしは興奮してリディアの左肩を叩いた。

「こんなことがあったなんて」

「どこまでが創作で、どこまでが事実かはわからない。しかし、カルデロンらしい戯曲の形式はとらず、まるでルポルタージュのように書かれている」

「四百年という時の彼方から、サムライたちの活躍を生き生きとわたしたちに語りかけているわね」

「まったくだ。ところで、テクストの中に出てきた『アモル・オノル・イ・ポデル』（愛、名誉ならびに権力）という戯曲は、今回のテクストの舞台となっている一六二三年の六月に発表されたカルデロンの出世作なんだ」

「どんな物語なの？」

「十四世紀のイングランド国王、エドワード三世と、一人の伯爵夫人の恋を描いた作品だよ」

「意味のわからないタイトルだけど……アモルは文字どおり愛を指しているのかしら」

「そう。ただ、男女の愛を含むが、もっと広いものだよ。つまり、国王にも教会勢力にも奪えない輝かしい人間という存在を指しているものだと解釈したい。オノルは当時のスペイン人の体面感情を表す。要するに誇りとか恥とかいった感情だね」

「じゃ、ポデルは」

「ポデルは、国王の貴族に対する絶対的な権力を指す。裏を返せば、国王への忠誠心だよ」

「教会勢力が出てこないわね」

「いや、カトリシスモ教会に対する絶対的帰依《きえ》も、国王に対する忠誠と並んでカルデロンの重要なテーマだ。彼は『アモル・オノル・イ・ポデル』のような世俗劇を百八十篇ほど書いたほかに、聖体の秘蹟《ひせき》を讃える一幕物の聖餐劇《せいさんげき》を八十篇も書いた」

「教会勢力に対しては協調の姿勢を崩さなかったのね」

「うん。カルデロンはフェリペ四世と教会勢力に愛され続けてスペイン一の劇作家となったのさ。後に宮廷お抱えの劇作家となり、五十歳のときには、司祭の叙階を受けてフェリペ四世の名誉司祭にさえ任じられた。だけど、カルデロンは両権力を利用しながら、人間存在の素晴らしさを描き続けた作家だとも言える。三つの中で彼が本当に大事に思っているものは、アモルだよ。これは僕の解釈だがね」

「正しい解釈だと思うわ。国王にも教会にも奪えない人間存在を謳歌《おうか》しているからこそ、このハポンの物語も隠さなきゃならなかったのよね」

「その通りだ。おそらくは『マンティブレの橋』が書かれた一六三六年に、なんらかの危険が差し迫って、ベラスケスの絵の中に隠したんだね。やむを得ず、絵のありかであるテンプレーテへのピスタ（ヒント）を君の持っていたコルガンテに刻んだ」

胸の前で手を組む仕草をして、リディアはわたしの目を真っ直ぐに見つめた。

「ねぇ……この作品の最後のほうに書いてあったコリア・デル・リオの瀧野嘉兵衛とタティアナの家のことだけど……」

「ああ、グアダルキビール川沿いの家だね。ローマ統治時代の石碑のある広場の隣に建っていたという」

「建っていた……じゃなくて、建っているのよ。その小さな家」

「ええ？　そうなのかい」

「わたしの母方の祖父母が住んでいた家。いまは伯父夫婦が住んでいるわ」

「その……じゃ、つまり……リディアは」

わたしの声は大きく震えていた。

「嘉兵衛とタティアナの子孫みたいね」

リディアの声もまた震えていた。

「だから、子孫である君にコルガンテが伝わっていたのか」

「コルガンテは、祖先からわたしへのメッセージということなのね！」

上ずった声でリディアは詠嘆《えいたん》の言葉を発した。

「最初はお祝いの言葉が刻まれていたところに、後から『マンティブレの橋』の一節を刻み直したんだな。いつかこの物語を発見してほしいという願いを込めて……」

「ありがとう、シュンスケ。あなたのおかげで自分のルーツがわかった。わたしはやっぱりサムライの子孫だったのね」

いきなり抱きついて、リディアはわたしの頬にキスをした。

リディアの体温と胸の鼓動が心地よく伝わってきた。

ポケットでコール音が鳴った。

驚いたようにリディアは身を離した。

内心で床にスマホを叩きつけたい気持ちを懸命に抑えて、わたしは電話をとった。

電話は東京の楠田良一からだった。

「シャワー浴びてくるね。半日歩いたから汗かいちゃった」

「ゆっくりどうぞ」

リディアの後ろ姿を見送りながら、学生時代から楠田がタイミングの悪い男だったことを思い出した。

「ああ、君か」

「引両紋の氏族を調べてくれたのかい」

「メモをメールで送る。替え紋も含めると、ずいぶん多くの氏族が『丸に二つ引き』の家紋を使っていたよ」

「感謝するよ……」

いまの状況はどうあれ、楠田の厚意には礼を言わないわけにはゆかなかった。

送られてきたファイルを見ると、青木氏から始まる苗字がずらりと並んでいる。リストの中に瀧野の二文字を見つけても、もはや驚くべき事実ではなかった。

そのとき、シャワールームのほうから悲鳴が聞こえた。ネズミが出たというような性質の叫び声には聞こえなかった。

わたしはあわてて電話を切った。

「なにするのよっ」

リディアの切迫した声が響いた。

変事が起きたに違いない。わたしはスマホのワンタッチメール・アプリを起動した。

腰を浮かし掛けた瞬間、リディアがシャワールームに続く扉から押し出されるようにして出て来た。

血の気をなくし、両目をめいっぱいに見開いたリディアの背後に男が立っている。

男は灰色のトレーニングウェアのような服を着込んで、目出し帽を被っていた。

「誰だ！」

「おい、静かにしろ」

奇妙なカエル声が響いた。ヘリウムガスでも吸っているのだろうか。

わたしは息を呑んだ。男の手には二十二口径くらいの小型オートマチック拳銃が握られていた。

「この女のきれいなほっぺたが吹っ飛んじまうぜ」

男はリディアの白い頬に銃口を突きつけた。

「いやっ」

リディアが小さく叫んだ。全身が激しく引きつり両肩が波打って恐怖に耐えている。

「やめろっ」

わたしの叫び声に、男は声を尖らせた。

「騒ぐんじゃねぇ。いいか、ベッドの上の冊子と絵をこのバッグに入れろ」

男は足下に置いた軍用の大型ボストンバッグをあごでしゃくった。六十リットルは入ろうかというオリーブドラブのバッグだった。

わたしは言われた通りに、大切な文化遺産をバッグに丁重に入れた。

わたしの手は憤りのあまり震え続けて、抑えるのに相当の努力を要した。どれほど悔しかったか。しかし、わたしとリディアの身体の安全には替えられるはずもない。

「おまえのカメラと電話、パソコンをここに入れろ。女の持っているヤツもだ。写真を撮られていても困るからな」

「パソコンもカメラも持って来てないわよ」

リディアが思いのほか気丈な声であらがった。

「うるせぇ、電話を入れろ」

男は苛立ち声で命じた。

「ポーチの中にあるわ」

「じゃ、ポーチごと入れるんだ」

「女性の化粧品の趣味をチェックするなんて、趣味の悪い男だな」

腹立ちまぎれのわたしの言葉に、男は鼻先で笑いながら銃口を上下に振った。

「二度と口がきけないようになりたいらしいな」

　わたしはベッドの上に放り出してあったリディアのチェック柄のポーチをバッグに入れた。

「おい、女。右手を前に突きだせ」

「耳元で大きな声を出さないでよ」

　リディアは歯を剝きだして毒づきながら、右手を前に出した。

「この女の右腕に手錠を掛けろ。続けておまえの左腕にもな」

　拳銃を持っていない左手で、男は上着のポケットから手錠を取り出して床に放った。

「人使いの荒い男だな」

「よけいなことを言ってないで、早くしろっ」

　わたしは仕方なく男の言われた通りに行動せざるを得なかった。

「よし、ベッドの前に並んで座れ」

　銃口をわたしに向けながら、男はわたしの右腕に手錠を掛け、反対側の輪をベッドの鋳鉄製ヘッドボードの格子に嵌めた。

　わたしたち二人はベッドから身動きができなくなった。

　男は拳銃を無造作に腰のベルトに突っ込んだ。

　最後に男はせせら笑いを浮かべながら、わたしとリディアに猿ぐつわを嚙ませた。

「朝までそこで仲よくしてな」

サイドテーブルの上から部屋の鍵を取るとボストンバッグを右手に男は部屋を出て行った。部屋の扉の鍵が掛かる音が冷たく響いた。

しばらくして窓の下でクルマの乾いた排気音が遠ざかっていった。

わたしたちは身を寄せ合って夜明けを迎えた。

わたしもリディアも少しは眠ることができた。だが、いくら破廉恥漢のわたしでも、さすがにリディアの身体の温もりを楽しむ余裕はなかった。

## 2

哀れな二人を救出してくれたのは、朝食の時間になっても現れない宿泊客のようすを見に来た宿の主人だった。

「こりゃあ、いったいどうしたわけだね！」

叫び声を上げながら、猿ぐつわを外してくれた主人にわたしは力なく訊いた。

「手錠を外せる人間がこの村にいますか」

「ああ、心配するな。この村じゃ古い鍵が開かなくなることはしょっちゅうなんだ」

「助かった。このままじゃモーニングコーヒーも飲めない。頼みますよ」

「強盗かね？」

「いや……宝島の地図を狙ってた男だ」

くだらぬ冗談は理解する気もないとばかりに主人は頭を振った。

主人はすぐに村の便利屋を呼んできた。便利屋は手錠の鍵は単純な構造で開けることは難しくないと笑って、ゼムクリップ一本を取り出した。

ものの五分でわたしたち二人は窮屈な姿勢から解放された。

「警察を呼ぶかね」

「いや、このことは、ほかでは喋らないでくれ」

わたしは主人に手を合わせて頼んだ。

「俺はかまわないよ。ところであんた、日本から来たえらい先生なんだってな。神父さまが驚いてた」

「もう三年、マドリードの大学で教えてるんだ」

主人はにやつきながら指を前に突きだした。

「そうかね。だけど、スペイン人についちゃそれほど知らないみたいだな。ひとつ教えとくよ。スペインでは男も女もヤキモチ焼きだ。日本じゃどうか知らないが、他人の女に手を出すときにゃ覚悟しときな」

口止めしたことで、主人は痴情のもつれが引き起こした事件と勘違いしたらしい。

「いや、そんな話じゃない」

わたしの反駁に主人は厚い掌でわたしの肩を親しげに叩いた。

「ま、いいってことよ。若い頃にゃ、俺にも覚えがないわけじゃない」

いろいろな意味で表沙汰にしたくない事件だった。考えてみれば、主人の勘違いは好都合かもしれないと、わたしは思い直した。

「あとで神父さまが先生に用事があってここへ来るそうだ。下の食堂に飯が用意してある。落ち着いたら、食べに下りてきてくれ」

快活に笑って主人は部屋を出て行った。

「よかった！　これでフリジア帽ね！」

リディアは反射的に抱きついてきた。わたしはほんのわずかだけ犯人に感謝した。

フリジア帽は古代ローマで身分の解放された奴隷《どれい》の被り物として、隷従からの解放の象徴となっている。

数時間ぶりに立ち上がったわたしたちは、手足を何度も伸ばして解放感をゆっくりと味わった。

事件の発端となったシャワールームを検証してみた。鋳鉄の窓格子の一部が外されていた。犯人は隣の空き部屋から壁伝いに侵入したようである。

一階へ下りたわたしは、朝食前に宿の前に停めたレンタカーに足を運んだ。車内にはもはや唯一の通信手段となったタブレットが残されていた。

朝食はボカディージョと、スペイン風オムレツのトルティージャだった。

陽光の降り注ぐ明るい食堂に座ると、何とも言えぬ安心感が沸き上がってきた。二人は少なからぬ量の朝食を残さずに食べた。

「ね、警察を呼ばないの」

「君と相談してからだ」

「犯人が誰だかわかっているのね」

「リディアのむかしの恋人じゃないのかな」

怒りと悔いが入り混じった複雑な表情で、リディアはわたしの目を見た。

「セシリオっていう、ろくでもない男よ。若かったから、あんな男がよく見えたのね」

大きく顔をしかめて吐き捨てると、リディアはすぐに不思議そうな顔に変わってわたしに訊いた。

「なんでわかったの？」

「まずは、あの男、セシリオは声を変えていた。リディアの知り合いだからに違いない。次に君のあの男に対する態度だ」

「生意気だったでしょ」

「生命の危機にある人間の態度とは思えなかったんだ。だから、ヤツの狙いもテクストで、本気で我々を怪我させようとは思っていないってわかったよ」

「顔を隠していても、声を変えていても、背格好でわかる。それにあの男は昔からアメリカ製の同じ煙草を吸っていた。わたしはその臭いが嫌いだったから、すぐに気づいたわ」

「セシリオはセビージャからずっと我々の後を追いかけてきたのだろう。つまり、コルガンテの秘密を解こうという、この旅の目的を知っていたわけだ。僕は今回の話を誰にもしていない。だから、リディア、君の知り合い以外には考えられない」

「そう……二年も前のことだけど、セシリオにコルガンテを見せたの。そしたら、すごく興味を持っちゃって、貸せってしつこくって。奪い取ろうともしたわ……それで、あの男のことがなんだか、ぜんぶイヤになって別れたのよ。ついでに部屋も引っ越したってわけ」

「そんな大事なコルガンテを、僕にはずいぶんあっさりと貸してくれたね」

「あなたはカバジェーロだもの」

コーヒーカップを掲げながら、リディアは明るい笑みを浮かべた。

喜ぶべき回答と言ってよいのか。わたしとしては、昨夜の危機を契機に、カバジェーロではなく、ミ・アモル（愛しき人）と呼ばれたいのだが……。リディアの心には、心理学に言う「恋の吊り橋理論」——人間は生理的な興奮を恋愛と錯覚する、という理論は適用されていないようだった。落胆を隠しつつ、わたしは次の問いを発した。

「ところでセシリオという男はどんな人物なのかな」

「借金に追われてる三流のジャーナリスト」

リディアは不快げに眉をひそめて吐き捨てた。

「僕たちが昨日発見したカルデロンのテクストの存在を知ってたはずはないな」

「違うと思う。コルガンテに財宝の隠し場所が刻まれてると、まじめに思っていたみたい。借金がかさんでお尻に火がついたから、財宝目当てにわたしの後を追ってきたんじゃないかな」

「セシリオは、サルバティエラ伯爵家か、ホカーノ神父の実家のエスティージャ伯爵家の末裔だったりしてね」

「どういう意味？」

「祖先の不名誉が書かれたカルデロンのテクストを抹消したかったのかもしれない」

「まさか……」

リディアは目を見開いて絶句した。

口に出しているうちに、まるきりの冗談ではないかもしれないと思い始めたが、やはり、荒唐無稽《こうとうむけい》に過ぎるだろう。わたしは内心で自分の考えを否定し、冗談で済ませることにした。

「まさかね……」

「もうシュンスケったら」

リディアはわたしの腕をかるく叩いた。

「ははは、シャワールームに隠れて我々の会話を盗み聞きしているうちに、今回の発見の意味に気づいたわけだね」

「発見をスクープして、あのテクストを売り払って一儲けするつもりよ」

「なるほど三流のジャーナリストが考えそうな話だ」

「わたし本当に悔しいの。あなたの力で発見できたものなのに……」

リディアの瞳に炎が燃えたように見えた。

「いや、彼はスクープなどできやしない」

わたしは右目をつむって見せた。

「どうして。セシリオは仕事柄、スクープの売り方も知ってるのよ」

「いや、あのテクストを世に出すこと自体が、セシリオには不可能だ。自分の強盗行為を広めてしまうだけだからね」

「どういう意味なの？」

わたしはレンタカーから取ってきたタブレットをリディアに見せた。

「これを見てくれないか」

わたしが選んだ画面はマドリードの日刊紙「エル・ムンド」の文化面だった。

——ペドロ・カルデロン・デ・ラ・バルカの未発表作品発見か？　羊皮紙原稿をエストレマドゥーラ州カセレス県で日本人の研究者が発見

「え……もう新聞に載ってる！」

リディアは目を見開いて画面に見入った。

記事は詳しい発見場所や、ベラスケス作と思しき絵については一切触れていなかった。カセレス県で十七世紀スペイン文学の巨匠カルデロンの未発表原稿と推定される羊皮紙の綴りが発見されたことだけを報じていた。まさにわたしの期待どおりの記事内容だった。

「あなたはもしかして魔法使い？」

子供のように驚くリディアに、わたしは嬉しくなって種明かしを始めた。

「昨晩、物語を読みながら一枚ごとにテクストを写真にとっていただろう？」

「ええ、そうだったわね」

「撮るそばからクラウドに上げていたんだ。で、君の悲鳴を聞いてすぐ、緊急メールをエル・ムンド紙文化部のラフエンテ記者あてに送信した」

「どんな内容なの」

「十分後に電話する。電話がなかったら、クラウドの『ホルダー・マンティブレ』の中身を見てくれってね。ラフエンテは彼が日本に留学していた頃からの親友なんだ。それで、いざというときには僕のデータを記事にしてくれって頼んである」

「セシリオが襲ってくるって予想してたの」

「まさか……だけど、緊急メールはいつでも送れるように定型文を用意している。僕の身に不慮の事態があったら、調査していた内容が埋もれてしまうだろう」

「ほんとに用意周到な人ね」

「たとえばいきなり心臓病で倒れて、僕の研究が埋もれちゃったら、世界の学問にとって大いなる損失だからね」

冗談めかしてウィンクすると、リディアは半ばあきれたように嘆息した。

「わたしもそんな自負心を持てるようになりたい。尊敬するわ」

またしても「尊敬」なのか。わたしはふたたび落胆を隠して言葉を続けた。

「カルデロンのテクストやベラスケスの絵画はもったいなくて、セシリオは処分できないはずだ。相手がわかっている以上、手段を考えていつかは取り返してやるさ」

「そうね、きっと戻ってくるわね」

「だが、困ったことになった」

わたしがため息混じりに言うと、リディアも困惑顔でうなずいた。

「ベラスケスの絵のことね……借り出してるんだものね」

「神父になんて謝ったらいいんだろう」

「あとで来るって言ってたわね」

憂鬱な気分を吹き払いたくて、わたしはタブレットを取り出した。

まずはエル・ムンド紙文化部のラフエンテ記者に、自分の無事と記事の掲載に感謝していることをメールした。彼からわたしの安否を気遣うメールが山のように入っていたことは言うまでもない。

続けて勤務先のマドリード自治大学に、体調不良で明日の講義には出られない旨のメールを送った。全身がだるく疲れ切っていた。とてもではないが、しばらく講義に出る自信はなかった。

食後のコーヒーを楽しんでいると、食堂の扉が開いてカバーナス神父が一人の六十代半ばくらいの男を連れて現れた。

あいているテーブルを勧めると、二人はぎこちない笑みを浮かべて、次々に対面《トイメン》の椅子に座った。

「こちらは村長のサモラーノさんです」

村長は素朴な日焼け顔で微笑んだ。神父に負けず真っ白な髪で、太い眉だけが黒々としていた。

「カニャベラルへようこそお越しくださいました。ご高名はかねがね……」

村長は嘘が苦手のようだった。わたしの名前がこの村に喧伝《けんでん》されているはずはなかったが、村長の言葉は語尾が不明瞭《ふめいりょう》に曇っていた。

「シマモト先生、あの絵を本当に五千ユーロで買ってくださるのですか」

村長はいきなり目を輝かせ、神父は愛想笑いを浮かべた。

「実は村長にお話ししたら、ぜひにもというお話でして……」

渡りに船とは、このことだった。

「ええ、喜んで購入します」

「この村も過疎化が激しく人口も四十年前の半分になってしまいました。しかも千二百人の村民に若い人間はほとんどいません。当然ながら予算状況は厳しく、たとえ五千ユーロでも村にとっては歓迎したい臨時収入なのです。テンプレーテの管理費に使えますから」

「この場でチェックを切りますよ」

わたしはいそいそと小切手帳を取り出した。村の財産を紛失した不名誉を隠しおおせるなら、五千ユーロは安いものだ。

老眼鏡を掛けて小切手を確認した村長は、丁重に頭を下げて書類ケースにしまった。

「いっそのこと、あのテンプレーテごとお買い上げいただけないでしょうか」

続けて村長の口から出た意表を衝いた申し出にわたしはたじろいだ。

「はぁ……考えてみますが……」

口ごもるわたしに、村長は畳み掛けるように言葉を続けた。

「あれはいつの間にか村の財産になっておりますが、いまの人間は誰もその由来を知らないのです。維持管理してゆくのにも予算を喰いますので……」

「すぐには答えが出せないですね。しかし、検討してみます」

「よいお返事をお待ちしております」

二人は何度も謝礼の言葉を口にしながら帰って行った。

あのテンプレーテは「マドリードのお大尽の別荘」の庭園端に建っていたという宿の主人の話だった。もしかすると、カルデロン自身の持ち物だったのかもしれない。

ベラスケスの弟子プジョールがエストレマドゥーラ地方の田舎村出身ということを考えると別の考えも浮かんでくる。不幸な死を遂げたプジョールを追悼《ついとう》するために、ベラスケスがテンプレーテを建てたものかもしれない。

いずれにしても一度、綿密な調査をしたいとは考えていたが、テンプレーテを購入する意志はなかった。

あと二年で日本へ帰ることになっているし、後々までの管理を引き受けるのは気が重い。

神父も村長もカルデロンの原稿の件については少しも触れなかった。

今朝のエル・ムンド紙を読んでいないのかもしれない。だが、あの記事内容では、まさか、その原稿がいま自分たちが売り渡した、役に立たない絵画から出てきたものとはわからないだろう。わたしはラフエンテ記者の報道センスに心の中で感謝した。

帰り道は順調で、海賊船に襲われることも、吊り橋が落とされていることもなく、わたしたちは無事にセビージャに辿り着けた。

三日後、わたしはリディアのステージを観るために、セビージャを訪れた。

今夜のリディアのソロは、フラメンコで踊られる明るい曲の代表とも言える『アレグリアス（喜び）』だった。

店に集《つど》う観客の前で演ずる職業フラメンコは、十九世紀にカディスやセビージャのカフェ・カンタンテ（歌のカフェ）で始まったものとされている。このときもっとも人気のあった曲種が、三拍子系のアレグリアスだった。

だが、セルバンテスの『ラ・ヒタニージャ』という短編小説は、舞踊を生業としているプレシオサというヒターナの娘が主人公となっている。プレシオサは夜ごと金持ちの屋敷をまわってヒターナの踊りを見せて暮らしているのである。

この小説の存在は、すでに十七世紀初頭にアンダルシア地方にプロの踊り手が存在していた事実を示している。

暗かったステージに照明が入った。

サリーダ（前歌）が終わってステージの中央に歩み出たリディアを見て、わたしは息を呑んだ。

厳しく張り詰めた肢体が、これからステージで始まる素晴らしいドラマを予感させた。

今夜のリディアは、クリムゾンに近い赤無地で、胸元を銀糸のフレコ（房飾り）が飾る鮮やかな衣装を身につけていた。フローレス（造花の髪飾り）は真紅の薔薇だ。

耳に馴染んだ第一レトラ（一歌）が始まった。

わたしはふたたび息を呑んだ。

あまりにもキレのよい手足さばきが、腰の動きが、わたしの心を鷲づかみにした。

幾多の挫折《ざせつ》を味わい不幸の苦しみを知っているからこそわかる生きる喜びを、リディアは全身で踊り上げてゆく。

今夜の彼女は、光り輝くような強烈なアイレを放っている。

アイレ、直訳すれば空気だが、雰囲気よりももっとシビアなもの。アルティスタが放つ「気」に似たもの。それは演者の生み出すフラメンコの本質とも言える。

曲がシレンシオ（静かな調子）に入る。せつない表情と豊かで味わい深い踊りは観客たちを心地よい陶酔《とうすい》へと誘う。決めのポーズでリディアは、ため息が出るほど艶っぽい身体の線を見せた。

ギターの調子が変わり、曲は一転して華やかなエスコビージャ（足技パート）に移った。

変幻自在のサパテアード（足拍子）が小気味よく響く。脳髄と心臓に訴えかけてくるリズムにわたしの心は浮き立ち続けた。バックのカンテ（歌）もギターもリディアの踊りにリードされて絶妙のノリを発揮した。

ブレリア（終曲に近い十二拍子パート）では、舞台を晴嵐が襲ったかのような激しい踊りで、すべての観客の心を天空に飛ばしてしまった。

何度も彼女のフラメンコを観てきたわたしだが、これだけ心に訴えかけてくるステージは、むろん初めてだった。

舞台が暗転するなか、リディアは気高く自信に満ちた足取りでステージを去って、終曲を迎えた。

「オレ！　グワッパ！（いい女！）」

わたしは惜しみない拍手とハレオ（掛け声）を送り続けた。

いままで、リディアの魅力は優雅なエレガンシアだと思っていた。だが、今夜の彼女はまったく違う才能の燦《きら》めきを見せてくれた。

ステージが跳ねて着替えを済ませたリディアは、真っ直ぐにわたしの席にやって来た。

「素晴らしかった！　本当に！」

ヴィーノをご馳走すると、リディアは喉を鳴らしてあっという間にグラスを干し、二杯目を求めた。

「あなたとバルセロナに行ってみたいの」

息を吐いたリディアの最初の言葉だった。

「どうしたんだい、いきなり」

「嘉兵衛と外記、ルシアたちがローマへ向けて辿った道を旅してみたいのよ」

リディアは明るく瞳を輝かせた。

「大歓迎だよ。でも、セビージャからクルマだと二、三泊の旅行になるよ」

「わたし、あなたと十七世紀へ旅するのが楽しくなっちゃったみたい」

いままで見せたことがないような妖艶な笑みに、わたしの心はあやしく騒いだ。

「それは嬉しい話だな。いいよ、今度の金曜日からでどうかな」

「いいわ。楽しい旅になりそうね。わたし、もう心が半分くらい十七世紀に飛んでいっちゃってるの」

「それはいい。マンティブレ橋効果ってヤツかな」

リディアは声を立てて笑った。

タブラオの出口で、リディアが耳元で囁いた。

「今度もツインの部屋を取りましょうね」

一瞬、全身を熱い血潮が駆け巡った。

ま、ＥＴＡの過激派と誤解されたくないだけの話なのかもしれない。そう自分の心に言い聞かせ、わたしはクールダウンに努めようとした。

「せっかくのカニャベラルの夜は、台なしになっちゃったでしょ」

リディアは軽く右眼をつむると、わたしの腕に自分の腕をからめてきた。

（そうだ……彼女にはタティアナの血が流れているんだった）

たとえリディアが魔女でもかまわない。

まじめにそう思ったわたしも、すでに十七世紀の物語の世界に入りかけているのかもしれなかった。

遠くヒラルダの塔の中空には青く冴えた満月が輝いている。

夜風にふわりと漂うジャカランダの甘い香りがわたしの心をときめかせていた。

どこかのタブラオから、哀愁に満ちた『ソレア』の歌声が響いてくる。

マヨール広場のカルデロンの如く、まるで舞台監督がどこかでこの街を演出しているような錯覚にわたしは陥った。

誰もがドラマの主人公《プロタゴニスタ》になれる街、セビージャの夜はこれからだった。

## 引用文献

『カルデロンの芸術』
マックス・コメレル著　岡部　仁訳
法政大学出版局　一九八九年十一月十日　初版第一刷
（本文22ページにて引用）

『対抗宗教改革期のスペインにおける説教と美術』
松原典子著
上智大学外国語学部紀要　39号（二〇〇四年）
（本文193ページにて引用）

# 解説

細谷正充（文芸評論家）

鳴神響一の人気が高まっている。ただしミステリー作家としてだ。二〇一七年十二月刊行の『脳科学捜査官　真田夏希《さなだなつき》』から始まるシリーズのヒットにより、新たな現代ミステリーの書き手として、大きく注目されるようになったのである。ちなみに最新刊となるシリーズ第五弾『脳科学捜査官　真田夏希　ドラスティック・イエロー』の帯には、「シリーズ累計15万部突破！　人気最高潮！」と書かれている。多くの読者を獲得していることが、部数からも分かるのだ。また、二〇一九年十二月には、法曹《ほうそう》一家の令嬢にして新米弁護士の一色桜子《いっしきさくらこ》を主人公とした『令嬢弁護士桜子　チェリー・ラプソディー』も上梓《じょうし》した。

さて、好きな作家が活躍するのは嬉しいことだが、一方で、いささか複雑な思いもある。なぜなら鳴神響一は歴史時代小説の作家だと認識していたからだ。その点を含めて、まずは経歴を見てみよう。作者は、一九六二年、東京都に生まれる。中央大学法学部政治学科卒。幼い頃から読書を好み、小学生時代から小説もどきを書いていたそうだ。高校時代は放送委員会に所属し、コンテストを目指してラジオドラマの番組作りなどに勤《いそ》しむ。大学生になると、武蔵野美術大学や津田塾大学と合同で、ビデオ映像制作サークルを作って、シナリオに取り組んだ。また社会人になってからだが、フラメンコを見に行って非常に感銘を受け、フラメンコアーティストとも深い付き合いをするようになる。

大学卒業後、神奈川県内の小学校の事務職員として働いていたが、小説の執筆に専念するためフリーになる。最初はミステリーを書き、あちこちの新人賞に応募。十八世紀のスペインを舞台にした『悲しみのマリアは暁《あかつき》を待つ』が、第九回「このミステリーがすごい！」大賞の予選を通過するが、残念ながら最終選考には残らなかった。この作品は二〇一三年九月、水月彩人《みづきあやひと》名義で、青松書院から刊行されている。

その後、応募作をミステリーから歴史時代小説に変更した作者は、二〇一四年、『私が愛したサムライの娘』（投稿時タイトル『蜃気楼《しんきろう》の如《ごと》く』）で、第六回角川春樹小説賞を受賞。以後、本格的に作家活動を始め、痛快な時代海洋冒険小説『鬼船の城塞』や、火付盗《ひつけとう》賊改方《ぞくあらためかた》長官・山岡景之《やまおかかげゆき》と、彼を影で支える忍者集団を躍動させた「影の火盗犯科帳」シリーズを発表。作家としての地位を固めていく。そしてその次に発表したのが『天の女王』（文庫化にあたって『エスパーニャのサムライ〜天の女王』に改題）であるのだ。

作品の内容に触れる前に、本書の誕生の経緯に触れておこう。というのも、少しだけ私もかかわっているからだ。角川春樹小説賞の下読みや、デビュー直後に対談をしたこともあり、作者と縁を得た私は、知り合いの編集者に紹介することになった。それがエイチアンドアイのK氏だ。三人での初顔合わせも好感触だった。もっとも私は紹介が終われば、後は一切ノータッチ。断片的な情報は聞いたが、どんな話になるか、まったく分からなかった。だから二〇一七年四月にエイチアンドアイから書き下ろしで刊行された、本書の内容に驚いた。まさか、これほどの血沸き肉躍る西洋歴史冒険小説だとは思いもよらなかったのだ。だから、これは凄そうだとドキドキしながら本を開いたものである。

序章は現代のスペインだ。マドリードに居を構え、スペイン文学の研究をしている島本俊介は、知り合いのリディアから相談を受ける。彼女はセビージャ大学の学生で、そのかたわらタブラオ（フラメンコ酒場）で踊っている娘だ。リディアの話によれば、何者かに部屋を荒らされたとのこと。彼女の名前に〝ハポン〟が入っていることや、持っていたレリカーリオ（ロケット・ペンダント）に刻まれていた文言に興味を惹かれた俊介は、一緒に調べ始める。そしてふたりは、スペインの劇作家カルデロンの残したらしい羊皮紙の原テクスト『サムライハポンの奇跡』を発見するのだった。

ここから物語は十七世紀のスペインに飛び、小寺外記と瀧野嘉兵衛という、ふたりの日本人が登場する。いきなり活劇シーンを見せてくれるふたりは、伊達政宗が派遣した慶長遣欧使節団の、現地残留組である。カトリコの洗礼を受けているが、すでに宗教心は薄れていた。今はコンビを組んで仕事をしているのだ。使節団の何人かが異国に残ったという史実をベースにした設定だが、いうまでもなくキャラクターは作者の創作である。

そんなふたりだが、用心棒が縁になり、エスパーニャ帝国（スペイン）の王のフェリペ四世に拝謁した。さらにイサベル王妃から、バチカンにある秘密の日記を取り戻してほしいという依頼を受ける。かくしてふたりは、宮廷画家ベラスケスの妹で、王妃の侍女をしているルシアを案内役に、ローマに旅立つのだった。

現代パートをプロローグとして、過去の歴史の冒険譚に入っていく。この手法を使った高名な作品がある。ジャック・ヒギンズの『鷲《わし》は舞い降りた』だ。第二次世界大戦下のイギリスの寒村を舞台に、チャーチル首相の拉致《らち》を命じられた、ドイツの落下傘《らっかさん》部隊の奮闘を描いた戦争冒険小説である。おそらく作者は、『鷲は舞い降りた』を意識して、このような構成にしたのではないか。それにより本書が歴史冒険小説であることを表明したと思われてならない。

実際、外記と嘉兵衛の行動は、冒険としかいいようがない。やはり現地残留組だった野間半兵衛が船長をしている「海豚号《エル・デルフィン》」に乗り込んでローマを目指すも、いきなり襲ってきた海賊と戦闘。乗り込んだバチカンでは、潜入と脱出のスリルが味わえた。さらに帰路にも、思いもかけない騒動が起こる。剣が達者な外記。若き日に忍びの修行をし、用意周到な嘉兵衛。有能なふたりのアクション・シーンが、たっぷりと堪能できるのだ。

その一方で作者は、ベラスケスの苦難を綴っていく。周知の事実だがディエゴ・ベラスケスは、十七世紀のスペイン絵画を代表する画家である。しかし彼は権力に翻弄《ほんろう》される。

フェリペ四世と、マドリード一の歌姫タティアナ（若き日に嘉兵衛と夫婦同然の暮らしをしていた）の逢引きのため、アトリエを使われるのだ。おまけに、タティアナをモデルにした聖母像を依頼される。さらに異端審問官に弱みを握られ、圧力をかけられている。どうやら裏には、教会や国家の思惑があるらしい。やがてベラスケスの描き上げた絵が原因で騒動が起こり、ある女性が宗教裁判にかけられることになる。そして帰国した外記たちは、女性を救うために、意外な人物の協力を得て、大芝居を打つのだった。

その大芝居が何かは、読んでのお楽しみ。理不尽な権力をぶっ飛ばす展開から、芸術の力が伝わってくるとだけいっておこう。ここに作者の主張が込められている。ついでに、終盤で因縁《いんねん》の相手と対決する外記がいう、

「だってさ、世の中ってのは、きれいなものも汚いものも、ごちゃごちゃにあるから面白いんじゃないか。ゴミだと思ってたものの中に宝物が隠れてるかもしれない。ゴミか宝かなんて、そんなに簡単にわかりゃしないよ。あんたたちの頭の中の振り子の加減で善か悪かとか決められちゃ、かなわないね」

という言葉にも留意したい。考えてみれば外記や嘉兵衛は、異邦の地で根無し草のように生きている。そんな自由人だからこそ、巨大な権力に怯むことなく、心のままに死地に

飛び込んでいけるのだ。己にとって大切なものは何かを、自分で決められるのだ。外記とルシア、嘉兵衛とタティアナの恋愛も織り交ぜ、ストーリーはどこまでも痛快。エンターテインメント・ノベルが庶民の清涼剤であることを、本書は証明しているのである。

　ところで本書の冒頭に、

「リディアはセビージャ大学の美術学部に通ってインダストリアル・デザインを勉強するかたわら、この街のタブラオ（フラメンコ酒場）で踊っている」

　と書かれている。リディアのキャラクターには、作者のフラメンコ好きが投影されているが、それだけではない。実は作者は、家具やインテリアにも、強いこだわりを持っているのだ。これが、インダストリアル・デザインを勉強しているという設定に繋がっているのである。そういえば作者は焼き物も好きであり、『江戸萬古《ばんこ》の瑞雲《ずいうん》 多田文治郎《ただぶんじろう》推理帖』では、その知識が活用されていた。他にも、旅行や写真など、多くの趣味を持っている。ゆえに、多彩な作品を書けるのだろう。

　その観点から、もう少し詳しく鳴神ワールドを見てみたい。いままでに触れた作品以外でも、アガサ・クリスティーの『そして誰もいなくなった』を時代小説でリスペクトした『猿島六人殺し 多田文治郎推理帖』や、宮沢賢治《みやざわけんじ》を主役にした近代ミステリー「謎ニモマケズ」シリーズ、尾張家《おわりけ》のご落胤《らくいん》にして吉原《よしわら》の花魁《おいらん》という、破天荒《はてんこう》な設定が楽しい「おいらん若君 徳川竜《とくがわりゅう》之進《のしん》」シリーズ、あまり注目されることのなかった出羽《でわ》の戦国大名・安《あん》東愛季《どうちかすえ》の雄々しき生涯を活写した『斗星、北天にあり』を刊行。自己の世界を拡大し、無限の可能性を示しているのだ。本書はそれを最初に予感させてくれた逸品である。鳴神響一という名前が、斯界《しかい》に〝鳴り響く〟ことは、この物語によって約束されたのだ。

※この作品は、二〇一七年四月、エイチアンドアイより刊行された単行本『天の女王』を改題し、加筆修正のうえ文庫化したものです。

双葉文庫

な-43-06

# エスパーニャのサムライ

## 天《てん》の女王《じょおう》

2020年4月19日　第1刷発行

【著者】
鳴神響一《なるかみきょういち》
©Kyoichi Narukami 2020
【発行者】
箕浦克史
【発行所】
株式会社双葉社
〒162-8540 東京都新宿区東五軒町3番28号
［電話］03-5261-4818(営業)　03-5261-4833(編集)
www.futabasha.co.jp
(双葉社の書籍・コミックが買えます)
【印刷所】
中央精版印刷株式会社
【製本所】
中央精版印刷株式会社

---

【表紙・扉絵】南伸坊
【フォーマット・デザイン】日下潤一
【フォーマットデジタル印字】飯塚隆士

落丁・乱丁の場合は送料双葉社負担でお取り替えいたします。
「製作部」宛にお送りください。
ただし、古書店で購入したものについてはお取り替えできません。
［電話］03-5261-4822(製作部)

---

定価はカバーに表示してあります。
本書のコピー、スキャン、デジタル化等の無断複製・転載は
著作権法上での例外を除き禁じられています。
本書を代行業者等の第三者に依頼してスキャンやデジタル化することは、
たとえ個人や家庭内での利用でも著作権法違反です。

ISBN978-4-575-66998-5 C0193
Printed in Japan